U0747232

当代金融文学
精选

短篇小说卷（一）

主编 —— 阎雪君

湖南大学出版社

图书在版编目（CIP）数据

当代金融文学精选 . 短篇小说卷 . 一 / 阎雪君主编 . — 长沙：
湖南大学出版社，2019.11

ISBN 978-7-5667-1815-0

Ⅰ . ①当… Ⅱ . ①阎… Ⅲ . ①中国文学 – 当代文学 –
作品综合集 ②短篇小说 – 小说集 – 中国 – 当代 Ⅳ . ① I217.1

中国版本图书馆 CIP 数据核字（2019）第 264002 号

当代金融文学精选 · 短篇小说卷（一）
DANGDAI JINRONG WENXUE JINGXUAN · DUANPIAN XIAOSHUO JUAN（YI）

主　　编：阎雪君
责任编辑：全　健　饶红霞　郭　蔚　李　婷
责任校对：尚楠欣　周文娟
装帧设计：秦　丽
出版发行：湖南大学出版社　　　　　　责任印制：陈　燕
社　　址：湖南 · 长沙 · 岳麓山　　　邮　　编：410082
电　　话：0731-88822559（发行部）88820008（编辑室）88821006（出版部）
传　　真：0731-88649312（发行部）88822264（总编室）
电子邮箱：presszb@hnu.cn
网　　址：http://www.hnupress.com
印　　装：长沙鸿发印务实业有限公司
开　　本：710mm×1000mm　16 开　印张：301.75　　　字数：4481 千字
版　　次：2019 年 11 月第 1 版　　印次：2019 年 11 月第 1 次印刷
书　　号：ISBN 978-7-5667-1815-0
定　　价：1980.00 元（全 12 册）

版权所有，盗版必究
湖南大学出版社图书凡有印装错误，请与发行部联系

组委会

顾 问	唐双宁
主 任	梅志翔 杨树润 宋 萍
委 员	王海光 余 洁 张 亮 曾 萍 王全新

编委会

主 任	杨树润 宋 萍
副主任	郭永琰
委 员	阎雪君 王全新 龚文宣 廖有明 庄恩岳 王新荣
主 编	阎雪君
副主编	王全新 龚文宣 王新荣

选编办公室

主 任	龚文宣
副主任	王新荣
统 筹	朱 晔 范业亮 鲁小平

各卷选编组

长 篇 小 说 卷	赵 宇 牟丕志 徐建华
中 篇 小 说 卷	冯敏飞 张 奎 高建武
短 篇 小 说 卷	符浩勇 邓洪卫 李永军
散 文 卷	陈立新 王炜炜 任茂谷
诗 歌 卷	罗鹿鸣 吴群英 龚仲达
报 告 文 学 卷	祁海涛 李 晔 甘绍群
影 视 戏 剧 文 学 卷	杨 军 何 奇 高 寒
文 学 理 论 与 评 论 卷	廖有明 李毓玲 黄国标

故事感动历史 文学照亮人生

——记载和讴歌壮丽的中国金融事业

中国金融文学艺术界联合会主席 梅志翔

古人云:"盖文章,经国之大业,不朽之盛事。""文章千古事,得失寸心知。""江山留后世,文章著千秋。"由此可见,文章是经国济民的大事,是记录时代的大事,是讴歌时代的大事。

文脉与国脉相同,文运与国运相连。2019 年是中华人民共和国成立七十周年,七十年风雨沧桑,七十载山河巨变。七十个春秋,发生了多少震撼人心的故事,承载了多少金融人的热血情感。在过去的七十年中,中国金融事业伴随着新中国的成长不断地发展和壮大,取得了举世瞩目的成就。这些成就的取得不仅得益于新中国的好国情、好形势,更得益于数以千万计的金融职工筚路蓝缕、开拓创新,继往开来、一往无前的无私奉献。

新中国的金融事业无论在理论领域,还是实践领域,取得的成就都是翻天覆地、亘古未有的,中国金融人在专业领域创造了一个又一个奇迹,我们用几十年的时间追赶上西方人上百年甚至几百年金融发展的步伐。金融发展过程中涌现出了很多可歌可泣的故事,这些故事都是由千千万万顶天立地、敢作敢为的中国金融人用行动书写出来的锦绣篇章。中国金融已经成为支撑和推动经济发展的核心动力和促进时代繁荣的重要表征,为金融文学的创作提供了源源不绝的营养,金融文学像中国金融事业一样，是一片值得深耕的沃土，是一个内含价值极高的宝藏。

文章合为时而著。文学就应该为时代鼓与呼，金融文学就应记录和讴歌壮丽的中国金融事业。可长期以来，由于种种原因，中国金融文学创作未能与中国的金融事业取得同步的发展，金融文学作品创作落后于金融事业发展，在全国林林总总的文学橱窗和文艺殿堂里，金融文学常常缺席，在文学领域难闻金融之声，在文章海洋难觅金融浪花，在文化磁场里难以感知到金融文化的力量。2011 年 11 月，在中国金融工会的大力支持下，中国金融作家协会正式成立；2013 年 5 月，中国金融作家协会光荣地成为中国作家协会的团体会员。这是中国金融文学史上的一件大事和盛事，因为它不仅实现了金融作家组织的"零"的突破，而且让全体金融作家找到了心灵慰藉的"家"，它让所有金融作家找到了归属感和荣誉感。此后，金融文学创作不再是"不务正业"的闲事，而是可以为之终生奋斗的正事。过去许多金融作家在涉足文学创作上，"温温恭人，如集于木。惴惴小心，如临于谷。战战兢兢，如履薄冰"。如今在文学的康庄大道上，金融作家不用再羞羞答答地迈着碎步，而是可以昂首阔步地勇往直前。在中国金融工会、中国金融文联、中国作家协会的关怀指导下，七年间，中国金融作家协会延伸机构已经达到 23 家，其中先后成立省（自治区、直辖市、计划单列市）金融作家协会 13 家、总行（会司）作家协会 10 家。截至 2018 年底，中国金融作家协会已发展会员 942 人（其中，中国作家协会会员 76 人）。中国金融作家协会从无到有、从小到大、由弱到强，让写作变成了与金融工作一样充满阳光的事业。

执一支笔，写万千事。是啊，文学就这样不经意嵌入了金融人的生活，像春雨滋润着金融人，让金融人感恩生命的厚爱，让金融人的每一天、每一刻都充满激情、蓬勃向上；像疾风提示着金融人，生活和工作是坚守，也是搏击。文学之美让金融人心生愉悦，让日子有奔头，生活有笑声，奔跑有动力；文学之美让金融人涨满风帆，努力创造和实现自我价值、社会价值。值得肯定的是，一大批以金融人物为塑造对象的文学作品，都具有鲜明的时代特色，催人奋进。金融生活中无数可歌可泣的故事，不仅反映了金融系统广大员工投身改革、勇于奉献的精神，而且传播金融理念、倡导金融精神，展现了金融现实生活与人文关怀，成为千万金融员工启发心灵的精神力量。

在互联网金融时代，中国金融作家协会充分认识到平台对于会员发展的巨大推动和促进作用。金融作家协会是全体金融作家的"创作之家"，长期致力于为金融作家搭台子，为全体金融作家提供广阔的施展空间，为全体会员搭建了三大平台：《中国金融文学》杂志、《金融作家》公众号和中国金融作家网（内部）。《中国金融文学》杂志为季刊，设置了中篇小说、短篇小说、散文、诗歌、诗词、金融报告文学、金融作家随笔、金融作家艺术家、金融作家作品评析、金融文坛风景线、史海沉钩、学习与借鉴、金融文学剧本等18个栏目，每期发行3.2万册，年刊登作品数量近300篇（首）近100万字。目前，《中国金融文学》杂志不仅成为中国作家协会直属的行业作协重要会刊，为作家们提供施展才华的舞台，也是弘扬时代精神、传播金融文化和连接全国金融员工的重要文学桥梁，成为金融系统内外大众喜爱的读物。《金融作家》公众号，年发表300多位金融作家400多篇优秀作品。为了搭建多形式、多渠道的平台，中国金融作家协会还协同《中国金融》《金融时报》《金融博览》《中国金融文化》《银行家》《金融文坛》《金融文化》等报刊，为金融系统作家文学爱好者提供了更加广阔的文学舞台。

自中国金融作家协会成立以来，以"中国金融文学奖"为支撑点，着力创建金融文学品牌。自2011年至今已经成功举办了三届中国金融文学奖的评选，累计有200余部（首）作品获奖。中国作家协会领导及著名作家、评论家李敬泽、阎晶明、李一鸣、彭学明、梁鸿鹰、邱华栋、孙德全、何振邦、冯德华等人担任终审评委，体现了获奖质量和评奖的权威性。中国金融文学奖评奖活动范围广、层次高、影响大，评奖后正式发文通报全国金融系统，新华社、《人民日报》《光明日报》《文艺报》《金融时报》等多家媒体都进行了宣传报道，在全国引起了较大反响。

"千淘万漉虽辛苦，吹尽狂沙始到金。"这些文学成就充分证明广大金融作家具备了胸怀国家、胸怀金融的视野，金融扶贫、绿色金融的理念已经扎根于他们的作品中。如反映农村金融扶贫的《天是爹来地是娘》，带领乡亲脱贫致富的电影《毛丰美》，讴歌金融体制改革的长篇小说《新银行行长》《贷款》《高溪镇》《催收》，反映金融服务实体经济的《银圈子》《希望银行》

《海天佛国的中行人》《驼背银行》，反映促进多层次资本市场健康发展的《资本的血》《中国金融风云》，健全金融监管体系的《一眼看穿金钱骗术》，记录金融历史的《大汉钱潮》，等等。创作题材涉及金融改革发展的方方面面，创作类别也涵盖了长篇小说、中篇小说、短篇小说、散文、诗歌、评论、影视剧本、报告文学等。一部部作品记录的是金融事业的一个个生动场面，一串串诗行呈现的是金融人的一幅幅鲜活画卷。这是中国金融事业的春天，更是中国金融文学的春天。

成绩的取得主要归功于三个方面：一是经过新中国七十年的大发展，中国金融事业取得了令世界瞩目的成绩，它为文学创作积蓄了肥沃的土壤；二是中国金融作家协会励精图治、奋发有为，以快马加鞭的节奏为会员创作提供了绝佳的环境，为金融作家创作提供了一流的服务；三是中国金融战线上涌现了一批有思想、有情怀、有理想、有能力的作家，他们快乐地奋战在金融第一线，幸福地记录着身边优秀的人、精彩的事。这三个方面因素凝聚了"天时地利人和"的精华，而精华的基石还是中国金融事业的波澜壮阔和发展壮大。

如何让金融文学为中国文学大家庭发光发热，并成为指引全体金融文学人前行的光亮，这是中国金融作家协会重点研究的课题。经中国金融文联批准，中国金融作家协会与湖南大学出版社通力合作，决定由中国金融作家协会征集、选编，湖南大学出版社出版《当代金融文学精选》一套，系统地展现新中国成立七十周年以来，中国金融题材小说、散文、诗歌、报告文学、剧本、文学评论等创作成果，弥补当代中国文学丛林金融文学丛书的空白和缺憾，以推举和激励优秀金融文学艺术工作者，繁荣中国金融文学事业，为新中国成立七十周年献上一份金融人的文学厚礼。

《当代金融文学精选》堪称鸿篇巨制。本套丛书以讴歌金融人的精神为己任，根据文学自身的规律和金融文学的特征，秉承"金融人写金融事"为主要特征的文学理念，确定基本框架，精心策划，精心遴选，精心编排。为了确保作品的质量，中国金融作家协会成立了以中国金融文联领导、专家和杂志编辑为编委的作品编辑委员会。按专业特长分工，从金融机构和作家申报的作品中，经过长达数月的辛勤工作，最终组稿成12卷本的中国当代金融文学精选丛书一套：长篇小说4卷、中篇小说1卷、短篇小说2卷、散文

1卷、诗歌1卷、报告文学1卷、影视戏剧文学1卷、文学理论与评论1卷。选取了长篇小说23篇，中篇小说15篇，短篇小说45篇，散文45篇，诗歌近400首，报告文学31篇，影视戏剧文学10篇，文学理论与评论37篇。硕果累累，气势恢宏。

这些入选作品是新中国成立以来，尤其是改革开放四十年来壮丽的金融事业发展记录，更是中国金融事业取得巨大成就的见证。中国金融作家协会在中国金融文联和中国作家协会的正确领导和大力支持下，以记录和讴歌壮丽的中国金融事业为使命，带领全体作家深入学习贯彻习近平总书记有关文艺和金融工作重要讲话精神，以深化金融作家组织建设为基础，以宣传介绍金融行业先进的人物和事迹为重心，以鼓励和扶持金融作家创作优秀作品为己任，以推广金融作协和金融作家的影响力为追求，以文学的名义用精品力作为中国的金融事业鼓与呼。

从"养在深闺无人识"到"万人瞩目任端详"，《当代金融文学精选》能在这么一个值得纪念的年份出版，这是全体金融作家的幸事，更是金融文学的幸事！广大金融作家适应行业需要，兼顾写作的实用性、文体的多样性、参与的广泛性，初步形成中国金融文学的特色，那就是"写人叙事，不拘文体。信札公文，亦可荟萃。百花竞放，满园春色。开锦绣文章之先，为中国金融存史"。作为一名金融作家，最荣耀的不过是将自己最精彩的作品奉献给国家、社会和人民，让自己的作品与祖国同寿，与天地齐辉。这是一名金融作家对新时代最好的表达，也是一名金融工作者最无上的光荣。祝贺所有入选丛书的金融作家，也衷心感谢那些为金融文学默默奉献的金融作家和广大的金融工作者！

寄语金融文坛好，明年春色倍还人！

是为序。

2019 年 9 月 7 日

北京金融街

目录
Contents

作者简介

符浩勇，中国作家协会会员、海南省作家协会副主席、中国金融作家协会理事。曾在《人民文学》《小说界》《北京文学》等文学报刊上发表小说、散文、诗歌和文学评论作品。著有长篇小说《四英岭人家》，小说集《不懂哭你就瞎了》《飘逝的紫围巾》《快乐都去哪了》，诗集《城里没有故乡的月亮》，文学评论集《小小说的海岛证词》等。获海南省青年文学奖、南海文艺（文学）奖、冰心儿童图书奖、小小说"金麻雀"奖、《小说选刊》和《小小说选刊》优秀作品奖等。现供职于中国人民银行海南省海口市分行。

花路歧途

符浩勇

一

李为民拖着疲惫的身躯回到家里的时候，已经是下午两点多钟了。

老伴林春梅见他的情绪有异，欲言又止，就问你去开会没饭吃吗？李为民说吃过了。她又说，那是酒没喝够？他说刚才在镇上和李书记、吴副镇长一起吃过了。稍后，他又补充说，散会的时候，李书记和吴副镇长叫他留下来谈了一些事，然后就叫他一起到海盛酒店吃了，其实李书记和吴副镇长都很豪爽，对他很客气，亲自为他斟了酒。林春梅听着听着脸上的笑纹舒展开来，眼睛也光亮了许多，把男人看成很有本事的角色。

外面太阳还很大，庭上热气腾腾，人在屋里也感到眼睛有些发烫。天上的云彩也跑得没有了踪影。幸好有点风，丝丝缕缕的。休息一会儿再下地，也不急于一时半刻。林春梅看着坐在大沙发椅上并不入睡、晃动着脚的男人，又忍不住问，今天开什么会了，李书记和吴副镇长跟你说了些什么了，你们是去按摩了吧？在林春梅的心目中，吃喝玩乐基本上是一回事，有了一官半职的都会那样。李为民猛地坐起身，说你怎么会这样想，你把话说到哪去了？人家李书记和吴副镇长都是党员干部啊。这次会议主要是传达市委市政府的文件精神，要在支持攻坚脱贫的同时建设一批生态文明村。李为民又说李书记和吴副镇长请我去吃饭，是叫我回来物色一个自然村，抓好一个点，搞出成绩来，为全镇树立起一个榜样来。时间三个月，到时全镇的干部、各村的支部书记和村长都要来参观。林春梅惊讶了，什么是生态文明村呀？李为民说就是修路啦种花啦种树种草啦，反正就是要把村子弄得整整齐齐的，干干净净的，漂漂亮亮的。

林春梅抿着嘴眨着眼品味了一下，总算弄明白了，说好啊那样就是好啊，不过哪有时间呢，谁都有谁的事做，再说你到哪去弄钱呢？李为民说时间应该是有的，主要的问题是钱，不过李书记和吴副镇长都表态了，镇里一定会给予极大支持的，你知道支持是什么？就是钱。林春梅有些激动了，说真的吗，他们答应给多少钱了？李为民说不知道，反正钱一定会有，人家当书记镇长的嘴不会是乱开的。林春梅问有三万吗，李为民说不知道，不过我看不会只是三五万元，三五万元对书记和镇长算什么呢。他要是高兴的话，十万二十万也是个小数。

林春梅听得都坐不住了，就站立起来了，眼睛火辣辣的，就差没扑上去了。她说，这样吧，这个点就选排坡村好了，那是我娘家啊。李为民有点反感了，说你怎么那样讲话呢，这是公家的事知道吗？林春梅说我不知道你知道啊？你说排坡村不是公家的吗？不是公家的是谁家的呢？既然也是公家的，我为什么不能那样说呢？你是村长啊，我是你老婆啊，我嫁给你二十几年了，你为我娘家做过什么呢？我当姑娘的时候你是怎么追我的，都不记得了？当年我父亲嫌你家贫，让你出一万元彩礼，你拿不出来，是我谎说肚里有了你的孩子，我父亲无奈之下，让我跑过来的。现在老婆到手了，你就什么都不管不顾了？我父母……林春梅说到此话的时候突然就哽咽了，感情马上就来了，眼里都有泪水了。

李为民一时也找不到适当的话说了。他一直以为老婆都老了，没想到老婆并不老，心还停留在做姑娘那时候。他不想伤了林春梅的兴致，也不忍伤了自己女人的心。平时不管在家里还是在外面，女人总是处处护着他，就像葵花向太阳一样。在家里，女人的话还是要听的。李为民就说好吧，我考虑一下，不过我还得去跟村干部们讨论一下。

林春梅破涕为笑，庆幸自己动情是有效果的。

二

李为民等村干部一行五人骑着摩托车来到排坡村的时候，太阳已经下山，天色灰暗，地上凉快了，人们也三三两两收工回村了。也有牛跟在人们的身边，悠悠闲闲地走着。小牛就不正经了，母牛已经走得好远了，它还站在那里看风景，等到醒悟过来了，就又一阵的狂奔。也有母亲呼唤孩子的声音，亲亲切切的，牵肠挂肚的，一阵一阵地划过旷野的上空。

其实确定排坡村之前，李为民在和村干部们商量的时候并没有把老婆林春梅的话说出来。但是有人提到了排坡村，说是排坡村的条件比较好，村子比较大，人口比较多，近几年盖了不少新房子。李为民立即表示了支持。村长开口了，就有人跟着附和，没人反对了，事情就这么确定下来了。接下来的事就是到那里去看一看，确定具体怎么搞。

村口路边有一个小店，店主林春海，也就是林春梅她哥，李为民叫大舅哥。店不大，面不小，中间是用砖瓦做的，前后都用木板和油毡纸搭了棚，排了四张麻将桌。看来生意不会坏。可能是临近傍晚，人不多，没人打麻将，只有来买东西的。见了村干部，谁都很热情地打招呼，不过大都叫李为民姑丈，叫村长的人不太多。看来，叫姑丈要比叫村长亲热些。村长谁都可以当，姑丈就不是谁都可以当的。林春梅娘家在排坡村，一村人都叫她春梅姑，当然一村人也可以叫李为民姑丈。林春海也走了出来，问姑丈怎么有时间这个时候来，是不是有什么事了。李为民对大家的亲热很满意，说特意来看一看，准备搞生态文明村。林春海说好好好，然后就请大家屋里坐，并且拿出矿泉水每人发了一瓶，然后又问姑丈刚才说了要搞什么村了是不是，李为民说是，文明村。李为民说着把手伸进口袋要掏钱，林春海急忙上前来制止，说不用不用。李为民很不好意思地笑了笑，回头对几位村干部说喝口水吧，大舅哥这么热情，支持咱们呢。林春海笑了，呵呵的。看样子，他不收钱是真心的。村干部看在眼里，心里也感激了，一人一瓶，就是六块五。大方了，不错了，人是粗了点，一脸的胡须，可是心肠热着呢。

在村子里转了一圈后，几个村干部的看法出来了。排坡村的地理位置不错，房屋基本上坐北向南。前面有水田后面靠山坡。老房子比较旧，比较简陋，也比较拥挤。走道小，不过基本上还算整齐，有六行，每行一般都有七八间。新房子就有点特别了，和老房子方向不是太一致，但比较气派，有些还贴了瓷砖，绚丽多彩的。大部分有庭有院，有些还种了橘子莲雾什么的。村子前面就有问题了。房子距离水田大约有四十五米。有些树，椰子荔枝龙眼什么的。可是非常脏，猪圈牛栏粪坑到处都有，而且很多都是破破败败的，石柱围的、木桩扎的、油毡纸盖的、椰子叶遮的，非常不像样，一看就让人心里很不舒服。大家的看法是这些东西都要搬，然后在前面修一条比较大的路，再修几条小路，种上一些花草。

回到家里后，李为民心里有些底儿了，一件大事总算有个着落了。林春梅似乎更高兴，说话轻轻飘飘的，清清甜甜的，仿佛回到了少女时代。炒菜的时候也故意把铁锅弄得叮叮当当的，喜喜庆庆的，好像办喜事一样。吃饭的时候李为民忽然觉得还有比吃饭更重要的事，那就是应该赶快把做文明村的事向李书记和吴副镇长汇报一下，最好是能够争取让他们来看一看。钱的事是重要的，书记一开口，什么事情都好办。电话很快接通了，李书记很干脆，听口气好像很高兴，说了你们行动很快，说明责任心强，值得表扬，还说他明天上午一定来，还说要叫吴副镇长一起来。吴副镇长是管财政的，书记的钱袋是他背着的。

三

实际上李书记和吴副镇长来到排坡村的时候是下午两点多钟了。当时李为民刚吃完饭又回到村委会。上午已经等了半天了，书记镇长还没到。他觉得应该继续到村委会等李书记和吴副镇长，他们答应过了，一定会来的。村委会办公室里非常静，就李为民一个人。他便把一只脚抬起来放到了桌子上，身子尽量地往后靠，眼睛尽量地往屋顶上看，很是专注，又很茫然的。椅子前面的两只脚都被弄得离开了地面，姿势很不雅，但是很舒服。舒服和雅观往往是很难达到一致的。办公室确实旧了，有钱的话也应该盖一幢新的了。如果文明村的事搞得好一点，说不定镇里还会奖励几万块钱呢，到时一定用来盖办公室。李为民这样想着的时候，镇里的车子就呜呜由远而近，李为民兴奋地迎出去时，车已来到了，他忙说李书记吴副镇长你们真忙，吃饭了没有，午休时间都下基层。李书记说我们吃过了，刚吃过。李为民说上午我们几个村干部都在村委会等你们呢。李书记有点惊讶，说李村长啊你说什么了，建设生态文明村是事关群众的利益嘛，必须发动群众嘛。你们等我们干什么，我们不过是来看你们搞得怎么样嘛。李为民说是是是。李书记问开会了没有，李为民说开了。李书记问来了多少人，李为民说五个村干部都来了。李书记说我说的是开群众大会，这是群众的事嘛，必须召开群众大会跟大家讲啊。李书记后来又说，这样吧，我跟你先去看看，有时间的话，顺便开一个群众动员大会。吴副镇长忽然说正式文件没有带来，李书记回头说还带什么文件呢，我都记住了，我用嘴说说就可以了，我记得文件的内容。

李书记的车子是在林春海的小店门前停下来的。午休时间，小店非常的热闹，四张麻将桌上都有人在忙。看的人也多，男女老少人头晃动，有说有笑。李为民和李书记吴副镇长下车的时候，打麻将的人基本上停下来了。他们不晓得来的人是谁，但是有车坐的人就不会是一般人。还有村长姑丈带队呀，不会是抓赌博吧，最近没听说出了什么抓赌活动呢，是不是来抓打麻将的。有些胆大的就主动和李为民打招呼，村长姑丈什么的叫得响响亮亮的。李为民向大家介绍说这是镇委的李书记和吴镇长，来帮助我们建设生态文明村的。这一回，桌上的人旁边的人都有点惊讶了，来的不是一般的人了，是镇上最大的官了。村民组长林春和也夹在打麻将的人之中，李为民看到了，立即把他拉出来，向书记镇长做了介绍。李书记想了一下，就对林春和交代说，这样吧，你通知村民集中开个会，地点就在这，我们几个人去看一下再回来。

林春和立即叫几个人分头去通知开会，李书记和吴副镇长也在李为民的陪同下巡看村子去了。总的来说，李书记和吴副镇长的看法是好的，认为排坡村基础是有的，完全可以调教出个样子来的。当然，最大的问题是脏和乱，村子几乎都让猪圈牛栏粪坑包围了。有些猪又没有关好，大摇大摆地在路上走。在巡看的时候他们就碰上了一头母猪，还带了一群的猪崽，吱吱的，到处拱土，到处拉屎，根本就不把人放在眼里。主人叫胡什么芳的还嘻嘻哈哈的，说母猪带崽就是要让它走走路拱拱土才好。

李书记一行回到林春海小店的时候，那里已经聚集了好多人。吴副镇长问都来了没有，林春和说有些没有来，不在家。李书记说不在就不在了，开会吧。会议由李为民村长开头，李书记发表讲话。李书记讲话的时候是站着的，看手势，做事可能比较急。人不算是年轻了，可是讲话非常有意思，口气大，硬朗，给人一种做事就一定会做好的感觉。李书记说排坡村是个好村子，人多心齐，经济上得去。这话不对，可是很中听。村里三天两头总有人要吵上一些架，一棵芭蕉一个鸡蛋都可以成为相骂的理由，经济不怎么样，有钱的人少，没钱的人多。不过大家听了李书记的话都很高兴。人总是喜欢听好话的。李书记又说我们把村子做得漂漂亮亮的，树大路宽，花红草绿，像城里的公园一样，青年人娶个老婆也容易，寡居老年人想再找个伴也不难。大家听了很激动，叽叽喳喳的。男人脸上光芒灿烂的，乐呵呵笑。很多女人把嘴捂上了，看眼神，闪闪亮亮的，开心是肯定的了。书记也会讲笑话，那就说明他平易近人。孩子们不知道为什么，看了这个看那个，笑容也悄悄地在脸上展开，嘴边的酒窝也莫名其妙地出现了。林春海忽然大声地问：书记啊，镇里能给多少钱呢？李书记有点吃惊，但是也笑了，说钱的问题你不用太担心，我姓李的出十万，你们每个人也不会不出一百元，是不是？还有啊，外出工作的，经商的，海外侨居的，大家共同来努力，我不相信没有办不成的事。

李书记的一席话把大家都说乐了，心里头像盛开的花朵，一瓣一瓣的。李书记要回去了，李书记对李为民说上车吧我送你一程。李为民并不顺路，和李书记回镇上的路是反着方向的。李书记这么说，李为民很感动，吃了李书记的饭，这回又坐李书记的车，而且又是当着广大群众的面，全镇能有几个人有这样的荣耀呢？车子启动的时候大家都站起来送行，还有不少人招着手，一脸的期盼，情景和当年人民群众送红军有点相似了。车子出了村子后，吴副镇长突然忧心地说：李书记，今年财政收入不太好，要拿出几万块不容易啊。李书记说钱的问题你不必担心，想办多少事就能找到多少钱。全镇领财政工资的有四百六十七人，每人捐一百，就是四万六千七，只差三千三了，剩下的就我包嘛。吴副镇长开心了，也笑了。李为民也笑，感觉李书记确实有威信有魄力。

四

张玉云知道开会，可是她不太想参加，猪食煮在锅里，烧焦就坏了。等她出来的时候会议已经散了，不过人还未散去。李书记带来的喜悦还在拉扯着大家的心。李书记会讲话，逗人乐。即使有些笑话说得过了分，而且有点黄，大家也喜欢。不过分不带色也成不了笑话，人总是需要快乐的。李书记说话的时候没有多少人说话，李书记走了大家的话就多了，像泉水一样喷涌。总的来说是激动，十万元，天上掉下馅饼了。有的说是先修路，有的说先把那些猪圈牛栏粪坑都搬掉，有的提议要买些花草种，青年人说最好先修一个球场。都有道理的，都是应该的。路修好了走起来舒服，草绿花红心里欢喜，猪圈牛栏粪坑搬了空气好，球场修好了有个地方玩。青年人闲了没事干，老是到学校打球，影响了学生，校长骂得很多了。

头脑静一点之后，有人算数了，应该说只是粗略算了一下，问题出来了。十万元，就是二十万块也不一定能够解决问题呢。有人提到外出人员，其实全村外出人员仅仅九个人，其中五人当教师，其中有一个副校长没有实权，没有机会贪污受贿。再说有一个在省城机关当副处长，是公务员，但工资不高，逢年过节才回来一次，听说在外面生活过得也很不容易。有人犹豫了，林春和也不说话了。林春海说你还犹豫什么呢，那十万元闪了一眼就没有了；你大胆干，钱就会跟着来的。二十万元，三十万元算什么，不就是数字后面加个零。他当镇委书记的，是一把手，不就是"同意"两个字，很多领导一辈子都写不好这两个字，把咱们排坡村做漂亮了，功劳还是他当书记的嘛。功劳给他拿，舒服咱享受，好事嘛。林春海的话说得有道理，引起反应了，焦点转到李书记的身上了，大家笑容满脸地说了李书记许多好话。看来大家对李书记是比较有信心的。林春海又补充说，我看姑丈他和李书记的关系比较铁，只要姑丈愿意出面，事情就好办多了。

张玉云开始只是站在旁边听，两只手抱在胸前，不关她的事似的。后来她就挤进人群中来了。她原以为事情跟她没关系，除了搞建筑，村里什么事跟她能有关系呢？男人林春阳在外面挣钱，做建筑当包工头的，算不上大的小康，但是生活比别人家滋润些，大屋大院的，有运输大车和小轿车。要不是家里赡养着两老，她张玉云早就跟着林春阳到外面看花花世界了。可是仔细地一听建设文明村，有关系的呀，而且关系大着呢。看样子，村子里要动大工程了，四面八方的建筑都去做，家门口的钱怎么能让别人去赚呢？

张玉云回到家里就给林春阳打了个电话，林春阳傍晚的时候就赶回来了。不吃饭，不洗澡，夫妻俩马上就进行了实质性讨论。讨论的结果是"干"，这样的工程有钱赚是肯定的。张玉云说你要去找李村长承许一下，林春阳说那必须的，这事得他说了算。出门的时候张玉云又悄悄地问带钱了没有，林春阳说带了，这个事情我会做好，你放心。

排坡村的生态文明村建设很快就大张旗鼓地开始了。按规划，猪圈牛栏通通搬到村子的北边，由各家各户自己完成。每间补助一百元。粪坑通通填平，改为家庭卫生间，每间补助三百五十元。自己能搞的自己搞，自家不能落实的请林春阳帮忙，事实上，自家能完成的仅仅是三户，除去已经建了的十多户以外，剩下的二十七户都得请林春阳。主要的工程是路，从东到西是主道，还有四条弯曲的小路。全都搞水泥路面，球场啦，绿化啦，全都一齐上马。

五

开工的时间是五月十日，那可称得上是一个隆重的日子。村口那里砍来三棵长长的木麻黄树，搭成了一个拱门楼，拉上一条横额，挂了一副对联。布红书黄，热烈有样，既有了隆重，又有了喜庆。顶上还插了七面彩旗，迎风飘扬。鸟儿不知道是喜着了还是惊着了，高高低低地飞着，唧唧喳喳地叫着。村里还拉了两个高音喇叭，有时是一个女孩子在播着搞生态文明村的伟大意义，有时又响着干部们的通知什么的，张也、宋祖英等人也在广播里面唱着歌。就因为这些，整个气氛都改变了，热烈得很，喜庆得很。不知从哪里冒出来那么多人，远远看去，到处都是，南来北往，熙熙攘攘。排坡村的路口是连着大公路的，来往的车多，车上有不少的人甚至把头伸出窗外来看个新奇。

值得说明的一点，来参加劳动的人比排坡村的人还要多。镇上有些干部来，村里的领导都来，中学里也来了许多学生，还有林春阳请来的许多民工。建设生态文明村是大事，有党和政府的领导，有各行各业的支持，当然会闹腾得轰轰烈烈，热火朝天。

有一件让林春海很自豪的事情是，女儿也回来了。女儿名字叫林海珊，在镇上中学当老师，这次是跟几个老师带着学生回来参加劳动的。林海珊很年轻，穿着打扮比农村的女孩子时尚很多。加上是回家乡来做贡献，林海珊可高兴着呢，因此她充满青春的身影格外打眼。碰到村里人她就热情打招呼，对着村外人包括她的学生她就笑盈盈地主动介绍她的排坡村。

还值得说明的一点是林春梅这天也回娘家了。本来李为民不赞成回，说建设文明村是村里面的事，不是你娘家的事。林春梅有点生气了，说你又来了排坡村的事也就是她娘家的事，以往谁家盖房谁家男儿结婚谁家女儿嫁人都回去，现在搞文明村这么大的事怎么能不回去呢？嘴上的话只是这么说，其实不是嘴上的话还有呢。如果不是李为民当村长，这个文明村还不知道要放到哪里去搞呢。实际上也就是说，林春梅这一次的回娘家至少兼有了某种只可意会不可言传的意思了。也没有什么不对，排坡村这回做文明村，排场了像样了，她林春梅心有了，功有了，贡献不小了。林春梅是个比较爱自己的人，做什么事情，穿什么衣服，一般都不是乱来的。这次回娘家，林春梅选择的衣服是第一次上身的还未见水，裤是蓝裤，衣是碎花衣。底是白色的，花是红色的，非常的打眼，红红艳艳的，人走到哪里，哪里就鲜花盛开，就春意盎然。

当然，来者都有任务的。排坡村的村民主要是处理各人家庭的事情，要搬猪圈牛栏啦，要兴建卫生间啦，要搞房前屋后卫生啦。学生的任务主要是搞好村前的卫生，除杂草，清理垃圾，等等。一等场地清理了出来，种花种草的工人马上就进场。民工的任务最重，修水泥路，建卫生间。这两项，工程量非常大。林春梅也有任务，她的任务是看看人家怎么搞，同时兼有帮忙娘家做些事。这个任务没人安派的，是她林春梅自己定下的。其实林春梅娘家没有什么事，没养猪也没养牛，想吃肉就买，想耕田就请人耕。只要肯给钱，请谁谁都来。厕所早就盖到家里面去了。老父老母都过世了，没有牵挂。她哥林春海在村口开着店，家里种些田，但都是嫂子的事。

　　说到建设文明村，责任最大的当然是领导，领导的主要工作是指导。李为民两只裤腿都挽了起来，一高一低的，手里拿着顶草帽，不过并没有往头上戴。指挥部设在林春海的小店前。油毡纸搭的棚下，两张麻将桌已经并排在一起了。桌子上排了几个机器，录音机扩音器什么的。桌子旁边坐着两个漂亮的女孩子，听说那是中学里面的播音员。

　　林春海不是指挥部的什么人，但是非常忙。他的生意忙。村里一下子来了那么多人，而且都是干活的，就是说，这些人都得吃东西的，甘蔗啦面饼啦糖果啦香烟啦，而且要喝水，当然还得用东用西呢，手套草帽什么的。本来事前是有点准备的，可是估计得很不够，矿泉水很快就卖完了，其他的饮料销售也很快，还有甘蔗、糖果、草帽等，都全面告急，都得急忙去进货。没想到货一进回来转眼间又快完了，只得再次进货。幸好老婆和老婆的妹子来帮忙。苦是苦，可是有钱赚，打心里乐。林春海一脸都是笑，心里想：早就该搞了嘛，要是经常搞生态文明村，那多么好。

六

　　事实上，新问题出现了，而且就出在指挥部那里。第二天下午两点半钟的时候，李书记来检查工作了。李书记对工作的场面很满意，一边走一边点头，连连称赞说很好很好。回到指挥部的时候，李书记眼瞪瞪地看着店子，眉头忽然有点皱起来，问这个店子怎么办。李村长先是怔了一下，明白了李书记的意思是叫搬之后就吓了一跳。店子的主人是谁，他当然知道，让他去叫大舅哥把店子拆掉，也就跟把天捅下来差不多。思考了一下，就说这点还没有考虑。李书记往远处看了看，说一定要搬。李书记又问这店子是谁的啊，你把他叫来。李村长迟疑了一下，像要说什么，但是没有说，就把林春海叫了出来。林春海眨着眼，看着李书记，笑着说李书记你好，你好。李书记也笑，说这店子是你的啊。林春海点头说是。李书记说你这个店子要拆掉，要搬走，盖在这里太不恰当了，太损村容村貌了。李为民想了一下觉得也是个事实，村子漂亮了，村口却有个破破败败的铺子，煞风景了，都跟在一件漂亮的衣服上打了个醒眼的补丁一样。可是他觉得不能说话，是大舅哥呀，怎么开口呢？也就没有说什么。

听了李书记的话，林春海吃了一惊，确信是没听错之后，问搬到哪去？李书记想了想，说最好是搬到准备搞球场的那个地方去，而且要把房屋盖得像个样子点。林春海说书记啊不搬不行吗，我这个店是花七八千元盖的啊。李书记一听认真了，说："不行，不搬不行，我不是跟你说着玩的。你自己看看，再过一个半个月，这个村子就变漂亮了，路修得排排场场，到处都整整齐齐。你这店子就在村口，旧旧陋陋破破败败，你说不拆不搬行吗？妨碍了村容村貌影响了生态文明村的建设，这些你都懂，不用我多嘴了。"

李为民村长张了几回嘴，很想说什么，可是都没有把话说出来。这口难开啊。反对李书记吗，不行啊；批评大舅哥吗，也不能啊。

林春海的头热烘起来，就凭着李书记的几句话，自己一下子就当上影响大局的坏人了。他皱着眉，把李书记和李村长看过来又看过去，觉得冤枉了就气愤了，声调也有些变了："告诉你们，我这是花了七八千块钱盖的啊，叫我搬，你能补偿我多少钱呢？你当书记的，你怎么这么不懂道理呢？"

老实说，这话打脸了，李书记头脑也发烧了，竟然有这样的人？这样大胆顶撞？李书记生气了，严肃了，声音像狂风暴雨一样："你花多少钱都得搬，我一分钱不补偿给你你也要搬。我告诉你，五天之内，一定要搬。不然的话，到时候我带人来就拆掉。"

林春海大受震惊，他发觉周围的人谁都把目光看到他的身上了，仿佛他真是个坏人歹人了。

李书记不想多话了，他实在是不想去跟一个老百姓啰唆，他没有时间，镇里的事情很多。他大声地对司机说：回去！司机拉开了车门，李书记就坐了进去。小车启动了，离去了。很多人都站在那里看，说欢送也是可以的，不过有了点异样的感觉，谁都沉默寡言的。林春海也看，不过他的眼睛是辣辣的，心里是愤恨的。当书记的人，这么不讲道理，这么随便地伤人。上次来的时候讲话像糖那样甜，这次就变成狗屎了，来做文明村，这么不文明！他愤愤地想，他甚至希望那辆车驶着驶着的时候突然就翻掉了，把李书记摔死。

说来也真有点怪啊。爱上一个人和仇恨一个人，往往只是瞬间的事情。当初李书记来做动员的时候，他林春海怎么样，好话就他说得最多呀。如今呢，最恨李书记的人也是他。这是为什么了呢？其实往深一点想，也不是复杂，就只是尊重。很简单。人啊，人与人，尊重不尊重，天大的事啊。不管大人小孩，也不管官员百姓，尊重是朋友，无礼是仇人。朋友有话好商量，仇人不见心都恨。

人们散去又继续干活了，可是热情大大减弱了。有人问李为民村长，说李书记也不知道你和春海是亲戚吗，李为民没有说话，只是把说话的人看了看，然后就一脸严肃地走开，他到别的地方去了。

七

五天的时间不长，可是对林春海来说就犹如五年。不知五天后有什么事。姓李的，脸黑，眉粗，嘴巴大，真是健壮得像个凶狠人。说的话，跟石头砖块一样，一块一块的，没有一句是给人听的，还是当书记的呢。

几天来，姓李的那个黑面目，那些粗鲁话，总是在面前，总是在耳边，总是挥之不去忘之不掉。林春海心里也明白，那就叫愤怒，叫仇恨。必然的，水到渠成的。在排坡村，林春海威信是比较高的，说话是有地方的，和村民组长林春和基本上是平起平坐的。别看他开的只是一间小小的店子，可是跟各家各户大人小孩都有着这样那样的联系呢。不只是酱醋油盐的事，还有思想交流信息传递各个方面的大事。买包烟拿瓶酒，一般人都是舍远取近的。林春海一般隔天要到镇上进一回货，集市上有什么消息，他都会及时带回来。林春海喜欢看报纸，每回上集市他都要买上一两份《海南日报》《参考消息》或者《南国都市报》，因此国内外发生的事情他基本上都知道，而且能够见缝插针地向大家传播。村里要有个通知，林春和也喜欢通过林春海。林春海的嘴其实就是一个大广播。就凭着这些，你说说他林春海在大家的心目中是什么位置呢？打掉了他的威信，就跟把他从屋顶推下去一样，你叫他怎么服气呢？

女人一般都有点怕事的。林春海上床的时候老婆陈菊兰就轻声轻气地说算了吧，我们民不与官斗，斗不过人的，咱拆就拆吧，搬就搬了吧。

在林春海的眼里，陈菊兰非常好，热爱男人，也比较热爱她自己。人小巧玲珑，皮肤比较白，五十五岁好像是三十五岁。她本来就比林春海小了十几岁，两人一做个比较，她简直就是一个十五的月亮。所以，在一般的情况下林春海是比较听她的话的。

但是，这一次女人的温柔并不能使林春海松软下来，而是变得更加强硬了起来。林春海猛地从床上坐了起来，说我就是不拆，我看他能把我怎么样？陈菊兰也有点生气了，说你知道人家是镇委书记吗？咱姑丈当村长的都怕他，你看见了吗？斗官穷，斗鬼死，逆风插秧旋转起，这个道理你也不懂吗？林春海说你懂什么呢，你知道咱建店子花了多少钱了吗？他政府来做文明村，为什么要我们把一间店子贴进去呢？告诉你，搬也可以啊，不过他一定要把道理讲清楚，一定要做补偿。一万元，少一分钱我都不同意。你想到了吗，如果你现在就拆了，就搬了，谁还有钱给你呢？陈菊兰没话了，觉得男人的目光看得远一些。

"是不是去找海珊一下？"李书记骂林春海林海珊并不知道，陈菊兰就提议说。

"找她？找她干什么？"

"她谈的男朋友不是在镇政府里工作的吗？让他出面跟李书记说一下。要不，咱们就送——"

"什么？我要的是赔偿啊，你还说送什么。哼！"

才说到女儿，女儿就回来了。这一段时间，除了做文明村第一天学校安排林海珊回来外，后来的时间就叫她上课了。她当班主任，带班就不回来。不过放学后她抽空回了几次。她说她要回来看生态文明村做得怎么样了。女儿有心了，做文明村人家捐一百元钱，她捐两百元呢。

得知那回事之后，女儿也不站在父亲一边了。女儿的意见是人家叫搬就搬，不要去跟人家吵了。林春海就坐在一旁，却一个字都没有听进去。他坚定不移了，他的立场是先把钱拿来再拆。

说到底就是为了钱。谈到钱，这里就要接着说一些钱的话了。村民组长林春和也遇到问题了，钱收不上来。一个人五十元，一个家合起来就不是小数目了，谁都说要交，可就是没有把钱拿出来。更可气的是，没交钱的还要骂，甚至把林春和当政府骂，当国家骂。比方林春海就公开地说县里城里做街道，做公园，没听说向市民摊派啊，要钱啊，为什么我们做这么一点点的事就要交钱呢？人民跟人民都不一样啊。林春和不是当主席的，不是当总理的，这样的问题他当然无法去回答。

不管怎么说，形势的发展还是比较顺利的。仅仅七天的时间，排坡村的面貌就变多了。靠近水田那里的茅草荆棘砍掉了，村前大部分的猪圈牛栏粪坑拆掉了，临近房屋的空旷地杂草也基本除掉了，垃圾也运走一半了。总的感觉是比以前明亮许多了。大路的第一期工程可以说是完成了。就是说，路基已经清理出来。第二期的工程紧接着又要进行了。手扶拖拉机、东风大汽车呜呜呜地来回奔跑，拉碎石，拉水泥，拉河沙，准备着水泥路面的浇灌。挖起来的土堆放在两边，一堆一堆的。孩子们好玩，爬上去又滑下来，滑下来又爬上去，弄得一屁股都是泥土。大人们在骂，孩子们却笑。看着孩子们笑得前俯后仰的样子，大人们也无声地笑了。看样子，他们是在高兴着生气呢。

八

雨下了两天，工程停了两天。天晴后，工程又接着进行了。李书记再次来看，有点不满意了。进度有点慢，天也有责任，但天不好骂。林春海的店子还没有拆，而且还在那里卖东西，这就好骂了。李书记想问李为民村长为什么，却没有找到，有人说李村长刚刚来过，可能是回村委会去了。李书记自语着，当村长的，怎么这样软弱呢？站了一会儿，等了一会儿，还是没有李为民村长的影子。于是，他便大步走到林春海的店前，板着脸，把林春海叫了出来，当着一群人问你这小店为什么还没拆？你到底是想拆还是不拆？你到底是想搬还是不搬？李书记的口气非常硬横，理直气壮不容申辩，有了一股压倒邪恶的气势，仿佛林春海是个坏人，是流氓，是无赖，是邪恶。林春海当然不把自己当坏人，他的表情和内心经历了脸红、耳热和愤怒等几个阶段，说不拆！我不拆！你不赔偿我就不拆！林春海这么说是必然的，人的感情一般都是这么发展的。他容不得别人对他不尊重，他容不得别人不给他面子。这一回，李书记头上烧火了，脸上铁青僵直的，说你不拆我给你拆。林春海当然不屈服，也大声地说你敢？李书记不再对林春海说话了。一个堂堂的镇党委书记怎么能被一个刁民压倒呢？他对一个镇党委干部说，你去把所有的镇党委干部都找来，你去把那台推土机给我调过来。为了防止意外事情的发生，李书记又往派出所挂了电话，说是马上派四名干警到排坡村来。事情闹大了，事态严重了，人们纷纷扔下手中的活围过来看。林春海变成猴子了，被围在人中间了。林春海不怕，面对一圈一圈的人，他不仅没有一点惧怕的表现，反而变得更加坚强起来，视死如归起来。他的声音越来越大，甚至嘶哑了，变形了。我不拆，我不搬，我不相信你共产党的干部就这样欺压老百姓。林春海老婆怕事，骂了几句就不骂了，接下来是哭，几乎哭成了泪人，两只眼睛都变成两颗红艳艳的荔枝了。

镇党委的干部很快就赶来了，推土机跟着也开来了。不多久，公安干警也赶到了。人们围的圈子一下子扩大了许多。气氛骤然紧张起来了。看的人都不说话了。李书记再次大声地问林春海，你到底拆不拆？林春海什么也不说了，忽然跑到推土机前面，身子一歪就躺倒在地上，两手抱着胸，闭着眼，不说话。看样子，视死如归了。其实他的意思很明白，推吧，你推吧，最多就是死。死都不怕了，还怕什么呢？可怕了，要出人命了，事态非常严重了。李书记眉头一皱，大声命令道拉走！给我推！林春海被两个公安干警拉走了，推土机发动了，前进了。随着轰轰隆隆的几声，小店被夷为平地了。那情景很是刺眼，油毡纸和木板搭的棚被掀掉了，被砸碎的酒瓶或者什么瓶在阳光下闪闪烁烁的，纸啦快食面啦糖果啦抛得到处都是，五彩缤纷的。有些东西还可以吃，可以用，可是没有人去捡。

九

李为民并没有看到大舅哥林春海的小店被推倒这件事情的全过程，但是他看到了推倒后的现场一片狼藉，有阵风吹来了，几个塑料袋还有几片纸被扬了起来，旋转了几圈，然后就飘向远处了。那情景，就跟打过仗之后一样了，非常凄凉，非常难看。李为民当时的表情完全可以用非常惊讶又非常无奈来形容了。当时李书记已经走了，很多人便大胆地围拢来，看看他村长怎么拿主意。其实李为民没主意。林春海声音很大，其他人议论也很多，李为民村长什么都不说。你叫他怎么开口呢，一方是镇党委书记，一方是自己的大舅哥，你叫他当村长的怎么办？

林春梅知道哥哥的小店被推倒是在当天的中午，是李为民告诉给她的。她非常吃惊，似是被人在头上狠狠地给了一巴掌，头晕了，眼花了，心都战栗了。她穷追猛打似的把李为民问了又问，以至于把李为民都问出火来了。这一回，林春梅也认识了，李为民也不怎么样，村长也不怎么样，当村长连自己的大舅哥也保护不了，还有什么威信呢？还有什么面子呢？林春梅又气又恨，又哭又闹，说你还去当这个村长干什么呢？你不要当了！你去辞掉吧！

李为民没说话，但他心里很明白，当不当村长，并不是林春梅能够说了算的。当然，这个村长怎么当下去，前路又很迷茫了。他坐在正厅的椅子上，专注而又茫然地望着门外。天是晴朗的，并没有什么，山的那边还是山。

林春海小店的拆除，震撼是够大的了。很多人都意识到这不是闹着玩的了。排坡村的生态文明村的建设还在继续进行着，所不同的是那种喜庆的气氛少多了，手上照样干着活，嘴上的话却少了许多。林春海的思想倒塌了，非常乱，都不知道什么时候是早晨傍晚了。姓李的，当官了，良心都让狗吃了，都不是一个人了。陈菊兰也坐在一旁帮着骂，说现在不是人的人不少啊。

林春海的老婆陈菊兰和林春阳的老婆张玉云、村民组长林春和的老婆张美英关系比较好。陈菊兰家出事了，她们便相约着来安慰。林春海是男人，女人来安慰别人的男人显然是不合适的，只能是安慰陈菊兰。陈菊兰是林春海老婆，安慰了陈菊兰，其实就是安慰了林春海。当然啦，不敢公开来，夜幕降落了之后才悄悄地来。说话的时候也是声音轻轻的，还不时地把眼睛往窗外看，并且不时相互提醒声音小点啊声音小点啊。林春海说怕什么他要把你吃了吗？几个女人说话的主要内容就是骂，骂姓李的不懂做书记，根本都不是一个人。至于不是人又是什么，谁都没有进一步的做说明。另一个内容是表示支持，说就是要坚持要赔偿，政府有的是钱，现在他们把你的店推倒了，你就是叫他要一万几千他也没办法。张玉云胆子比较大，她说不给钱就去告他，叫他做不成书记。几个女人听了吓了一大跳。林春海心不跳，他甚至说我就是要告他。

促使林春海下决心去告李书记的还有一件事，就是关于女儿的婚事。林春海的女儿林海珊在镇上中学当教师，男朋友周应鸿是镇里的一般干部。谈恋爱已经六年了，从中学谈到现在，目前已经进入谈婚论嫁的阶段了。出了那件事之后，林海珊去找周应鸿的时候人家已经不想见她了，也可能不敢见。电话也不接。这就意味着有分手的可能性。林海珊回来跟母亲说起来的时候哭成了一个泪人。林春海气愤极了，说这样的男人你要干什么，三脚蟾蜍没处找，两脚男人哪里没有呢？陈菊兰也哭着说我看不只是谈恋爱的事啊，弄不好的话说不定饭碗也会被打掉呢。或者调你到边远山村，你奈他何？！

问题严重了，千钧一发了。林春海头脑的温度骤然上升了一截，他"砰"的一声把桌子拍了一下，大声吼道："他敢？奶奶的，你看我不去告他，不把他的书记做没了我就不做这个人。"

林春海是在一个阳光灿烂的早晨走进市委大楼的。事情很快就得到了落实，李书记真的被调离了。听说调回市委去学习或者做什么去了。林春海觉得出了一口恶气，从头到脚都畅快了。

十

实际上，林春海的高兴并没有坚持多久。李书记被调离了，排坡村的生态文明村建设也搁浅下来了。昨天还是热热闹闹的村子，眨眼间就变得冷冷清清了。牌楼没有拆，彩旗还在飘，可是已经显得孤零零的了，和村里的冷清清气氛不一致了。广播没有了，干部和学生没来了，林春阳请来的民工他也叫一部分回去了。本来，大路的碎石地基已经全部铺完，水泥路面的浇灌也已经完成百分之六十，本来没多久就可以完成。当然，其他的工作还很多，二十几间卫生间大部分只是搞了一半，几条小路还没有开工，做球场和种花种草的事还没有开始。总的来说，整个生态文明村建设工作可能还没有完成一半。可是又有什么办法呢，李书记调走了，钱没着落了，工程怎么进行下去呢？不要说是三十万了，就是他第一次开口的十万元也没有踪影了。李为民村长到镇上去了五次了，人家都没有明确的答复，都说是讨论研究后再算。新来的书记姓黄，从县城上下来的，人很少在办公室，听说是他想到各个扶贫村都去看看。可是好些时日过去了还没有来到排坡村呢。实际上事情是明摆着的了，你一个小小的排坡村转眼间就把人家一个镇党委书记做没了，人家后来的书记怎敢随便地往你排坡村那里钻呢？你知道要培养一个干部得需要多少时间啊？你排坡村的人那么调皮，那么厉害，那么捣蛋，谁想靠近你呢？你排坡村已经变成一个刺猬了，全身都是刺，谁还敢去下手呢，下手被刺是肯定的了。李为民已经听到风声了，镇上已经打算把建设生态文明村的重心放在扶贫村那个点了。

李为民村长的老婆林春梅心里也急了，事情并不是男人不当村长就可以解决的了。从目前的情况来看，这个村长你能扔掉不当吗？事情是你引起的，结局也应该由你来收拾，你能丢下不管吗？本来是好心，现在却做成坏事了，以后真不知道哪里有面子回娘家去了。李为民也想这件事，想了好久，自己对自己说只得发动群众。林春梅也坐在一旁，也听到了李为民的自言自语了。她也表态说就是了，没有办法了，只得发动群众了。李为民沉思了一下，说我看这样吧，我们带头捐款，然后发动群众捐。林春梅问你捐多少，李为民说这样吧，我们捐两万。林春梅有点惊讶了，不满了。嘴巴张得大大的，眼睛瞪得圆圆地说，你，你说什么了，你的钱不是钱了，开口就要捐两万元？李为民打定了主意，声音低低地说，实际上我们只是捐了一万嘛，林春阳来领工程的时候不是硬丢下了一万元？再说了，这也是为你娘家排坡村好啊，以后回娘家你脸上也光彩啊。不是办法的办法了，林春梅不再说话，甚至点头了。

这一段时间，排坡村清冷得多了。整个景象总的来说是不仅村子乱，人心也很乱，说什么话的都有。开始的时候，大家对林春海还是表示祝贺的，后来渐渐就改变了，甚至表示反对了。特别是林春阳，他做的事和老婆相反了。林春阳的老婆张玉云那天晚上说的话明明是对林春海表示支持的。原来老婆并不能代表老公。再说了，女人在晚上说的话，你知道是真还是假？有时候明明是夜里乐成的事天一亮就埋怨腰酸气乏。林春阳就是在没有修好的路边，当着许多人的脸，痛痛快快地把林春海骂了一顿。他骂林春海鼠目寸光，他骂林春海自私自利，他骂林春海坏了全村的大事。这是有道理的事，也是很必然的事。他林春阳当初是指望着赚一笔钱的，就算一分钱不赚，也为排坡村人做了一件大好事，子孙后人都会点念他的名字的。现在什么都没完成，投下的二十多万元肯定是打水漂了。还有啊，几件事都做了一半了，你现在是做还是不做？半路上停下来，丢下不管了，成什么样了？村里村外子世孙代都会骂啊。真是进也不能退也不是了，就像不会爬树的人就着梯子上到了树上，现在梯子让人拿走了，你到底怎么办呢？跳下来还是待在树上？应该说，这只是个人的损失呢。全村人的损失才大呢。先从经济的方面来说，根据村民组长林春和的统计，全村人参加劳动的劳动日已经达到一千五百七十三个，如果每个劳动日值五十元，那么全村每人就得损失七千多块了。还有搬迁猪圈牛栏粪坑的补助，几项加起来是多少啊。要是从影响方面来说，排坡村成了一个天大的笑话了，全县人都会笑掉牙了。这一回，全村人几乎都愤怒了，谁都骂。

埋怨林春海的人还有他的老婆和女儿呢。陈菊兰说当初我们要是听李书记的话就好了，就是人家不补偿我们也亏不了多少钱啊。现在弄成这样了，怎么办好呢？全村人都说我们不是东西了，害了他们了。俗话说，柴不受千刀，人难受百怨，我们这回是做了亏心事了。林海珊也大哭了。她应该哭，做人民教师的，教不了父亲，但是父亲思想太落后，影响女儿威信是肯定的了，以后还怎么去教育学生呢？爱情也没了，女孩子没有爱情，就跟一穷二白一样了。

林春海受震动了。这回他不是一般的震动，深入内心了，触及灵魂了，搞得他整夜整夜都没有睡好，眼睛一闭上，噩梦就来了。他甚至梦到愤怒至极的全村人七手八脚地把他揪起来，骂的骂打的打，然后气势汹汹地要把他扔到河里去。林春海这回真的害怕了，他找到了村民组长林春和，又找到了工头林春阳。林春海说这回我做的真是不对了，怎么办好呢？林春和喃喃地说看来我们只能是自己搞了。林春海头脑忽然开通了，挺兴奋地说，对，我们自己干，我愿出一万两万元，补偿我对村里造成的损失。林春阳笑了，目光怪怪的。很显然，那不是一般的笑。他不相信那话是从林春海嘴里出来的，他不相信林春海能够拿出钱来，就问这话是你说的啊？林春海说是，这话就是我说的，做男人，我说话是算数的。林春阳说到底是一万还是两万，林春海说两万就两万。林春海接着又对林春阳说，你也得捐，你是我们村里唯一的有钱人，你就捐十万八万元也伤不了你的什么。只要你能带个头，我就紧跟上，你林春和组长再做发动，全村人一齐出力，我看这件事是可以做好的。俗话说，谁不出钱谁的心不痛。林春阳有钱是有钱，可是十万八万也是个大数目呢，他的心也在痛呢。林春和想了想，说就是啊，都是一村人，谁都是兄弟，谁都是婶嫂，谁都要有子有孙。把我们的村子做干净，做漂亮，是好事，是善事，是有益子孙的事。值得啊。林春和停歇了一下，又语重心长地说，春阳叔啊，我知道你赚钱也不容易，可是现在已经没有办法了，你要是出了十万八万元，把坏事做成了好事，拉咱排坡村一把，为全村人造福，我看把全村的路改为春阳路也可以了。话说到这个份上，还能怎么反对呢？不过林春阳有一个提议，说是这事最好先跟李为民村长商量一下，争取村干部们的支持。林春和说好啊，林春海也立即表示了赞成，说工作由他去做。

十一

　　林春海、林春阳、林春和三人去找村长的时候，李为民正要出门呢。李为民村长要去的就是排坡村，要解决的问题就是想跟排坡村的群众商量一下如何把生态文明村继续进行下去。真是太好了，大家想到一块了。

　　实际上，没有想到一块的人也是有的。林春海的老婆就是其中的一个。陈菊兰听说男人要捐两万元建文明村，脸都气黑了，说你发疯了是不是？你钱多得跳舞了是不是？你吃饱打嗝了是不是？你想找二奶了是不是？林春海的巴掌下去了，"啪"的一声把陈菊兰的话都打没了。陈菊兰抓起镜子就往墙上砸，"哐"的一声，墙没被砸坏，镜子破碎了。接着就是哭，呜呜的，像火车启动的时候一样。

林春海两公婆的吵架是在夜里进行的，声音从窗口跑出去，然后跑遍了四面八方，好远的人都听到了。开始谁都认为是夫妻夜里的事，后来才知道并不是，是为了村里的事。林春阳上门了，林春和也上门了。两家的女人也来了，后面还跟来了许多看热闹的人。陈菊兰有点胆怯了，不再吵闹了。毕竟男人为的是全村人，自己为的是自己，谁对谁不对，大家同情谁，这是明摆着的了。

这一回，群众是真正发动起来了。有数字可以说明的：李为民村长捐一万，林春和组长捐三千八，林春海捐两万，其余的村民一共捐了两万七，外出的工作人员捐了七千二。林春阳说，可以了，缺多少我全部负责。至于各人参加的劳动，都算是做贡献了。各家搬的猪圈牛栏建的卫生间由各人负责，大家的看法怎么样？

到会的人基本上鼓掌了，没有人表示反对了。不过有很多人提建议，说这些钱应该有人专管，不能乱用。有道理，大家接着又选举出了一个以林春海为首的理财小组。钱有了，事情好办了，排坡村的生态文明村建设再次掀起热潮了。当然啦，最主要的是大家想干。把自己的村子做漂亮，其实就是把自己的家做漂亮，哪家哪户不愿意呢？真奇怪，这么简单的道理，一点儿也不遥远，为什么原来就看不到呢？一定要经过挫折之后才能发现呢？还有奇怪的事呢。比如做建筑工作，原来总以为只有那些林春阳带来的民工才能干，其实不是的，村里的男人提起装沙浆的小车照样推，妇女们搬起砖石照样能往架上放。这一回，中学里的学生不来参加了，但是，人数并不少，全村的人几乎都来参加了。让人感到鼓舞的是李为民村长每天都赶回来参加义务劳动，所有的村干部也全部到场。干部带头，群众积极，这是必然的。孩子们也很高兴，放学回来就到工地上来制造热闹了。追赶的，打土仗的，看大人干活的，嘻嘻哈哈，叽叽嘎嘎，开心极了，快乐极了，像逢年过节一样。

有一点必须提及的是，这一次林春梅没有直接回娘家参加建设生态文明村的劳动。不是她不想回，而是不敢回。她害怕半路上说不定又会生出什么事情来。实际上她的心是放在那上面的，每天李为民回来了她都要问一问，进展的情况啦质量的问题啦，几乎都成了李为民每天吃饭的必有内容。

十二

　　三天过去，大路的水泥路面浇灌就完成了，两旁挖起来的土怎么填放，妇女们也把任务领去了。紧接着又搞小路。又有问题了，小路有四条。这不是问题，问题是路的弯和直。要是把小路都修得直一点，就得砍掉七棵树，而且都不是小树，两棵椰子两棵荔枝一棵杨桃一棵黄皮一棵水葡萄。要是不想把那些树砍掉，那就要把路修得弯曲一点。林春海等人主张树要砍，既然花了钱，就要把路修得排场些。张美英等人不赞成砍树，她对男人林春和说你宁愿不做组长，也不能同意砍树。理由很简单，树是他们家里的。意见不同了，对立了，甚至相互指责了。没办法，只得请李为民村长做决定。李村长把每棵树都挺认真地看了一下，然后说我看都不要砍了，树都是果树，砍了太可惜。从保护环境方面来说，从经济效益方面来说，这些树都不应该砍掉。至于路的事，弯曲一点是可以的。走一些弯路也是可以的。水往往喜欢走些弯路，可缓可急。道理入情入理的，没人反对了，还是当干部的人有目光。主意拿定了之后，修小路的工程马上就开始了。

　　关于种花草，很简单的事，却把大家难住了。农村到处都是草，山上水边都有花。可是，种什么草呢，种什么花呢，这就谁也说不准了。林春海在中学里面当教师的女儿林海珊提议说她有个同学大学是读园林设计的，现在在县里的环保局工作，是不是去请他来帮助看一看。很多人听了都非常赞成。林海珊很快的就把她的那位大学同学请来了。那位同学人不错，不胖也不瘦，不高也不矮，戴一副眼镜，一看就知道有一些文化。林海珊把那位同学叫林森。不像是人的名字，不过大家也跟着叫林森，其实是名字，全名叫做吴林森。他跟着林海珊在村子里转了一圈之后，说空地都可以种草，最好是种那种地毯草。这种草你们这里没有，没有是好事，物以稀为贵。至于到哪里去买，他愿意介绍。花最好种木质的，叶子密的，颜色艳的，花期长的，可以修剪出各种各样的形状来的。不必多，一块空地上弄它两三丛就可以了，主要是点缀。当然啦，也可以弄一些土黄、金竹来种，那东西有些雅致。另一个，草地上最好排一些石椅石凳，或者弄一些蛋石扔在那，晚上在那里乘凉有情趣。非常好的建议了，村里基本是按着这些意见去办了。难得的是林海珊那位叫做林森的同学，事后还多次的跟林海珊回村里来，说是想回来看看。不知道是真是假，不知道是看村子还是看林海珊。有人说可能是谈恋爱了。不错的，林海珊要是嫁给这个林森，比那个周什么要强许多呢。

一个多月过去了，排坡村大大变样了。猪有猪圈牛有牛栏，都统一建在北边。各家各户有了卫生间，粪坑埋入地下了。干干净净齐齐整整漂漂亮亮，都可以用公园来形容排坡村了。林春海的小店已经重新盖起来了，比原来的大，而且有一个不算小的厅。球场就在不远处。很简单，就两根有点儿弓的柱子，加两个球架。拉起网可以打排球，扯了网就是篮球场了。

这一回，林春梅可以大胆地回娘家了。而且，她人走到哪里，笑声就撒到哪里。

这一回，排坡村做的事情够多了，而且做得很有透明度。结账了，公布了，数目贴在林春海小店前的墙壁上。还有剩余呢，五千七百五十六元。看了数目后，许多人都说，余钱就补给林春海了，他的损失比较大，但他的贡献也比较大。林春海想了一下，他觉得自己不应该拿。最后他提议用这笔钱请市里的琼剧团来演出，结果谁都赞成了。

七月十五日那天，太阳还没有下山去，排坡村就响起了"哐哐哐"的铜锣声，市里的琼剧团来演琼剧了，剧名叫做《梁山伯与祝英台》，爱情戏。排坡村人的心在几天前就激动了，特别是老人，他们太喜欢琼剧了，当然也包括了喜欢爱情。人们的激动已经进入高潮了。下午基本上不下地，早早吃了饭，早早洗了澡，搬凳子搬草席扶老携幼来到戏台前。戏台搭在球场边，和林春海的店子相对了。许多媳妇都回娘家接老父老母来看戏，邻近村子的人也来了，非常的热闹。林春梅当然也回来，嫂子陈菊兰把一张椅子排在小店前让林春梅坐，林春梅不坐。她也坐不住，谁都要跟她打招呼，跟她拉关系。村民组长的女人张美英跟林春梅亲热了一会，就硬是拉着林春梅一起到前面去坐了。林春海心里非常不平静，兴奋，激动，内疚，自豪，甜酸苦辣什么味道都有了，都交织在一起了。他甚至想到了李书记，他已经不恨李书记了，他觉得有许多话应该和李书记好好谈一谈。不知道李书记现在在哪，他要是有时间回来一起看琼剧该多好呀。他应该是五十岁左右的人了，他这个年纪应该是喜欢琼剧的。林春海这样想着的时候，心里就有点儿凉飕飕的，眼睛也觉得有点沉重了。他用一根手指轻轻地抹了一下，拿到眼前看了看，湿漉漉的，是眼泪。不知道是心里有点酸了还是过于激动了，眼泪竟然悄无声息地下来了。男人，特别是像他林春海这样的大男人，眼泪是不会轻易下来的。

（原载《金融文坛》2018 年第 2 期）

‖ 作者简介

　　苏北，本名陈立新，安徽天长人，毕业于北京大学，中国作家协会会员，中国金融作家协会理事，安徽金融作家协会主席。在《人民文学》《上海文学》《十月》《大家》《散文》《文汇报》和香港《大公报》、台湾《联合报》等发表作品150多万字，著有苏北作品精品集（五卷），主编《汪曾祺早期逸文》《四时佳兴：汪曾祺书画集》《我们的汪曾祺》《汪曾祺草木虫鱼散文》和《汪曾祺少儿阅读丛书》等。获第三届汪曾祺文学奖金奖、安徽文学奖（政府奖）等多种奖项。现供职于中国农业银行安徽省分行。

一只荷包

苏北

　　今年春节是返乡最早的一年。过去都是要到年二十九才能走。今年我退了二线，真正是无事一身轻，二十七我则悄悄地开车出城了。

　　临上车前，在院内遇见我们的门卫老毕，老毕满脸麻子，相貌吓人，可极喜欢开玩笑，他冲我吼道：

　　"嘿，莫年华！今年这么早就回老家去，是赶着去会老情人吗？"

　　我冲他笑笑，一副真去会老情人的架势。

　　提前走的原因，还真是因为心里有一个小小的秘密。参加工作三十八年，十八岁即来到一个叫半塔的小镇，在银行的营业所。出纳员、稽查员和纪检员，一干就是四年。记得刚上班，领导让我跟一个大我不到两三岁的女孩学习点钞。她年轻而漂亮，一笑脸上全是酒窝。我是很乐意跟她学的。于是那个小镇就有了我的青春，似乎也有了我自我模拟的初恋。人真是奇怪，为什么对青春的记忆那么深刻？又为什么对青春的记忆那么留念？临离家前，我特地找出三十八年前的那只荷包带上，那张已发黄的小字条还在里面，我要带上它，去见一个人。对她说出我对她的感谢，感谢她在我的青春岁月，给了我那么多的友谊和爱。如今我也老了，也无所谓了，也不在乎什么了。我要把对她说的话说出来。这句话留在我心头已经多少年了？像一块石头压着。我必须把这个事情给办了。

车在高速上行驶了一百公里多点，我就趔拐上省道，走到了几十年前的老路上了。说老路，是在半塔那个镇上工作时，到地区、县上出差或者开会所走的路。过去的羊肠小道，现在都拓宽取直，铺上了黑黑的柏油，城乡的变化都是极大的。车到滁州，滁城已有了绕城的快速路。当年我们去琅琊山，都是骑自行车，在醉翁亭，在琅琊寺，夏天，秋天，蝉鸣，细雨，留下了多少青春的记忆。现在绕城路一建，城市大多了，去琅琊山，已不知如何去走。

绕过滁州，经过来安县，即上了通往长山的道路。这路还是当年的路，我见着就感到亲切了许多。路边的梧桐树我是认识的，高大的杨树我是认识的。那些山路的曲折我是认识的。

我的车轻松地在这山路上开着。我打开音乐，放的正好是李宗盛的《山丘》，一个苍老的男声传来：

也许我们从未成熟
还没能晓得，就快要老了
尽管心里活着的还是
那个年轻人

我摇下车窗，让冰冷的寒风尽管吹进车内，这冷风尽管不是三十八年前的风，可记忆却不断地往后倒退……路仓、老沈、邓砦越、小霞、小玲、小汉，这些三十八年前的人却向我涌来。我刚来到营业所时，第一个教我学出纳的师傅就是小霞。小霞那时才二十多点，满脸的青春，一笑，脸上好几个酒窝，于是她就喜欢笑。她那时已搞了对象，是本镇一个在外当兵的。每次来信，小霞就像做贼似的，赶紧藏起来，之后躲在一边偷偷地看。她以为我们还小，她以为她做得机密，其实我们早就识破了她的秘密，有时她出去，将信丢在桌上忘了藏到抽屉里，我们就偷偷拿出来看，有一回还看到那个男的色色地说，"我要捏捏你的小胖手"。小霞手胖，是那种细细的、白白的胖，把我们给笑了好久。路仓留个八字胡，在大余郢信用社做主办会计。那时留八字胡的人已不多了。他胖胖的脸，虎背熊腰，留个八字胡，每次他从乡里到镇上报账，都冲我呲牙笑，那胡子便一翘一翘的。我知道"路"字可以作姓氏，也是从他身上知道的。他算盘打得飞快，可是个老农金了。老沈在镇信用社做农贷，一只眼瞎了，可一点不耽误，偷偷生了四个娃，于是生活就拮据些。老婆便在街边开了一个小小的杂货铺，卖些油盐日杂，四个娃子就在门口飞跑，老沈喊了这个，又跑了那个，喊了那个，又跑了这个，于是老沈嘴里就骂骂咧咧的。邓砦越是从县里来的，父亲是县里另一个区的区长，算是干部子弟呢，他每天趿着个鞋，在院子里走来走去，就听到他的鞋片子响。小玲、小汉是和我一起分配来的，都和我一样，还是小青年呢。

·

二

过了四十里长山，下了山即是大余郢。过去大余郢是一个公社，后来改成乡，乡里有个信用社。我认识这个"郢"字就是在大余郢。大余郢信用社是我们营业所的下级机构，有一年分贷到户——把原来由集体承贷的贷款划分到每户农户头上，农户当然不高兴，但当时是和农户的上交和提留挂钩的，农民也没有办法。我被安排到大余郢乡负责划贷，住在乡政府院里，住了两个多月。每天下乡，一个一个农民家跑，有好说话的，很痛快盖了章的，有困难户，难说话的，就要磨半天，才能办成。我们全是靠的两条腿，一天要跑几十里路，夏天，毒日头，晒得够呛。中午就在生产队长或者大队书记家吃饭。韭菜炒鸡蛋，我后来回忆起来，是再也难找到炒得那么金黄的鸡蛋了。蒸老咸肉，好大一块，半肥半瘦，在嘴里咬半天，才咬出一块，弄得满嘴油。喝散装酒，划当地的拳。喝点酒，夏日的酷阳一晒，就那么走在乡村的山道道子上。早晚在粮站的食堂代饭。一个俏挣挣的老太太负责烧饭。我们下乡，都要和老太太说一声："今天下乡啦！中午不要带我烧了！"老太太记在心中，就扣除我们的这一顿（我们吃的是扒伙）。其余早晚，都在食堂吃饭。粮站食堂在粮站大院子里。进院子，一个大广场，穿过广场，往东南角，有一排平房，那里有两间房，就是食堂了。我在这个食堂吃了两个多月的饭。印象最深的是，这个老太太极其干净。锅台、桌椅都抹得干干净净，一尘不染。每顿一荤两素，大锅饭，吃的人吃完自己画个"正"字了事。

晚上睡在乡政府大院内。那是这个乡的最高组织机构。一间空屋子，一张床，一张桌子，一把椅子，就是全部家当。早上起来刷牙，有幸和乡党委书记一同蹲在门口，使劲将牙刷在嘴内蹭，弄得一嘴白沫，两人互相点点头，算是打了招呼。书记对我挺客气，我虽年轻，可是我毕竟是上级部门的同志（虽然仅是镇上），是下来帮助基层工作的。

信用社就在乡政府的门边上，朝外三间房子，每天都是人山人海，有办存贷款的，也有赶集或到乡里办事在里面歇息一阵的。农民们穿着满是黄泥的胶靴，带着篮子背篓，卖的和买的，坐在那里抽烟，谈笑着或互相趣骂着，声音是很大的，笑声也是爽朗的。虽然他们生活十分清苦，可他们的精神和身体是健康的，甚至可以说，是强壮的。

三

一天中午我刚下乡回来，正换脚上鞋子，外面有人喊我，说有人找。我赶紧穿鞋跑出去，伸头到公社大门外一望，就见小霞和小玲推着自行车，站在门外，笑嘻嘻的，一头的汗。我一下子惊得跳起来：你们怎么不说一声就跑来？她们推着自行车进来，说，就不打电话！就吓你一跳！

我把她们让进屋，倒茶给她们喝，她们说，不喝了。主任让我们来，给你带了一顶新蚊帐，还命令我们两个给你"帐"好，主任说，小莫在下面辛苦了，大夏天的，可能还没有蚊帐，乡下蚊子又多，小莫细皮嫩肉的，怎么受得了？她们把"细皮嫩肉"故意"侉"着讲，模仿主任的口吻，说完"吱"的一声笑了。

小霞一笑，又是满脸的酒窝，真叫人受不了。

她们找来了几根青竹竿，在院子里，要把节给削干净。院子里有几棵大树。一棵楝树，结得满是果子。一棵桑树，歪在那东北角的墙边。她们两个在树荫下，将竹竿收拾得干干净净。这时，小霞叫小玲去拎一桶水，洗洗竹竿，我站起来要去。小霞说，你帮我把这一个竹节给削了，还是小玲去提水吧。小玲拎个铁桶走了。这时小霞往我身边凑凑，对我说，过来，我对你说个话。看她神秘的样子，我的脸腾地红了，只得凑过去。小霞说：哎，小莫，跟你说个事。给你介绍个对象？要不要？

　　我一下子不高兴，嗔她说，别瞎讲。

　　真的，我是认真的。她一脸的真诚的样子，眼睛定定地望着我。

　　我没吭声了。正说着，路仓从大院外走来，没进门就大声说："小霞，中午在信用社吃饭，主任安排好了。下午你别走，正好再把我分户账打一遍，总是对不上总账。可能漏记账了，我打了几遍，对不上。换个人，可能一下子就找到了，'换人如换刀'嘛！"

　　小霞脸上似笑非笑，做出不答应的样子：你倒会抓差呢！我还赶回去有事呢。

　　算我求你了，好妹子。路仓翘着小胡子一脸的嬉笑。

　　小霞丢下手里正抹的竹竿，说，你把小莫的蚊帐给支起来，我就给你核账。

　　路仓假装委屈：啊，这么大的活啊。我的蚊帐还没有人给支呢！罢了，罢了。我认了。看在你们的面子上，否则我才不给他支呢！他又不是没有手！

　　说着小玲也提水回来了，两只手轮流倒着，把一只鞋的鞋面都给打湿了。她边走嘴里还边骂：小霞真会害人！你这个害人精！尽把苦给我吃，你看我这鞋！你看我这裤子！我还见人不！

　　这时路仓反应倒快，一个大步上去，接了小玲的水桶，边拎桶往院里走，边气鼓鼓地说：我又多干了一个活！

　　小霞和我，手里抓着竹竿，站在大树下，忍不住都笑了起来。

　　本来划账快要结束了，中间又岔出一件事来。我们到下柳郢村，找到一户叫胡有余的农户家时，他因另外还有一笔耕牛贷款13元，结果与老胡核对时，老胡说他根本没有贷这笔钱，又核了几户，也发现这个情况。

信用社放贷的是老马，一个满脸络腮胡子的人。我们去问他，这是怎么回事？他急口辩解是农户用了，农户要滑头，想赖账。没有办法，我们只有请老马去和胡有余当面对质。老马无奈，只得跟我们去。大热的天，胡有余正在刚割了的小麦田里翻地，打着牛正往前赶。我们站在田埂上喊他。胡有余一见到老马，马上急眼了，顺手操起一把铁锹，撵着老马就来了，边跑边喊：你这个狗日的东西，你说借老子私章给公家分个据，你就偷盖老子的章，老子什么时候给你借过贷款？老胡边骂边撵。老马一看胡有余急眼了，好汉不吃眼前亏，不要真给他铲了一锹，那可惨了，于是拔腿就跑，在夏日的田埂上跑得飞快。远处绿色的村庄映衬着奔跑的老马，一会儿便不见了踪影。老胡跟在后面撵，撵着撵着自己笑了起来：这个狗日的，他也晓得怕，心里没鬼，跑啥跑？你们回去好好查查他，可能还有，他养了个小老婆，我们村的刘寡妇，村里哪个不知道？这个狗日的，吃里爬外的东西……

我们觉得事态严重，就向上面汇报了。上面来了专案组，一查，果然还有十几户。老马被处分，赔款不算，还给开除了。

四

我将车停在了当年粮站的门口，呵呵，当年的铁门还在，那个院子也还在。铁门锁着，我扒着铁门往里张望，那东南角的一排平房，似乎已经没有了。我正扒门瞅，远远的走过来一个男子，他开了铁门又从外面锁上了。我问他：那东南角的食堂还在吗？他笑笑望我：早拆了。我说，我原来在这个食堂吃过一阵子饭，所以扒门望望。你不晓得那里的一个食堂吧？他说，我怎不晓得，我也不小了。你不小了，你哪年的？我71的。71年？我80年在这，你那时才9岁，还穿着开裆裤在这个院子里跑着玩呢。我那时还可能在这院子里见过你，你是在这个院子里长大的吗？他说，是啊。我一直在这里啊。

我说他当时是个孩子，他笑起来了。他说，我也不小了，四十多了，马上五十了。说完他挂着一串钥匙，走到街上去了。

我离开粮站，往前跑了不远，就到了当年公社和信用社所在的三角地的一个空场上，信用社在对面砌了大楼，也改名为农村商业银行。我先到公社院子里转转，那个门楼似还在，可院子里已横七竖八建了很多小楼，那两棵树倒是还在，可给杂七杂八的房子夹着，显得十分可怜。看来公社是搬走了。随即我折回对面的信用社，就见门楣上几个大大的字：大余郢农村商业银行。进得门里，一色的现代化的装修，和城里银行的式样并无二致。窗明几净，物件有序，低柜区，自助区，井井有条……我见里面的柜员正给窗外的几个客户办理业务，便随处望望，一个保安腰上别个电棒，在那里盯着我。我见三个柜员，一男两女，颇有些老中青的样子。一个老年的男柜员在最东面，中间一个中年的女同志，西边是一个年轻的女孩，看样子是才招进来没两年的大学生。我探头问那个年龄大一些的男柜员：有个叫路仓的会计还在吗？里面那个男人说，早退休了，早不在这里了，住到滁州他儿子那儿去了。

从大余郢到半塔也才十几公里。那时我们经常骑自行车到各信用社。那回小霞和小玲她们来就是走的这条路。这是一条密植杨树的省道。我那时对杨树并不了解。后读文章，说杨树多悲风。杨树高大，树叶密布，一阵风，树叶哗哗作响。特别是秋末，一阵风来，杨树叶籁籁飘落，给人一种飘零的感觉。其实说杨树多悲风应为秋季，而春天，一阵春风，杨树叶哗哗作响，像一群小巴掌拍过去一样，还是挺喜庆的。我那时从半塔到大余郢来去都是骑车。春夏之间，高大的杨树，一阵风来，新生的树叶哗哗作响，天高云淡，还是蛮快活的。现在沿途杨树还在，可是周边的农田都被改造成了葡萄园，一眼望去，望不到边的水泥柱，路边也零乱不堪，有许多农人在路边卖自制的葡萄酒，打着手写的广告牌：自家酿造葡萄酒。经济农业固然比传统农业挣钱，效益好，但一切奔着钱去，农村的田园风光一扫而空，不见踪影，也有点让人心疼。

五

县里要举行业务技术比赛，又把我从大余郢调回去，集训参加县里的大比武。小霞的点钞水平是高的，她是县里的老冠军。可这一次强调的是团体赛，所领导有野心，要我们争取拿团体第一。我虽然点钞速度已有了很大的提高，可是与高手还有很大距离。邻近的水口所、大英所，都有高手，而且有的还跟小霞不相上下。大英所有个蔡双双，上次比赛，与小霞就差 0.1分，差点冠军给她抢走了。所以所主任叫小霞、小玲和我，组成三人小组，加班加点地练习，争取拿全县第一。我现在单指单张速度还可以，就是多指多张还上不来，于是下班之后，我们继续练习，要一直练到晚上九十点才歇下来。小霞示范给我们两个看，食指、中指、无名指，三指并拢，从练习券上划过去。小霞别看她小手胖胖的，可划起来飞快，几乎看不到手指动，只见一道虚光上下翻飞。她边示范边说，这样，这样，这样划，不要把手平放，手掌要翻起，胳膊抬起来，对，对，就这样，就这样……她抓住我的手，一下一下的，可是她这样抓着，我显得更笨了，而且我十分紧张，手心里都是汗。她说我，不要出汗，不要出汗，一出汗黏叽叽的，就粘手，反而不快了。可是我也不想出汗。出汗我也管不住，她倒好玩呢，好像我有意出汗为难她似的。而且她长期抓着我的手，她的手滚热，叫我如何是好？

这样坚持练了半个多月，我的速度果然快多了。小霞表扬我，这不快多了嘛，还是聪明的，人不笨。学东西比我快。

小玲看着小霞，脸上满是不屑，她酸酸地对小霞说：你怎么不表扬我？尽表扬他？你是不是爱上他了？爱上他早说，把人家部队里的给早回掉，不要害人家。

小霞脸腾地红了，上去就打小玲，边捶小玲的肩边骂：嚼什么舌头根子！看我撕你的嘴！我是他姐！你才爱上他呢！吃醋了是吧？那我偏爱上他，你来抢啊，你来抢啊。说得小玲也急了，也上来打她，两个人扭成一团，笑成一团。

一天晚上，小霞神秘兮兮地对我说，你知道吗，我们这里跑来了两个坏人。

我说，你瞎说什么？现在哪有坏人？

她说，主任说的，主任说东北的一个什么"二王"，杀了许多人，又是惯犯，又是神枪手，没杀人前，是兵工厂的。杀了人之后便跑了，边跑还边杀人。说是向南边跑的。据说跑到我们这边山里躲起来了。现在公安全出动了。

主任叫我们晚上都别出门，连民兵都上路了，来往行人要查岗的。

果然第二天，在我们营业所外面的墙上，贴了个公告，说有一个什么"二王"，多么多么凶残，向某某地流窜了，叫发现者要立即到当地公安机关报告，提供线索者有什么什么奖励，还贴了两个人的两张照片。

弄得镇上人心惶惶。大家晚上都早早关门，不出门喝酒了。

果然被打了一个。大余郢信用社的老马，被开除后，无所事事，整日酗酒，经常喝醉，醉了就往他"小奶奶"（姘头）家跑。一天从那回家，已是半夜，又是山路。在半道上，遇见民兵巡逻，喊他站住，可能他做贼心虚，借着酒胆，不但不站，反而拔腿就跑，民兵喊了几声，并鸣枪警告，他反不听，民兵上去一枪，给撂倒了，腿给打断了。结果一查，打错了，不是"二王"，是一个酒徒。这事闹得全镇人人皆知。

这样一来，镇上气氛更加紧张了。

六

我们到县里比赛，一去好几天。还好，经过激烈的角逐，我们果然不负领导的期望，搞了个第一回来，只比水口所多 0.5 分，好悬啊。不过就这样，我们也挺开心，特地绕到滁州，在琅琊山玩了半天。

回来后主任就来找小霞。主任本来是个笑面佛，肉肉的脸上总是笑眯眯的，可这次脸面严肃，可以说有点僵硬，我们还笑主任，脸是不是中风了？

可是进到主任办公室的，还有几个人，是外地的，都拎着一个包，镇上的一个领导也跟来了。

小霞离开主任办公室，就没到我们营业间来，之后几天没来上班。过了几天，小霞来了，眼睛还是红的。我们已经知道了这个事。可是谁也不好问她，就弄话岔开。小霞倒是爽快，气鼓鼓地说，你们别遮遮掩掩的，好像我没有觉悟似的。不就少了一条腿嘛，人还在呢！我原来还有点犹豫，嫁不嫁他，还看我高兴呢！现在好了，我要是反悔，倒叫个什么人了。他倒是写信来了，说算了。我怎么可能呢？我偏要缠着他，不娶我咱还不干呢。小霞说着说着，眼圈就红了。

我们赶紧岔开，开玩笑说，人家可是大英雄，特级英雄呢！爱他的人多着呢。小玲，你上！我一推，小玲嘻嘻哈哈，你要啵，不要，我就上了呀。

原来小霞的男朋友姓汪，在部队已经提了干。部队要开到前线，参加自卫反击战，小汪主动请缨，要求上前线。之前也写信告诉了小霞。这个事情还是在夏天的时候，可是小霞都没有告诉过我们。结果在一次战役中，小汪踩上了敌人埋的地雷，炸伤了，一条腿炸没了。主任后来说，听部队来的同志说，小汪可勇敢了。他是运输兵，从下面战壕把弹药扛上前沿，再从前沿把受伤或阵亡的战友背下来，一天要在壕沟里跑几十趟，还要避开敌人埋的地雷，有时都用手在石头上摸，摸一块，爬行一步。据说那种小地雷特别小，满山埋得都是，踩上了，人死不掉，不过就叫你少一条胳膊或一条腿，反正把你给弄残了。

小汪那次背着一个受伤的战友正往回爬，已经快要爬到下面的营地了，只听"轰"的一声，人就没有了知觉。等醒过来，他赶紧找战友，战友还活着，于是两个人就在地上爬，爬了不远，小汪就昏过去了，等再次醒来，已经在后方医院了。小汪一掀开被子，就哭了起来："我才二十岁啊，我怎么给我的对象交代啊！"

小霞后来也几次给我们讲过这个事。每讲到这里，她都要哭起来。

小镇上锣鼓喧天，英雄回来了。这个镇上一同参军的，有十几个人。上前线的，也有七八个。这一天都同时退伍回乡了。那天小镇上各单位都派人上街了，排成长长的队伍，夹道欢迎凯旋的英雄们。小汪也在人群中，精神气十足，已经装了假肢，和正常人一样，胸前戴着大红花，雄赳赳地走在队伍中。小霞也和我们一起站在欢迎的人群中。那天小霞特别兴奋，脸红红的，一直笑着，那酒窝就在鼻子下面和嘴角边漾着。

之后是英模报告会，学校、工厂、机关单位，巡回讲。之后小汪被安排在镇上的供销社。那时的供销社，还是不错的。

上面来了通知，像我们这一批青年员工，可以参加当年的考试，直接考地区的银行学校。那时上个学是很难的。这样一个好机会，谁不想？可是规定一个县只能走四个，就是考试成绩的前四名，一律不得照顾。我拿到复习资料，就一门心思复习，晚上把门关起来，腰上系根带子，把自己扎在椅子上，连厕所都不去上。这样一连干了一个月，去到地区参加统考，放榜下来，我考了全县第三。

我要去上学了。我要离开这个小镇了。

临离开的那天，所里给我搞了个欢送会，说我们所里终于出了个"大学生"，叮嘱我发达了不要忘了"老本"（老根），要经常回来看看。那天我喝多了。

喝酒快结束的时候，小霞偷偷塞给我一个东西，叫我回去再看。我借着酒劲，偷偷跑到厕所，迎着近中秋的月光，看了。是一只彩线绣的荷包，包里还用彩纸写了张字条，说这只荷包给我做个纪念，以后发达了，不要忘记了她们这个小地方……"

我回到酒桌，望着小霞笑。小霞就给我做了个鬼脸。

一个人离开一个地方，哪能说是不忘记呢？刚开始的几年，还有一些熟悉的人，知道一点营业所的消息。小霞结婚了呀，小霞有了孩子呀，是个女儿呀。又过了几年，又听人说，小霞家的小汪下岗了。也是，那些年正是个体户发达的时候。个体经济都起来了，供销社的集体生意，肯定越来越难做了。没生意了，工资发不出，还不就下岗了？

七

半塔镇是个革命老区，历史上有著名的半塔保卫战。中华人民共和国成立之初，就在这里建了一个烈士陵园，那时刚来工作，我们晚饭后经常散步到陵园去玩。陵园建在半山腰上，植了许多松柏，修了纪念碑，环境相当清幽。夏季天长，有时吃了晚饭，几个人坐在长长的石阶上，谈一些漫无边际的话题，一直到四周的天都黑了下来。

当年我们分到半塔的一行三人，后来都离开了。我在半塔工作四年，跟在小霞后面学习出纳工作，就干了近两年。

未进镇上，我就将车停下，爬到当年我们夏天经常游泳的半塔水库大坝。当年水库有一个滚水坝，坝上整天一片轰鸣，巨大的水流从坝上翻过，落入下面一个大水潭里。我们从大坝上往水里扎猛子，水翻滚着，我们随水波上下涌动，快乐极了。

如今滚水坝还在，只是似乎重新维修了。水库也小多了，水少了。周边一片冬日的萧条景象。坝上有细细的清水流过，洒下一片稀疏的水声。转而直接上到烈士陵园。陵园也改扩建了，修了门楼和广场。进到里面，纪念碑和过去的碎石路还是原样，只是园里的松柏树林，经今年的一场大雪，倒伏了许多，有的已连根拔起。一个农民，正开着拖拉机，在拖走那些已经锯下的树枝。今年这一场雪使许多树木受伤，甚至死去。

下到镇上，正是年跟前，街上人山人海，与我当年在此工作时逢集时一样，人贴着人走路。车是没法开了。我步行往镇里走，找我当年工作的营业所，和我心中牵挂着的那些人。那些路我是认识的。无非是拓宽修漂亮了。路的基础还是当年的，所以方位和模样是不变的。穿过无数的摊位，我来到营业所的门前。过去的二层楼已重新翻盖，现在是一幢挺气派的新楼，楼的陈设和现如今所有的商业银行一样。进到门里，透过厚厚的防弹玻璃往里瞧，工作人员已没有一个熟人，我转到后面小院，过去偌大的院子也给砌满了房子，再往后走，见到一个小花园，里面有一些树木，我认出这是小霞父亲过去住的，老人身体不好，爱静，种了不少的树木花草。我走到一家，见一个半大孩子，我问：你姓什么？他不吱声。我又问：王小霞家住哪里？他摇摇头。这时一个妇女走了出来，问我干什么的？我说看看，我过去在这工作过。她惊奇了起来：我看你面熟，你叫什么名字？我说，你是营业所、信用社的吗？她说是。我说你哪一年工作的。她说 1984 年。我说，我已离开啦，你不认识我的。她又问你叫什么名字？我说姓莫。她说我知道你，你是莫年华吧？他们常提起你。我岔开说信用社的老沈还在这里吗？老沈啊，在这。她一指隔壁，一个小小的院子。院子的门开着，她正要喊，我说，别喊，喊出来我可走不了了。他肯定要留下我，我还要赶路呢。她又望着我笑笑，我又问：那小霞呢？

小霞啊，也退了。在那！她手一指。大门口，和她丈夫摆摊卖年货呢！我一声谢谢，便告别了这位妇女，急急地退了出来。

出了营业所的院子，我走出来，站在大街上，大街上人来人往，都忙着，没有一个人理解我的心情。营业所的门口，依然像我三十八年前每每逢集时的模样，所有的空间都被各种摊贩占领，人走路，得插着脚找路缝来走。此时天已近黄昏，暮色慢慢降临下来。有些摊位已开始收摊。我忽然见一个卖各种保暖内衣的摊位，一家子正在收摊，摊主是一位五十多岁的中年男人，一只裤腿高高的扎着，一只拐在他胳肢窝下撑着，他是当年的那个小汪吗？他的假肢呢？他脸上的胡子没有刮，胡茬浓密，他正把支着雨棚的钢管拆下来收起。他的老婆，不！小霞，我一眼就认出她来了。是小霞！她虽已见出苍老，可面相还如当年一样，笑模笑样的，正往一个平板车上收货。她的身边，一个半大女孩，穿着洋红的棉便服，正帮她把那些成堆成堆的保暖内衣往车上送。我一下子给这个女孩迷住了。她肯定是小霞的外甥儿。她太美了！这样的美简直惊人。她或者十五六岁，或者十七八岁，那种淡定的、青春的美丽。她在劳动着。她的面色像朗月一般。在这个小镇上，在我三十八年前曾工作过的小镇上，她就像是三十八年前的那个小霞，不！是三十八年前的小霞的一个新的翻版。我的腿像粘在了那里，我磨磨蹭蹭，立在那里，我又不敢太近，怕小霞认出了我。但我想，我们已几十年没有见过面，她早把我给忘了吧？她也绝不会想到此时呆站在那里的半大老头，是她当年的徒弟吧？那个当年也才二十岁的青年……我在那磨蹭着，磨蹭着。

....

车子沿乡村的省道行进。沿途是冬日的河流和树木，道路曲折。我将塞在裤兜里捂得滚烫的荷包取出来，挂在车的后视镜上。荷包在我眼前晃荡着，那用蓝色和红色双线绣出的花纹，还是那么清晰。在荷包的中间，还用粗线勾出了两只眼睛，眼睛中间镶着两粒发亮的珠子，荷包下面还垂着一把黄色的穗子，像一串灯笼的流苏……我将车开得很慢。我打开音乐。这时暮色完全降了下来，那苍老的声音就在这沉重的暮色中环绕：

越过山丘，虽然已白了头，
喋喋不休，时不我予的哀愁。

......

超过山丘，才发现无人等候，

喋喋不休，再也唤不回温柔。

......

（原载《广西文学》2019 年第 5 期）

┃作者简介

　　赵文强，1965 年 11 月出生，中国作家协会会员、中国金融作家协会理事、河南省作家协会会员、许昌市金融作家协会主席、河南省文联首届奔流文学签约作家。1989年开始创作，发表文学作品 80 多万字，出版长篇小说《资金链》《事业链》《关系链》《高考链》《感情链》《旋涡》和长篇报告文学《许昌模式》等计 180 多万字，获第三届中国金融文学奖长篇小说奖、首届"黄土峁杯丝路金融文学奖"等奖项。现供职于中国农业银行河南省许昌市分行。

一线举报

赵文强

一

　　景东坐在茶案前，摆弄着茶艺。景东多年来养成了一个习惯，回到家里再晚再累，也一定要坐下来，自己做一道茶艺，慢慢品茗一番，然后洗个热水澡，上床睡觉。景东知道这时候妻子柳鸿还斜靠在卧室的大床上，翻看着那本时尚杂志。景东嘿嘿一笑，自言自语道：我不陪着她睡觉，她睡不着啊。景东站起来伸一下懒腰，趿拉着拖鞋，摁亮卫生间的灯，"哗哗"的热水砸在地板上的声音，从卫生间里飘了出来。

　　景东去年春天被提拔担任青泪市银行信贷部副总经理，那是他在信贷部贷款审查岗位上默默工作一年后，通过青泪市银行公开竞聘选拔科级干部才得到这一岗位的。俗话说得好，当上信贷员，吃喝都不难，更何况一个信贷部门的老总。邻居张轩，一个跟景东既是同学又是同事十来年的信贷部科员，见到正在下楼的景东的妻子阿鸿，咧嘴笑着，说道："嫂子，你亲自下楼啊。以后我们景总业务更忙，你多操劳家里的事情，也要保重身体呀！""啊？啊！谢谢。"阿鸿猛一惊，旋即应答道，好像张轩是自己没出五服的弟兄似的。阿鸿看到张轩在楼道里趔趄着身体，腾出楼梯空间让自己通过，脸猛一热，不好意思地低头匆匆打张轩身边经过，好像偷了张轩家门前的雨伞，走得急急忙忙。那天，景东居住的小区停电停水。阿鸿对张轩当天的举动印象很深刻。

张轩和景东一起从中原省银行学校毕业，之后分配到青汨市银行下辖的两个距离几公里的营业所。景东跟着老师学会计，张轩直接搬钱箱子当出纳，一干就是三年。景东和张轩周末经常聚在一起，要么喝酒聊天，要么骑车游玩，好像闺蜜一般亲密。三年后，景东改行做信贷员，管理乡镇企业贷款，一年下来没有出现一笔一块钱的贷款死滞现象，而其他营业所的同事却把乡镇企业贷款管得一团糟，给国家带来上千万元的损失，景东因此受到中原省银行的通报表扬。张轩闻听景东受到表彰，就打电话给景东："景东，你小子做梦娶媳妇净弄好事儿，下次见我买白酒请客啊？！""一定，哥儿们！"景东也激动地对张轩说道。第四年，景东被破格选拔到青汨市银行信贷部，主管贷款审查工作。张轩还在营业所做出纳，和农信社职工小宇谈恋爱，准备明年五一节结婚。张轩和小宇整天在一起腻腻歪歪的，小宇晚上还住在张轩的单身宿舍里，张轩也就很少再找景东一起玩了。景东周末没事儿做，就搭车回了老家。

景东的老家距离青汨市七十多公里，在青城县一个偏远的小村景庄。景东父母身体硬朗，还承包着村集体的四亩土地，秋种小麦，夏种红薯谷子，日子过得平平安安。起初景东每逢周末就搭乘公交车回老家，想帮助父母干些农活。可是景东回家后，夏天地里的农活诸如小麦灌浆浇水喷洒农药，景东伸不上手，秋天里红薯翻穣谷子施肥也轮不到他去地里站着帮忙。"景东，你回家歇着吧，就这几亩地，我和你妈一会儿就弄完了，啊？"景东父亲看着站在一旁的景东说道。景东看着自己确实插不上手，就跟族兄打招呼哈哈道："大哥，歇歇吧，给你抽支烟。"景东微笑着向在低头擦拭锄把的近门族兄走过去。近门族嫂说道："景东，你回来穿着皮鞋，套着锄钩，哪儿像是干活的？"景东木然地看着近门嫂子，脸像大红布。族兄低头吸着烟，说道："你嫂子说你下地穿着皮鞋袜子，不像是干活的。"

嫂子和族兄哈哈大笑起来。景东羞红着脸，龇牙咧嘴，说道："我下地走得急，忘记换鞋了。""别下地装样儿了，在城市里养小白脸吧，记着把大城市里的小妮领回来，让嫂子我瞅瞅，把把关，啊？""中啊，到时候一定，一定！"景东把皮鞋在地面上呲啦，弯腰拾到一根小棍棒，慢慢地刮掉沾在皮鞋四周的泥巴。

景东此时正跟同在青汨市银行机关信息技术部工作的阿鸿谈恋爱。与其说是景东跟阿鸿谈恋爱，不如说景东一进入青汨市银行就跟阿鸿敲定了终身大事。景东第一次进入青汨市银行机关，在人事部办理调动手续时，阿鸿妈妈靳阿姨一眼就相中了景东，暗暗告诫自己这就是她心目中的乘龙快婿。靳阿姨拿着景东的人事档案，看着景东的一寸照片，心里扑扑腾腾的，不觉脸上有点热，微笑着说道："景东，你是郊县农村的，家里的父母身体好吗？""好，好，谢谢靳阿姨的关心。"景东急忙点点头，回答着靳阿姨。"你上大学好几年了，有没有女朋友？"靳阿姨端起茶杯喝一口水，问道。"啊，我这几年光顾着学习，也不爱交三朋四友的，况且家在农村，地理位置偏僻，也没有遇到合适的女孩儿。""也是，不过以后你在城市里工作了，就要考虑个人问题，男大当婚嘛，呵呵。"靳阿姨干咳几声，就在景东的人事调动表上签字盖章，之后说道："可以了，你初来乍到，人生地不熟的，以后有啥困难就来找我，我家居住在机关后面，一号楼三楼东户，好找。""谢谢您靳阿姨，我有时间一定去拜访您。"景东点点头，边说边退到门口，拉开房间门，微笑着再点头，转身轻轻地拉上了房间门。

三个月后，在靳阿姨的撮合下，景东和靳阿姨的女儿柳鸿在青汨市大酒店举行了订婚仪式。景东已经知道阿鸿的爸爸是青汨市银行副行长柳全书，分管银行信贷业务的单位二把手。第二年五一节，景东和柳鸿举办了婚礼，新婚洞房就安置在青汨市银行的一套两居室职工周转房里。也就是同一时间，张轩在青城县城也举行了婚礼。当时景东和张轩互通了电话，祝贺新婚大喜，又鉴于是同一天完婚，彼此无法帮忙，你我相互理解，并约好五天后老同学聚在一起，一起庆贺新婚。景东很满意，张轩也很高兴。景东和张轩高兴的是，两个大学同学一起分配到青汨市银行，又在同一天结婚。张轩此时还有一些遗憾，自己在乡下营业所工作，妻子小宇已调到县农村信用联社上班。"该死的二元城乡机构!"张轩莫名其妙地骂道。

景东来到信贷部最初的几个月，就像是一个新学徒，每天早早地来到办公室，先是拿起拖把来拖地，然后提暖瓶接水给大家的茶杯里倒满开水，接着把香烟掏出来给部里的同事敬烟。"这小子，自己不吸烟还散烟，有事吗?"同事小明跟景东打哈哈说道。"初来乍到，多多关照。"部里的同事看着电脑，抿着嘴笑。景东负责管理民营企业的贷款审查。到达新岗位后，景东一直在熟悉新的岗位职责、新的业务制度、新的业务客户。景东每天到岗后，就盯着电脑看客户的资料。遇到不清楚不明白的问题，景东就屁股一用劲，把转椅蹭到副总经理的身边，低声请教着相关业务知识。这时候，景东也把以前做过的业务与当前面临的任务做了比较：以前是具体的客户，现在是系统性类别客户；以前是与基层一般客户打交道，现在是与全市知名客户打交道；以前接待客户是以理服人，现在对待客户必须有礼有节。更重要的是，现在面对的客户大多数是有头有脸的企业家、社会名流、青泊市纳税大户、市领导的座上客，甚至是市行领导的关系户。如果稍有不慎，到头来不定得罪了哪一方神圣，将会是吃不了兜着走。景东想到这些时，不觉出了一身冷汗。景东摇摇头，轻声地咂一声嘴，"咳"的一声长叹。一会儿，景东又在头上轻轻地一拍，说道："你咋来市行的? 你要是世故圆滑的信贷人员，你恐怕还在乡下营业所待着凉快吧。"景东坐直了身子，盯着一笔贷款手续目不转睛。

"总经理，我对一笔贷款手续有疑问，我能通知客户经理把客户叫来沟通一下吗?"景东小心翼翼地跟总经理汇报。"当然可以，你打电话通知客户部，请他们把这个客户约来。""好的。"景东应声点点头，就轻轻地给客户经理打电话。

下午临近下班时间，客户经理带着客户主办会计来到信贷部，跟景东打招呼。景东跟主办会计握手寒暄后，通过简单了解客户的生产经营情况，就说道："麻烦你们过来，我是新来的贷款审查员，我有个工作习惯，就是在审查贷款时，不仅仅看好客户经理电脑里上传的资料，还要了解以下内容：一是客户的三表，每月的用电表、用水表、职工工资表；二是三类人，就是要了解客户法人的日常工作联系人、生活来往人、身边相伴人；三是三大块，主要是掌握客户的费用、成本、内部精细管理的大致内容。这也是我多年来一直坚持的三个三工作方法，希望你们配合我一下，把我刚才讲的三个三的关联内容资料提供给我，我就能够很快审理完你们的贷款手续。银企双赢是我们的共同目标，请你们理解我的工作，谢谢支持和配合。"景东微笑着看着客户经理和主办会计，主办会计的手抖动着，在笔记簿上飞快地记录着。客户经理抬头看看信贷部南墙上的时钟，不知不觉已经超出下班时间两个多小时，赶紧站起来说道："景老师，这样吧，你刚到信贷部，咱们业务上还没有交集，也没有在一起深入交谈过，主办会计回去后抓紧准备资料，最好明天提交给景老师。你们公司也急着用款，回头我再跟景老师汇报一下，争取简化手续，尽快投放。我今天耽误了景老师下班，自罚一下，请景老师喝酒，主办会计作陪，好吧？"景东转向客户经理说道："咱们都是同事，为了工作，不必客气，今晚我老婆有事情，就免了吧。"景东站起来拉住客户经理的手，嘱托道，"好弟兄，你也忙活一天了，早点回家陪陪家人吧。"客户经理见拗不过景东，就示意主办会计，离开了景东的办公室。

城里不知季节已变换。景东在电视里看到市领导到农村视察的镜头，看到一望无际的麦田，心里说，又到了麦黄收割的季节。周末一大早，景东换上一身运动装，穿着黑色的运动鞋，搭车回到老家。景东回到家里，跟母亲说了一会儿话，看不到父亲，就骑着父亲的自行车下地。景东来到父亲正在田里薅除燕麦的地头，扎好车子，挽起袖子，径直走到田地中央。父亲抬头看见景东，说道："东啊，我看电视上说，湖北一个银行行长收人家礼，被判了十四年，一家人不是毁了吗？你干银行工作的，小心点，小心有大错，啊？""知道了，爹。"景东回应着，脸上的汗珠顺着脸颊淌下来。一会儿，景东的脸在烈日下暴晒得如同成熟的紫葡萄。景东气喘吁吁地来到麦地头的桐树下歇凉。景东看到父亲戴着草帽，脖子上搭着发黄的毛巾，汗水顺着满脸皱纹流淌在灰色的汗衫上。景东心里一阵酸楚。父亲笑呵呵地走出麦田，说道："东，咱们在这里薅草种地，庄稼活都这样，也不显得多么累，看着麦子快要收割了，心里可高兴，比那些在监狱里蹲着的大贪官强多了，他们一个个戴着手铐脚镣，几辈子翻不过来身，真丢先人啊。"父亲说着，弯腰把地头一瓦罐里的凉开水捧起来，说道："东，你喝水吧？""爹，我不渴，你喝吧。"父亲举起瓦罐，一仰脖子，咕咕咚咚地喝着，接着又咳一声，拽下搭在脖子上的毛巾，擦一把嘴唇，说道："东，走吧，回家吃饭，后半晌你还得回去上班。"父亲在前面走着，景东推着自行车在后面跟着。景东看到父亲后背的汗衫已经被汗水湿透了。

景东成了有名的"严信贷"。很多客户经理不敢把贷款手续提交给景东审查，私下里议论景东"不食人间烟火"，甚至偷偷骂景东是个"圣人蛋，咯硬屎"。这些话传到景东的耳朵里，景东也不生气，却说道："谁说谁听就是谁的。"景东坐在办公室里，回忆着柳鸿常常在枕头边说的那句话，时时警示着自己："景东，咱爸是管业务的副行长，你不能给他丢人，也别让我夜里睡不着，啊？"每天晚上景东在床上跟柳鸿复述这句话时，柳鸿就特别高兴，脸上呈现出一朵花，紧紧地抱着景东，喃喃自语道："景东，有你这记事儿的好脾性，我跟你做啥也开心。"柳鸿在景东的脸上激烈地亲吻着。

半年后，景东再次通过内部竞聘，升职为青泪市银行信贷部总经理，接替已经到龄的总经理。此后，张轩多次借口女儿在市区上小学家庭困难不方便，软缠硬磨让景东给行长说情帮助自己调动工作。在柳鸿爸爸柳副行长的关照下，张轩被调到青泪市区的新兴支行，担任客户经理。张轩成了景东的直接下级。张轩表面上称呼景东为"领导"，私下里对景东说："兄弟，苟富贵勿相忘啊，有多余的烟酒给我匀点儿！"景东乜斜一眼张轩，坏笑着说："咱们在一起上学好几年，一起吃饭听课睡觉，你不知道我是啥人？你要是想喝酒，我出去给你买！"张轩自觉没趣，龇拉着牙笑笑，说道："不会聊天，逗你玩！"景东疑惑地看着张轩，没有再说什么。

二

"景东，我是李行长，你现在来我办公室。"

"好，好。"

景东放下电话，顺手拿起办公桌上的一个黑皮笔记本，整理一下衬衫领子，赶忙来到三楼的行长办公室。

景东敲门进去后，看到青汩市银行党委班子成员全部在场，大家脸色凝重。办公室主任站起来，示意景东坐在他身边。景东不敢抬头看与会人员，即使岳父柳副行长也在会场，坐在李行长的右手边。景东打开笔记本，右手握住水笔，在上面准备记录参加会议的内容。

李行长说："景东，我们刚刚召开了党委会议，大家一致同意任命你为青城县银行行长、党委书记，今天这个会议就算做党委集体给你谈话。党委希望你到任后，一手抓内部整顿，一手抓业务经营，把这两手都抓起来。同时，我把话说到这里，只要你抓这两项工作，无论遇到什么困难和阻力，我和市行党委班子都做你的坚强后盾，一定要把青城县银行的工作抓上去，在同业竞争中保持不败优势，在服务支持青城县经济发展方面再立新功。我和党委班子相信你有能力挑起这一重担，不辜负青汩市银行党委的重托，把青城县银行的各项事业做好。你有困难吗？"李行长看着景东，微笑着说道。

景东在笔记本上正一字一句地记录着，冷不丁地突然听到李行长问自己。

"啊，没有啥困难。就是我在信贷部工作这几年，我了解到青城县民营经济发达，不少公司老板具有通天本事。要说银行是依靠客户生存发展的，俗话说船可载舟亦可覆舟，面对青城县纷繁芜杂的民营企业，我想下一步与这些参差不齐的客户打交道还是需要稳妥进行，既不能一概敬而远之，又不能跟他们朝夕相处，用不恰当的比喻说，就像夫妻一样，保持一定的距离，距离还能产生美。我觉得心存党性原则，服务与经营并重，辅之以内部整顿提高，青城县银行一定会不负重托，取得更大的经营业绩。"景东说完，李行长满意地点点头。

"那就这样吧，办公室通知青城县银行机关全体人员和营业所正副主任今天下午五点钟开大会，我和人事部张总带着景东过去宣布青汩市银行党委的决定，散会。"李行长站起来，环顾着会议室里的班子成员。柳副行长看一眼景东，正好与景东的眼光碰在一起。柳副行长轻轻地点点头，又跟李行长说笑着走出了会议室。

在前往青城县银行的路上，李行长对景东说道："今天上午，我接到了青城县人民检察院的书面通知，原任行长陈新民涉嫌受贿罪被青城县公安局逮捕。青城县银行是青汨市银行系统第一大县支行，无论是机构网点、人员数量，还是业务规模与盈利能力，在全辖都是最大的。青城县还是青汨市的第一大县，每年对青汨市的财政贡献占到三成以上，也就是说青城县打一个喷嚏，整个青汨市都要感冒啊。特别是你也提到的民营企业，青城县多达近千家，还有三家已经上市的全国著名的民营企业，这些民营企业对青城县的财政贡献度高达70%。青城县曾经是中原省的'十强经济县'，商贸经济起步，之后依靠加工业的引领发展，逐步壮大到今天的工业兴县和工业强县。前天我在市里开会，听到青城县县委马书记说，青城县要在已有发展的基础上，进一步扩大招商引资，本年度内计划引进外资300亿元，新开工项目43个，全年实现财政收入60亿元。马书记还是青汨市市委常委，思路特别清晰，你去了要配合好马书记的工作。我觉得这也是青城县银行的发展机遇，你抓住了就是英雄好汉，你失去了就是青城县银行乃至青汨市银行的罪人。市行党委派你过去任职，也不是简单地治理整顿，重要的还是发展业务，继续保持在同业中的竞争优势地位，为青汨市银行业务发展贡献最大的力量。这几年我看着你稳稳当当做业务，把控住了信贷风险隐患，给青汨市银行，也为我这个行长出了大力，组织不会忘记敢于担当的干部。我提议你任职时，你岳父柳副行长还说你的孩子正在读六年级，家里负担重。我说自古家国难双全，银行家也一样，作为职业银行经理人，要有远大的银行抱负情怀，你要加油啊！""谢谢您的栽培，我一定不会让您失望的。"景东握紧拳头，说道。这时候，小汽车进入青城县城的一条辅路，拐进了青城县银行的机关大院。

李行长在青城县银行副行长郑培的带领下，直接来到三楼会议室。按照惯常的会议议程，李行长主持会议，人事部张总宣布了青汨市银行党委的决定，景东做了表态发言，最后李行长强调了三点：一是青城县银行要从陈新民案件中汲取教训，时刻保持共产党员的革命本色，不忘入党誓词，继续砥砺奋进；二是银行是业务部门，老领导说过，发展才是硬道理，我说银行竞争进步、业务发展才是硬道理。没有业务发展，说什么都是苍白无力的；三是县行班子成员要团结共事，团结才能成就事业，分裂一败俱败。团结是党的生命，不团结什么事情也干不成。事成于和睦，力生于团结。同德则同心，同心则同志。同时希望青城县银行中层以上干部振奋精神，大胆主动支持景东同志的工作，把青城县银行的各项工作推上一个新的台阶。李行长讲到这里，会场里爆发出热烈的掌声。

送别李行长后，景东接着召开了青城县银行党委会议，确定当前的四项工作任务：一是郑副行长牵头制订青城县银行治理整顿工作方案，本周五上午召开行长办公会议讨论定稿；二是江副行长陪同景东同志逐户拜访青城县银行前五十大客户，中间预约拜见青城县主要领导；三是邓副行长带领运营管理部专业人员，加大对11个营业机构的检查力度，杜绝风险事故和违规案件的发生；四是综合管理部要配合神秘人暗访，强化对全辖营业单位和机关职工的服务暗访和行为排查纠偏，直接对景东同志负责汇报。

会议开到晚上八点多才结束。郑副行长说："我以个人的名义，给景行长你接风吧？""算了吧，即使你个人掏腰包，要是传到职工耳朵里，也是好说不好听。我对这里也不陌生，一会儿我随便到大街上吃一碗热干面，你们回去休息吧。"景东看着几位班子成员说道。综合管理部杨主任这时候说道："景行长，你刚来咱银行，时间紧张，综合管理部还没有整理出你的住室来，郑副行长安排你暂时住到银行西隔壁的青城县宾馆，步行过来上班，很方便的。""原来那个陈新民的住室呢？"景东接着问道。"那个房间还没有打扫，郑副行长说你来了后再给你另外安排一套。"杨主任回答道。"单位还有别的住室吗？"景东又问道。"没有了，就剩这一套了。"杨主任轻声说道。"这样吧，杨主任你辛苦一点，现在就派人打扫陈新民住过的那套住室，今晚我就住在那里。不过我没有自带被褥，你给我租借一套，我付费，好吧？"景东拿着笔记本，指指会议室大门。"那好吧，杨主任，就按照景行长说的去办吧。"郑副行长说道。杨主任点点头，从裤兜里掏出电话，当场给后勤管理员安排工作。

景东在大街上转悠十几分钟后，走进了一家烩面馆。在等待上面的间隙，景东给柳鸿打通了电话。"喂，阿鸿，我下午走得急，来不及给你讲，市行派我来青城县银行工作，我一点思想准备都没有。你今晚记着接儿子晓军，给他说说我来县里工作了。以后你要更加辛苦了，带好儿子啊！""咱爸回来给我说了，我要提醒你，你现在是行长，跟你当科长不一样，别太任性了，要稳当慎重，不要主次不分，要依靠班子和中层，带好队伍，这也是咱爸刚才让我给你说的。""哎呀，我说嘛，我们的阿鸿同志一下子说话像长官了，佩服！不过，我觉得这里既有发展的潜力，也有复杂的矛盾和问题，必须始终保持清醒的头脑，知道哪些可为哪些不可为，一以贯之地抓下去，到时候才会有收获。啊，烩面来了，我也饿了，不跟你说了宝贝，再见啊。"景东把手机关上，用筷子挑起一坯烩面，吸吸溜溜地咀嚼着，好像饥饿的人看到了面包和牛肉。

景东从餐馆里出来，走在青城县城的大街上，看着一街两行店铺门楣五颜六色的霓虹灯不停地闪烁着。对面几个青年人互相搂着肩膀，手里还提着绿色的啤酒瓶，双腿好像编蒜一样在地上拉着走着。景东来到市政广场，几十个中年妇女正在跳广场舞。景东看到几个中年男子也在队列里面，在昏黄的灯光下扭动着腰肢，脸上洋溢着开心的笑容。景东抿嘴笑着，说道："我到了这个年纪，身体不知道有没有他们硬朗。都说身体是第一位的，没有好的身体，一切都是零。可是谁没有这样那样的任务？无论是单位还是家庭，又有几个整天喊着保养好身体，把身体放在第一位而对工作和家庭儿孙不管不问的呢？人们啊，说起来清楚，做起来糊涂！"这时候，杨主任的电话打进来，告诉景东，住室已经收拾停当，可以回来休息了。

景东在江副行长的陪同下，一连三天拜访了十个大客户。第四天上午，景东正要再次出发拜访大客户，江副行长这时候带着三个穿白衬衣打着红领带的中年人走进了景东的办公室，好像要去一个正式场合一样严肃认真。江副行长介绍道："景行长，这几位是青城县民营企业协会的正副会长，听说你来青城县银行任职了，他们今天特意赶过来拜访。"江副行长介绍完，几人分别把金灿灿的名片双手恭敬地递给景东。为首的颜会长微笑着说："我是青城县汇龙实业公司的，以后请多关照。"颜会长好像前去应试的大学生，在景东面前毕恭毕敬的。景东拉着颜会长他们坐下来交流行业协会的情况。大家交谈十几分钟后，颜会长邀请道："尊敬的景行长，我代表青城县民营企业协会邀请你今晚参加我们的见面会，请你务必赏脸参加指导。"颜会长说着，从公文包里拿出来一张大红的请柬，恭敬地递给了景东。景东站起来接过请柬，说道："谢谢你们，谈不上指导，要说咱们银企是一家，银行离不开企业，你们赚钱了银行才有出路，我们正在计划拜访一圈后回头宴请你们呢。""咱们就这样定了，请你和江副行长今晚一定光临。""谢谢，好吧。"景东和客人握手告别。

青城县银行开展作风大整顿，是李行长要求景东来到青城县银行的第一要务。景东借助这次作风大整顿，没有采用杨主任准备的讲话稿，而是结合自己多年的从业经历和学习体会，给全体干部职工推心置腹地讲了一堂廉政课：我从哪里来、我要干什么、我肩上的责任。景东看着台下百十名干部职工说道：我们是国有企业的干部职工，时刻接受着国家法律、监管部门规定和银行系统制度的监督，这些都是我们想问题办事情的红线，是带电的高压线，触碰不得，要不你就会粉身碎骨身败名裂。这方面血的教训太多了，我们身边的陈新民就是典型的反面教材啊！作为银行干部职工，把握好两件事，一是上班时做什么？二是下班了干什么？你每天来上班，在岗就要想工作上的事情，单位不养闲人，忙时工作，闲时求知。工作上的事情，就是大家的本职工作，按照你目前的岗位职责，每个人要清楚每天你的工作做到了什么、没有做到什么、今天你领悟到了什么、你在工作中发现了单位有哪些需要改进的、明天你要做的又是什么，每天下班后做小结，部门科长检查验收后才可以离岗。我觉得作为单位负责人或者中层干部，首先要从自身做起。如果你真的爱你的员工，就考核他，要求他，促使他成长，逼迫他成长。如果碍于情面，一味纵容，在自己的企业养了一群小白兔，老白兔，这是最大的伪善！大爱不是你给员工多少钱，这只会助长他们的贪婪、无知和懒惰，让他们对自己产生误判。正确的做法是让他们因为你和你的企业成长了，培养了赚取财富、掌控财富的能力，具备了完善的品行，在离开你后能够独立、幸福地生活和工作。严格管理，不断成长，这才是真正的大爱！

景东端起茶杯喝一口水，接着说道：下班了干什么？这个似乎涉及个人隐私，其实不然。大家看看周围单位，有几个能跟我们银行比工作环境、比每月收入、比工作负荷大小？你在银行工作着，就要在工作之余想到怎样不会被单位末位淘汰？我想你至少要做到三点：一是自我充电，这个连小学生都知道，仅有学校课堂上的 40 分钟解决不了问题；二是八小时之外的朋友圈要谨慎进入，有些不得不去的场合，你要明白自己是银行的，不能混同老百姓，你说的话、做的事情，一定要有规矩；三是不能与客户私下里来来往往。客户的钱也挣得不容易，人家也有一本明细账。咱们做银行工作的，都知道会计账务处理的方法，任何一笔资金流动，会计账上都记载得清清楚楚，谁也抹不去。客户请你吃饭，你去了；客户给你塞红包，你接了。你认为这是友好往来，可是你知道天上不会掉馅饼的道理吧？客户为啥给你塞红包？他们看中的是你手里的贷款权力，别的什么也没有。你与客户来往，要清清楚楚，经得起检查、举报和审计。你在这方面做好了，党委才会满意，你的家人才会给你点赞，大家切莫以为你给家里带回去一壶油一箱酒一张购物卡就显得有能耐，其实那是对家人的最大伤害！景东说到这里，会场里响起了长达五分钟的掌声。

半个月后，风险部汪科长把青城县民营企业协会颜会长的汇龙实业公司的新增贷款审批手续提交给景东。汪科长跟着主管行长江副行长，拿着笔记本和一沓文件来到景东的办公室，默默地坐在一边的沙发上。江副行长坐下来后，率先说道："景行长，那天晚上颜会长给你接风，宴席上提到了这笔贷款手续。这笔贷款手续已经在咱青城县银行内部运作了几个月，根据上级银行规定，像颜会长这一类民营企业，以前在银行没有贷款，企业经营正常，环保也通过，就是暂时缺少流动资金。现在企业占用的是集体土地，没有土地证，厂房也没有办理房产证。如果给公司办理贷款，只能使用公司的机器设备做抵押，满打满算不足三千万，可是公司申请后市行批复的是六千万用信。"江副行长看着景东，摊开一双手。汪科长解释道："按照现行制度，民营企业贷款也可以采用担保保证的方式，我们起初做手续时，已经把颜会长提供的担保单位鑫祥公司一并做了评级授信。这一笔贷款还是你在青汩市银行时，亲自审查过的。"汪科长说到这里，突然停住，看着江副行长，又缩了一下脖子，忽然意识到自己快言快语不妥当。

"我当然知道，我在审核时，本着中原省银行总行的信贷制度，审慎考虑了很久。说实在话，民营企业贷款实行担保保证方式，我是存保留意见的。大家想想看，甲公司给乙公司担保，乙公司给丁公司担保，丁公司再给甲公司担保，人为地形成担保链，说白了银行发放的就是信用贷款，将来风险如何控制如何化解呢？不过话又说回来，当前全球金融危机，国家出台了四万亿的经济刺激计划，支持企业摆脱困境，这是大趋势，咱们不能只顾自身利益，对企业置之不理，而要主动担当，在此轮经济转型期有所作为。大家再议议，看有没有更好的规避贷款风险的办法，明天上午我有个县里的会议，下午咱们碰头，定下来这笔贷款投放的担保方案。"好的。"江副行长站起来，和汪科长一起离开了景东的办公室。

柳鸿打来了电话，说道："景东，咱们的团购房拿到钥匙几个月了，你现在又去县里工作，还装不装修？人家张轩已经入住了，在咱们楼下，虽然比咱的小几十平方米，但是人家三口每天高高兴兴的，我也想住新房。"景东思考几分钟，说道："这样吧，你找一个装修队设计一下，我周末回去确定装修方案，咱们今年春节前也住进新房，好吧宝贝？""好吧，嗯。"柳鸿挂断了电话。景东想起来上次回到青泪市区，见到张轩正在装修新房，张轩不高兴地说："景行长，你看人分三六九等，就是不一样啊，你是科级干部，就能论资排辈买到一百三十多平方米的大房。我是市行一般职工，就只能捡人家剩下的九十平方米的小房，真气蛋啊！""张轩，别着急，慢慢来，儿子小着呢，好好干，将来也分一套大点的，啊？"张轩听罢，头也不回地去到里间了。景东站在那里，好长时间回不过神来。景东知道张轩刚从市区新兴支行调到市行信贷部，以前还以为张轩能赶上这一次的集体团购房就已经很不错了。景东没想到张轩跟自己比较。景东吃了张轩的没趣，思前想后也没有弄明白，毕竟马路是马路轨道是轨道，我们岗位不同待遇薪酬也不一样啊！"这是啥货？跟在大学上学时差远了！"景东不解张轩咋会变得像女人一般见识。

景东在审核颜会长的汇龙实业公司的贷款手续时，特别批示到：请追加汇龙实业公司全部股东个人所有财产作为担保，客户经理要当面逐一跟公司股东签字。汪科长接到景东的批示后，立即把贷款手续扫描件上传到青泪市银行贷款审批系统，打电话提示信贷部审核岗张轩尽快审核通过。张轩盯着电脑看了几分钟，忽然意识到公司贷款授信环节是景东批准的，现在公司用信又是景东签字同意的，而且贷款额度高达六千万元，在青汨市银行系统位居第一大户。张轩把电脑截屏悄悄地收集在自己的一个文件夹下，默默地点点头，又摇摇头，最后才在信贷审核系统中的"同意"按钮上点击了鼠标。

汪科长在系统里看到青汨市银行信贷部同意放款了，马上打电话给颜会长，通知公司出纳赶紧来银行办理贷款划转手续。颜会长连声说道："好，好，中，我这就派人过去，咱情有后补啊！"

三

景东和柳鸿确定了新房装修方案，一边让施工队进场施工，一边陪着柳鸿去家具店看家具。在市区东郊一家家具店，景东柳鸿又和张轩小宇夫妇不期而遇。

"这里是红木家具，贵得很，一般人买不起。"张轩噘着嘴，对妻子说道。"小宇，你们买的啥家具？我还没有看到过。"柳鸿靠近小宇说道。"我们的没法跟你们比较，景东是大行长，工资高，收入也多，这好家具就是给你们准备的。"小宇脸拉下来，低头说着。张轩拽一下小宇，没有说什么，就离开了家具店。"这两口子，这是哪儿跟哪儿啊！"景东一头雾水地说道。

张轩和小宇走着说着："景东当信贷部老总，一个人说了算，副总经理也不当家，公司老板整天约他吃饭喝茶塞红包，现在又下去当行长，那里又管理着上百个公司客户，他刚去上任，一个公司老板见面给他塞一万吧，那不就是百十万！你说人家咋不高档装修？咋不来买红木家具？"张轩挤眉弄眼地说着。小宇接过话头，说道："不要眼气别人，你有本事也当官弄钱，吃不到葡萄就说葡萄酸，看你那没出息的样儿！"小宇一甩手，独自一人走开了。张轩急忙推车跟上小宇，不敢吱声了。路边几个老年人，在那里好奇地看着张轩小宇闹气。当天晚上，张轩躺在床上翻来覆去睡不着，把床单呲腾得皱巴巴的。小宇穿着短裤折起身，说道："看你多没出息，你不会努力争取个副总经理干干？光知道在家里生闷气。"张轩看到赤条条的小宇，顿生性欲，抱住小宇，说道："玩一会儿吧，我想你了。""滚开，窝囊货，啥时间当上总经理了，想咋弄咋弄！"小宇气哄哄地抱着枕头，到孩子的房间睡觉了。张轩这一夜又失眠了。

景东把新房装修好后，通气进风了三个月，选定了一月六号这一"好日子"，就把家从市行职工周转房搬到了"丽景苑小区"，与张轩同一栋楼同一门洞，只是张轩在七楼，景东在十一楼。景东搬到新居后，邀请张轩一家和几个大学同学，在家里"燎锅底"。张轩当晚喝醉了，一直在说："景东，你能耐大，我比不了，我心里有数。"小宇摇着张轩的头，说道："净是放屁，我跟他十几年了，他有几斤几两，我心里清楚。张轩自己没本事，还不服这个那个，你们瞧瞧他那熊样子，早知道这样窝囊废，当尼姑我也不嫁给他，哼！"柳鸿扶着小宇，跟着景东几个同学，把张轩送回家里。

第三天晚上，正值周末。晚上九点多了，张轩还在小区大院里转悠。这时候，张轩突然看到青城县一个电动车公司的老板提着鼓鼓囊囊的皮包上楼了。张轩在远处数着电梯停靠的位置，判断是景东家所在的 11 楼。张轩一直在楼下等着，观察着楼上的动静。半个小时后，那个老板从电梯里出来，腋下夹着公文包。张轩断定老板把礼品留在了景东的家里。张轩躲到路灯下，在手机"备忘录"里写下这样一行字：1 月 6 日晚 9 点半，青城县鑫祥电动车公司老板给景东家送了礼品和现金，10 点 10 分离开。

汪科长急急忙忙地来到景东的办公室，额头上渗着汗珠子，好像在外面遭到了雨淋一样。汪科长的脸色苍白，几乎是上气不接下气地说道："报告景行长，颜会长的汇龙实业公司贷款出现欠息现象，我昨天打了公司主办会计的电话，询问贷款欠息原因，那人支支吾吾说不清楚，还叫我问颜会长。我就打颜会长的电话，可是电话一直处于通话状态，可能是我被颜会长拉黑了。"景东看着汪科长焦急的模样，拿起自己的手机，直接打电话给颜会长。"景行长好啊，有何指教？""我想见见你，在公司吗？""我在公司，昨晚才从河北回来，你来吧。""好的。"景东挂断电话，一抬下巴，示意汪科长跟着自己去见颜会长。

景东刚跨进颜会长的办公室，颜会长就从老板椅上站起来，满脸堆笑地迎过来，拉住景东的手，说道："景行长，你这真叫敬业，自从我的公司贷款到账后，你是每周都要来一次，跟我聊天，无意中掌握了我公司的经营情况。我敢保证我的贷款用途合理，请你们一百个放心。"景东满意地点点头，看着颜会长坐下来做茶艺。颜会长拿镊子把一杯红茶送到景东面前，说道："慢饮，景行长，这一段时间我配合你们银行吧？先是支付了一百多万的银行咨询费，购买了三百万元的银行理财产品，后来我听主办会计说，汪科长还让公司的代发工资业务转到了青城县银行，好几十个职工办理了信用卡，且不说公司存款对银行的贡献，就上面那几项加上利息，公司就给你们银行带来经济效益几百万元，像我这样的公司，在青城县很少啊！"颜会长边说边做着茶艺，不时抬眼看一下景东。"颜会长，你刚出差回来，可能主办会计还没有见到你，现在你公司账户上的存款余额不足以归还当月贷款利息，不知道你的公司存款转到哪里了？"景东一字一句地说着。颜会长停下手中的茶艺，一皱眉头，眨一下眼，迅疾说道："我问问会计，我知道公司几笔欠款还没有到账，可是也不至于欠息吧。"颜会长咧嘴笑笑，低下头继续做茶艺，还说道："喝茶，喝茶，我一会儿就安排会计落实。景行长你放心吧，要是因为欠息跑一趟，真是委屈你景行长的大驾了。"景东严肃地说道："颜会长，你公司的贷款在青汨市银行系统数第一大户，全行都在盯着，你懂的。你要是有啥困难，咱们银企是一家，可以共同商量解决啊。""那是，那是。"颜会长脸上掠过一抹红，却还是镇定地说道："公司跟银行不一样，我们的资金要用到最创利润的项目上，死守硬撑最终会倒闭的。今年以来，我们公司正在寻找新的效益增长点，以后还得依靠你景行长的支持啊！""颜会长，咱们到车间看看？"景东突然站起来说道。

"景行长，你还是老习惯，来公司喝一杯茶就进车间，喜欢跟工人说话。"颜会长讪讪地说，"不过这一次，车间大检修，工人放假，下次再来看吧？"颜会长摊着双手，看着景东说道。"那好吧，我们就回了，你回头通知会计，今天务必把贷款利息封上。""一定，一定。"颜会长送景东来到小汽车旁，拉开车门，举着双手，和景东汪科长一行道别。

景东等了三天，颜会长的公司还没有归还利息。景东再打电话，颜会长小声地说道："景行长，我正在外地追要货款，一会儿打给你。"颜会长说完，就挂断了电话，好像在处理一件重大事情一样。景东把汪科长叫到办公室，询问汇龙实业公司担保公司的情况。汪科长支支吾吾地说道：

"鑫祥公司日子也不好过，上个月因为涉嫌非法集资一亿多元，已被公安部门立案侦查，公司股东都跑路了，如今公司大门关闭，企业停产，大院里荒草满地。"景东猛一愣怔，说道："你们知道了为啥不报告？"汪科长赶紧说道："我们知道后，给江副行长做了汇报，他指示我们调查鑫祥公司的账户、资产情况，初步摸清了该公司资不抵债，负债率高达百分之二百多，上周湖北一家法院查封了鑫祥公司的银行账户和厂房车间设备。"汪科长忙不迭地解释道，好像害怕景东追责似的。景东把右手放在额头上，仰脖靠在椅背上，微微闭上了双眼。

青城县汇龙实业公司六千万元贷款逾期六个月，欠息三百多万元，再次成为青泪市银行的一大新闻。青泪市银行李行长带着张轩来到青城县银行开展专题调研。张轩跟在李行长后面，跟景东只是微微点点头，继而又高抬着头，走进会议室。景东汇报了汇龙实业公司的基本情况，还说道："我们根据汇龙公司贷款劣变欠息情况主动作为，一是积极寻找能够接受汇龙实业公司参与投资重组的公司，意向中四川省的一家公司，正在接洽；二是积极牵线搭桥，在本地联系租赁汇龙实业公司厂房设备的公司，两家公司正在谈判；三是核实担保公司和公司股东资产，做好资产保全前期工作；四是主动给青城县政府主管县长汇报汇龙实业公司的经营情况，得到政府的理解和支持。""我听张轩汇报说，汇龙实业公司去年在中州市西郊竞买了一百多亩地开发房地产，现在已经开工的几栋楼房因为资金链断裂停工了，又是一堆半拉子工程，你们此前没有察觉吗？"李行长问景东。"是这样的，李行长，我对这笔贷款劣变负直接责任，我们一直跟颜会长保持周周沟通，时时掌握公司生产经营情况。这几年，汇龙实业公司的铸造件销售很好，订单很多，公司利润也很大，我在公司见到颜会长，他都在描绘公司的前景。我每次也到车间走走，看到一车车原料进来，一车车成品运出去，心里也没有再打问号，谁知道仅仅半年多，公司就急转倒下。我们考虑不周到，工作有很大的不足和瑕疵。"景东拿着汇报材料，双手颤抖着，好像身体虚弱浑身无力似的。坐在对面的张轩，绷着嘴，又怒一怒，轻轻地哼了一声，心里说道："我看你见天抬头竖脸的，不可一世的样子，显得全行就你能！你把青泪市银行第一大贷款弄瞎了，单位受损失，你自己前后收礼得红包，我看你最后咋收场！我不信你一直在前面跑吃香的喝辣的，咱们骑驴看账本走着瞧，我让你到时候哭不出来。"三个月后，青城县汇龙实业公司的贷款逾期一年多，转为次级类贷款，列入不良资产处置名单。

柳鸿在单位例行年度职工体检时，发现患了乳腺癌。柳鸿整天茶不思饭不想，一周时间瘦得没了人样儿。柳鸿夜里睡不着，还做噩梦，有时候无端大哭起来。开始时，妈妈来陪柳鸿，说说宽心的话。柳鸿暂时心情好转一些，可是没两天又低头不语，眼泪啪啪地往下掉。柳副行长看着一天天憔悴的女儿，就建议李行长把景东调回市行机关。李行长开始不同意，心想培养一个支行行长不容易啊，特别是像景东这样硬棒棒的行长。李行长很爱惜景东这员"得力干将"。李行长就此给柳副行长提了两次。柳副行长说，不能再提了。

景东任职青城县银行行长的第四年，青泪市银行根据工作需要，成立了专门处置不良信贷资产的资产处置部，青泪市银行党委任命景东任资产处置部总经理。柳鸿听到景东回到市区，又能跟自己朝夕相处了，竟然流下热泪。晚上，柳鸿拉住景东的手，说道："都怪我不争气，拉你的后腿，下辈子我报答你。"柳鸿趴在景东的肩头，两行热泪浸湿了景东的汗衫。景东轻轻地拍着柳鸿的肩膀，说道："阿鸿，只要你高兴，我就愿意舍弃一切，咱们风里雨里十几年，我还得感谢你全家对我的关照呢。我家在农村，你不嫌弃，还背着我回到老家看望父母，送吃送穿送零花钱，这些我都知道。更关键的是，你给我把好人生关口，坚决不收客户的礼品，当场退不了的，回头及时上交到市行监察室。你让我安心地在青城县银行工作，我很感谢你啊。你有了病，别担心，这种病现在医术完全能够治愈，后天咱们就去省城住院治疗。"景东把阿鸿紧紧地抱在怀里。"你还说呢，你去青城县银行后，定了司机不能接别人礼品放车上、你住的地方凡是晚上找你的一律劝离、家人一律不准在家里接待银行客户，谁敢不听你的？！你还经常翻看手机里老家爸爸在日头下暴晒黑黝黝的面孔和身穿灰色汗衫后背湿漉的图片，你想我不知道你的用心吗？你对自己要求的严啊！"阿鸿声泪俱下地说道。景东附在阿鸿的耳边悄声说道："阿鸿，你的不算啥病，我咨询过专家了，很多妇女都得这种病，经过化验绝大多数是良性的。我还得知这种病的病因。"景东转移了话题，又停在这里突然不说了。阿鸿用右手食指抹一下双眼，抬头看着景东，说道："啥原因呢？"景东扳住柳鸿的双肩，轻轻地揉着，慢慢地说道："医院专家说，现在大多数中年妇女仅仅育有一个孩子，因为乳房发育，没有更多孩子吮吸奶头，久而久之就容易得这种病。我反复考虑了，因为我在青泪市下面工作，这几年跟你在一起少了，不说吮吸了，就是抚摸的时间也很少，这都是我的错，你是太太，永远没有错。"景东坏笑着，把阿鸿紧紧地搂在怀里。"你真坏，在哪里学来的太太，还祖宗呢！我不想做手术，咱们先弄一服中药吃吃，观察一下。"景东抱着阿鸿倒在床上，扒开胸罩，把一张热唇贴在阿鸿的胸前，大口大口贪婪地吮吸着阿鸿的一对奶子。阿鸿惊叫起来。

张轩坐在电脑桌前，查看着青城县汇龙实业公司的财务报表。几分钟后，张轩嘿嘿一笑，说道："景东老同学，对不起了！你十几年前经手审批、尔后又准予发放的青泪市银行第一大笔贷款，仅仅正常运行了不到三年，就死滞坏账了；而在这几年时间里，你从科员到总经理，再到支行行长，你是一路攀升啊。我和你同一年毕业入职，现如今还在做着一名副职，这一高一低，我实在不服气啊。你住大房子、坐专车、收礼品红包、买高档家具不说，你和老婆阿鸿在小区大院里大声说笑，那么傲慢不可一世，还在同学面前炫耀你的能耐，你到底安的啥心啊？我与你相比，差距咋就那么大呢？！"张轩把水笔在办公桌上使劲地磕着，几乎骂出声来，好像景东在世阻碍了他的大好前程似的。

张轩来到市区东郊的东湖边。张轩这几年，凡是遇到想不开的事情，就会来到东湖边散步，一边走一边思考问题，好像这里时刻为他准备着标准答案似的。巧合的是，张轩在这里总是能够找到解决问题的答案，对这里的迷恋已经达到痴迷的程度。这次张轩来到东湖边，天空下着小雨，抬眼望去，灰蒙蒙一片。张轩看到湖心，一只渔船正在湖中飘荡，渔翁把渔网撒向右前方，动作好像跳舞一样潇洒。渔翁一趔趄，渔船一侧晃，继而又平静如初了。张轩吃惊地看着眼前的一幕，心里想：水载舟，舟载人，水能覆舟，舟也能覆人也。张轩这时想到景东在青泪市银行那牛逼哄哄的做派，简直咬牙切齿了：我今天倒要看看你景东如何收场？你在汇龙实业公司那里得到恁么多好处，我让你想吐也来不及！张轩使劲在水泥地上蹭磨着皮鞋底子，狠狠地往湖水中吐一口唾沫。

四

　　景东带着阿鸿在中州市人民医院做了乳腺手术。阿鸿的手术很成功，用景东的话说，就是医生把阿鸿的身体做舞台，医生和护士在阿鸿的乳房上跳了一次集体舞，之后几个人分得手术费后扭头形同路人。阿鸿听到景东这么一说，费力地瞪了景东一眼，眼泪顺着腮帮子流淌在白色的枕巾上。景东一看，顿感自己说话有失分寸，就赶紧蹩出病房，翻看手机微信。经过病理化验，阿鸿患的是良性乳腺肿瘤。半个月后，柳鸿跟着景东高高兴兴地出院了。每天晚上，阿鸿缠着景东不离家门，有时在沙发上东拉葫芦西扯瓢地彻夜呢喃私语，有时景东犯困了就抱着阿鸿在小床上相拥而眠。

　　景东被青汩市银行派到中原省银行参加股改培训班。那是中原省银行实行股份制改造前开始上市运作的动员大会。景东很明确，他此次培训后的工作重点，就是回到青汩市，对青汩市银行的十多亿元不良资产进行处置，优化资产机构，为中原省银行上市做最后的准备。景东在培训大会上，看到了青汩市银行处置不良资产的备案资料，上面清晰地记载着青城县汇龙实业公司被列入不良资产处置清单，以及处置的具体操作方案。景东知道这是中原省银行的内部商业秘密，不能对任何人泄露，即或是父母和妻儿。

　　景东回到青汩市银行后，马上把中原省银行的不良资产处置规划向李行长做了汇报。在李行长的具体指导下，青汩市银行成立了不良资产处置领导小组，李行长任组长，柳副行长和景东任副组长，张轩和几个业务部门的客户经理任成员，景东兼任青汩市银行不良资产处置领导小组办公室主任。在李行长的直接指导下，景东组织骨干力量，马上着手不良资产的责任认定和集中打包处置工作。一周后，景东得到李行长的同意，指导资产处置部客户经理小冯和小敏马上开始处置青城县汇龙实业公司的不良贷款。

　　资产处置部客户经理小冯和小敏把青城县汇龙实业公司的不良贷款打包处置资料上传到张轩的办公系统后，一连三天不见张轩回复。客户经理小冯打电话给张轩，询问此笔业务的处理情况。张轩一听是关于汇龙实业公司不良贷款打包处置的问题，二话不说就把电话挂断了。小冯傻愣愣地坐在那里，好像丢了魂魄一样，因为小冯的绩效工资跟这笔不良资产处置结果直接挂钩。小冯就把这一情况向景东做了汇报。景东当时点了点头，说道："我知道了。"景东坐在那里，思考着全行的不良资产处置进度问题。

景东眼看着青汨市银行的不良资产处置进度跟不上中原省银行的统一要求，而且受到了问责，就打电话给张轩协调审批工作进度。张轩表达了对国家信贷资产如此这般处置的担忧。景东不明就里，说道：老同学，我们这次处置不良资产，是内部核销，不是真正意义上的核销了之，债权还在青汨市银行，无非是划归到中原省银行成立的控股公司经营，俗话说的内松外紧，银行没有一丁点儿损失。下一步清收不良贷款，原来是谁的责任，永远不会变化，只是清收主题转移了。现在是中原省银行股改的关键时期，全省银行系统都在为股改上市做准备，你不能背向而为吧！况且青城县汇龙实业公司的贷款是我经手发放的，我已经做了尽职说明，客户经理已经尽职到位应该免责了吧。你看在老同学的面上，尽快审核通过。张轩在电话里哼哈回应，眼睛左右环顾着，好像丢失了什么东西。末了，张轩说道："好事都让你做完了。"张轩说完挂断了电话。景东右手握着电话筒，听张轩说到这里，惊愕地瞪着眼，几乎不知道如何应对。两天后，在李行长的亲自过问下，张轩才把青城县汇龙实业公司的六千万元不良贷款打包处置手续点击通过了。

几天后，中原省银行党委、中原省纪委和省内几大媒体同时接到一份实名"一线举报"：实名举报青汨市银行资产处置部总经理景东下列违法事实：一是 2015 年 1 月 6 日晚 9 点半，青城县鑫祥电动车公司老板给景东家送礼品和现金，10 点 10 分离开；二是景东任职青汨市银行信贷部经理、总经理和青城县银行行长期间，违规向青城县汇龙实业公司发放贷款 6000 万元，造成死滞，欠本息合计 6600 多万元，最后内部消化不了了之；三是景东与青城县银行综合管理部主任杨主任关系暧昧，在办公室和住室多次发生性关系。落款为青汨市银行一线员工张轩（2016 年 5 月 20 日）。

中原省银行党委收到"一线举报"后，立即指示纪委监察室组织调查組进驻青汨市银行。经过一个月的内查外调，调查组向中原省银行党委提交了专题报告：根据核实和走访，并与举报人单线联系，调查组做出如下结论：一是青汨市银行纪委书记证实，针对举报人讲的"2015年1月6日晚9点半，青城县鑫祥电动车公司老板给景东家送礼品和现金，10点10分离开"一事，事实上，市行纪委1月7日收到景东妻子柳鸿主动上交的某单位老板上门送交的现金5万元。二是青汨市银行行长李行长证明说，景东无论是任职信贷部贷款审核员、总经理，或者是青城县银行行长，其所经办的业务，经过青汨市银行内控和合规部审核，均不存在道德风险，也没有发现违规违纪现象。景东在处理汇龙实业公司贷款审批时，创造性地把公司股东个人财产列入担保范围，在打包资产处置后还亲自指挥部门人员催要贷款利息一百多万元，受到中原省银行的通报表扬。三是经过调查青城县银行班子成员，一致向调查组口头和书面保证，景东任职青城县银行行长后，白天下企业和银行网点调研帮扶，晚上常常集中班子成员开会商讨研究制订工作方案，景东晚上工作已经常态化；同时，该行职工家属院门卫做证，景东晚上从不接待来访人员，杨主任根本没进过景东的住室。据此，中原省银行纪委认定，此份"一线举报"不属实，还有捏造事实恶意污蔑诋毁景东的现象，建议对举报人进行批评教育并予以责任追究。

青汨市银行纪委张书记根据中原省银行纪委研究的意见，对张轩进行了诫勉谈话。纪委张书记跟张轩谈话时，张轩面对在场的几位威严的纪委领导，屁股在座椅上蹭磨着，双手颤抖，当场坦白了几年来自己多次参加客户在私人会所的高规格接待、逢年过节接收购物卡额度达四千元的违纪事实。纪委张书记向李行长做了详细的汇报。

景东把《辞职报告》交给李行长。

景东加入兴业银行，被聘任为副行长。

（获庆祝改革开放四十周年"金融人的故事"短篇小说奖三等奖）

▌作者简介

　　王辉俊，中国金融作家协会会员，海南省作家协会理事，海南省乡土文化研究会副会长兼秘书长，海南诗社副社长，海南省散文诗学会副会长。著有小说集《椰岛情调》《人生能有几回醉》《打开的窗口》《帆起南岸》（合集），诗集《热岛情话》，散文诗集《绿岛情怀》等多部作品，并多次获奖。现供职于中国工商银行海南省分行。

关闭的重门

王辉俊

一

　　吴文良这辈子看来是命犯桃花。这是一出跌宕起伏的寻花问柳的故事，尽管这朵桃花很可能要让他付出一半身家的代价，但现在他一时还不能静下心来摆平当中的人和事，他急着让好不容易收敛来的财富再来一次金蝉脱壳，手中有钱鬼推磨，走遍天下都不怕，还有什么闯不过的关卡？

　　话说吴文良从国大银行转移出那笔1.5亿元资金后，正好撞上了海疆省放开审批城市信用社的契机，他收罗了几个从北京下海的金融研究生，花了数倍于注册股本的"炸弹"，打通了审批的关节，成立了博大城市信用社。

　　韩忠林本来是吴文良的首选人物，并许以其重权厚禄，除了每年有上百万的"总经理特别基金"任他支配之外，还有上百万的年薪与10%的股权分红。这样的条件，比他在海疆银行当个有职无权、有名无钱的副行长实惠多了。但韩忠林知道吴文良的老底与做派，知道吴文良第一桶金那么不干净的来龙去脉。他委婉地谢绝了吴文良的重聘，他清醒地认识到，若不如此，他与吴文良的关系就会变成老板与员工的关系，他很可能就成了吴文良胡作非为的帮佣。他打从心底里鄙视吴文良这种人，哪怕给他更多的权力更多的钱，他也不会为五斗米折腰。从此，韩忠林与吴文良彼此灯笼点蜡心里明，他们是两条岔道上跑的车，走不到一块去。

没有韩忠林，吴文良的博大城市信用社照样开张营业，而且搞得红红火火突飞猛进，资金来源不足 2 亿元，贷款却无限扩张到 14 亿元。更要命的是，90% 以上的贷款放给了吴文良自己当法人的房地产公司和有关联的企业，成了不受限制的自家的提款机。

有一回，远房的侄子款待吴文良在夜总会花天酒地之后，提出想贷款 2000 万元开一家典当行，四处找不到一张白纸，那位远房的侄子也是个油子，叫侍应生买来一盒软中华牌香烟，抽出其中的烟卷给侍应生当小费，然后小心翼翼将平烟盒纸，递上一支当时在海疆市花了 2 万块钱买来的最贵的派克钢笔，让吴文良写了一张条子："张主任，见字给吴总办理 2000 万贷款手续。吴文良。"写完条子，吴文良就顺手把那支派克钢笔别在上衣兜上，也算是一笔润笔费。

次日一早，远房侄子果真拿着吴文良批的条子找了张主任要贷款。这张主任可是个从北京最高金融学府师从国家金融理论鼻祖导师毕业的研究生，在他 6 年的金融专业学习研究中，从来也没有碰上过如此草率的贷款审批案例。正如韩忠林早就预料到的那样，端着吴文良给你的金饭碗，他要叫你吃狗粮你也不得不吃。后来，张主任无奈地摇摇头，让信贷部的经理将这张香烟纸批条用 16 开纸裱好，存放在信贷档案里，作为董事长特批的重要依据。谁知，吴文良还以此为荣，在一些老板富翁俱乐部的聚会中，常常拿出这支高价派克笔显摆说，人呐，不读书是废物，读得太多也是呆子。你们看我，读个初中毕业能写个条子就够了。我用的是海疆市最贵的笔，写几个字就能提出 2000 万。

这种人，哪怕给个金山银水，韩忠林也不屑于与其为伍。做金融银行，不是小孩子吹气球，没有信用作保障，气球吹大了，碰到一根小针就会被刺破。吴文良的金融梦碎为时不远了。

自从吴文良事先知道他的博大城市信用社要并入海疆银行那一刻开始，

他的小眼珠子一直在打转转。他在想博大城市信用社严重资不抵债，已经陷入难于自拔的泥淖，马上就要进入评估清算程序，如何抢在清算之前，将还能变现的资产转移出来，为日后的东山再起保留根基。于是，他采取了如下金蝉脱壳的步骤：他用自己当法人代表的私营公司从博大城市信用社贷出 2.5 亿元，购得海疆市江边一块 600 亩的土地，与另外一家有背景的公司合作开发房地产，却有意违反合约条款，套走合作的公司 1.9 亿元资金，被合作的公司告上法庭，人家胜诉，以土地抵偿损失。然而，知情的人知道，合作的那家公司的大股东也是他本人，只不过不用他的名字当法人代表而已。这样，吴文良左手握着土地，右手拿着现金，他就有了进可攻退可守的砝码，任凭风浪起，稳坐钓鱼台。

后来，韩忠林负责评估清算博大城市信用社的资产负债，看穿了吴文良抽逃有效资产的把戏，曾当面怼得他如坐针毡、无言以对。韩忠林正在组织人马，准备材料，紧接着马上要对吴文良的公司提起诉讼，收回不良资产。

吴文良虱多不怕痒，打官司可不是一回两回了，心想，最多不过是败诉，海疆银行胜诉了也找不到资产执行，到时你韩忠林还不是竹篮打水一场空。这事他的脑袋瓜不痛，痛的是他刚摆平前一位"律师女"的风流债，现如今又摊上一只千年老狐狸的纠缠，这将关系到他大半辈子收罗得来的万贯家财很可能要付之东流，这种有苦说不出的痛苦才叫是剜心的痛苦……

二

话说吴文良当上了博大城市信用社的董事长之后，经手审批的资金流水已经不是十万八万的小菜了，动辄就是几千万上亿元的买卖，心也就更大更花起来。十几年前他到歌厅夜总会，与一位妈咪打得火热，他还有一套理论，擒贼擒王，泡妞泡妈咪。妈咪除了有一种善解人意的成熟美，外带其手下一群青春靓丽的美少女，往往是一拖二一拖三的"赚钱的买卖"。

如今吴文良对歌厅夜总会那一套玩意也玩腻了，开始追求高尔夫游艇之类的高雅生活。只不过有时不得已的应酬，偶尔也到歌厅夜总会溜达溜达。看到那妈咪还在，但已人老珠黄，根本就勾不起他的一丁点兴趣，倒是看到贴在妈咪身边时常得到呵护的一个叫温婉的小靓女，天生丽质，特别是海岛酷热的夏天，吴文良一搂到那温婉冰一样透明的肢体，就有一种冰凉舒爽的感觉。因此，他每次总是舍得拿出上万元一扎小费丢给妈咪，就心猿意马地挽着温婉的水蛇腰 K 歌跳舞，散场后还邀请温婉吃宵夜彻夜不归。那妈咪也权当不知任其逍遥，一反她对别的寻欢者的苛求与对温婉护犊般的诸多要求。每当看到吴文良与温婉相拥着走出她的视线之后，妈咪的嘴唇仿佛都要被牙齿咬出血来。

　　开始，吴文良并不知道，温婉就是妈咪的单亲女儿。但等到他知道的时候已经晚了，温婉已经怀孕 4 个月了。吴文良拿出一张 30 万元的信用卡，交给妈咪，想让温婉去堕胎。10 多年前，他也是同样拿出一张信用卡让妈咪去堕胎的。当时是 10 万元。考虑到 10 多年物价上涨的因素，吴文良心想，这样的价格，妈咪应该是可以接受的。吴文良这人就是这样的思维，凡是能用金钱摆平的问题都不是问题。据说，某个牛气冲天的大国的两个人高马大的电气工程师在当地买春，把一个"大陆鸡"整死了，事后只赔偿 8 万元私了，把一桩丑事遮隐了过去。而他一出手就是 30 万，也算是仁至义尽对得起她们母女俩了。事实上，在情感问题中，男人总是算计不过女人的小心思。

　　妈咪直接约了吴文良在银色月光咖啡厅的小包厢里见了一次面。这一次的见面，让吴文良终身难忘，也后悔终身。他们两人各点了一杯福山咖啡。妈咪喝出了福山咖啡的意犹未尽，吴文良喝出了福山咖啡的苦涩难咽。

　　但见妈咪将小壶杯里的炼乳倒入跟前的那杯咖啡里，用小勺慢慢搅匀，她不喜欢加白糖或冰糖块，她觉得咖啡与炼乳一个紫黑，一个乳白，是一种天然配，就像她和吴文良一样搅在一起，肯定会演绎一出有味道的好戏来。此时，她啜了一小口咖啡，瞟了一眼坐在对面的吴文良，掩饰不住一丝得意的脸色说，吴大老板，看来咱们上辈子相互欠下了什么孽债，非要等到这辈子来偿还。吴文良一时还看不出妈咪闷葫芦里捣鼓什么药，只好调侃加奉承地应付说，龙生龙凤生凤，老鼠生子会打洞。想不到你的女儿不但遗传了你全部的优美气质，而且更加风情万种，青出于蓝而胜于蓝啊！

　　一说到女儿，妈咪就怒火中烧。她挑明了对吴文良说，我是喊你老公好呢？还是把你当作乘龙快婿好呢？我们母女两代人都对你付出了真心，可是你却把我们当叫花子一样随意打发了事，真叫人心寒！

吴文良急忙辩解说，那 30 万信用卡不是给你们母女俩了吗？

30 万很多吗？妈咪恶狠狠地说，吴大老板，30 万不够你万贯家财的百分之一吧？ 10 多年前你可以用 10 万块钱轻易就打发了老娘我。吃一堑长一智，这次我们学乖了，你给的 30 万只是我们母女和不久就要出生的你的儿子，呃，顺便告诉你，我女儿肚子里怀上了你的骨肉，我们偷偷做了化验，是个男孩，这 30 万勉强只够我们 3 人一年的基本生活费⋯⋯

吴文良一听就慌了说，我不是让她做掉吗？

妈咪却说，你和原配只生了两个女儿，你和开律师行的女秘书又生了一个女孩，还是我女儿肚子争气，将要为你生个传宗接代的儿子，你应该笑掉大牙才对呀，为什么要做掉？！再说了，将来你永垂不朽的时候，还要靠你这个正宗吴家的儿子继承你的全部财产的呀。

吴文良越听心里越发毛，脱口就问，你女儿温婉呢？你说的这些都是真的吗？她为什么今天不一块来喝咖啡？

妈咪倒是从容地说，你要怀疑没关系，到时可以做 DNA 亲子鉴定呀。不过，我害怕你这个好女婿会"毛手毛脚"地把我女儿肚子里的宝贝做掉，我已经让她移民到西半球那边去了。那边医疗福利条件都好，可以把你的儿子安全接生出来。你这个当爹的，只管多赚钱就对了。

是喜大于忧呢？还是忧大于喜？吴文良一时都分辨不出来。但面对妈咪这么有城府有心计的女人，他顿时感到毛骨悚然了⋯⋯

三

面对韩忠林的决绝，江寿鸿深感再次劝告的苍白无力。他了解韩忠林，就像一位当班主任的老师了解班上最优秀最喜欢的学生一样，有时他甚至像父亲呵护最疼爱的孩子一样地理解韩忠林。

江寿鸿原来是海疆省央行的分行长，个子不高，但他视野高远，语气温和，处事干练，后被海疆省首任省委书记看中，提拔为省政府秘书长，不久前又升迁为省委常委、常务副省长。现在海疆省各家银行保险的当家人或班子成员，乃至许多中层处级骨干，都是他一手培养起来的金融人才。韩忠林就是当中的佼佼者，他对韩忠林关爱有加，对韩忠林的扶持与影响是有目共睹的。海疆银行成立之前，他让韩忠林作为金融考察团成员之一，陪同他到美国进行考察，言语行止之间，就透露出有意让韩忠林担任第一任行长的意思。而有了江寿鸿作为导师与靠山，30出头的韩忠林也是踌躇满志要在大特区干出一番大事业，展现其才华以报答他的知遇之恩。谁知到了临门一脚的时候，足球往往踢到门柱上，改变了方向和球局的结果。最后海疆银行的任命书任命了一位从北京空降而来的董事长兼行长，韩忠林当了董事兼副行长。

　　江寿鸿敏锐地察觉到了韩忠林微妙的心理变化，但他没有直接捅破这层窗户纸。他给韩忠林讲了他年轻时碰上的一个真实的故事。那时他还在海疆市财贸口的一个土产公司当副总经理，老总经理在他即将离休的前夕，向财经委的主任极力推荐他江寿鸿接任总经理的职位。老总经理是抗日时期参加革命的老干部，在位时提出的要求，领导们都郑重地答应他，他也是在办理离休手续时，在商业局的打字室里亲眼看到任命江寿鸿为土产公司总经理的红头文件，才兴冲冲离开，约了江寿鸿当晚喝酒时，马上将这个铁板钉钉的好消息告诉他江寿鸿的。谁知第二天上午召开的全公司人员大会上，那份红头文件变了样：离休离任的还是老总经理，但接任总经理职务的却不是他江寿鸿，而是一个事先并不被看好的享受副总经理待遇的公司工会主任。后来听说这位老兄的年轻貌美的妻子就是商业局的打字员，还据说商业局局长到岛外出差考察时，这位打字员经常是陪同人员。还据说打完那份任免文件后，她就直接进了局长办公室，关门在里面几支烟的工夫后，局长又召集开了局长紧急会议，把江寿鸿这只煮熟了的鸭子放飞了。事后，局长还找了江寿鸿谈话，说是有人举报他有男女绯闻问题，造成了他与妻子的婚姻破裂。还让他以一个真正的共产党员的要求，正确对待自己职务升迁的问题。你说，我江寿鸿当时受到的打击不大吗？我要是自暴自弃，从此萎靡不振，还能有今天的机会与你心交心吗？这次情况的变化，不是你能预料得到的，也不是我能够逆转的，不用我点破，你也会知道原因所在。好在你还年轻，时间在你这一边，将来的世界还是你们的。这种推心置腹的交谈，很快就舒解了韩忠林郁闷的心结。

可是一年前江寿鸿与韩忠林的谈话，就有点难说服人，只能以行政的口吻，理解的要执行，不理解的也要执行了。这事说来话长，一年前，海疆市不少的城市信用社由于过度信贷投放，又大部分放给关联的企业，造成了不少呆账，甚至血本无归，而高息揽来的存款由于没有资金回笼，出现了兑付困难。即使能兑付一部分，也扣除了原来议定的高息部分。这样存款人就不干了。银行是以信用作为本钱经营赚钱的，一旦言而无信，客户就要取出全部的存款。银行缺钱兑付的窟窿就越来越大。存款人取款不自由，就会造成恐慌，一传十十传百，就造成和加剧兑付危机风潮，引起骨牌倒塌的连锁效应。到了这一地步，银行自身就很难脱身自救了。

怎么办？银行不能自救，只好让政府出来救市。政府救银行的行政手段也就那么三板斧——一是动用公检法，逼迫债务人抓紧还贷款，抓紧回笼资金。可那借款人大多是关联企业，可想而知，收效不大。二是动员各单位来存款。可存款都取不出来了，谁还会笨得当冤大头？三是关停并转，要让自身都难保的海疆银行托管这些城市信用社，好让这批快要倒闭的城市信用社喘一口气，躲在规模相对较大的海疆银行避避风雨渡过难关。韩忠林是明白人，这不啻给海疆银行雪上加霜，还加速了海疆银行经营危机的暴露。在江寿鸿的常务副省长办公室，韩忠林毫无顾忌地说出了自己的担心和不祥的预感，如果省里和市里还要霸王硬上弓，他自己力量薄弱，但至少他可以提出辞呈，表明自己的态度，不做海疆银行的掘墓人。

说到这里，韩忠林不由得想起了不久前他与吴文良一次不欢而散的晚饭。这是一顿工作餐，大家刚参加完政府一位副秘书长召开的有关城市信用社并入海疆银行的协调会，由于意见分歧较大，一直争执到晚上7点多钟也没有个满意的结果，大家只好休会，到政府的食堂用工作餐。吴文良难得参加这样一次高层次的会议，不管结果如何，对他来说都是一次镀金。今后在他个人的发家史上，他可以说亲自参加了政府召开的高层会议，他的目标是在换届选举的时候，能捞个人大或政协委员当当，能够获得更多的话语权和更多说不出的好处。所以他主动叫海疆市最好的酒家送来最好的山珍海味，所有费用他来买单。他把社会生意场上的那套吃喝经搬到这种场合，以博得大家的好感，其实反衬出了他的庸俗。在美酒佳肴还没端上桌之前，服务生端上了几盘小菜，吴文良不失时机地说，这醋溜皮蛋好吃，皮蛋又叫松花蛋。它不但有开胃、降火的功效，而且对我们生意人还有很吉利的寓意。皮蛋皮蛋，生意场上你不皮一点，你连一口蛋汤都捞不到。松花蛋松花蛋，赚了大钱你不松开来大把大把地花，你就是个大笨蛋。韩忠林清楚吴文良的老底就更不屑于他的这种小肚鸡肠的消费理念，如果真的按这次会议的议题所行，把他搞得一团糟的博大城市信用社并入海疆银行，那将是一粒老鼠屎害了一锅汤的结局。于是，他也借题发挥怼了回去。韩忠林开玩笑似的说道，扯到蛋嘛，贬义的比褒义的多。小时候，家长就经常敲打我们小孩说，上学要好好听课读书，不要临时抱佛脚，考试得鸭蛋哦。出来社会这么多年，世道见多了，世故也练达了，就总结出这么一条经验来，就是一个人把一件好事搞砸了，这人要么是笨蛋，要么就是一个大坏蛋！话音未落，引起大家心照不宣的开怀大笑……

要论理论功底与演讲口才，吴文良甘拜下风。但要说计谋窍门，他未必会输给韩忠林。吴文良什么人？能屈能伸大丈夫也。此时，他也没把韩忠林的调侃太放在心上，表面还是嘻嘻哈哈地说，还是咱们韩大行长有文采有口才。大家先吃口小菜，美酒佳肴马上送到。

恰好此时韩忠林接到行里打来的电话，说是向中央首长汇报的材料已经整理好了，时间很紧，是不是先送过来让他审阅？他大声回话说，这是省里交代的大事，不可怠慢，马上赶回行里处理，然后借故离开了这个烟雾弥漫的场所……

四

江寿鸿对韩忠林的心结一清二楚，他喜欢这个爱憎分明的年轻人，假以时日，多些磨炼，将来必定是金融界的栋梁之才。但当前的形势却由不得决策者们书生意气，站在全省这个全局的高度，将城市信用社并入海疆银行，又是不得不为之的无奈的抉择。

江寿鸿说，为任一方，造福一方。造福不了一方，也不能造乱一方吧。

韩忠林你换位思考，假如你是书记省长，或者是海疆市的市长，一股脑儿出现了10多家城市信用社对付危机，老百姓存进去的钱拿不出来，找到你市政府、省政府来上访，你会怎么办？谁来为你解围？中央知道了，还要责怪你不作为，乱作为，闹得老鼠钻进风箱里，两头都受气，甚至马上调离岗位。省里清楚，海疆银行也有自己顾不过来的问题，不良资产也居高不下。海疆省这些年积压了不少烂尾楼，别说你们海疆银行，就算是国有四大银行在海疆省的不良资产也很严重。所以说，我们把这10多家问题多多的城市信用社并入海疆银行，就是把10多个棘手的问题并成一个棘手问题，首先就可以减少老百姓对银行挤兑风险的恐慌程度，好让省里、市里集中精力解决这个突出的问题。这是不是就践行了毛主席他老人家的收拢十个手指，握紧拳头，断其一指的战争理论？！事实上你也看到了，最近省里出台出手了多少举措。书记省长亲自跑人民银行、跑国务院，争取再次给再贷款、给债券发行额度。政法委书记牵头，高院、高检、纪检、司法、工商、税务和人民银行等部门联手，设立特别执行庭清收不良贷款。动员所有在当地财政发工资的单位把公款转存到海疆银行，初步确定较为满意的效果……，事实证明我们所下的真功夫没有白费！

作为韩忠林的上级领导和恩师，江寿鸿推心置腹的话已经说到这个份上，他还有什么想不通的？结果，在下次研究10多家城市信用社并入海疆银行的省长办公会议上，韩忠林保持了沉默，没有说出自己的担忧和反对的意见。

可是，海疆银行终究没能挽救那10多家城市信用社，反倒把自己拖进了托管人家反被托管关闭的地步。这回，韩忠林去意已决，他办清了自己的工作交接手续，并写了一份保证书，凡是清算海疆银行过程中，牵涉到自己问题的事情，保证没有任何条件地回来协助清查和交代问题，身正不怕影子斜，他有这个自信。

江寿鸿当然也理解韩忠林的初衷，心底里也支持他回炉到大学研究机构读博士生，说不定他三五年后杀将回来，又能开创一个新的局面。但碍于自己目前的身份，不好明确表态而已。

五

说真心话，吴文良很羡慕韩忠林的气度与才华。如果人生可以重来，他一定会选择韩忠林走过的历程，一定要发奋学习，考上大学当一个骄子，然后风流倜傥地走向社会，开创一番事业。然而，他出生在饥荒的年代，处于"文革"的少年时期，又在乡下相对闭塞落后的生存环境中，不可能与韩忠林在一条起跑线上争输赢，他要走些偏锋，讨些乖巧，他觉得社会应该原谅他。他想要改邪归正，回报社会，社会就应该承认他。

这些年来，吴文良也是这么做的。每年在高考结束，《海疆日报》开始刊登大学录取新生的金榜的时候，他都与希望工程基金会联系，资助100名贫困大学生上学读书，每人5000元。每年9月份教师节，他都要给10名优秀教师送去10000元购书卡的奖励。当电视台现场采访他的时候，他哽咽着说，小时候家里穷，没钱供我们5兄妹读太多的书，如今党和国家的富民政策好了，我们的企业发展壮大了，我就是要帮助那些还读不起书的好孩子，读更多的书！

大家看了，都是满满的正能量，三年五年过去，吴文良慢慢积累了名气。可他老婆开始想不通，每年花百几十万，像块小石头扔进水里荡几圈水泡有什么用？还不如给自家亲戚每人三五千块钱更实在一些。

唉，没文化就是没文化，妇人之见，燕雀安知鸿鹄之志。每当老婆唠叨这些废话时，吴文良总是瞪眼喝斥道，你懂什么？生意做大了，这是一门赚钱的买卖。你想想，你要在报纸上打一版的广告，要花多少钱？20万，30万，人家还不买你的好。咱们花这些小钱做公益积阴德，报纸电台电视台，还有网络都说你的好，都免费为你做广告，赚回来没有？现在，有人要我当工商联副主席，要推荐我当市政协委员，还说下次换届选举的时候，再当省政协委员，能够参政议政，咱们当初挑粪种菜，会想到如今能坐上专车，警车开道，到大会堂当代表讨论全市全省的大事要事吗？！

老婆也不关心他说的这些大道理，只知道中秋节前大女儿要出嫁，要拿出钱来买金戒指10副、金手镯8只、金项链6条、金头钗4副什么的，要给大女儿筹办一场风风光光的婚礼。吴文良懒得跟她算这些鸡毛蒜皮的小事，直接怼了一句，废话那么多干啥？给间跃层公寓、买部小跑车当嫁妆不就结了吗？！

吴文良还有一个说不出口的理由。几年前，吴文良的一个投资项目失利，拖欠银行2000千万的贷款没法归还，好说歹说，还花了一笔钱，终于让银行作了展期一年的手续。谁知一年后，大气候仍没好转，银行要起诉他，将他的抵押资产变卖来还贷。逼得他铤而走险，借了高利贷还了银行的贷款，暂时解了燃眉之急，不至于将他的公司和他本人列入黑名单。可高利贷的人更不好惹。开始是三天两头叫一些流氓烂仔到公司要账，到家门口泼粪用红漆涂鸦"欠债还钱"，后来趁吴文良不注意，把他拖进一辆越野车，蒙着眼睛拉到一栋烂尾楼的地下室里软禁起来，给他看那些赖账不还，被抽断脚后筋变成残废的照片。

吴文良哪里受得了这般折腾，只好赶快把悄悄藏匿的一栋8层小楼亏本变卖，勉强还了这笔高利贷。痛定思痛，他懂得了三条血的教训：一是千万不要借高利贷，那是背负石头过湿地，会越陷越深。二是有机会就办银行，做个催债的人，因为欠债的人软肋在哪里，他的体会最深。三是传统意义上的有钱人还不是真正的人上人，有权有势有地位的人才是人上人。要想方设法弄个人大代表政协代表当一当，身上有一层保护甲。或许还有第四条教训，就是办一张外国的护照，一旦有什么风吹草动，大可金蝉脱壳，跑到国外，逍遥法外，或者干脆办个移民不归。

还真被吴文良说中，没过几年工夫，吴文良当选为省政协委员，有了这个身份，接触的朋友圈层次也提升了起来，言行举止都开始有款有范，自觉在海疆省也算是个人物。下一步，当博大城市信用社并入海疆银行后，他考虑的就是如何跻身行长副行长的队列了……

六

这就是韩忠林的深忧之处：把10多家城市信用社的不良资产并入海疆银行本身就是不可承受之重，如果再把这帮不按规矩出牌的人吸收进海疆银行各级的高管之列，劣币驱逐良币，不出两年，海疆银行就会出现管理混乱，以致面临不可收拾的不良资产倍增的致命伤害的局面。

这些年来，海疆金融业的风风雨雨，韩忠林看得太多，也经历体验得太多了。不要说那些一阵风刮来如雨后春笋般冒出来的信托公司、财务公司、城市信用社、典当行之类的金融机构，他们的行业自律与风险防范少人问津、没人重视、坏人乱来。就是国家的专业银行，也因为金融法律法规的不健全不完善造成了诸多漏洞与脱节。

国大银行还没有从央行分设出来的时候，韩忠林还是一个年青的信贷员。而刚分设的时候，当时的央行行长江寿鸿想留住他负责海疆的宏观金融调控。当时韩忠林年轻气盛，血气方刚，总想干一番大事业。他主动要求江寿鸿留在国大银行，直接工作在银行与企业客户对接的第一线，让金融在社会经济建设中发挥更大的作用，个人也能够得到更多的历练。江寿鸿理解年轻人宏伟的志向，忍痛割爱答应了他的要求。海疆刚宣布办大特区的时候，韩忠林就得到国大银行领导的大力支持，积极向海疆省领导提出可行性报告，组织国大银行10个资金富得流油的计划单列分行到海疆市来，充分利用特区政策，谋划共同筹资发起成立一家股份制的区域商业银行。那个时期，海疆要办特区，缺钱呀！全省一年的财政收入，还不如人家经济发达省份一个大县份的钱多。有一条省道修了一座不到200米的小桥，一个副省长都能放下身段前往剪彩。就说国大银行吧，储蓄存款才刚刚突破10亿元，省委书记和省长都乐意题词鼓励祝贺。在国大银行召开的全国分行行长会议上，那些大省大市的分行长还调侃海疆分行行长说，你们的书记省长的墨宝都不值钱，我们储蓄存款突破200亿元，请书记省长都请不动，只好让主管金融的副省长题词对付对付。

当初，省里的领导看到了国大银行要筹资设立"海达银行"的书面报告，马上批示管金融的常务副省长抓紧落实具体工作，负责联系央行和国大银行到央行与国大银行总行以及中央相关部委报批，必要的时候，书记省长都可以直接跑国务院做工作。

那时，韩忠林就像打了鸡血一样，浑身充满着活力，仿佛一天24小时还远远不够用，往往是朝发北京夜半回，不到半年的时间，就从股东单位筹集了4亿元启动资金，同时也完成了可行性报告、章程、发展规划、基本规章制度、机构与人力资源、分配方案等等的草拟与报批。为了尽快发挥所筹集资金的时效，省长特事特办，批示让央行海疆分行积极向总行报批的同时，同意"海达银行"先行试业。而试业不到半年的时间，就直接贷款和拆解给同业 3.6 亿元，直接或间接投入到如饥似渴的特区初期建设当中。

如今那一块叫绿园的近 2000 亩的绿地，还有"海达银行"一份不可磨灭的功劳呢！这事说来话长，海疆的成片烂尾楼未形成之前，各行各业都在抢地皮炒楼花，省里有家据说靠山很硬的公司，看中了这片滩涂地，要盖密密麻麻的商品楼赚大钱。海疆市的市长知道胳膊拗不过大腿，如果出手制止慢了，就没有办法给子孙后代留下这块海滨绿地。但要先下手为强呢，资金又不到位，那时候，2000 万就让偌大一个海疆市长感到为难。恰巧这时海达银行开始试业，向海疆市打报告要 10 亩地盖银行大楼。那个时候办事效率高，经过几次会谈，达成了共识，签订了协议：海达银行同意贷款 3000 万元给城建公司围海造绿地，海疆市以财政收入作质押，同时还满足两个条件，一是万一城建公司无法归还贷款本息，可以用绿园其中的 100 亩地抵偿债务。二是在海疆市的地标路段，以象征性的优惠价格提供 10 亩土地盖海达银行大厦。海达银行的贷款一到位，城建公司马上砌了围海墙，接着大规模填土，报纸电台电视台高调报道植树造林，不让那些有后台背景的人有觊觎掠夺的机会。

海达银行还有一大功劳，就是发放 300 万美元的配套贷款，从东南亚某个动荡不安的国家引进了搁置很久的汽车制造厂，在国内业界来说是白菜价，使海疆有了自己的汽车制造厂，列入了全国机电产品名录。海达银行试业半年的利润就有 800 万，这对几家还挣扎在扭亏为盈中的大行来说，实在是一时还无法达到的理想的目标。

然而，像海达银行这种动机透明为特区建设雪中送炭的金融机构，在申报过程中，仍然碰上了权力寻租，阻力重重。央行负责金融机构审批的有个副行长暗示韩忠林，如果也能拆借 5000 万元给博大城市信用社，也许申报的过程会"更润滑一些"。其实，这个时候，博大城市信用社已经露出了支付危机的苗头。后来，韩忠林将情况向总行领导反映，总行答复是既然有阻力，条件不成熟，那就缓办，甚至停止申报。因此，海达银行退回股金自我清算，好在时间不长，业务不多，账目清晰，说停马上就关停了。

海疆省在办大特区之初，大胆利用中央给予的特殊政策，大力扶持金融机构的建设与进入，解决了资金严重短缺制约经济飞跃式发展的问题，海疆一时有银行多过米铺的景象。这并不是一件坏事，但像韩忠林这样心无旁骛，一门心思开创一番金融事业，服从和服务于特区经济建设的干将并不多见。不少人冲着特区的优惠政策而来，抱着赌一把的心态，急功近利，打得好就打，打不好就走，不顾金融经济规律，最终只能像一股浪潮，高潮来得快，退去也很快。还有一些诚心就是要当"坏蛋"的人，更要故意搅浑水摸鱼，然后拍屁股逃之夭夭。

海达银行最终没有办成，韩忠林的心仿佛从高峰跌入谷底。这个时候，江寿鸿被重用到省政府担任秘书长，省里想利用一部分财政资金控股，成立一家信托投资公司，他首先想到了韩忠林，经过组织的协调，将韩忠林从国大银行商调出来，担任海达信托投资公司总经理。之所以用"海达"的名字，一来海达银行在试业期间遵循国大银行的一套经营理念和规章制度，口碑不错，业绩良好，财务健康，风险可控。既然国大银行放弃了继续组建的意愿，让海疆承接其初步建立起来的信誉，这是最理想的结果。二来江寿鸿了解韩忠林的心结，让他挪个地方，换一种方式去继续完成他未竟的事业，未了的心愿，他一定会竭尽全力义无反顾勇往直前。这也是江寿鸿多年来养成的识人用人的过人之处。

七

韩忠林这次决绝的"出走"，还有一个重要的缘由，与他的前妻蔡雪娟有关。

他们从相识到相知是在国大银行，从携手步入婚姻殿堂又到劳燕分飞却是在海疆银行。这当中的温馨甜蜜、悲痛无奈，都由他们自己分享和分担，没有任何人能够进入与窥视。

韩忠林是个独子，也是个遗腹子。他的父亲随着四野的部队北战南征，铁流万里，木船打败军舰，解放了海疆岛。然后落地生根，在日寇开采过的水晶矿当上了副矿长，在组织的安排下，认识了从国母故乡东郊县初中刚毕业的母亲3天后就举行了婚礼。母亲成了水晶矿厂学历最高的文化女郎，矿厂一枝花，被安排在广播站当播音员。

父亲身上有鬼子的弹片、匪帮的子弹，还有拼命工作落下的病根，婚后第三年，好不容易让妻子有了身孕，在一个风雨交加的夜里，矿上出现了塌方的矿难，父亲为了抢救几名矿工遇难，成了革命烈士，韩忠林呱呱坠地，成了遗腹子。

母亲抱着襁褓里的韩忠林哭不出声，怪他命太硬克死了父亲，又贴脸亲了又亲，庆幸有了他延续了韩家的血脉延续了父亲的生命。就从那一刻开始，母亲把嘴唇咬出了血，发下了一条毒誓；终身不再嫁，把儿子抚养成人！

就这样，除了工作，母亲一门心思养育儿子。曾经也有好心人介绍好几个对象让母亲携子改嫁，被母亲一口回绝，也曾经有花蜂浪蝶想寻花问柳，被母亲扫地出门。

韩忠林太像他的父亲，身段相貌性格都像。韩忠林在改革开放第一次恢复高考后就以优异的成绩被录取，大学毕业时正好是父亲当年当新郎官的年纪。母亲有时眼睛一花，把他的身影恍惚看成是父亲还魂回来，禁不住紧紧地抱着他呼唤父亲的名字。待到醒悟过来，母子俩相拥痛哭。这样的时刻，韩忠林总是用手慢慢抹去母亲脸颊上的泪珠说，妈，儿一定争气报答妈和爸！母亲就说，也不要太拼命，早日找个对象，再给妈生个胖胖的小孙子，就算是孝敬爸爸妈妈了……

蔡雪娟大学读的是财经专业，又是名牌高校，毕业后应聘到国大银行工作。她长得丰满圆润，大大的眼睛，白白的皮肤，在海疆这个纬度的姑娘群中就显得出类拔萃。更令人倾慕的是她的热情开朗，落落大方和善解人意，仿佛你心里正想要什么的时候，她已端到了你的面前。

有一回，国大银行团委组织年轻员工登尖峰岭活动，韩忠林是团委书记，也是活动的组织策划人，可到了山下准备登峰的时刻，才发觉一些防毒蛇蚊蝇叮咬的药品和跌打损伤的外用药品落在单位里没有带来。正当韩忠林要对负责医护保障的生活委员、一个刚入行不久的大学生姑娘发火的时候，蔡雪娟已经从她的小背包里掏出了这些所需的药品，还多了保济丸、泻立停之类的应急药品，为那小姑娘解了围，也给韩忠林留下了深刻的印象。

也是在这一次的活动中，大家都同样攀援一根老藤登上陡坡，可轮到蔡雪娟抓住这根老藤登上半截的时候，老藤因受力过大突然松落下来，眼看蔡雪娟就要跌下悬崖，跟在后面护卫的韩忠林眼疾手快，一个箭步冲上去，紧紧抱住蔡雪娟的腰身，救了她一命，而她情急当中蹬落的一块大石头，好久才从山谷传来落进深潭的回声，直吓得蔡雪娟的心脏怦怦乱跳。这时，韩忠林才松开她的腰身，给她递来一瓶矿泉水，让她喝下压压惊。谁知这瓶矿泉水有酸酸甜甜的味道。原来，细心的韩忠林事先已将炼制的陈皮放进矿泉水里，让人喝了生津止渴。这样的暖男，这样的舍身救人，怎能不打动青春年华的蔡雪娟的芳心？！她也第一次尝到了春心萌动的酸酸甜甜的滋味。

蔡雪娟在大学考过了英语六级，分配在国大银行国际业务部门工作，又考过了雅思，成了银行里像熊猫一样珍贵的稀缺人才，已经被列入国大银行全球发展战略拟派驻国外分行的候选人名单，美好的前途等着她。

可当韩忠林调到海达信托投资公司当老总后，蔡雪娟知道他更需要有国际金融业务经验的人才，她毫不犹豫地辞掉了国大银行金饭碗的工作，要紧随她心爱的人打江山。这也是用理智无法解释的热恋中的女人作出的不二选择。

当时韩忠林曾劝说她要慎重考虑，再说，他们也将携手走进婚姻的殿堂，也要讲究亲人回避政策，把鸡蛋放在一个篮子里，更是银行人讲投资理财规避的大忌。

蔡雪娟的回应很坚决，她说，咱们现在还没办结婚证，回避政策管不了我。在你最需要支持的时候，我不站在你的身边，谁来站在你的身边？！说得韩忠林无言以对，而有这样的红颜知己，又何惧无言以对？

就这样，他们心有默契，又延长了三年的婚期。蔡雪娟负责搭起国际部的架子，外汇业务做得风生水起。后来，以海达信托为主要班底，组建了海疆银行。在海疆银行宣布成立两个月后的国庆节，两个有情人才真正合二为一成为夫妻走到了一起……

八

婚后，为了工作，韩忠林与蔡雪娟还是聚少离多，有时候聚在一起，也是深更半夜才各自回来，一大早用过蔡雪娟做的早餐后，两人又各奔东西。

蜜月过后，蔡雪娟主动提出搬回去和家婆一起过，当看到韩忠林投过来为什么的询问的眼神时，蔡雪娟说，这三十多年来，老妈挺过来太不容易了！她老人家守护着你，就是守护着这个家族。我也是女人，将来也要生儿育女，女人的心是相通的，咱们蜜月里的这些日子，老妈一定是孤掌青灯熬夜到天明的。我要把你，当然还要带上我，还回给老妈，再给老妈生一个大胖孙子，让老妈不孤单，让老妈感到这辈子的含辛茹苦都值得……

蔡雪娟的一席话，把韩忠林的眼眶都说红了。这么善解人意体贴入微的媳妇，天上地下打着灯笼都难找啊！他情不自禁地跨向前去，与蔡雪娟紧紧相拥，一时一刻都舍不得分开。

这样天造地设肝胆相照的一对小夫妻，神仙看了也妒忌，总想捏造电斩雷劈一般的磨难来考验他们的忠贞不渝。

开初，老妈看到韩忠林小两口双双把家还，儿媳妇像女儿一样贴心，笑得合不拢嘴，逢上左邻右舍就说，熬到这把年纪还图什么？开开心心的，把身子养得棒棒壮壮的，就等着抱孙子啰。

三个月过去了，没动静。半年过去了，没消息。一眨眼又是一年过去了，蔡雪娟该断的没断，不想来的仍然要来。

老妈的笑容渐渐消失了，看到小区一群婆婆妈妈们在林荫树下、在沙池里含饴弄孙，她都有着一种期待的眼神和失落的情愫……儿媳妇样样都好，好到胜似女儿。她曾拽着儿子避着蔡雪娟说，你们别老忙着工作，工作有做得完的时候吗？不孝有三，无后为大呀。

韩忠林只好宽慰老妈说，我们正在努力呀。再说，孟子说无后为大的本意是我们做后辈的如果不好好照顾长辈，才是最大的不孝。这点上，阿娟做得还不好吗？

好，好！你们这辈是好啦，你们的下一辈呢？在哪里？没有下一辈来行孝，不是最大的不孝吗？

老妈的一句话，把韩忠林撞到了南墙上。他只好打哈哈说，好吧，老妈，我和阿娟一定把这事当作头等大事。

老妈的这些微妙的变化，细心的蔡雪娟怎能没有察觉出来？她开始怀疑自己没有生育能力，悄悄到医院妇产科做了检查，医生说，生育能力很强，要放在50年代，一定能当最会生孩子的"英雄母亲"！

这个结果没有让蔡雪娟惊喜，反而是后怕。她又悄悄把丈夫的精液拿去化验，找不到"小蝌蚪"。她不相信这个结果，又换了一家专科医院，"小蝌蚪"有是有，但像8000多米以上高原的空气一样稀薄得可怜。她清楚婆婆是个很传统，很讲究面子的人。20多岁守寡育儿，一直像尼姑一样守着妇道，没有一丝被那些长舌婆利用的话题，自己在日积月累中筑造了一块无形的贞节牌坊。她要是知道儿子没有生育能力，不啻宣布她几十年坚守阵地的土崩瓦解与她精神支柱的坍塌。

怎么办？怎么办？？怎么办？？？一段时日以来，这些问题一直萦绕在蔡雪娟的脑际，让她辗转反侧无法入眠。好几次，韩忠林半夜醒来想去方便，睁开眼却看到妻子坐在旁边泪眼婆婆地望着他。韩忠林想问个中缘由，她只是强忍着哽咽摇摇头，用她的手摩挲着丈夫的短头发……

银色月光咖啡厅，每到整点，就会播放《在银色的月光下》的主题音乐，这也是这家咖啡厅的特色。许多光顾这里的回头客，是想来这里缅怀往日时光，追忆心中的故人，或是寻觅新的知音。

这里的包厢不多，设置也很别致，既不起中文或外文名字，也不按序号编排，都是一些代码：775、520、258、1314、5257……熟客们都知道其寓意：亲亲我、我爱你、爱我吧、一生一世、我爱我妻……也正因如此，包厢炙手可热，要提前预订。

蔡雪娟预定的是"1314"包厢。她记得她和韩忠林缘定终身时预定过这个包厢，他们倾诉衷情，道不尽千言万语。他们度完蜜月回来时也预定过这个包厢，他们曾在这里共同规划携子之手白头偕老的美好憧憬。今天，蔡雪娟又一次预定好这个包厢，心情却沉重得像这夜没有月色的苍凉。

咱们协议离婚吧？蔡雪娟表情平静地说。

为什么，咱们不是说好一生一世相爱的吗？韩忠林惊愕地看着她。

是的，为了咱们许下的诺言，为了咱们一生一世不变的爱情。

蔡雪娟说，今天咱们来这里商量，就是不要让老妈知道内情，不想伤害可怜的老妈。

韩忠林说，为什么？

蔡雪娟说，你要答应我，今天咱们所说的一切，只能是天知地知你知我知，一定要用咱们忠贞的爱情来作押，信守这个秘密！

韩忠林点点头。

蔡雪娟说，我也不再瞒你了，我到医院做了检查，结果是咱们之间不可能有亲生的儿子。

韩忠林说，这不是理由，我也不在乎这些！

蔡雪娟说，不是我的问题，问题是你……

这……韩忠林愣住了。

蔡雪娟说，这些日子以来，我反复思考，有了一个主意，咱们协议离婚，就说我不能生育，老妈不能接受，是我主动提出离婚，好让你续娶，好传宗接代。这样老妈好接受。她老人家年纪大了，又有冠心病，弄不好就……

韩忠林不解，即便这样，他也一样不能生育呀。

蔡雪娟说，关键就在这里，除了你我要信守秘密外，你未来的妻子也要有默契，让她做试管婴儿，就当作是你亲生的孩子！

韩忠林更不解地说，你所说的这些，你自己就可以做的呀？

蔡雪娟点点头说，是的，但老妈不是傻瓜，很容易就能看出破绽，她会接受不了。

韩忠林说，那你怎么办？我不想做一个无情无义的人！你原来在国大银行有大把美好的前程，跟着我到海疆银行吃苦受累打拼，海疆银行却被拖累被关闭了。你也马上面临下岗再就业了。如今，我要离开这座伤心的海岛，到内地去读书，你又要让我与你协议离婚，抛弃你不管不顾。换了是你，你会答应吗？！

蔡雪娟听了这一席话，深深地被韩忠林的真情打动，开始有点犹豫不决了。她情不自禁地扑上前去，紧紧地把韩忠林的头拥进怀里，摩挲着他的头发，泪水簌簌滴落下来。但只过了一会工夫，她又平静理智起来说，为了老妈这辈子对你的付出和期待，为了老妈能有一个幸福快乐的晚年，咱们应该牺牲自己一时的快乐，甚至用一辈子的所有来报答！我想好了，咱们离别后，我也想到欧美去走一走，潜下心来读读书，我这辈子有你给我的这一切就够了。我不会再婚，更不会生儿育女，就用我对你永恒不变的爱，信守咱们的秘密，咱们的诺言。往后的时光还很长，世界会变得越来越小，如果咱们情缘未了，总会有相聚的那一天……

不知过了几个整点，这时候的音响，又回旋着《在银色的月光下》的歌声：

在那金色沙滩上

洒满银色的月光

寻找往事踪影

往事踪影迷茫

……

九

这是下一篇小说的序幕，而不是这个故事的结尾。

韩忠林在内地学府读完博士生后，又回到了爱恨交加的海疆这座海岛，他与蔡雪娟失去了联系。他并没有忘却她，哪怕功课再忙，蔡雪娟的音容笑貌都不曾从他的脑海中淡出。特别是在老妈的逼迫下，又结婚面对新的妻子的娇纵，他对蔡雪娟的思念愈发强烈。

韩忠林又被任命为国大银行副行长。他积极配合主管全面工作的苏雨行长的工作，改变了苏雨对他的成见。又过了两年，苏雨到龄办理退休，极力推荐他接任。他成了新一届国大银行的党委书记、行长。

韩忠林的第二任妻子借助他的职务私下接受贿赂非法经营，开始连累到他的仕途。但经过稽核调查，韩忠林不知情不受牵连处分，而第二任妻子被判刑5年，抛下5岁的儿子让他抚养。

谁知，他的第二任妻子欺骗了他，这个儿子并不是试管婴儿，而是她的同学，现任医院药房部主任的儿子。其也在药品采购中因权钱交易、色钱交易被绳之以法，韩忠林只好继续充当爸爸的角色。

蔡雪娟到国外留学归国后，成了海疆一家保险公司的总经理，事业做得风生水起，终于在一次金融会议上，与韩忠林再次相见。韩忠林想尽早复婚。蔡雪娟劝其等第二任妻子刑满释放后再做论断，她相信天下有情人终成眷属。

　　吴文良如今的事业也蒸蒸日上，并热心做公益事业。他深有感慨地说，在他的有生之年，多做善事，将功补过。将来，给他的儿女，当然包括温婉生的儿子，一些基本的生活费之后，就把所有财产全部捐给慈善事业……

　　江寿鸿在弥留之际，看到前来探望的韩忠林和蔡雪娟，颤巍巍地把他们的手牵在一起，声音微弱地说，我这辈子感到欣慰无叹的是，没有看错你们！金子到哪里都会闪光……

（原载《金融文坛》2018 年第 11 期）

┃作者简介

　　陈石，中国金融作家协会理事，江苏省作家协会理事，江苏金融作家协会常务副主席兼秘书长，江苏金融文联秘书长。在报刊发表诗歌、散文、小说、报告文学等多篇，著有散文集《天边的风》。曾荣获网络十大原创达人等荣誉。现供职于中国银行保险监督管理委员会江苏监管局。

茉莉花开

陈石

　　他的窗台前摆着几盆亭亭的茉莉花。清风徐来，满枝雪白的花朵摇曳着淡淡的幽香。他爱茉莉花，虽然它没有牡丹雍容华贵，没有玫瑰娇艳夺目，但他喜欢茉莉的清纯淡雅。他和梦溪相识也缘起于茉莉花。两年前，他在兰馨小筑一楼租了一个房间，梦溪的家就在他的隔壁。两家朝南各有一个小花园相连。

　　一天，夕阳西下，荷风送爽，一阵幽幽的古筝曲袅袅飘荡在火红的晚霞中。他循声望去，但见隔壁花园内，一个明眸皓齿的女孩在全神贯注地弹琴。琴弦在女孩纤纤玉指的拨动下，仿佛潺潺的泉水流淌在碧草萋萋的幽谷，宛如夏夜的竹篁掠过一道飒飒的清风。接着，一曲醉人的《茉莉花》，带着淡淡的清香在晚风中弥漫开来，沁人肺腑。

　　他觉得此情此景恰似一幅画，一首诗，不由得陶醉在这茉莉飘香的夜晚。一时情不自禁，他也拿了萨克斯和着古筝的韵，吹奏起来。对面的琴声停了，女孩站起身，凭栏托着香腮，好奇地端详着他。她听得入了神，一头秀发连同白色裙裾在晚霞中迎风飘舞，如仙子御风。

他见女孩在专注地听他演奏，也停了下来，朝她微微一笑向她竖起了大拇指；女孩也冲他嫣然一笑，做了个 OK 的手势。

他找了张纸，飞快地写了两行字："你弹奏得真好，希望每天都能听到你的琴声！"他把纸折叠成一个纸飞机，向女孩掷过去。纸飞机带着一道优美的弧线，飞落在女孩的脚下，女孩展开纸看罢，也即刻写下两句话："你的萨克斯演奏得真棒，和你做邻居真幸运！"纸飞机同样飞到了他的脚下，他通过这种方式，知晓了她的芳名叫梦溪。

此后，兰馨小筑的住户几乎每天傍晚都能听到《茉莉花》优美的旋律萦绕在茉莉吐芳的空气中。他俩的心在感悟音乐中，在纸飞机的往返穿梭中逐渐靠拢。终于有一天，他向女孩表白了自己炽热的感情，女孩也深情地拥吻了他。不久，他们决定在河西为俩人筑一个爱巢，最终选择了宋都美域作为自己未来金色的家园。

他俩并不富有。他是一名外科医生，女孩是银行职员。两人每月要交银行按揭贷款 5000 余元，日子过得十分节俭。有一次，他带她参加同学的婚礼。新娘戴着昂贵的钻石项链，穿一袭洁白的婚纱，显得光彩照人。而梦溪自从去年 10 月买了宋都美域的房子后就从未添置过一件新衣，每每想到这，他心中就充满了愧疚。他暗暗发誓等明年拿到新房结婚时，他一定要让她成为世上最美最幸福的女人。他用自己积攒的稿费在金鹰商厦为女孩买了一条奥地利进口的施华洛世奇项链，兴冲冲地送给她。女孩惊喜地看着他，半晌却轻轻叹了口气，嗔道："我又不是花瓶，你呀，非常时期，不该乱花钱！"而当她有一天中午有事到他办公室找他时，看见他正在啃馒头，她的泪水像断了线的珍珠一样，止不住扑簌簌地流了下来。

今年五一，河西中央公园正式对外开放，他请雪中彩影的摄影师为他们拍婚纱照。在姹紫嫣红的美景中，穿着婚纱的梦溪如惊鸿掠影，清丽淡雅，似梨花带露，温婉可人。他觉得拥有了她，自己就是这个世上最幸福的男人。他们携手来到与中央公园一街之隔的宋都美域，盼着这个令他们魂牵梦萦的地方早日成为新生活的绿洲。

5 月 12 日下午，他俩在影楼取婚纱照的时候，突然，大地摇晃起来，他们感到一阵眩晕。随后得知四川汶川发生了强烈地震，一时间，举国上下笼罩在一片悲怆之中。从电视中看到那些惨烈的镜头，梦溪哭成了泪人。他从她那里出来，二话没说，径直走上街头，加入了献血者的行列。女孩也含泪把那条心爱的项链忍痛转让给了一位朋友，换了2000元钱捐给了地震灾区。事隔两日，他匆匆来向她辞行，告之已主动请缨，参加了江苏第二批医疗救援队，即将奔赴灾区。她到机场依依不舍地为他送行，看着呼啸而起的飞机，她的心也随他飞到了汶川。

他来到汶川，被眼前残垣断壁、满目疮痍的景象深深地震撼了。他知道：此时，她一定在为他的安全担忧，他想给她打个电话报个平安，然而由于通讯中断，手机一直没有信号。救援工作有条不紊地展开。手术台设在临时搭建的帐篷内，门外躺在担架上等候手术的伤员排起了长龙。他顾不上和她联系，立刻挥汗如雨地在手术台前忙碌起来。当他见到一个个濒危的伤员经他妙手回春时，他略感一丝欣慰；而当他目睹那些痛失亲人以及伤残的受灾群众，他又心如刀绞。随着救援工作的进行，医疗队开始向边远的山村进发。在一处险要的山谷里，由于山体崩塌，他和医疗队的其他几位队友被困在了深壑里，情况万分危急……

在南京，她无时无刻不在牵挂着他。每当夜幕降临、华灯初上时，她常独自一人徘徊在滨江大道上，望着浪涛堆雪、汹涌澎湃的长江，在心里默默地为他祈祷，她相信微微的江风会捎去她对他的思念，他也一定能够听到她的那支《茉莉花》心曲。

医疗队失踪的消息惊动了高层。军方即刻出动直升机进行地毯式的搜索，经历了三天三夜，飞行员终于在崇山峻岭的一处峡谷中发现了医疗队升起的狼烟。他们得救了。

他辗转回到住地后，抑制不住兴奋之情，给她拨了一个电话，他想把这段传奇经历告诉她，可是她的手机始终关机。后来，他打通了兰馨小筑梦溪家的电话。电话的那一端传来女孩母亲颤抖哽咽的声音："秦峥，能平安回来就好，我们都以为你出什么意外了呢，你快回来吧，好好陪陪梦儿！"

当他回到兰馨小筑，走进梦溪家里时，梦溪的母亲正在拂拭梦溪婚纱照上的纤尘。老人一见到他，立即老泪纵横，泣不成声。原来，医疗队失踪的消息传来，梦溪心急如焚，她立即飞往成都，又随志愿者们日夜兼程赶往汶川。在路上，突遇山体滑坡，此时，有几个外撤的孩子正巧途经此处，有个小女孩被眼前的景象吓得手足无措，僵在那里，梦溪见状，眼疾手快一把将小女孩推开，小女孩幸免于难，而她却不幸被滚落的山石击中。她静静地躺在那里，鲜血染红了路边的山花，仿佛一簇簇盛开的红杜鹃……

老人把他领进里屋，从抽屉里拿出一叠用粉红色丝带扎着的纸飞机递给他，那是他和梦溪爱情的信物。还有一个她生前用过的手机，上面有一条尚未发出的短信："秦峥，自你走后，一直没有你的消息，我快急疯了！窗前的茉莉也和我一样消瘦，我想你每时每刻！你一人出门在外，要照顾好自己。你胃不好，要注意保暖，别累坏了身子……"

他的眼前早已一片模糊。此时，天空中飘起了雨丝，窗台上的茉莉花在风雨中颤动，晶莹的水珠沿着花蕾和叶片，簌簌地滚落下来。

他捧着梦溪的婚纱照来到宋都美域，恳求开发商让他带上"她"看一眼未来的新房，以了却他俩平生最大的凤愿。售楼小姐听了他的故事后，无不唏嘘动容，潸然泪下。她们破例为他开放了他俩购买的那套毛坯房。他把她的婚纱照端端正正地放在窗台上，用萨克斯轻轻吹起了那支荡气回肠的《茉莉花》乐曲。曲毕，他深情地望着照片中笑靥如花的她，喃喃地说：梦儿，咱们回家了！

（选自《天边的风》一书）

刘晖，女，中国金融作家协会会员，江苏省作家协会会员，江苏省金融作家协会副主席，无锡市作家协会理事。作品散见于《雨花》《山东文学》《工人日报》《新华日报》《扬子晚报》等报刊。出版长篇小说《春分月圆》《有巢》《汗流满面》《吉祥颂》《如愿》5部、散文集《钟情》。短篇小说《尴尬》获太湖文学奖，长篇小说《春分月圆》《有巢》分别获江苏省和无锡市"五个一工程"奖。现供职于中国农业银行江苏省无锡市滨湖支行。

龙凤胎

刘晖

我坐在二年级（2）班最后一排靠门的座位上。我个子高，总是被安排坐在教室最后一排。可是我视力不好，坐在最后一排看不清黑板上的字，所以尽管我能把课本上的内容记得很牢，但考试成绩总是不太好。而且，因为我看不清黑板上的字，也看不清讲台上老师的五官，所以眼神难免游移，焦点不在黑板上，也不在老师脸上，这让老师们认为我不尊重他们。我经常被老师尤其是数学老师提问，有一半时间我回答不出他的问题，于是被罚站。我高高地站着，觉得又孤独又羞耻。

我妈是这所小学的语文老师。她性格直率，脾气不好，差不多得罪了所有同事。我们班上的老师对我都不好，大约是将自己对我妈的不满发泄在我身上了。我个子高得有点比例失调，左撇子，相貌平平，表情不讨喜，成绩不出色，他们有理由对我不好。最重要的一点，是因为我年纪小，毫无反抗能力，于是他们就放心地对我不好。一旦他们发现对我不好不会带来任何不良后果，就会想方设法创造机会对我不好。虐待是一种瘾，染上之后便会从中得到快感，然后是变本加厉。这些老师中没有一个人认为自己是坏人，尽管他们无所顾忌地歧视和欺负一个小女孩。

这天，我坐在教室最后一排靠近后门的位置上，正在早读。我喜欢每天二十分钟的早读课，因为早读的时候不管我的声音有多响，都会淹没在同学们的声音中，这让我不会成为老师们发泄情绪的靶子。周围的声音掩护着我，让我稍稍感到自在。我生性懦弱，想发出自己的声音但又害怕突出。

正当我用声音在同学们中间自在游弋的时候，教室后门被推开了。我扭头，看见我妈站在门口。她走进教室，手里拎着一只竹条编的菜篮子。教室里的菜篮子看上去特别怪异。我妈把菜篮子往我面前一送，说："菜场新来了一批西红柿，你去给我买五斤。"我头顶上的天空突然变阴了。我委屈，很不情愿，但别无选择。我放下语文书，接过菜篮子和几张角票，走出教室，走向学校大门。一路上我没有看到老师和同学，只听到各个班级的教室里飘出的朗读课文的声音。这声音充满朝气和激情，听上去一点都不杂乱。我感到自己离这好听的声音越来越远。接近学校大门的时候，我感觉自己像一个犯了大错被逐出学校的孩子。委屈和恐惧像两只巨手，不断击打我，左一下右一下，左一下右一下。如果当时我身旁有人，他会看到我走得摇摇晃晃。我无法不摇晃，因为我心里的一根支柱倒塌了——这支柱，是我对我妈的信任——相信她尽管不喜欢我却不会干扰我学习。从我接过菜篮子的那一刻起，我的早读被打断，我对我妈的信任也被打断了。

其实，更早的时候，差不多在我刚记事的时候，我就知道我妈不喜欢我。她经常对我发脾气，说我杀死了我的兄弟。这是很重的指控，重得连我妈自己都承受不住，所以她每次这样说的时候都哭得一塌糊涂、歇斯底里，有时还会晕倒。我听到我妈这样说，总是害怕得发抖，尽管我一点也不懂这句话是什么意思。最初听到这句话时我才三岁，三岁的我怎么可能杀死自己的兄弟呢？兄弟，到底是兄还是弟？或者是哥哥和弟弟两个人？我有一个模糊的想法，觉得我妈一定是疯了。但我妈是教师，教师总是正确的，怎么可能发疯呢？况且我根本没有勇气用恶意来推测我的家人，于是我内心混乱不堪。

我有一个姐姐一个妹妹，没有哥哥弟弟。很多年里，我认为我没有哥哥弟弟是因为我杀死了他们。可是我在十二岁之前，完全不明白我妈对我的指控到底是怎么回事。我只知道我妈认为我犯了罪。我也许真的犯下了自己也不知道的罪，那么我受罚就是应该的，我妈不喜欢我也是应该的。我想赎罪，于是我懂事、听话，七岁学会做饭，八岁洗衣，九岁生煤炉，十岁买米、搬蜂窝煤，做一切重活。但我发现我的努力完全没有用，我妈还是经常又哭又闹，说我杀死了我的兄弟，害她孤苦伶仃，被人骂成是生不出儿子的女人。奇怪的是，姐姐妹妹也是女孩，我妈为什么不说她们杀死了兄弟？我的兄弟不也是她们的兄弟吗？

我十二岁那年突然明白了一些事情。那是一个秋天的早晨，我从床上坐起来，开始穿衣服。正当我把左臂伸进春秋衫袖子的时候，我觉得整个世界突然间亮堂起来了，我全身充满一种从未有过的力量，头脑比以前任何时候都更活跃。我环视屋子。屋子依然狭小、陈旧、不整洁，但这没有关系。我听到姐姐妹妹在嬉闹，声音尖得像一根根针，但我不觉得她们讨厌。我的胸怀突然间打开了，对世界充满初见般的欣喜。我从没想到生命可以这样清新美好，但我得到了。这是一份我不敢设想的礼物。我确定这就是幸福，同时知道我很快会失去这光彩夺目的瞬间。

这天是星期天。我洗了菜，做了午饭，又把碗洗好。当我开始洗一家人的衣服时，家里其他人都在午睡。我没有午睡的习惯，我喜欢中午明亮的光线。如果有天堂，我认为天堂就像晴朗的正午一样充满光明，没有幽暗之地，没有阴影。秋天，尤其是在晴朗的日子里，井水是香的。我猜想这是因为阳光里的香味还有各种植物的香味都被井水吸收了。我蹲在井台上，用一只木盆洗衣服。我在搓衣板上搓衣服时，觉得自己的手臂很有力，搓衣服的动作便带了一种节奏和韵律。有节奏的动作不但不累人，而且会让身体获得愉悦。很快，肢体运动带来的单纯的喜悦弥漫开来，我体验到了全身心的愉悦。我在自己的家里像女仆一样干活，但我并不为此难过苦恼。

我在院子里晾衣服的时候，全家人还在午睡。他们睡得那样安稳，那样香甜，简直让我相信他们的午睡对世界和平有贡献，又让我隐隐觉得他们可能会一直这样睡下去，不再醒来。晾衣服时我的双臂一再举起，终于有点累了。但就在此时，我清楚地知道自己决心已定：我要问我妈，我是怎样杀死我兄弟的。

我妈从午睡中醒来了。她刚睡醒时有两种极端的情况，有时特别暴躁，有时特别好脾气。这两种情况交替出现，没有规律可循，和她的睡眠质量也没有关系。她就像神话里的王母娘娘，可以随心所欲，想说什么就说什么，想怎样做就怎样做，别人若有疑问就是对她的冒犯。我走向我妈坐着的摇椅时，不知道她今天是暴躁还是温和，但我并不紧张，因为我决心已定。

"妈，你说我杀死了兄弟，这是怎么回事？"

没有寒暄，没有铺垫，我单刀直入。我妈看着我，好像不认识我似的。我以为她要像以前那样发脾气了。我已经想好，她发脾气我也不管，我还是要她给我答案。她盯着我的脸看了一会儿，像在课堂上讲解一样，平静地、客观地、慢慢地说：

"事情是这样的，我发现自己怀孕的时候，感觉怀的是双胞胎，一男一女，龙凤胎。怀孕的女人是有感觉的，这个你不懂。也许你以后会懂，但现在肯定不懂。两个月之后，有一天早上我醒来，发现肚子里只有一个胎儿了。我真的是有感觉的。我想起来，头天晚上我做了一个梦，梦见一个女孩杀死一个男孩，慢慢把那男孩化成水，一点一点吃了。我一直记得这个梦。你生下来，你奶奶一看又是个女孩，立刻转身就走。我怀你的时候，你奶奶和你爸爸一直说：第一个是女孩，第二个肯定是男孩了。他们看到你，不知有多失望。你想想看，他们这种态度，怎么可能好好照顾我坐月子？我现在全身酸痛，腿关节痛得不能爬楼梯，就是月子里落下的病。后来，你奶奶知道你是左撇子，厌恶得要命，说左撇子都是妖怪变的，妖怪右手拿兵器杀了人，投胎到人间时觉得难为情，就不敢用右手了。小星，这些情况综合起来可以得出一个结论，就是你杀死了你的兄弟，在我肚子里杀了他。我是有感觉的，真的。"

我听了我妈的话，像学生掌握了一个新的知识点一样，有一种求知欲得到满足后的兴奋和充实感。我妈一再说她"是有感觉的"，这一点让我觉得意外而且欣慰，因为我原以为她毫无感情，只是一架训人机器，在教室里训学生，在家里训我。当然，她对大女儿和小女儿还是挺好的，只是对我很凶，几乎一看到我就生气。现在我知道她对我不好是有原因的，于是我获得了某种平静。

我一直是把我妈那天的陈述当作神话来理解的。她说左撇子是因为前世杀了人，说我在她肚子里杀死了同胞兄弟，这完全不能让我有现实感。直到我三十岁那年遇见心理医生谢玉洁，才明白我妈说得不错。我妈怀孕时的感觉确实很准。在与生命有关的问题上，看上去再粗蠢的女人也有微妙而精准的感觉。

我妈在向我解释为什么说我杀死了我兄弟之后，仍然会在生气时这样责骂我。一直到我成年，她对我的厌恶始终没有改变。我自卑、畏缩，怀着莫名的负罪感。我的丈夫赵志国在相貌、才华、经济条件等方面和我的姐夫妹夫相差甚远，这毫不奇怪，因为我是按照自我评价来找丈夫的，我认为自己配不上更好的男人。

我把自己的家料理得很好。我从小就会做家务，现在为自己的小家庭做事，当然做得兴兴头头，充满快乐和灵感。我事事以丈夫和女儿为重。赵志国对我生的是女儿有点失望，但对女儿赵晴雪还是喜欢的。

我认识谢玉洁是在女儿晴雪六岁的时候。那段时间我经常做同一个梦，梦见我的身体向平面铺展开来，像包饺子一样包裹了一个男孩，最终让他消失不见。我把这个梦和我妈关于我杀死兄弟的话联系起来，觉得我的梦是对我妈的话的注解，极其生动，历历分明。为什么会这样呢？我已经和我的原生家庭很疏远——我每年只在春节期间回老家看望父母，跟姐姐妹妹平常基本上不联系。我妈看到我的时候还是一副不喜欢的样子，但关于我杀死兄弟的话倒不说了，大约是因为说的次数太多，自己也厌烦了。我妈的话只让我觉得委屈，我从来不觉得我需要为自己胎儿时期的行为负责。那么，我为什么会做这样的梦呢？我被这个令人困惑的梦纠缠了两个月，终于走进了一家心理咨询室，为我做咨询的是谢玉洁。

在咨询室里，我对谢玉洁说了我反复做的那个梦，又把我妈关于我杀了兄弟的话说给她听。她说："你母亲对你态度不好，但她的话可能是对的。我看过一个关于人类生育的纪录片，好像有这么一个情况，就是在B超下，能看见一个子宫里有两个胎儿，却有三个胞衣。这是因为有一个胎儿因为各种原因停止发育，结果自身被消化了，为强壮的胎儿提供养料。受孕的胚胎有可能死亡，如果只有一个胚胎，那就是流产；如果有两个以上的胚胎，其中一个停止发育时母体不一定会有明显的感觉。可能你母亲最初怀上的是龙凤胎，后来只有你发育成胎儿。当然，我们现在主要的依据，就是你妈的感觉。"

我十二岁那年夏天我妈向我解释时，一再强调她自己"有感觉"。现在谢玉洁拿出科学依据，却又回到了我妈的感觉。我只能相信我妈。当然，我还是认为我不需要为那个胚胎状态的所谓兄弟的消失负责。也就是说，我仍然不能真正原谅我妈对我的不公平。

谢玉洁又说："关于左撇子的形成，我所知道的一个原因还是跟胚胎发育有关：胚胎发育是对称的，这大约是为了保证人体的对称性。如果是同卵双胞胎，两个受精卵的发育也是对称的。纪录片里拍了几对孪生子，他们两两相对时，一举一动像照镜子似的，一个用左手拿杯子，另一个用右手拿杯子；一个摸摸自己的左脸，另一个摸摸自己的右脸，很有意思。这就是双胞胎的对称性。如果一个人是左撇子，很可能是在胚胎时期他的孪生兄弟姐妹不在了，而他在对称原则下的发育却持续下来了。我可能没说清楚，但大致是这个意思。"

这再次证明了我妈的感觉准确得惊人——我在我妈子宫里的时候，的确有过一个和我同时发育的同伴。鉴于我妈感觉的高准确率，我只能承认我胚胎时期的同伴是男性，是我的兄弟。

心理咨询师谢玉洁并没有说出什么让我茅塞顿开的话，但她还是让我得到了某种安慰。我想这是因为我从来没有遇到过能够这样专注地听我说话的人。她的形象、表情和眼神，都让我感到了自己被包容、被重视。咨询结束后，我和谢玉洁成了朋友。

谢玉洁说我有帮夫运。我笑道："你不是一直说心理咨询是科学吗？怎么你也迷信什么帮夫运？"她笑而不言。

几年以后，赵志国真的成功了，他为我们家创造的财富远远超出了我姐姐家和妹妹家。谢玉洁说："帮夫运并不是虚的，它是你的性格和言行的必然结果。在我认识的所有女人中，你是最有爱心、也是最会表达爱心的。你把自己奉献给家庭，那样心甘情愿，那样无私，等于是给家庭不断地输送正能量。这种能量被丈夫感知后会激发出他的能量，他当然会成功。"

一个成功的丈夫可能会让妻子产生危机感，但我从不担心赵志国会对我变心。我对他的品质和习性非常了解，所以我有信心。不过，我还是看得出他有心事。犹豫了大约三个月之后，他终于对我说：

"小星，人说'有儿万事足'……"

他的话还没有说完，我就明白了。"你想让我生二胎？"我说。他没有把握地看着我，吞吞吐吐地说："我们老家是农村的，农村讲究传宗接代，讲究生儿子续香火。我每次回老家，我父亲、我母亲和所有的亲戚都夸我有出息，夸完以后就叹气。他们都不明说，但我知道他们是希望我有一个儿子。"

我迟疑着。他说："我知道你生孩子辛苦，三十六岁生孩子更辛苦。我只是说说，不勉强你。"

他误会了我的迟疑。我迟疑不是因为不想生二胎，而是我简直以为那就是我自己的想法却被他大声说了出来。我考虑过生二胎的问题，不止一次。我之所以没有说出来，是因为担心我们的女儿晴雪会认为幼小的弟弟占据了我们的爱，从而感到委屈。确切地说，我是担心赵志国有了儿子之后会不可避免地偏爱儿子，冷落晴雪。我知道父母偏心会给孩子带来什么样的痛苦，我不愿意让晴雪经受这痛苦。如果母亲不能尽全力让儿女免受自己小时候经历过的痛苦，那她算什么母亲呢？

我轻声说："我可以考虑啊。"

赵志国激动起来，说："生育指标的问题你不用担心，孩子的性别你也不用担心。我认得几个专家，能够保证生出来的是儿子。"赵志国不知道我到底在担心什么。当然以他的能力，想办法搞到生育指标是容易的。我担心的不是不能生儿子，而恰恰是生儿子。我说："晴雪十二岁了，说懂事也懂事，但毕竟还是孩子。这么多年来，我们只有她一个孩子，谈不到偏心的问题。如果有了儿子……"

赵志国说："你放心，我当然会爱晴雪的。"

我望着他忠厚的脸，望着他经历了很多但依然清亮的眼神，同意了生二胎。

我对谢玉洁说："我同意生二胎还有一个原因，就是想证明母亲不偏心是可能的，母亲处理好孩子之间的关系是可以的。"

谢玉洁说："我无权评论你的决定。可是，你的出发点好像有点问题。你想得太复杂了，所以会很艰难。其实我倒更能接受你家赵志国的观点：生儿子为了传宗接代。这样就简单多了。"

"可是，我从来不认为生活是简单的。我从记事起就听我妈说我杀了我兄弟，说左撇子是杀过人的妖精投胎的。她这样莫名其妙地恨我，我多年来被迫接受。现在我能自己做主了，我要向她证明我很好。"

谢玉洁担心地看着我，说："小星，关于这个问题，我们第一次见面的时候就讨论过了。"

"是的，你说得不错。我知道我应该放下，但还是放不下。"

"那就慢慢来吧。"

经过一系列努力，我怀孕了。赵志国很高兴，看我的眼神像看稀世珍宝，仿佛我的肚子就是他人生的基石。不仅是他一个人的人生基石，他们家族的前途命运都要由我的肚子来决定。但愿这份荣耀可以抵消怀孕时的不便和生产时的痛苦。

我正在考虑怎样跟晴雪说我要再生一个孩子的事，晴雪却先发现了我的情况。她是一个天性温厚的孩子，富有爱心，会关心别人。一天早上，我照常给她做好早餐，看着她吃。她吃了一半，抬起眼睛看我，说："妈妈，你是不是又要生小宝宝了？"

"嗯，是的。我正准备告诉你这件事呢，你倒先看出来了。晴雪，你是怎么看出来的呢？"

"妈妈，这很明显啊！你的表情有变化。我小时候，你就是用这种眼神看我的，又温柔又满足，充满希望。后来，我长大了，你就不那么温柔、不那么满足了。当然，你是好妈妈，我知道你爱我。不过，你的眼神还是不一样。"

晴雪学习成绩很好，语文尤其好，作文可以说非常出色，所以她说出这样具有抒情意味的话来我不觉得奇怪，而是非常感动。我还觉得欣慰，因为她知道我怀孕而没有表现出不安和抗拒。我说："孩子小的时候，妈妈都是这样子的。晴雪，如果你有一个小弟弟，因为弟弟小，爸爸妈妈必须用更多的精力照顾他，你会相信爸爸妈妈仍然爱你吗？"

晴雪说："这有什么问题吗？你们怎么可能不爱我呢？我是如此如此可爱！"

我笑了。我转过身，擦去泪水。我对晴雪的教育是成功的，因为她自信。当然这成功非常基本，但基本的东西并不一定能轻易得到。

我去医院进行孕期常规检查。意外的是，医生对着B超仪器看了很久，然后说我怀的是双胞胎。

我把这消息告诉赵志国时，他一点都不觉得奇怪。我为他的不奇怪而奇怪。他说："你没有听说过吗？生男生女，生几个孩子，这是可以人为控制的。为了保证你怀的是儿子，我服用了一些东西，也让你服用了。"

我不知道我服用了什么东西，更不知道赵志国会让我在不知道的情况下吃了我不知道是什么的东西。我首先想到的是一些奇怪的偏方，像鲁迅痛恨的药引子一样的种种奇怪的、难找的、让人恶心的东西。我内心有点反感，但不想说什么，因为我已经吃下了那些东西，那些东西帮助我怀了两个孩子。我甚至觉得那些东西是我孩子的组成部分，因而也是我自己身体的一部分。所以，我努力将恶心驱逐出我的感觉系统。我从来不会用恶意推测自己的家人，为此练出了美化一切的能力，尤其是美化我不能改变的东西。

我说："医生说我怀的是双胞胎，但没有说是男是女。如果再生两个女儿怎么办？"

赵志国很自信地说："可能是两个男孩，至少会有一个男孩。我不相信我没有儿子。"

我刚认识赵志国的时候，他没有这种自信。是他自己的能力藏得太深，还是我的帮夫运真的很强大？他的自信让他拥有越做越大的生意，生意上的成功又让他更自信。最难得的是他的自信并不尖锐，而是让我有更充分的安全感。这一瞬间，我觉得自己是幸福的，虽然生活中有那么多不可解的、不可控的事。

赵志国说他一定会有儿子，我就不再操心胎儿的性别。事实上，不久之后我能感觉到自己怀的是男孩，至少有一个是男孩。这次怀孕和怀晴雪时不太一样。我怀晴雪时隐约感到自己怀的是女孩。民间有"酸儿辣女"的说法，意思是怀男孩的孕妇喜欢吃酸，怀女孩的孕妇喜欢吃辣。怀晴雪时我的饮食习惯并没有变化，我的变化是在对颜色的感觉上：当时我看到粉红色就觉得悦目，似乎粉红色有自己的生命，对我暖暖地笑着，贴近我，安慰我。我还喜欢柔软的东西，买了很多大大小小的毛巾、毛绒玩具什么的。以前我喜欢的颜色是紫色，喜欢的东西是文具。

这次怀孕，我对颜色的偏好有了明显变化：我喜欢蓝色，在任何有多种颜色的地方，蓝色总是最先跳出来欢迎我。我走在街上，会不自觉地对着蓝色的店多看一会儿。女孩子的天蓝色短裙，男性推销员宝蓝色的领带，甚至中老年男子的藏青色西装，都让我觉得好看。在饭店吃饭，我会对着青花瓷餐具的花纹呆呆地看。赵志国担心地问我是不是胃口不好，然后劝我多吃点东西。闲来无事，我拿出彩色铅笔画画玩。我用得最多的是深浅不同的蓝色笔。对照我怀晴雪时对粉红色的偏好，我有理由相信我正孕育着男性胎儿。我只好奇我怀的是一个还是两个男孩。有时我会想到我妈，想到她一再说"我是有感觉的"。我是我妈不喜欢的二女儿，但她仍然把一些珍贵的东西遗传给了我，比如说对自己身体的细微洞察力。即将第二次做母亲时，我从压抑多年的委屈中释放出来，和我妈在心理上贴近了。

我再次去医院做检查时，护士拿着我的生育卡看了几秒钟，然后给我安排了一个舒适的座位，给我端来一杯热水，和气地让我等一等。这种待遇是上次检查时没有的。我躺在检查床上，全身都能感觉到医生护士的热心。热心是一种会辐射的东西，这是肯定的。医生对着屏幕说："胎儿很健康，你放心好了。"我从检查床上下来时，医生走过来，微微弯下腰扶我。她以最自然、最不易察觉的姿势，附在我耳边轻声说："一男一女，龙凤胎。恭喜呀！"

医生把我搀到椅子前面。我坐下后，她恢复了正常的公事公办的样子，关照我孕妇的注意事项。她说："你一定要保持心情愉快，什么都不要担心。有很多怀双胞胎的孕妇都担心自己的奶水不够两个孩子吃。其实人是很有潜力的，婴儿吃多少奶，妈妈就能产多少奶。你不要担心。"

我再三感谢医生。走出妇幼医院时，我全身充满力量，但头有点发晕。医生对我透露胎儿的性别，这一定是赵志国事先安排的。他大智若愚的外表下藏着一颗无微不至的心，他低调的做派能够让差不多所有人接受他，不知不觉受他影响。我怀疑不是我有什么帮夫运，而是我太幸运。可是我为什么觉得头晕呢？龙凤胎不是最美满的结果吗？赵志国有了儿子，晴雪有了同伴。是的，我很高兴，从未有过的经历和体验让我激动不已。我想到了窗前的石榴树。我每天都要站在窗前看石榴树。晚上我关窗前移开纱窗，石榴树静静地站在院子里，窗里窗外，我们相对，彼此问候。秋天，石榴不声不响地结果了，又红又大的果实压弯了树枝。以前我是多么羡慕、多么崇拜石榴树呀，它的形象、它的生长规律、它的叶片、花和果实，没有一样不是奇迹。现在，当我从妇幼医院出来走在阳光下的时候，我感到自己和石榴树融为了一体。

赵志国回家后，我把我怀龙凤胎的消息告诉他。他笑了，轻轻地、珍爱地抱我。我感觉他已经知道了这个情况。当然医生会很快通知他，他有让人心甘情愿为他效劳的能力，而这能力既包括经济实力，也包括人格魅力。

当晚，我的梦很乱。我的梦一向是彩色的。这一个梦像打翻了的调色板，各种颜色搅在一起，一片混乱。我想让它们恢复秩序，但无能为力。渐渐地，粉红色在所有颜色中变得醒目。我在梦里又惊又疑：蓝色呢？我最爱的蓝色呢？就在几天前，我对着一个小伙子的蓝色领带看得太久，那个小伙子都脸红了……我果然看到了蓝色，像一朵小小的勿忘我花，温柔地开放。我高兴地说：来，我的儿子，我的天空，我的大海……这时，粉红色的月季花很快飞到我面前，左右摇晃着，不时挡住那朵蓝色的小花。在粉红花不停的晃动中，我也能看到这是一朵很美的月季。但我更关心的是蓝色花，所以我伸手拨开月季。我的手指被月季花茎上的刺深深地刺了一下……

我很快忘了这个梦。我时时感到充实。我是一个对生命诚实的人，绝不会抱怨怀孕和生产。我认为怀孕和生产是女人的幸福，看不起那些为了赢得丈夫的宠爱而夸大怀孕时的不便和生产时的痛苦的女人。怀孕让我对生活的态度更宽容，让我更自尊，对自己更满意，能够更好地照顾自己。我觉得世界按照美和善的原则在有序运行。我看着院子里的花草，看着屋子里的陈设，看着餐厅柜子上放着的赵志国买给我的水果，我觉得这一切都在闪闪发光，无比完美。我内心被一种虔敬的感情所充满，感谢世界的创造者，感谢赐给我这一切的至高者。

下午总是香甜饱满得像秋天的果实。我心满意足，无所事事，便去找谢玉洁聊天。她在家里接待我。她说她学钢琴学了三个月，会弹几首曲子了。在我的印象中，国内学钢琴的都是孩子。我家晴雪是四岁开始学钢琴的。晴雪没有多少音乐天赋，对钢琴谈不上喜欢，只是习惯性地弹着，每年考级。现在，在整洁高雅的自家客厅里，三十六岁的谢玉洁弹钢琴给我听。她弹的是简单的练习曲，指法没有晴雪熟练，但对音乐有发自内心的热爱和较深的领悟。她用自己的琴艺来招待我，不可避免地带着点炫耀的意思。我们是好朋友，我不介意。我问她："洁，你怎么想起来学钢琴的呢？我还以为成年人不可能从零开始学钢琴呢。"

　　谢玉洁说："我是典型的水瓶座，求知欲特别旺盛，对任何东西都想知道个究竟，什么东西都想尝试一下。我觉得只要我去学，没有什么技艺是学不会的。"

　　谢玉洁的确学了很多本领，会做很多事情。以前，她学本领是为了更好地生活，为了找到更好的男人。现在，她发现自己学得越多，越有才能，就越难和男人相处。她就像一个登山者，出于爱好和天赋不停地攀登，认为自己站得更高就可以看到更美的风景，就会有更优秀的同行者。渐渐地，她越登越高，同行者越来越少。很多男人说她骄傲、高不可攀。作为她的朋友，我知道她一点都不骄傲，她是太在乎男人、把男人看得太高了，以为自己要特别优秀才能配得上自己所爱的男子。可是，就在她不断充实自己的过程中，男人已经被庸常的生活所俘获了。谢玉洁越优秀就越孤独。

　　听着一个成熟女子弹着钢琴练习曲，我突然有点不自在。我整个身心都被胎儿占领着，我的意念围绕着他们，我的每个细胞、每次呼吸都是为了他们。我的身体在膨胀。我是一个被生活的蜜水浸泡得膨大起来的果实，我无法和清瘦优雅的女友交流我的感受。我坐在谢玉洁家里似乎是对她的冒犯。

　　谢玉洁轻轻合上琴盖，从琴凳上起身，给我端来果汁。我们坐在阳台上说话。她说单位里新来了一批大学生，有六个女孩，男孩只有两个。我说女孩子中学时读书好，考上大学的多，在大学里又要强，所以男大学生似乎有点紧缺。谢玉洁说："说着说着又要说到教育问题了。现在的中小学教育确实不利于男生发展他们的天性，女生就比较容易考出好成绩。不过作为女人，我想的是，女孩子们读书出色，也是要付出努力的，问题在于她们的努力最终又能得到什么呢？一份好工作，一个好老公，仅此而已。女孩子们的空间仍然是狭小的。"

我认为谢玉洁说得不错。我想到自己将要有两个女孩一个男孩，我们家女孩仍然占优势。但我不愿主动和谢玉洁说孩子的事。她却问我："这一个，是男孩吧？"我点点头。她说："在中国，男孩还是宝贵的。女人再努力，总是比男人低一头。不过男孩子面临的竞争也很激烈，被女孩子压着的情况也不少见。"我觉得不能瞒她，便说："两个，一男一女。"

谢玉洁脸上有真实的惊奇表情，不过她旋即平静下来。作为心理工作者和好学不倦的人，她在医学方面的知识不会比我家赵志国少。她说："龙凤胎，这是多少人的梦想啊！三个孩子，你会很辛苦的。当然，辛苦也是幸福。"

我明白，谢玉洁的意思是说，龙凤胎会让我非常麻烦。我说："我也担心他们三个孩子之间的关系。老大懂事了，会不会觉得我们不再爱她？我跟她谈过，她说没关系。但是以后到底怎样，我也不敢保证。两个小的，我希望他们相亲相爱。"

谢玉洁说："你是天生的好妈妈，因为你有充沛的爱。"

感情冲动之下，我想当面请谢玉洁做小女孩的教母。但我克制了这个浪漫的想法。近年来，谢玉洁的自恋倾向越来越严重，我其实不愿意让我的小女儿受她太多的影响。我有点惭愧，因为我在内心深处不能完全接受我的朋友。但我真的在感情上非常护着她，特别希望她能快乐。我问她最近在忙什么，她说为心理杂志写专栏、做咨询、练琴等等。我用轻松的口气说："你有没有想过生个孩子？"她说："那也得先找到孩子他爸啊！"我说："那也不一定。不就是一个细胞吗？现在医学这样发达……主要是你觉得没有男人配得上你。"她大笑起来，说："你的意思是说我自恋吧？说我只能接受自己的孩子？其实，我真的想结婚、生孩子，只是我遇到的男人智商都不高。"

听谢玉洁说到智商，我想起赵志国公司从大连引进的一个数学博士。

博士离婚了，没有孩子。谢玉洁这样看重男人的智商，数学博士的智商总没有问题吧？我到卫生间给赵志国打电话，问博士的情况。赵志国说肖博士三十三岁，离婚快一年了。我说："你觉得他和谢玉洁合适吗？"他沉吟片刻，说："可以让他们认识，相处之后再说。我们只负责牵个线，其他一概不管。"他答应向肖博士介绍谢玉洁这个人，随即把博士的手机号码发给我。

我有点兴奋地回到阳台上，把肖博士的情况跟谢玉洁说了。"数学博士，那得有多聪明啊。"我说。谢玉洁答应和博士认识。

我的身体发生了某种变化，内心的和谐之感消失了。

这突如其来的变化发生在我吃早餐的时候。起先我胃口很好，大口吃着培根和煎蛋，还有涂着厚厚一层黄油的烤得很香的吐司。突然，我拿着吐司的右手还在往嘴里送，腹部一阵猛烈的搅动却让我几乎吐出来。我扔掉手中的吐司，双手捧住半球形的肚子。隔着衣服，我的双手分明感觉到肚子表面起伏不定。晴雪在我肚子里的时候乖得很，没有其他孕妇说的那种拳打脚踢，只是偶尔温柔地动一动。我的龙凤胎就没有晴雪那样安分了，他们的动作很猛烈。我从他们对我的撞击中没有体会到感情，甚至不自觉地想起我在中央电视台纪录片频道看过的鳄鱼在水里猛甩尾巴的情形。我知道怀孕期间最好不要想不美好的东西，所以立刻将这回忆驱散。但是胎儿再次撞击我时，我又不自觉地想到扭动身躯的鳄鱼。在他们的撞击下，我的腹部一阵阵发冷、绞痛，很不舒服。我是一个能够享受怀孕的女人，一个天生的母亲，但我此时对自己饱满的腹部手足无措，内心充满不祥之感。

我随即去妇幼医院。不是常规检查，因为胎儿有异动。我怀孕已经六个月了，根据我的知识，我知道他们已经成形，已经是生命体了。我不能想象自己失去他们，我一定要保住他们。

女医生说两个胎儿都有心跳，但其中一个的体形比另一个大得多，这说明一个胎儿在抢另一个胎儿的养料。我的问题脱口而出："男孩大还是女孩大？"

女医生冷冷地看着我，说："我不能告诉你。我们有纪律，不看胎儿的性别。你是怎么知道胎儿性别的？哪个医生告诉你的？"

这个严厉的医生让我对自己的问话有点后悔。我真不该问这个问题，因为我应该知道，当然是女孩比男孩大。女孩总是更柔韧、更顽强，更能利用一切可能的机会发展自己。我是三十六岁的高龄孕妇，不像二十多岁时那样气血旺盛，我给他们的生存环境并不特别好，我能提供的养料并不特别充足，他们为了生长，必须进行激烈的竞争，不会彼此相让。在这种生存层面上的争夺中，女性一般都会占优势。想起早餐时我腹部的难受感觉，我明白这是他们在我肚子里进行争斗和抢夺。孕育生命原来并非总是祥和美好的，生命的起始阶段就充满了争斗和抢夺。

我想到以前我妈对我进行过无数次的关于我杀了我兄弟的指责。我一直觉得委屈，但又怀着抹不去的内疚和负罪感。现在我突然感到理直气壮：我不该为我兄弟的消失负责，我妈的责任更大，因为她没能提供良好的环境和充足的养料给我们。当然，我妈不是故意的，她也没有办法。所以说，对于我未出世的兄弟，没人需要负责。

我问医生应该怎么办。她要我每周来检查一次，此外没有办法，只能顺其自然。

顺其自然？我的肚子里有两个小生命在打架，这也是自然？没错，这就是自然。

我给谢玉洁和肖博士牵线之后，赵志国回家说博士对谢玉洁很满意。我很高兴，觉得自己为谢玉洁做了一点事，而且第一次做媒就有眉目。

一个半月过去了，谢玉洁一直没有联系我。我们每月见一次面，已经持续好几年了，所以她一反常态的沉默让我有点不安。我猜想她和博士相处得不好，她觉得对我没法交代，所以不主动联系我。

我忍不住联系她。她答应在我家附近的美术馆见我。我已经不便出门太远了。

我直接问她和博士处得怎么样。她不大起劲地说："主要还是年龄问题。"

"年龄不是问题吧？赵志国说，肖博士明确表示不在乎年龄。"

谢玉洁不自在地笑了笑，说："他一个外地人，到熹城来了几个月，房子也没有。我总是忍不住地想：他找我，是为了图点什么吧？"

我很吃惊，一时说不出话来。我二十二岁认识赵志国，一年后和他结婚，从来没有想过我图他什么，也没想过他图我什么。也许当时我们初入社会，考虑问题不会太现实。可是，谢玉洁的说法还是让我很不舒服。我说："结婚本来就是男女互补的事情，男人和女人都是有所欠缺才结婚的，如果一方无所不能，那还有什么必要结婚呢？从这个意义上说，结婚是有所图的，双方都有所图。你觉得呢？"

谢玉洁冷冷地说："我觉得你太理想主义。不是所有女人都像你这样运气好，有一个好老公，要什么有什么。我奋斗这么多年，怎么能随随便便嫁个人呢？"

谢玉洁大概是真的生气了，说话的时候目光定定的，不看我，而是看着我扶着咖啡杯的左手。她这样做是无意识的，并非因为我是左撇子而好奇。但她的目光提醒我一个事实，这个事实正好和她所说的关于奋斗的话题有关——她认为我结婚是坐享其成，我没有奋斗就得到了幸福生活。其实我是奋斗过的，我在娘胎里就和我的兄弟争斗，结果是我胜出了……这是真正的胜出，胜利了才能出生，失败的人根本没有机会来到世上……这突如其来而又清晰无比的想法让我激动不已。我一向与世无争，从不奢望胜利，但此时我体会到了胜利的滋味。然后，我以胜利者才有的平静和坦然，对谢玉洁说："我没有别的意思，只想告诉你肖博士很喜欢你。你当然有选择权。作为朋友，我真的希望能有人陪伴你，让你生活得轻松一些、快乐一些。"

好像有人抽走了人偶的支撑物一般，谢玉洁突然软下来，眼泪夺眶而出。她哽咽着说："有时我也不想这样孤孤单单地生活。可是，我就是无法完全敞开自己去接受一个人，特别是男人。我帮助别人解决心理问题，其实我自己就有很大的问题。还是你好，从来不会想得太多，生活也就不为难你。"

我点头，保持面部表情的温柔和顺。谢玉洁不了解我，甚至嫉妒我，但我仍然将她当作我最亲密的朋友，爱她如姐妹。我们都是女人，虽然经历不一样、性格不一样，但我们都有自己的奋斗史。

赵志国给龙凤胎想好了名字：女孩叫彩虹，男孩叫晓阳。晴雪笑嘻嘻地说爸爸起的名字好，别人一听就知道他们三人是同胞。我和赵志国看着开始变得苗条秀丽的晴雪，默契地对视一眼。喜悦和满足让我们沉醉。晴雪是个自信的、优秀的女孩儿，钢琴拿到十级证书，在班里担任劳动委员，学习成绩保持在前五名。晴雪不是天分很高的女孩，但她很努力、很上进，只要她醒着，就有一股劲头充满她全身，推动她练琴、看书、做题、朗读。小小的女孩子这样辛苦，我看在眼里，既欣慰又心疼。我每天都对她说：妈妈爱你，爱你的一切，因为你生来就是为了让妈妈爱的。我还告诉她，妈妈不是因为你弹琴弹得好、学习成绩好才爱你，我爱你没有理由，没有条件。看着她自信、坦然的面庞，我想我的话还是有点作用的。但她仍然很努力，自己为自己设定目标，不断地往前赶，如果考试成绩不如上一次她会难受一个星期。我劝她不要太在意一两次考试的分数，她却对我说："我们老师说了，女生现在成绩好不算什么，男生有后劲，到初中、高中肯定会超过我们。我不想被男生超过。"她的语气和表情，隐含着对男生的敌对情绪。她现在正处在男生女生对立的阶段，这样的表现也算正常。

我做了一个梦——碧蓝的湖水中，一个女孩紧紧搂着一个男孩。在女孩怀里，男孩越来越小，越来越小。男孩闭着眼睛，四肢微微动着。他还活着，但他并不感到痛苦。女孩抬起头来，眼睛又大又圆，像天使一样美丽、无辜……

我从梦中醒来。夜色深沉，我无法再次入睡。我恍然记起，这样的梦我以前做过，很小的时候就做过，不止一次。这是一个可怕的梦，但它在我的意识中上演的时候是那样平静、自然。

两个胎儿仍然经常冲撞我的肚子，我对此已经习惯了。我遵照医嘱，每周去妇幼医院检查胎儿的生长情况。每次检查，医生都说一个胎儿比另一个大。我问大多少，医生说因为胎儿位置不正，无法比较，但差距有不断增大的趋势。女孩吞噬男孩的梦，在大白天的医院里，极其分明地出现在我眼前。我没有恐惧，只有无奈。在关于生命的基本问题上，女人永远更强大，因为她们更有韧性。她们之所以这样，是因为她们知道自己更弱，面临的问题更多，在世上生存更难。强和弱这对矛盾就这样统一在女人的生命之中。可是，她们需要这样强大吗？男性似乎惧怕她们的强大，在她们面前不断退缩。

胎儿八个月的时候我去做孕检，医生表情凝重，说一个胎儿发育很好，另一个有停止发育的趋势。她说我需要立刻住院，进行剖宫产手术，否则有一个胎儿就保不住了，因为那个胎儿好像无法吸收养料。她还说，那个胎儿很小，但存活的可能性很大，比在我肚子里更安全。

我的龙凤胎出生了。大的先出来，是女孩，六斤二两；男孩很小，只有三斤二两，比姐姐轻了三斤。护士把两个婴儿包好了，一左一右放在我身边。姐弟俩闭着眼睛，睡得很安稳，但我觉得世间没有比他们更有活力的存在物了。他们全身充满生长的力量，这力量能让小小的种子在巨石下面发芽，能让竹笋顶开上面的水泥层。我能感受到他们心脏的跳动，每跳一下就有巨大的热力向我辐射过来。我功成名就，心满意足，没有担心，不用思考，我只要贴紧这两个小生命，就可以接近并了解世间的真理。

我发现我看男孩的时间更长一些。我意识到这一点时，无数理由站出来为我开脱：晓阳体重太轻，我应该多关心他；我没有生过男孩子，多看看男孩是正常的……赵志国却不需要这些理由，他一直盯着儿子看，不动，不说话，但全身都是喜悦和激动，像看着世间最大的奇迹。这奇迹，这三斤二两的小生命，似乎凌驾于他的生活之上，这不是他的产物，而是他生活的意义。

两个小时之后，晓阳被护士抱走了。他们说他肺功能有点问题，要进保育箱。赵志国一下子跳起来，要跟着儿子一起走，结果被护士拦住了。他在病房门口站了很久，然后回到我的病床边，颓然坐下。他的心已经不在我这里，而是追随儿子去了特护病房。突然间，我胸部发涨，似有两股泉水涌动欲出。我让赵志国把女儿彩虹抱过来。我给彩虹喂奶时，赵志国看着我，慢慢回过神来。

接下来的日子充满忙乱和担忧。晓阳在保育箱里待了十二天。这期间，医院给我们发过两次病危通知。赵志国完全没有了往常的镇定态度和做事章法，对医生大吼大叫。医生护士居然被他震慑住了，冷漠机械的态度发生变化，不再指责他自作主张，对他的要求尽量满足。父亲的意志力是强大的。经过赵志国的全力争取和医生的全力治疗，晓阳转危为安。

彩虹和晓阳吃饱了奶，安静地躺在我身边。我靠在床上，轮流看着这姐弟俩。彩虹圆圆的脸，圆圆的眼睛，透着强悍。这是由生存本能支撑的强悍。她似乎在胎儿时就知道父亲爱儿子超过爱女儿，知道她作为第二个女儿不占任何优势。她在性别和排行上的劣势使她憋着一股劲，拼命成长。

晓阳瘦小，但透过皮肤能看出他骨骼的坚硬。作为男孩，他先天地知道自己需要承担很多东西，包括家族的希望，于是要把骨头长得硬一些。

赵志国逢人就说："等我儿子二十岁的时候，我就六十岁了，这可怎么办？"谁都听得出他不是在表达担忧，而是藏不住自己有了儿子后的得意之感。赵志国抱着晓阳时的表情，让我真正知道"有儿万事足"的含义。我因他的满足而满足，同时挥不去内心里深深的忧虑。他们来做我的孩子，我要对他们负责。孩子是完美的天使，我就必须是全能的母亲。可是我一向懦弱，我怀疑自己的能力，就像我无法为两个胎儿提供足够的养料一样，我担心自己无法向他们付出足够多的、不偏不倚的爱。

我看得出，在龙凤胎出生后，晴雪的情绪有点变化。她能感到父母的爱从她身上转移出去很多。有一天，赵志国拿出一枚银章，说是祖父传下来的，他现在要交给晓阳。当时晴雪正从我卧室门口走过。我知道她听见了父亲的话，同时我感觉到她的心被揪了一下。爱本身是无限的，但父母作为个体都有局限性。

让我欣慰的是，晴雪确实是一个富有爱心的好孩子。在我需要的时候，她成了我的帮手。同时照顾两个婴儿太难了，幸亏有晴雪帮忙。无论如何，我不能让任何人分走她应得的爱。

彩虹和晓阳姐弟十八个月，会满地跑了。他们在一起玩的时候真像天使。他们玩累了，我一手抱一个，哄他们睡觉。这是一件困难的事，因为彩虹总是伸手推晓阳，想让他离开我的怀抱。晓阳的表现是转过身，把头放在我的肩膀上，假装没有感到姐姐在推他。我不可以把任何一个孩子放下，因为我已经决定要给他们平等的爱，谢玉洁也提醒我尤其要关注彩虹的感受，不能让她受冷落。可是我的怀抱就这么大，我无法给他们划出各自感到安全的范围。等他们睡着，我又变回心满意足的母亲，一手感受着彩虹皮肤的细腻，一手感受着晓阳骨骼的坚硬。他们是和谐美好的组合。

尽管有点难，但孩子向来是"只愁养、不愁长"，彩虹和晓阳姐弟一天天成长着。我观察着他们的成长。彩虹身体强健，几乎在所有方面都领先，体格比弟弟大，学东西比弟弟快，说话比弟弟响亮。偶尔，她脸上会闪过紧张的神色，似乎察觉到环境复杂，并领会到在这样的环境中生存必须保持警觉，必须付出更多的努力。

我把我的想法说给赵志国听，他不以为然，说我太敏感了。但愿是我神经过敏。赵志国无法克制对儿子晓阳的偏爱，因为他根本意识不到自己的偏爱。对男性后代的宠爱存在于中国男人的血液里，无法改变。我提醒他给孩子买玩具一定要同时买两份。他做到了，不过给晓阳的玩具显然更大、更高级。几次之后，我委婉地再次提醒他。他说："男孩喜欢的玩具和女孩喜欢的不一样。"我无言以对。我给彩虹买再多再贵的玩具，也换不来赵志国看晓阳的那种"有儿万事足"的眼神。

姐弟俩满两周岁时，我决定带他们回一趟老家。自从第二次怀孕以来，我没有回过老家。

第一次到高铁站，两个小小孩很兴奋。晓阳对赵志国手中的拉杆箱很感兴趣。赵志国就抱起晓阳，让他坐箱子顶部，说："我们坐车车啦！"然后拉着他走。晓阳举着短短的手臂，兴奋地叫着。我赶紧让晴雪看着本该由我照管的旅行包，抱起彩虹。我一直很留心，赵志国和晓阳玩的时候，我总是尽量对彩虹进行呵护。通常彩虹会和我玩得很好，但这一次，不管我怎样亲她、逗她，她的目光始终不离开弟弟。她柔嫩的小脸贴在我脸上，让我的心都融化了。她说："妈妈，让我也坐一下车车吧。"刚才爸爸的一言一行她都有密切关注，所以现在像她爸爸一样把拉杆箱叫"车车"。

我走到晓阳身边，说："让小姐姐也坐一会儿，好不好？你们是好朋友，好朋友要懂得分享。"晓阳偏过头去，不理我。我说："晓阳和彩虹轮流坐车车，好不好？"赵志国突然不耐烦起来，说："你就让他坐一会儿吧！"我不再说话，抱歉地看着彩虹。彩虹眼里的委屈让我心疼，我后悔没有再带一只拉杆箱出来。

赵志国把拉杆箱竖直，准备到自动售票机前取票。他伸手想把晓阳抱下来，晓阳挣扎着不肯下来。赵志国对我说："他有三辆玩具车，但他就是喜欢坐这辆车，没办法。"然后转身走了。

这时，我听到晴雪在我身后叫我。我回头，看见她吃力地拎着旅行包向我们走来。晴雪的脸涨得通红，显然这只旅行包对她来说太重了。我再次后悔没有多带一只拉杆箱。第一次带三个孩子出远门，我没有考虑周全。

我没有多想，把彩虹放到地上，向晴雪快步走去。

就在我跨出五六步的时候，忽然看见晴雪的表情十分惊恐，同时我身后传来一声巨响。我转过身来，看见拉杆箱倒在地上，晓阳整个人面部朝下砸在地上，他的两腿还跨在拉杆两侧。我冲过去抱起晓阳。晓阳闭着眼睛，身体软软的，失去了知觉。彩虹站在拉杆箱前面，没有表情。

这时赵志国也冲到了我们面前。他低头看看晓阳，然后对着我大吼："你是怎么搞的？"晴雪不知什么时候拖着旅行包也过来了，小声说："我看见妹妹推弟弟，然后箱子倒了。"推，彩虹多么习惯用这个动作，一次一次试图让晓阳离她远一点，让晓阳不要占据她应该得到的充分的父爱和母爱……

我正恍惚出神，突然感到面部受到重击。我来不及确定这是赵志国在向我挥拳，已经站立不稳。我在倒下之前，看到的不是赵志国愤怒得失去理智的脸，而是彩虹的眼睛，一双像天使一样美丽无辜的眼睛。我在这双眼睛里看到一个小小的我。无尽幽深，无限神秘。顺着这幽深的隧道，我奔回母腹，对这个世界的知觉急速衰退。

（原载《太湖》2018 年第 5 期）

作者简介

白来勤，陕西西安人，中国金融作家协会会员、陕西省作家协会会员、陕西省金融作家协会副主席兼秘书长，入选陕西省文学艺术创作人才"百人计划"（2017—2019），获中国金融作家协会首届"德艺双馨会员"称号。出版诗集、散文集、长篇小说及社科专著多部，作品多次获中国散文学会、中国小说学会等颁发的奖项，第三届中国金融文学奖（散文奖）获得者。现供职于陕西省银行业协会。

看到情书妻落泪

白来勤

那年，我与妻发生了严重的争执，为给她叔叔的一笔贷款。

"瞧你这信贷科长，小小的一笔贷款，就不能通融通融？"妻一脸的疑惑不解。

"不行就是不行，我已经说了，你叔叔的那笔贷款不能放！"我没有通融的余地，因为她叔叔的厂子经营不善濒临关停，加上旧贷未清理又要借新贷，不知他是怎么给下面的信用社讲的，让下面的信用社将资料报到区信用联社。他满以为有我这个侄女婿在就万事大吉了，还不忘给我妻做工作，让她给我吹"枕头风"。

我知道，她叔叔没少帮助她家，对她也很疼爱。但一码归一码，信用社又不是我家开的，是公家的啊。

"就这一回，下不为例！"妻几乎是在求我。结婚多年来，妻对我百依百顺，从没红过脸。这次她怎么了，这样不明事理？

"人家搞信贷的嘴皮一动事就办了，你却有权不用，等着作废，冒傻气儿啊你？"

"别人的事我管不着，可我管得好自己！"你有你的千条计，我有我的老主意。

"哼，不管怎样，这笔款你必须放！"妻蛮不讲理。

"在我手里不可能！"我望着熟悉而又陌生的妻子，寻思着怎么对付她的不理智行为。

"三天之内，你必须答应！否则……"妻子嘿嘿嘿地冷笑起来。

"我想我们是不是应该认真地好好谈谈？"我想出了一个主意，欲擒故纵。

"不答应条件，不谈！"妻的话斩钉截铁。

"我觉得很重要。"我做出哀求她的样子。

"重要也不行！"嘿，她还真蹬鼻子上脸了！

"我们离婚吧。"我轻轻而又镇定地说，完全没有开玩笑的意思。

"你说什么？"妻以为自己听错了。

"有位姑娘给我写了不少情书……"我做出很痛心的样子向她陈述。

"你……"这下她才睁大了惊疑的眼睛。

"这姑娘的字写得和她的人一样漂亮，她说她会全力支持我的工作，拒绝让我干我不愿干的事情……"我娓娓道来，如数家珍。

"不听……"妻直捂耳朵，痛苦写在脸上。

"看得出，这姑娘是真心爱我的，和她结婚，我一定会很幸福的！"我仿佛沉醉在甜蜜的向往中。

"你、你不要脸！"妻愤然了，指着我骂了起来。

"有话好好说嘛，骂人是不文明的。这姑娘如果现在和我在一起，一定不会让我干违心的事。"我慢条斯理地陈述。

"我、你……我恨你、恨你！"妻对我怒目相向。

"你，不想看看她写给我的情书吗？"我站起来，到卧室里打开抽屉，翻出一封书信，拿在手里，走出来向她晃了晃。

妻一把夺了过去，正欲撕碎，忽然间她愣住了："这……这，不是我写给你的吗？"她哭了。只见那封信上写道：

亲爱的大傻，你好！

我决定嫁给你，并不是因为你有万贯家产、你身材高大或是高官厚禄。我看上的是你的真诚、正直和富有爱心，当然，还有你横溢的才华！

　　没有钱，咱可以慢慢赚；浓缩的都是精华，我不嫌你是"三级残废"（个头不足一米七），站在山上你同样是山峰，站在树旁你同样是栋梁！

　　我知道你不会干违心的事，我也不会让你干违心的事！我说过的事，若你觉得不合适，就当我没说过，包括这封信……

　　后来我才明白妻急于让我给她叔叔贷款，是因为她娘家把一大笔钱投资入股了她叔叔的企业，想借机捞回股本。可惜，遇到我这个不开窍的女婿。

（原载《小说选刊》2012 年第 4 期）

‖ 作者简介

　　陈忠，笔名红岭晨钟，中国金融作家协会会员，湖南省作家协会会员，湖南省金融作家协会副主席，中国人民银行作家协会秘书长，著有散文集《用心织梦》《红岭晨钟》、长篇小说《卫生院长》等。现供职于中国人民银行湖南省长沙市中心支行。

交流

陈忠

一

　　随着飞机的急速拉升，高雷的心也被悬在了三万英尺的高空，久久不能平静。

　　他不知道此行迎接他的是什么样的环境、什么样的气候、什么样的人群、什么样的工作，这一切对他来说，都无从知晓。

　　他就像一股激流，在一种无形力量的推动下，由南向北缓缓交流，流向未来——一个充满神秘与深邃的幽洞。

　　回想一切，高雷就像做梦一样。想起那天上午的电话，他仍是不敢相信。

　　那天，他像往常一样开车去单位中华银行城北支行上班，手机突然响起。

　　里面传来省分行人力资源部林宇总经理的电话："高县长，你这当了县长就来架子，连电话也不接了啊。"

　　听他这么说，高雷一头雾水，想起昨晚出差回来，洗完澡就关机睡了，早晨打开手机，短信提醒有未接电话，他还没来得急回过去，没想到林总又打过来了。

他接过话说："林总，实在是不好意思啊，昨晚睡得早，关机了。"

林总笑着说："你当县长了，不知道吗？恭喜你，昨天总行来的通知，下周就要去报到，抓紧把工作做移交吧，时间很紧的。"

高雷还是半信半疑，但心想：人力资源部的老总，怎么也不可能跟他开这种玩笑。于是他赶紧说道："哦，好的，非常感谢，感谢林总的关心。"

为了确认此事的准确性，下午上班时高雷来到了林总办公室。

一进门，林总便热情地向他表示祝贺，并给他倒了杯茶，让他坐在办公桌对面的沙发上。

林总清了清嗓子，说道："为了加大对优秀青年干部的培养力度，这次省分行选拔了4名支行行长去政府部门挂职金融副县长。经总行统筹协调，你去的地方是海西省高岭县，虽说是西北贫困地区，但像这种到政府挂职锻炼的机会还真不容易获得，全国中华银行系统那么多人报名，你能被选上实属难得，希望你珍惜这次机会，好好表现。"

接着林总把总行来的紧急通知打印出来递给他，并要他抓紧跟相关领导汇报一下，把工作做好移交，准备赴任。

看到通知时，高雷知道林总没有开玩笑，这已是板上钉钉的事，千真万确。

对于高雷来说，海西省是一块完全陌生的土地，他只朦朦胧胧知道一点点，那里有沙漠，那里荒凉、偏僻、贫穷，那里的气候、饮食、环境、植被与南方迥然不同。

自己能适应当地的一切吗？政府的工作经历、工作模式、工作要求更是一片空白，自己能否迅速转变角色，适应新的工作模式，与各级领导和干部打成一片，融入当地、融入群众、熟悉环境、了解民情，创造性地开展工作呢？

高雷陷入了深深的焦虑中……

乘务员美妙的声音将高雷拉回现实："各位旅客，我们的飞机已经开始下降，10分钟后我们将到达海西省甘州机场，甘州的地面温度是15摄氏度，请您系好安全带，打开遮光板，收好座椅靠背……"

高雷打起精神，打开遮光板，透过小小的玻璃窗，凝望着眼下这片古老而又荒凉的土地，内心波涛汹涌，难以平静。

二

海西省委一号大礼堂，高雷正襟危坐，满脸惶惑。

海西省省委书记王天礼、省长刘曙光在这里亲自接见了他们这些来自全国各地、各大金融机构的挂职干部。

王书记坐在主席台上，春风满面，目光炯炯地扫视着全场。他首先从组织这次活动的动因与思考、运作与效果、愿望与契机、责任与服务、形势与任务五个方面阐述了这次干部挂职交流的重要性与深远意义。

他明确指出："要解决海西面临的发展不足矛盾，就必须解决投入不足问题，解决资金问题，解决长效问题，解决机制问题……这次引进金融人才是中央金融机构支持西部大开发铁肩担道义的实际行动，是打造人才成长沃土，创造良性互动平台，盘活资源要素的有效办法……"

"海西的自然条件与生态环境很脆弱，面临的问题与困难更多，解决一个问题需付出的更多……殷切地希望我们这批交流挂职干部能切实发挥领导作用，示范作用，协调作用，做一名能做主，能带头，能奔走的干部，真正做到干有所为，挂有所得，情有所系，以挂职为人生新的经历，想好，看准，抓实，摸透……"

他要求省州（市）县各级政府："要珍惜人才，用好人才，爱护人才，要让交流干部放手工作，有职有权，政治上要充分信任，工作上要放心使用，生活上要倍加关怀……"

最后，他半开玩笑地说道："交流挂职原则上是两年，根据工作需要，可提前，可推后，留下的我们全欢迎。"

王书记热情洋溢的讲话令高雷热血沸腾、激情澎湃，他感受到了省委省政府对交流干部个人成长的关心和爱护，心中充满了无尽的温暖，更激励出他的壮志豪情和历史使命感！

尤其令他刻骨铭心的是那句"各级政府要给交流干部实职、实权"，这句斩钉截铁、掷地有声的话让他深刻感受到了自己的责任与担当。

会议当天，高雷就坐上了从甘州去高岭的汽车，怀揣着组织与领导的满满厚望，向着一个陌生的地方出发。他有一种冲动，急于去揭开这个在心中念叨了数百遍的高岭的神秘面纱。

初到高岭，正值初冬，汽车行驶在高速公路上，远处荒凉的黄土高坡见不到一棵树，没有一丝的绿意，荒凉得让人咋舌。偶尔能见到一些树木，也是那么瘦小和干枯，这就是西北的风貌：山是土的、秃的、黄的；水是苦的、咸的、涩的；地是散的、贫的、旱的。

接他的县金融办主任孙晴是个热情奔放的姑娘，一路上给他介绍着高岭的风土人情。她介绍的一组数据让高雷震撼不已：海西省农民人均收入全国倒数，其中高岭是最困难的"两州两市"之一，农民人均收入不足3600元，不到全国平均水平的一半，是国家级重点扶贫县。

不一会儿，汽车开进了高岭县人民政府。与大多数政府大院相比，高岭县政府大院显得比较陈旧，院内除了一幢80年代建设的主楼外，其余建筑基本上为砖木结构的两层小楼，有的建于中华人民共和国成立前，有的则是在二十世纪五六十年代。一走起来，地板就嘎吱嘎吱响。

孙晴带他进入其中一栋两层小楼，打开了其中一间房，映入眼帘的是一张单人床和一些简陋的桌椅，但很整洁，让人感觉很清新舒适。

孙晴接过高雷的包，放在书桌上，腼腆地说道："高县长，欢迎你到我们这贫困落后的地方来。书记、县长高度重视，多次要求我们一定要安排好你的生活起居。但县政府就这巴掌大的地方，条件实在有限，好不容易腾出来的一个单间，请你将就着先住下，如有什么要求尽管提。"

"谢谢孙主任，我是来工作的，不是来做客的，用不着客气。以后我们就是同事了，还请你多支持帮助。"高雷谦逊地答道。

晚上的接风宴安排在政府旁边的高岭酒店举行。书记、县长亲自出席，陪同的还有常务副县长、组织部长、政府办主任。这一次让高雷扎扎实实领略了一番高岭的酒文化。

书记首先端起酒杯，说："这次组织上选派高县长来我们高岭挂职，我们表示热烈欢迎。高县长来自江南富庶之地，又担任过银行行长。能够屈尊来到我们这穷乡僻壤，着实难得。因此，我提议今天这次接风宴也好，欢迎宴也罢，一定得按照高岭的规矩，好好敬敬高县长。首先我们一起连敬三杯，三杯过后再自由互敬。"说完，书记连饮三杯。其他人员也跟着连饮三杯。

高雷望着杯中的酒，迟迟不敢送往嘴边。书记看出了高雷的难处，安慰高雷道："高县长，不就是杯酒吗，闭着眼睛就喝下去了，睡一觉后，啥事都没了。"

看到高雷还是有些犹豫，书记主动解围："要不这样，高县长初来乍到，还有个适应过程，我们也不为难他了。但高岭的规矩不能破，高县长喝小杯，我们喝大杯。"说完，把手一招，"服务员，给高县长换小杯。"

服务员拿了个比原来杯子小一半的杯子，摆到高雷面前，并倒满了酒。高雷现在不好推辞了，不好意思地说道："谢谢书记对我的特别照顾。刚到高岭，就让我感受到高岭人的热情好客，更感受到领导的贴心关怀，让我有一种回家的感觉。谨遵书记的指示，形式可以改，规矩不能破，我也连喝三杯吧。"说完，高雷硬着头皮，闭上眼睛，连喝三杯。

接下来进入自由敬酒环节，在座的每个人开始轮流敬高雷。更可怕的是，按照高岭的规矩，他们都是先给高雷端三杯，然后再碰三杯。高雷根本没有招架之功，没喝上两轮，高雷已经晕头转向，找不着北了。

在酒精的刺激下，满桌的人情绪开始奔向高潮，敬酒也开始花样百出，高岭民歌在耳边听得真切唱得感人，歌声中有一种感动，有一种震撼，那是黄土高原西北风的原汁原味。

高雷就在这歌声陶醉中倒在桌上，等他醒来时已是第二天早晨。他不知道自己是怎么回的宿舍，只觉得头胀痛得厉害，不知道是酒精的作用，还是所谓的高原反应。

接下来的几天，他都是在这种晕晕沉沉的状态下度过的。这就是现实，面对荒凉干燥的大西北，面对水土不服带来的身心疲惫，高雷怎能不对青山绿水的江南望眼欲穿？怎能不牵挂远隔千里的父母？

三

1994 年，高雷在父母满怀期待的眼神中，从江南省银行学校毕业，被分配到最基层的中华银行储蓄所从事银行柜台业务。三尺柜台，一坐就是 10 年。

柜台工作简单机械、重复枯燥，但却造就了他一些最基本的沟通和营销技巧，掌握了比较全面的柜台业务知识，磨炼了一些做人的基本准则和普遍道理。几年来，高雷就像一头被驯服的野牛，安安心心在银行一线从事柜台工作，没有激进的想法，没去想工作之外的任何事情，只是满足于干好每天的工作，停留于不出业务差错，不付错现金，确保账实相符等简单要求中。

树欲静而风不止。中华银行系统从 1996 年开始，改革收入导向，大幅削减工资和各项福利性收入，收入完全与个人业绩挂钩。往年一线部门只是象征性地有一点存款任务，数量不大，而且没完成也不会影响什么。但现在，行里下了"死命令"，不管是哪个部门哪个岗位，都分了存款任务，而且会定期考核，完不成任务的不但要罚钱，还会调岗。高雷没有太多社会关系，家里也没什么背景，完不成 2000 万的存款任务，可能到年底连奖金都拿不到。

怎么办？坐等不行。为了完成任务，高雷开始拼了。下班之后或工作之余，他就像一头脱了缰绳的野马，约客户吃饭喝酒，经常喝得酩酊大醉，因为亲人不在身边，所以完全没有顾忌和约束，对自己也非常放纵和随意，休息之余则完全沉迷于酒足饭饱和灯红酒绿中。

在中华银行股份制改革之时，高雷抓住机遇，竞聘成为一个支行的行长。

任支行行长后，高雷在抓好内部管理和培养员工能力的同时，主要将精力放在了发展业务上。先后到三个支行任行长，所去之地，其业务基础和网点建设都非常薄弱，也无形中给发展带来了巨大压力。

他极力维护好原有客户，通过客户带动和介绍新的客户，将客户变成营销员。同时把亲朋好友都动员起来，将他们自身的业务全部揽进来。

高雷每天要联系多少朋友，打多少电话，自己也记不清楚。但他知道，不管是在单位还是家里，不论上班还是下班，甚至连开车时间，都在联系客户，能打电话就打电话，不能打电话就发信息。

高雷每天晚上睡觉之前必做的一件事就是把第二天要联系走访的所有客户名单和要解决的事情记录在手机里。对副行长和客户经理，同样要求他们把第二天的工作列上清单，根据他们的清单再进行更改和增减。第二天一上班，全体同志都要全身心地投入到工作中，逐一进行落实。大街小巷和各个角落，只要能捕捉到业务信息的地方，他都跑到了，自己也因此变成了一个活地图。

晚上和周末，高雷也会充分利用时间，约客户聚餐。他每天早出晚归，早晨妻儿还在睡觉时，他就早早地爬起来去上班，晚上妻儿都进入了梦乡，他才回到家里，有时还喝得醉醺醺的，满身都是酒味。一周下来，他难得跟妻儿在一起吃饭。

阳光总在风雨后，通过努力，高雷历任的三个支行各项业绩均取得了跨越式发展，业务规模也得到了大幅度提升，一改落后行、小行的面貌，变成了先进行，得到了同事和领导们的充分肯定。也正因为把所有精力都放在了业务发展上，他对自己的身体放松了警惕。

四

那是 2002 年的事情。

高雷与父亲聊天时，听说老乡王俊在江南省怀仁市办了一家规模很大的服装公司，年产值几千万。高雷心想，如果把他的资金拉于自己的门下，将会给支行带来一笔数目可观的存款。

高雷的父亲与王俊的父亲曾经作为知青一起垦荒，彼此关系尚好。高雷将想法告诉父亲，父亲很支持，立即打电话给王俊的父亲，为高雷与王俊牵线，并要到了王俊的电话号码。高雷跟王俊取得联系后，相约在一家农家乐见面。

简单的寒暄后，高雷就捧起一杯酒，递到王俊面前，说："王总，早就听说你的大名，今天初次见面，这杯酒是我敬你的，算是见面礼了，请你赏脸！"谁知王俊似乎并不领情，他望着高雷，看了半天，仿佛要从他脸上看出些什么，半晌才冷冷地推辞说："我是不喝酒的，既然你这样说，我就破次例，但是仅此一杯，下不为例！"说着接过杯，像喝毒药一样勉强喝了下去。

一杯酒下肚，王俊抹着嘴说："不喝了，不喝了，已经超标了，现在就是我亲爹给我倒酒，我也不喝了！"话音刚落，只见高雷不慌不忙地又端起了第二杯酒，对王俊说："王总，这杯酒你是非喝不可，这杯酒就是敬你亲爹的，感谢他为我们家乡培养了你这种人才，感谢他为我们牵线搭桥。这杯酒你一定要喝！"王俊听完，笑道："好，互敬互敬，敬亲爹。"二话没说，接过酒杯，仰起头，一饮而尽。

放下酒杯，高雷心里有了谱。他主动和王俊套起了近乎，交流起了感情。聊得最多的就是家乡的山水，家乡的趣闻。高雷看时机已经成熟，趁热打铁地端上了第三杯酒，说："本来不准备让你喝第三杯，可你现在是我们家乡的骄傲，能够认识你是我的荣幸。俗话说，甜不甜，家乡水，亲不亲，家乡人。这杯酒，就当成家乡水，喝了吧。"话都说到这个份上了，王俊如果再拒绝就显得太看不起人了，所以这第三杯酒，王俊是却之不恭了。

三杯酒下肚，两人都已是醉意深沉。王俊也像换了一个人似的，完全没有了刚才的冷漠，和高雷热火朝天地交流起来，二人似乎有着说不完的话题，那股亲热劲仿佛是久未谋面的老友。

推杯换盏，酒过三巡，也不知道喝到了第几杯酒。高雷放下酒杯，睁着醉意朦胧的眼睛，拉着王俊的手说："喝了家乡水，不忘家乡人。王总，小弟有一事相求，不知可否？""啥事，只要不是上刀山下油锅，兄弟我两肋插刀。"王俊吐着酒气，回答得干脆利落。

于是，在觥筹交错中，高雷与王俊达成了一致。王俊答应将公司的账户转入高雷的支行。高雷由此又将一大户揽入了自己的囊中。

高雷喝得烂醉如泥。因为当天晚上要赶回去，他来不及休息，一路上醉眼朦胧，劳累奔波，天气又非常炎热，车里始终都开着空调，回家后也没顾上洗澡。他脱光衣服，赤裸上身，吹着冷空调就睡着了，完全没去顾及自己的身体，一场疾病终于将他击垮。

病魔使他的身体花了整整一年多的时间才恢复过来，住院期间，还因为对一种药物过敏，他差点把自己的命都搭进去。父母为此焦虑万分，父亲提前退休，拖着病体来到他身边，与母亲一起在医院里精心照料，才挽回了高雷一条命。

这次病痛对高雷而言是一次惨痛的教训，他也因此对"酒"产生了惧怕。

五

说起父亲的病，根本原因也是长期饮酒过量。

父亲喝酒的历史可以追溯到刚参加工作时，当年他作为最后一批知青开往大西北垦荒，回城后，招工进了县城一家国有工厂。当年父亲年轻，风华正茂。每次厂长外出应酬都会带着他，出去要么是接待有关领导，要么是联络有关客户，每回都是逢餐必酒，逢酒必醉。

随着职务的提升，父亲接待的任务越来越重，喝酒的频率越来越高。

1992年初，正当高雷高考那年，父亲终于病倒了，从县医院转到了地区医院去治疗，当高雷利用放假的时间去看望父亲时，眼前的景象把他给惊呆了：父亲饱满的面容已变得无比憔悴，身体消瘦，似乎一阵风就能把父亲吹走。

高雷一阵心酸："爸爸，没事不？"正在读书的他，除了简单地问这么一句，又能怎么样呢？在病魔面前，自己的力量就像沙漠中的一粒沙，是多么渺小而又无奈。

爸爸为了不影响他的心情，更为了不耽误他的学习，强打起笑容，说道："没事的，不要担心，住几天院就好了，你赶紧回学校去，很快就要高考了，自己好好地复习功课，想吃什么买就是了，现在是冲刺的时候，营养一定要跟上，钱不够就跟你妈妈说。"

听着父亲的话，高雷更加心酸，禁不住流下了难过的泪水，但又有什么办法呢？高雷很快调整好心情投入到了紧张的高考之中。

父亲出院后，在家没休息多久，就耐不住"寂寞与枯燥"，拖着疲惫的身体投入了工作之中。

父亲的病情已经很严重了，因为长期醉酒，严重地影响到各个器官，尤其是肝脏。而肝脏出问题后，直接导致身体的排毒出现问题，最终导致父亲的身体越来越糟糕。医生给他的忠告是：不能再喝酒了，再喝就是死路一条。但父亲却很坦然地笑了笑说：我要活那么久干吗，六十岁就可以了，那些从不喝酒的人，不是一个个地比我去得还快！

正是在这种错误理念的支撑下，父亲没有一天停止过喝酒。

在一次天气转凉的过程中，父亲感冒了，而且吃药后一直没有效果，精神萎靡不振，到后来竟然上吐下泻，还拉血。到医院检查打针后，父亲感冒的症状有所缓解，但又出现了另一个严重情况：在输液的过程中，父亲的肚子渐渐鼓了起来。再做深入检查，发现肝脏有积液，专业用语就是肝腹水。

经过医生的全力检查和对症下药，父亲的肚子慢慢消了下去，精神状态也逐渐恢复。但此时，父亲的身体状况已经糟糕到了极点：肺部经过多年的治疗已经钙化；因常年喝酒，加剧肝脏恶化，最终形成肝腹水，身体排毒的总闸被彻底关闭——一系列的疾病交织在了一起，折磨着父亲瘦弱的身体，多年来，父亲的疾病接踵而至，旧病未好新病又来，体重由原来的120多斤锐减至80多斤，全身上下只剩下皮包骨，双手和双腿因为频繁打针，到处青一块紫一块，在父亲的身上已经无法找到一块好肉。

面对父亲的这种状况，高雷是看在眼里，痛在心上，但又只能接受现实，因为以目前的医疗水平，只能通过药物治疗维持或延缓父亲的生命，而无法达到救治的效果。但父亲即便再难受，不到万不得已，他都会咬紧牙关，一声不吭，尽量不到医院去，因为他知道去一次医院，几千块钱又不见了。

鉴于父亲的身体状况，也为了让父亲少喝酒，高雷要求父亲提早退休，来怀仁调理身体，可他坚决不干。

要不是这次高雷突然病倒，他肯定是舍不得离开他的那份工作的。

六

对于此次挂职交流，高雷父母并不赞同。主要是替他的身体考虑，特别是到政府部门挂职，免不了又得喝酒。他们担心刚从鬼门关回来的高雷能否承受得住。

但高雷有自己的想法。他需要一个全新的更高的平台开阔自己的视野和思路。

初来乍到，一切都是那么的新鲜与陌生：满大街戴小白帽和围纱巾的穆斯林民众与其他各族民众和谐相处，琳琅满目风格各异的清真寺赫然屹立，特色小吃和牛肉面馆铺满街头小巷，异域风情扑面而来。

接下来，西北人的热情好客更是让高雷措手不及。

作为一名外省来的交流干部，政府的各级领导倾尽全力，不让高雷有孤独和寂寞感。各相关部门轮流做东，请高雷吃饭，高雷也是乐此不疲，欣然赴约。

为迅速熟悉情况，交流感情，减少隔阂，了解风情，他第一个融入的办法就是与大家一起喝酒。作为一个有着五千多年历史的传统与习俗，酒是增进彼此感情，了解当地风俗最快最有效的捷径。

然而，酒对高雷来说就像毒药，但他又不好拒绝，于是硬着头皮喝，但往往三下五除二便被灌醉。

在这种频繁的应酬中，高雷已无招架之力。只要金融办主任小晴跟他说有饭局，高雷就会异常紧张，真正成了谈"酒"色变。为此，高雷苦思冥想，研制了一套逃酒的秘笈，取名为《逃酒三十六计》：

一计：瞒天过海，以水代酒。二计：围魏救赵，英雄救美。三计：借刀杀人，请人代喝。四计：以逸待劳，常去厕所。五计：趁火打劫，醉中取胜。六计：声东击西，能拖就拖。七计：无中生有，酒话常说。八计：暗度陈仓，偷着倒酒……三十四计：苦肉计，先罚三杯。三十五计：连环计，轮番敬酒。三十六计：走为上，不行就走。

高雷自编自演，一计一计临场试验，屡试不爽。

某个周六的早晨，高雷难得放松，远离了酒精的考验，他在高岭临时的家里简单地吃了一碗面条，顿感是世上美味。

突然电话铃响起，原来是县长要他到高速收费站接几个重要客人，并陪他们去吃高岭的特色早点，客人已过广河县，预计30分钟后就会到高岭收费站。

于是高雷赶紧联系师傅，抓紧洗漱，晨练只好作罢。随后，坐车疾驰前往收费站，没过两分钟，客人共6人也到了。高雷带上客人，来到了一家特色早餐店——牛杂割店。店子很不起眼，非常小，环境更是简陋，但人气却异常火爆。高雷好不容易找了个地方坐下来，而食客还在源源不断地涌入。

吃的东西就是一碗牛的内脏，有牛筋，牛肺，牛心，牛肝，外加一个饼或麻花，也就是所谓的馍馍泡牛汤，味道鲜美，高雷吃得津津有味，客人也吃得意犹未尽。高雷不禁感叹：其实吃饭越简单越好，不用酒、不用山珍海味，就像现在，一碗牛杂汤，就是绝世美味，但是，身在官场，这样的简单何时能有？

早餐后，高雷把客人送到县政府接待中心。晚餐订在高岭大酒店，陪同人员规模不小，有市里来的一个副市长，还有县长以及相关部门陪同人员，整整围坐在了一个12人的大桌上。

大家相互介绍认识，寒暄几分钟后，开始进入喝酒主题。

高雷沉思良久，决定先用逃酒第二十计，浑水摸鱼，连带吐酒。

他倒上了满满的一杯酒，向客人一一敬酒。敬完一个，就拿着桌上的湿毛巾擦嘴，趁机将酒吐在湿毛巾上。

可这一次高雷遇上了对手。客人中有一个姓李的副总是酒林高手，不仅自己能敞开来喝，监督别人也很到位。

高雷敬完李总，刚刚把酒吐到湿巾上。李总马上就跑了过来，一把抓过他的湿巾用力一拧，边拧边说："高县长喝酒都喝到毛巾上了，你看都能拧出水来了。"

高雷顿时羞愧得满脸通红，连忙解释道："哪来的事，喝酒肯定都是喝到肚子里了，怎么会到毛巾上。李总不信，我们再来一杯。"高雷倒满一杯酒，再次满满地敬了李总一杯。

从此，高雷再也不敢往毛巾上吐酒了。一杯一杯，满杯下肚，不一会儿高雷就云里雾里，辨不清东南西北了。

一计不成，又生一计。高雷灵机一动，改用第二十五计，偷梁换柱。趁大家不注意，他偷偷地往自己的杯里倒上矿泉水。

本以为神不知鬼不觉，可最终还是被李总发觉了。他拿过高雷的酒用鼻子闻了闻："高县长，你这酒味道比水还淡嘛，我们俩换一杯，如何？"高雷顿时有一种做小偷被揭穿的感觉，无地自容，赶忙说："李总说的哪里话，我喝过的怎么好意思跟你换呢？要不这样吧，你给我重新倒一杯吧。"高雷只好乖乖地重新倒了一杯酒，一口喝下。

这顿酒从晚上6点30一直喝到晚上11点。客人酩酊大醉，高雷也醉得一塌糊涂。而在此之前，县长已经在另一个包厢接待客人，喝了一些酒。县长坐了一会儿，履行完这边的敬酒程序后，他又过去陪另一桌的客人了。

第二天，孙晴告诉高雷，那晚县长一共接待了三拨客人，喝了三场酒，身体透支非常严重，已卧床不起，第二天的接待只能委托高雷去陪同了。

高雷起床后，也是昏昏沉沉，但组织安排的政治任务，必须无条件执行。他草草收拾一番，踉踉跄跄地上了车。高雷陪客人吃过早餐，带旅游局、商务局和办公室人员，陪同客人去了三个项目目的地看现场，最后，把客人送到高速路口后，回到房间倒在了床上。

这一觉一直睡到第二天早上，高雷醒来后，拿起手机，发现有10个从家里打来的未接来电，高雷突然有种不祥的预感。

七

高雷迫不及待地打通了家里的电话，电话中母亲哭着说："雷子，你的手机怎么打不通啊！马上买机票回来吧，你爸爸已经去了。"

高雷感觉就像晴天一个霹雳，脑袋顿时一片空白。当时真的不愿意相信母亲的话是真实的，但这不可能，母亲怎么会拿这种事来开玩笑呢？严峻的现实逼迫高雷马上清醒过来了，因为不想相信的一切已经变成了活生生的现实，从接到电话的那一刻起，事实就已经摆在了面前，父亲跟自己已经阴阳两重天。

高雷的眼泪顿时如雨柱般倾泻而出，他的心都要碎了，感觉自己突然失去了最大的支持与保护，更觉得上天对自己非常不公平，连跟父亲见最后一面的机会都不给，他真想号啕大哭一场，但此时上天根本不给他哭的时间，逼迫他必须在极度痛苦中往前爬行，尽快见到身体已经冰凉的父亲。

高雷含着热泪给高岭市政府请假后，拖着从未有过的沉重步伐，茫然无助地收拾好行李，出发前往机场。总算老天开眼，当天深夜还有最后一趟航班前往怀仁。高岭到怀仁的飞行时间是 2 小时 40 分钟，平时觉得挺快，但此时，他却感觉飞机的飞行速度特别慢，时间也无比漫长。在空中两个多小时的飞行，高雷心情非常低落，脑海中总是不停地出现父亲的音容笑貌，想着跟父亲在一起的分分秒秒，想着父亲拉二胡等乐器时的投入与快乐、开心与幸福，想着父亲拖着疲惫脆弱的身体陪他度过的最艰难的那一年，想着父亲的严格、慈祥与教诲——想着想着，泪花又充满了他的双眼，但此时，再多的泪水，再多的痛苦，再多的后悔，再多的心酸，也无法让父亲回到他身边，无尽的痛苦与后悔慢慢吞噬了他。

飞机终于落地，高雷迫不及待地直扑医院。眼前的景象让高雷的心跌入了冰窖。父亲冰冷地躺在病床上，身体僵硬，面如死灰。高雷跪在病床前，任凭他声嘶力竭地呼唤，父亲就是没有任何反应。母亲抚着高雷的肩膀，边哭边说："雷子啊，你电话怎么打不通呢？你要知道你父亲有多难受啊，他一直留着一口气，想最后听听你的声音，可是都没听到啊！现在可好，你父亲去了，再也见不到了，也听不到了，后悔也来不及了。"接着她又自言自语地继续哭道，"老头啊老头，受了一辈子的苦，就是不听我的话，一句话也不跟我说就走了，丢下我一个人，你就舍得抛下我一个人啊？"看着母亲双眼红肿，极度伤心和脆弱，高雷的心像被刀割一样，泪水布满了双眼。

父亲已经走了，后悔又有什么用呢？这个苦果只能自己来吞下，他唯有在今后的日子里好好地照顾母亲，才是给父亲最大的安慰。高雷痛苦而又坚强地安慰母亲道："妈妈，算了，不要再哭了，都是我的错，是儿子不孝，让您遭受这种痛苦，父亲已经去了，您再哭也无法挽回父亲的生命，父亲要是知道您哭得这么伤心，是不会安心的，我们现在都要坚强起来，把父亲好好地安葬，让他在九泉之下安息。"

母亲在高雷的劝慰下，心情渐归平静。母亲坐在病床上，高雷坐在母亲前面，脑袋深埋在母亲的怀里。母亲擦干眼泪，开始给高雷说起父亲去世前的点点滴滴，并颤抖着从衣兜里掏出一个信封。

八

　　高雷急急忙忙拆开信封，打开信一看，是父亲写给他的遗书：

　　雷子我儿：

　　你看到这封信时我也许已不在人世。这一辈子能与你成为父子，是我此生最大的幸福。

　　我走得很轻松，唯一放心不下的就是你了。还有那个压在我心底40多年的秘密，一直没敢告诉你。今天到了非说不可的时候了。

　　事情还得追溯到20世纪60年代，刚刚建立的中华人民共和国很贫穷。为了尽快恢复发展国民经济，解决人民的吃饭穿衣问题，在毛主席"农村是一个广阔的天地，在那里是可以大有作为的"的指示下，我们六十名江南省青年组成了青年志愿垦荒队，远赴海西省高岭县塞外村垦荒。

　　我们开垦的是一片广阔无边的荒草甸子，没有人烟，有的是雁、兽、蛇、虫和狼群的嗥叫。我们住的是临时窝棚，喝的是泥坑里积沉的黄泥水，吃的是冰冷的窝头。我们克服重重困难，披荆斩棘，挖井开塘，垦荒种地，自食其力，那种"向困难进军，把荒山变成良田"的精神，在当时产生了很大的反响，也取得了优异的成绩。

　　然而，随着"文革"的到来，农村的气氛也开始变得紧张。垦荒队员王明义曾在国民党新六军担任过少尉排长，与塞外村村姑阿舍儿恋爱并未婚先孕。当时，村支部书记的儿子也在追求阿舍儿，因此心生恨意。借机翻出王明义在国民党从军时的照片，坐实了他历史反革命、乱搞男女关系、破坏知青政策等多项罪行，对其百般迫害。

　　王明义经不住他们非人的批斗，将阿舍儿及肚子里的孩子托付给我，于一个暴风雨的夜晚上吊自尽。阿舍儿在我的帮助下，东躲西藏生下了孩子。把孩子托付给我后远走他乡，从此杳无音信。

　　你知道吗，为了朋友的一个托付，耗尽了我几十年的青春。我偷偷地把孩子抚养长大，对外自称是我自己的孩子，取名高雷。那就是你啊，雷子。你虽然不是我们亲生的，但是比亲生的还要亲。为了全身心地爱你，我跟你母亲商量，从此不再要自己的孩子。

读到这里，高雷眼前一黑，差点晕过去。"这不可能，这不可能！"高雷自言自语地说着。"我不是高雷，那我到底是谁，我是谁？"高雷如一头受伤的野兽悲鸣着。

但是，当他的目光再次接触到父亲冰冷的身体，他心里涌起一股暖流，热泪滚滚而下。他在心中暗暗说道："不，我就是高雷，我的父亲就在眼前，不管他与我有没有血缘关系，他就是我此生最亲最爱的父亲。"

高雷缓和了一下自己的情绪，继续打开父亲的遗书，读了下去：

后来，改革开放了，生活渐渐富裕起来。我也回到了江南省，并通过招工进了县城的一家国营工厂工作。富裕起来的人开始浮躁起来，大吃大喝的风刮起来了。我也在无数次接待应酬中拖垮了自己的身体。

我一直搞不明白，人与人的交流，难道就非得大口吃喝吗？我不由得又怀念起垦荒时的那段岁月，排除"文革"的影响不说，当时我们的情感是多么的单纯。与天斗，与地斗，其乐无穷，队员们相互照顾，相互帮助，硬是把荒原变成了绿洲。

我还记得当时我们的誓言：第一，坚持到底，不当逃兵，要把边疆变家乡；第二，勇敢劳动，打败困难，要把荒地变成乐园；第三，服从领导，遵守纪律，决不玷污垦荒队的旗帜；第四，完成计划，争取丰收，为后来的青年们开辟道路。

团中央第一书记胡耀邦亲自写信鼓励我们："一切有理想、有抱负、有出息的中国当代青年，都应该从你们的奋斗历程中悟出一个不朽的真理：中国青年的光明前途要靠自己用双手去开辟，中国人民的光明前途要靠自己用双手去开辟……"

这就是当时人与人之间的情感，有激情，有暖流。可以为了一个托付付出自己的青春，可以为了一个信仰奉献出自己的生命。可再看看现在，灯红酒绿麻醉了人的本性，迎来送往扭曲了人的正常情感交流。再这样下去，伤的不仅是我们的身体，更是整个党的根基。

也许是命运使然，今天的你跟你的父亲一样，也交流到了海西省高岭县挂职锻炼。我知道这件事时，我心里首先想到的是你父亲冥冥之中的安排，他也许是太想见到你这个儿子了，才让你重走了他的路。雷子，你有时间的话，一定要去塞外村看看，去你父亲那片土地看看，去感受一下我们这一代人当时的家国情怀。

雷子，我最不放心的就是你的身体。我知道你现在是个领导干部，应酬多。但千万千万要少喝酒，身体才是第一位的。情感的交流是真心的碰撞，不是酒杯的碰撞。

千言万语，万语千言凝结成两个字：爱你。

你的养父：高侠

"养父"！看着这两个生硬的字眼，高雷心里像刀割一般疼痛。

但就是这个自称为养父的人，把自己全部的爱给了他，如今连话都没说上一句就撒手人寰，怎能不叫高雷痛彻心扉？

九

安葬完父亲后，高雷回到了高岭县。

一直以来，父亲的信成了高雷抹不去的一块心病。他决心去塞外村看看，看看父辈们战天斗地的那块土地，如今成了什么模样。

趁周末有空，高雷轻车简从来到了塞外村。眼前的景象大大出乎他的意料。父亲信中所说的那块荒草地不见了，取而代之的是楼房林立的现代化新农村——塞外农场。农场场长麦蒙是个三十开外的回族小伙，显得精明能干。他带着高雷从古朴的"塞外农场"走进去，如同走进了世外桃源。

也许是塞外农场浓郁的文化底蕴浸淫的结果，麦场长说起农场的故事如数家珍，侃侃而谈：改革开放以来，塞外农场依托厚重的知青垦荒文化底蕴，大力弘扬垦荒精神，实施了以打造"历史记忆之城、精神传承之城、产业发展之城、幸福小康之城"为目标的发展战略，使塞外农场的建设独具垦荒文化底蕴，具有山水森林生态特点。如今的塞外农场已被共青团海西省省委命名为"省级青年创业园"，成了全国校媒联盟"全国大学生校媒记者培训基地"。为了打造美丽塞外农场的新形象，除了建设"知青垦荒纪念馆"等红色旅游路线外，农场还在积极联系旅行社，准备开发当地绿色旅游路线。未来的塞外农场前景灿烂，请高县长拭目以待。

说着说着，他们不知不觉来到了"知青垦荒纪念馆"。纪念馆内，沙盘、文物、雕塑、图片、油画、文字、场景等，一帧帧、一幕幕，以丰富的历史文物、翔实的文史资料，从视觉、听觉、感觉全方位突破，全面生动记述了那次热火朝天的知青垦荒历程，展现了"忠诚、奉献、创业、拼搏"的知青垦荒精神。

　　在垦荒英雄榜里，高雷看到了"高侠与王明义"两个熟悉的名字。高雷眼中一热，不觉流下了眼泪。这就是他的两个父亲，如今却已阴阳两隔。

　　高雷指着"王明义"三个字，强力掩饰着自己的情感，低声问道："我听说，这个王明义当时被定性为反革命分子，最后被逼自杀，有这么回事吗？"

　　场长回答道："的确有这么回事，不过后来已经平了反，要不然也不会上英雄榜了。高县长怎么关心起他来了？"

　　"嗯，他是我一个朋友的亲戚，看到了顺便问问。"高雷搪塞着，"他的坟墓在哪里？我想代朋友去看看。"

　　"就在后面的知青山里，我带你过去。"场长用疑惑的眼睛看着高雷。

　　高雷跟着场长向后山走去，披荆斩棘，在深山密林里穿行。终于到了，杂草丛生中，一座土坟隐藏于此，显得如此的孤寂、凄清。

　　但细细看去，坟上杂草好像刚被人扫过，坟前一堆纸灰刚烧不久，坟上挂的白纸正迎风飞扬。

　　"这里好像有人来过？"高雷不解地问道。

　　"是的，应该是阿舍儿吧，她就是王明义生前的相好。她每年都会来一两次，有人看到过她，但是她每次都是匆匆地来，匆匆地走。"场长回答。

　　"匆匆地来，匆匆地走，那她为什么这么急呢？"高雷问。

　　"哎，这就一言难尽了。说起来都是历史造成的。自从她离开塞外村后，就很少回来了。也许是她对村里的人积怨太深，不想跟村里再有任何瓜葛吧。"场长摇摇头，显得很无奈。

　　"你知道她现在去了哪里吗？"高雷想努力地挖掘阿舍儿的信息，毕竟是他的亲生母亲，血浓于水。

　　"谁知道呢？有人说她去了深圳，也有人说她去了江南省。"场长回答道。

"江南省！"听到这里，高雷一阵激灵。他相信冥冥之中，他们母子似乎在慢慢地走近，总有一天会有见面的那一刻。

高雷在王明义的坟前跪了下来，极力压制住自己的情感，但热泪早已盈满双眼。

"高县长，你跟这位朋友关系特殊吗？"场长似乎还是看出了什么端倪。

"是的，很好的朋友。他跟我说起过他这个亲戚的故事，我很感动。想起那个年代的人民，有激情，有抱负，有欢笑，也有血泪。"高雷想努力打消场长的疑虑，"麦场长，既然已经平了反，他也是当年的垦荒英雄，我们就应该记住他，希望能够将他的坟地好好修葺一下，让他孤寂的冤魂不再寂寞。"

"好的，一定按高县长的指示办。"场长连声答应着。

离开塞外农场时，晴朗的天空居然下起了细雨。高雷的心情无比沉重，父亲的一封信打破了他原本平静的生活，也让他跟高岭这块土地有了血脉相连的深层纠结。

十

时间过得飞快，高雷的两年挂职交流马上就要结束了。

回想两年的挂职经历，高雷感慨万千。他克服种种困难，主动作为。努力使自己会说高岭话，敢喝高岭酒，能干高岭事，尽早融入高岭。

到农村调研时，高雷面对农民的茫然，努力把自己的语速放慢，每次表述完毕，都要问一句：能听懂吗？而秘书也会不断地用当地话进行复述；农民讲话时，高雷则要竖起耳朵，半猜半懂，还经常闹笑话。

农村没有自来水和面巾纸，面对人人共用的一盆水和一条毛巾，他也能坦然面对；农村缺少蔬菜，下乡工作时，工作餐经常是用脸盆端上来的满满的一盆面条，他也能用筷子一撸，挑出长长的一碗面，呼噜呼噜地把它吃完。

一进门，朴实的农民会把家里最好吃的东西端出来，离开时，总是想留他多聊聊，多坐坐，似乎还有说不完的话、道不尽的情。

到企业调研时，得知他是代表中央金融机构，大部分的企业家都会主动把企业的基本情况和发展的瓶颈困难和盘托出，尤其是企业融资难的困扰。

但也有些企业家对他的到来非常抵触，甚至很冷漠。通过交流得知，因为各个层次领导的到来，只会增加他们的接待工作量，影响他们正常的工作，过来走马观花，解决问题少，企业家感觉就像喝白开水，无色无味，有时甚至还会生厌。

高雷并不介意，他摆正态度，以自己的真诚去感染、打动他们。很多企业家一改之前的态度，由开始的不冷不淡到畅所欲言。

最让高雷难忘的是为期一个月的城市综合管理集中整治。高雷任组长，那一个月，他每天早起晚归，顶着严寒和尘土，与全体组员打成一片，深入分解路段的单位、社区、居民、商户、流动摊点，逐一宣讲政策、听取意见、了解困难、沟通解释、规划布置，开展了一系列密切联系群众、深入基层、了解民生的工作。

每到一处，对不符合城市管理相关要求的商户，他都会动之以情、晓之以理，耐心做好解释，积极争取群众的理解与配合。

在一次组织违章拆除中，遇到商户集体抗议，当时一名回族老汉冲他脑袋就是一拳，直打得他眼冒金星，差点昏厥。面对现场情况的升级，他保持冷静，及时要工作人员将带头商户叫到身边，整整做了一天的思想工作。经过和商户真诚有效地交流，加之公安部门迅速赶到，双方很快就达成一致意见，拆除工作得以顺利完成。

通过参与城市管理整治工作，高雷对高岭的民情市情有了更加深入的了解，他深深地感受到高岭当前最大的矛盾就是发展不足和投入不足，如：因财力捉襟见肘，公益和民生投入无法全面铺开，影响了城市的发展与形象，加大了城市管理的范围和难度；城市管理队伍比较薄弱，设施和人员投入不足，无法对城市管理形成一套有效的机制；规划和招商工作滞后，缺少专业的批发市场，商户们为利益所迫和现实所逼，在城市的主次干道上各自为阵，占道经营和乱摆乱放现象丛生。

他也切身体会到了人民群众与政府各职能部门之间，在某些领域经常发生碰撞、对立、不解时的尴尬与无奈；对政府在做出相关决策时，如何深入基层深入群众，倾听群众的呼声与建议，有了许多感触；决策层应该以多种渠道、多种方式，结合当地实际情况，制定出适合当地实情的发展战略，而不能一味地追求 GDP 总量和发展速度，要因地制宜，展示特色，立足民生，和谐发展。

十一

高雷交流挂职这两年正是中央推出八项规定，从严治党走向深入的两年，高雷无论在工作还是生活中，都深深地感受到了改革扑面，如沐春风。

今天，中华银行江南省分行人力资源部林宇总经理来了，陪同来的还有中华银行海西省分行及海西省省委组织部有关人员，他们是来对高雷两年履职情况进行履职考核的。

与以往不同的是，考察组的接待宴在高岭市政府机关食堂举行，桌上除几个普通的家常菜外，没有酒，没有烟，只有清一色的茶杯透出淡淡的茶香。陪同人员除了高雷外，只有县长和政府办主任。

一桌人围桌坐着，喝着茶，聊着天，给人一种家的温暖。

县长首先举起茶杯，他笑着对大家说："考察组各位领导，实在不好意思了。昨天，海西省省委、省政府印发了史上最严的禁酒令，要求除外事接待按有关规定执行外，全省所有公务接待和商务接待一律禁止饮酒和含酒精的饮料。因此，今天我们只能以茶代酒敬各位领导了。感谢中华银行选派高雷这么优秀的同志来高岭挂职，也请求今后能继续选派优秀人才来支援我们高岭。谢谢了。"说完，他轻轻地喝了一口茶。其他人员也跟着喝了一口茶。

放下茶杯，高雷接过县长的话题说道："谢谢县长。好一个'以茶代酒'，这让我想起了这个词的由来，也就是《三国志》里的一个故事。据传吴国君主孙皓好酒，经常摆酒设宴，要群臣作陪。他的酒宴有一个规矩：每人以七升为限。群臣中有个人叫韦曜，酒量只有二升。韦曜原是孙皓的父亲南阳王孙和的老师，故孙皓对韦曜格外照顾。看他喝不动了，就悄悄换上茶，让他以茶代酒。由此我们可以看出，早在三国时期，就有了'以茶代酒'

的好办法，而且完美地体现在了领导对下属的关怀中。说实话，来高岭两年，无论大小酒宴，县长总是冲在前面，我们更多的是以茶代酒，这也让我深深地感受到了领导的关怀与厚爱。今天，我满怀谢意，满饮此杯。"说完，高雷一仰脖子，喝干了杯中茶。

"高县长说得好。无论是古代还是现代，过度饮酒都容易让人失去控制，导致酒后误事。的确，喝酒能够让人状态一振，豪气干云，而对于茶来说，则会让人的心静下来，更多意味着"君子之交淡如水"，在社会竞争日益激烈、工作和生活节奏不断加快的情况下，我们更应该努力地借用喝茶的方式交往，用平常、平凡、平静的心去对待浮躁的人与社会，将是人际交往的另一种境界。因此，中央的八项规定也好，海西的禁酒令也罢，都是顺应民心的大好事，我们为之点赞。这往小里说是省领导，往大里说是习总书记对我们的关怀与爱护。"县长对每一件事的理解与点评都能提升一个高度。

县长话音刚落，高雷站了起来，举起手中杯，激动地说："好，让我们一起敬习总书记，敬省里的领导，敬他们出台的好政策。"一桌人都站了起来，满饮了手中的热茶。

接下来是每人一轮的敬茶。当高雷走到中华银行江南分行人力资源部林总面前时，他轻轻地端起杯，深情地说道："林总，时间过得真快，我还记得你通知我的那一天，我怎么也不敢相信这是真的。现在回想起来，最应感谢的人是你，是省行党委。是你们给了我这次机会，让我增长了见识，锻炼了能力。这杯茶算是我发自心底的敬意与感谢。"说完，他一仰脖子，将一杯茶喝了下去。

林总笑容可掬，端着茶杯说道："高县长客气了，你这不用谢我，我只是一个办事人员。你首先要谢你自己，任何一个人的成长与进步，主要靠的是自己，没有自己的努力，没有你在支行取得的业绩，领导也不会看中你的。同时，要谢组织，谢中华银行总行，是他们慧眼识珠，你才能脱颖而出。"说完，林总凑近高雷的耳朵，轻轻说道，"今年总行要在全国中华银行系统召开一次交流干部经验交流会，我跟总行汇报了你的情况，并推荐你发言，总行非常满意，要求你作为政府交流挂职的代表发言。这次机会难得，你一定要好好把握，在总行留个好印象，对你回行的工作安排非常重要。"

高雷激动地握着林总的手，连声说道："谢谢，谢谢林总，高雷能有今天，林总就是我的贵人。我以茶代酒，再敬你一杯。"

接着，高雷向考察组成员一一敬茶。最后，他来到县长身边。县长也提前端着茶杯站起来："高县长，你来高岭两年了，从来没看到过你这么积极地敬过酒。原来都是酒精惹的祸，今天杯里没酒精，敬起来就轻松多了吧？哈哈哈。"高雷赶忙接过话头："县长说得对，像我这种没有经过酒精考验的人，一到酒桌上，就是放了气的皮球——硬不起来。好不容易迎来了好政策，我也就能够屎壳郎上马路——混充小吉普，嘚瑟一回了。"

最后，高雷端起茶，敬在座的每一位，并发表了简单的告别演说："两年前的那个冬天，我来到高岭。两年后的这个春天，我将告别高岭。可以说，冬去春来。我会永远牵挂这里淳朴善良的父老乡亲；永远想念仍然在这里奋斗的好同事好战友；永远难舍这里的一乡一村、一街一巷、一草一木；永远铭记这段激情燃烧的岁月和呼啸而过的时光。"

此时，包厢的电视里也正在播放省委常委、省纪委书记的讲话。他字正腔圆，掷地有声：此次禁酒令是落实中央八项规定及实施细则精神要求，体现省委敢管敢严、真管真严、长管长严，持之以恒推进作风建设的态度和决心……

十二

首都金融街的十字路口，中华银行总行大厦巍然屹立。

大厦建筑由两个 L 形部分组成，外墙立面采用罗马凝灰石彰显着银行的稳固性与安定性。大楼的顶部是一间能够俯瞰周边景色、带有山峰状天棚的会议大厅。

此时的会议大厅灯火通明，座无虚席。"中华银行交流干部经验交流会"的大型电子屏将整个大厅装点得庄严肃穆，大厅中间静静矗立的摄像机似乎在告诉大家这次会议将向全国中华银行系统进行电视直播。

高雷坐在会议室第一排，内心充满了激动与忐忑。说实话，这还是高雷第一次走进总行大楼。看到电子屏上的"交流"两个字，他给自己开着玩笑缓解一下紧张情绪：原来人总是生活在交流之中，就连交流本身也是可以交流的。

会议室大屏幕上滚动播放着这次中华银行系统35名交流干部的专题片。桌上摆放着两本册子，一本是所有交流干部的总结材料，一本是交流干部的成果选集，有各类调研报告、心得体会、论文共35篇。

大会由总行人力资源部总经理赫少功主持。总行行长华云峰亲自参加了会议。

赫少功首先回顾了此次干部交流的基本情况，包括三个层面的交流：一是到地方政府的交流共10名，二是到其他金融机构与企业的交流共8名；三是中华银行系统内部的，从机关到基层，从基层到机关共17名。

接下来，就是现场8名交流干部的交流发言。

高雷最后一个走向演讲台。他首先对中华银行党委的关怀与信任表示感谢，并简单回顾介绍了自己在高岭交流挂职的经历与收获，最后，在谈到对干部交流的体会时，他情发于中，娓娓道来：

交流可以丰富阅历。树挪死，人挪活。干部年复一年在一个单位工作，久而久之就会产生惰性。新的工作环境带来新的挑战。高岭面积4000多平方公里，有的乡镇来回需要一天。政府工作点多面广，牵涉方方面面。下基层，办实事，那种万千民心之所向的使命感，那种为官一任，造福一方的成就感，又如何能够在办公室中体会到？

交流可以提升能力。个人的智商和所掌握的知识总是有限的，交流可以使干部在不同的工作环境中得到锻炼，不断扩大视野，提高素质。以前在中华银行支行，接触到的一般都是一些企事业单位和省分行，相对比较单纯。交流上任后，面对群众表达自己的各种利益关切和诉求时，这就不仅要掌握摆事实、讲道理的能力，还要具有攀感情、拉家常的群众工作方法和善于驾驭复杂局面的能力。

交流可以锤炼作风。以前在行里可能会养成一种教条主义的作风，即什么都按规定办，抠字眼，想方设法规避一切风险。但是在政府工作中，具体情形是千差万别的，如果灵活性不够，就容易失之教条。所以这就要求在具体工作中必须理论联系实际，坚持原则性，掌握灵活性，具体问题具体分析，真正直面困难，勇于担当。

　　交流可以树立形象。以前生活很率性，基本上想说什么就说什么，想干什么就干什么，但是到政府工作后，各种大型活动，需要组织协调各相关单位和部门，同时要代表当地党委和政府进行发言、接受采访。当站立在聚光灯下，自己的一言一行就不再简单孤立地代表个人，而是开始代表党和政府的形象。这种外示于人的新形象确实需要好好经营，也需要好好适应。

　　交流可以增长见识。以前接触面非常窄、非常细化，具体来说，搞的是金融，做的是银行，而我们就负责浩如烟海的金融体系里面一个针尖大的领域。但是交流以后，感觉明显不同了，开一次政府常务会，从大到小，从粗到细，几乎无所不包，不但样样得懂，还得精通，这比起以前坐井观天的办公室生活，天地真不知道宽阔了多少。

　　红日初升，其道大光！河出伏流，一泻汪洋！当我们风华正茂、挥斥方遒的时候，更应该从安逸平稳的办公室里走出来，去有所担当，承担社会责任，去基层那一片大有作为的广阔天地，扬帆起航，乘风破浪。

（原载《金融文坛》2018 年第 12 期）

作者简介

　　吴国华，中国金融作家协会、安徽省金融作家协会、安徽省作家协会会员。曾在《清明》《安徽文学》《文汇报》《水兵文艺》《金融作家》《中国金融文学》《厦门文学》等报刊发表中短篇小说、散文、小说评论等。现供职于中国农业银行安徽省铜陵市分行。

黎波里

吴国华

一

　　黎波里不是一个省油的灯，更不是一个好说话的人。

　　若是过去，像五十周岁内退这件事，他肯定会问是谁规定五十周岁就得内退？有什么政策依据？还有内退后与同级在职有没有哪些区别？其待遇是不是同样享受等等这些问题，他是肯定非要把所有的疑问都弄得清清楚楚明明白白不可。现在他突然像是变了一个人似的，以往那种遇事较真的劲头变成了怕事，什么事都不愿再碰了。

　　黎波里今年也有四十七虚岁，到五十周岁还有三四年的光阴，感觉好像还很漫长，可日子过起来就好像是刚刚还在吃早餐，眨眨眼的功夫又吃中饭到晚饭了。日子就是这样在不知不觉中便一天又一天地恍然而过。其实，那三四年的光阴就好比是眨巴眼的时间，内退的日子很快就是摆在黎波里眼面前的事，可问题是黎波里他现在不再管这些事了，好像内退和他就没瓜葛似的。

有同事评说黎波里是孬也不孬、精明也不精明、有想法也没想法这样一种人。也有同事评说他能忍声吞气，听话，做点儿丁是丁、卯是卯的事。其他就没别的本事。

黎波里也晓得同事们私下是怎么评说自己的，可他不在乎。他反而觉得自己的那些同事，时刻不忘把自己彰显得那么精明、那么有思想才是真正的孬哄哄。他认为自己的那些同事没几个是胸有城府的。

这年头桌面上的大道理要坦然讲，桌面下的人情世故更要顾及。只要不是刀架在脖子上，没哪个愿意得罪人。

黎波里起初也觉得内退好，他舍得让位子，反正自己有四十好几了，要是对照条件和硬杠子，想再往上爬肯定是没指望的，除非太阳从西边出来、发生奇迹，可太阳怎么可能会从西边出来，又哪里会有奇迹发生？不如再熬三四年，把位子让出来，等到六十岁退休的那天，自己正科任职早就满足十五周年的要求了，届时还能享受副处级待遇。有这等好政策可以享受，何乐而不为？

可谁能想到"二哥"施怀德他坚决反对。局里只施行五十周岁内退，不施行高配奖励政策，弄得黎波里连日来做的好梦被施怀德的"坚决反对"化成了灰。黎波里当时在党组会上只能做记录，没得话语权。他听到施怀德的意见后，暗下就在怄气，可又没法说出来，只能闷在心里。他当时就恨不得"二哥"突然有那么一天一觉睡过去就别再醒来了，或病死什么的都行。可这世事难违呢，从职工年度体验报告中发现，施怀德身体的各种指标偏偏却好得要命，让黎波里的臆想不毁自灭。

施怀德是局里的二把手，在副职的位置上把持多年了，他先后和多任局长搭过班子。这个人言语不多，闷驴一个。常常在关节处不痛不痒一句话，不经意中就能断送人家暗中操作的好事。现在局机关部门负责人没有哪个不怕他，连其他几个党组成员也敬畏他三分。黎波里讨好过他，可"二哥"施怀德就是不领情，不理会，让黎波里反而有点忐忑不安了。一番利弊权衡，黎波里晓得胳膊拧不过大腿，硬碰只能是鸡蛋碰石头，不如自己索性装聋作哑，放乖点也不把他当回事。"二哥"施怀德是个明眼人，他黎波里玩的这点小伎俩施怀德一眼就看穿了。好在机关上下年龄稍微大些的同事们都晓得，正因为施怀德一直不想让黎波里在局办主任位子上干，才促使陆续来履新的局长们反而继续挽留黎波里在局办主任位置上的。这些履新的局长们好像是商量过似的，都劝黎波里要忍，所以黎波里一直像个乖宝宝的样子。可背地里他一直称施怀德副局长为"二哥"。

黎波里在局办主任这个岗位上有小十个年头了。服侍过的一把手，三四年一茬，前后也有三四任了，可局办主任这岗位还一直是他在干，好像这个岗位是精心替他量身打造的。通常一个单位的一把手换了，办公室主任肯定也是要随之更换的。偏偏这些陆续来履新的一把手们，没有哪个想换黎波里。不是这些来履新的一把手们不想更换黎波里，可以说这些新任局长刚来履职的时候没哪个不曾想过这个问题，只是蹲下来一段时间之后，都不声不响自动打消了更换局办主任的念头。

单位很多人都恨不得黎波里被换掉，黎波里他自己也觉得累，也想换换清闲一些的岗位。可从这些一茬又一茬来履职的一把手们的话语中，根本就没听到过有那么个意思。其实，很多人不晓得，办公室主任这个角色是不好当的，那些履新而来的一把手们，尤其是外地交流来的，真是不好服侍。首先，工作上的事要做好是最起码的。其次是工作之外的事，那名堂就多了。仅每天的吃喝拉撒就能搞得你晕头转向，不是一会儿缺这个就是一会儿少那个，仅这种配东置西的就能够你受的，更别扯那些五花八门的事了。若是事情办得稍微有点儿偏差，一声黎波里主任叫着，再补上那句"这事还理不理呀？"马上就会让你晕头转向。

黎波里主任最怕"这事还理不理呀？"这句话，只要听到这句话，他的脑壳就发昏，这句话好像就是个套在他脑壳上的紧箍咒。其实，黎波里历来对局长都是很尊重的，只要听到局长使唤，他总是习惯性地一口应诺，并小心翼翼会意似的点着脑袋。即便如此谦恭，局长们却从不顾及那么多，他们怎么想就怎么讲，巧合的是几任局办主任下来，没有哪位局长不曾说过这句话。气得他经常在心里嘀咕，若不是还想往上爬爬，才不愿当龟孙子呢。不是有句话说"心里有想法，表面装怂样"嘛。有时憋得实在受不了，就怨老祖宗姓氏不好，什么字不好姓，偏偏姓这么个"黎"字，恨老头子名字取得不好，什么名字不好叫，偏偏叫"波里"这么两个字。也难怪这些局长们随口叫黎波里就说成"理不理"了，真的烦死人。

不过，气归气，说归说。对局长们交代的事，黎波里可是入心入耳、认认真真经办的，从没误过事。兴许正是他听话、认真的缘故，那一茬又一茬的局长们才不肯换他。

其实，黎波里心里是不喜欢局长换来换去的。要晓得换一任局长，他就得多用一份心思。每来一任新局长，他都得多花心思揣摩揣摩局长有哪些僻好，喜欢什么，爱吃什么等等。这些别人不留意的细节，办公室主任必须得留心去捕捉。别看这些不起眼，可对办公室主任来说那都是必须要获取的第一手资料。抓不到这些信息资料，八小时之外拿什么东西和局长套亲乎？

黎波里就有这个本事，不管局长怎么换，他都能在极短的时间里捕捉到这些看似无关紧要的资讯，并巧妙应用在日常工作和事务中。这种本事没人比他发挥得更淋漓尽致了。没有哪任局长不明晓黎波里的一片忠诚和实在。

经过几任局长的拼争，经营效益有了明显的好转。效益好了，杂七杂八发的钱也就开始多了起来。那些背地里曾骂黎波里做人没尊严的家伙，也渐渐地向黎波里讨好了，还说黎波里这主任很辛苦，不容易，换个人肯定做不好等等。听到这些家伙一张嘴能说出两种话来，黎波里心头有点不是滋味，但确实也觉得有点儿欣慰。可一旦想到那个"二哥"施怀德，黎波里就不是很舒服。这个喜欢暗里对自己使坏的施怀德，喜好别人都听从他的，动不动就教人应该怎样，不应该怎样。不过，黎波里没办法，他只好听归听，做归做，背地里是不理不睬"二哥"那一套的。

黎波里也晓得被"二哥"施怀德盯上肯定是没好处的，可又不能为怕吃亏就听任"二哥"施怀德使唤，单位里毕竟是一把手说了算。恐怕这世上找不到哪个单位的办公室主任是不听一把手的。

二

韦局长上任还没到一年，黎波里在这将近一年的时间里好像变成另一个人似的。他现在无论是说话做事都极为低调，再也不像从前那么张扬了。或许是韦局长对他调教有方，也或许是跟在韦局长身边看得多，长见识了。他现在无论是为人处世还是说话办事都变得老辣多了。他确实也弄明白了，人有想法不是件坏事，但必须要把想法藏匿好，不能让人窥探揣摩到。不然，一辈子也成就不了什么事。他的这种认识可能是他从多年来的磕磕绊绊中得到的，也或许是从哪里听说来的。

　　记得那天下午两点多钟，也就是说刚上班没一会儿，局里就召开党组会研究年度绩效工资分配的事。若是对照局年初文件精神，那次党组会其实根本就没必要召开。可能是韦局长考虑到这文件不是自己拿出来的，担心出台之前有不同的声音，所以特意召开党组会想再听听大家的意见。没想到大家在会上一致认为要按照文件精神严格兑现绩效工资分配。绩效工资的分配，本身就是件棘手的事，韦局长没想到大家的意见会如此惊人的一致，这让韦局长不由得暗下好生欢喜，原来并不像自己会前想象的那么难，可能是自己考虑得过多了。但接下来发生的事情让韦局长始料未及，当天夜里十点多钟，韦局长宿舍的大门就被局里的职工敲开了，据说还有个别部门的负责人也参与其中。开门之前韦局长还以为是有人来串门儿，等打开门见局里来了这么多的职工就觉得不对劲，等听大家你一句绩效工资分配悬殊太大，我一句绩效工资分配不公之后，韦局长一下就反应过来了。他们你一句我一句地抢着说，吵得让韦局长没法子插话解释。

　　这时已是夜里快十一点半了，韦局长租用宿舍的楼上楼下、前后左右乃至整个小区家家户户基本上已熄灯睡觉了。可韦局长住的那栋三楼宿舍却灯火通明，单位那些职工们受情绪影响，说话的嗓门特别大，尤其是在四周一片宁静的深夜，那说话声就愈发显得响亮。此刻，他们根本就不顾及自己的说话声是不是吵醒或影响了别人的休息。不到一刻钟，韦局长的楼上楼下、前后左右的居民们几乎都被吵闹醒了。气得韦局长不由分说掏出手机打通黎波里主任的电话，他叫黎波里马上赶到局里，并通知党组成员到局里开会。

三

黎波里是在熟睡中被手机吵醒的。他随手拿过手机一瞧，见是韦局长打过来的，赶紧接听。

此刻，黎波里还被蒙在鼓里，他不晓得发生了什么事。等韦局长告诉他之后，黎波里赶紧起身穿好衣服，就在黎波里出门的时候，老婆说了一句："你们单位怎么动不动就三更半夜的开会呢？"

黎波里没接老婆的话茬，也没吭声，门一带就匆匆忙忙走了。其实，这是韦局长上任来第一次半夜召集开会。

黎波里第一个来到局里，他从办公室取出党组会记录本，就径直走进会议室，打开灯光，打好开水，坐在他常坐的那个位子上恭候局领导们。十几分钟过后，党组成员们陆续落座在他们一惯坐的位子上，只有党组书记、局长的座位还空着，局领导你瞅瞅我，我瞧瞧你，都没吭声，不知道肚子里都在盘算揣摩着什么。

这时，一阵急促的脚步声从走廊传了进来。只见韦局长板着铁青的脸，大步走到自己的位子上坐下来，开门见山就说开了："开这个会是被逼的。谁在逼我们？是我们这些在座的人。我为什么这么说，得简要说一下。"韦局长脸色铁青，很不好看。他端起黎波里先前泡好的茶水喝了一大口，接着又说："刚才一大拨儿职工，还有部门负责人，一窝蜂地拥到我的宿舍去了，把四周居民们都吵醒了，影响太坏。这里对造成的恶劣影响暂且不说，要说的是我们党组今天下午才刚刚开的会，职工们怎么可能晓得我们党组会研究的事项呢？还不是在座的哪个说出去的？难怪有人说我们班子有问题，现在看来还真的是有问题，还真有人唯恐局里不乱。在这里我把话挑明，既然组织决定让我来这里履职，好坏两个方面我也都琢磨过了，我是不怕被人背里弄、上面捣，只要我无私就敢无畏，哪怕我只在这个局担任一天的党组书记、局长，我就得说了算，就得照我的意图办。说实话，作为现任党组书记、局长，对前任党组集体决策的事不可能不执行不维护，共产党成立九十多年来，还没有人干过后任不理前任账的事。我也绝对不做这种事。今晚职工到我宿舍上访的事，按照党组行政分工的条块，各负其责，明天下班前平息这件事。如果我们党组成员中有哪个想不通，马上去我办公室坐下来谈。黎主任你跟我去办公室，带记录本做好记录。散会。"说完，韦局长起身径直走出会议室朝自己的办公室走去。

几个党组成员默默地坐在各自的位子上，没有一个吭声。平常那种漫不经心或含沙射影地说白话的不见了，个个好像是被人在头上打了一闷棍子，半天回不过神来。

黎波里见过多任局长发火，没见过哪任局长发火像他这么直白的，他做梦也没想到韦真理局长是这么耿直。

见韦局长这时已走出会议室，他赶紧起身跟上，屁颠儿屁颠儿地随韦局长走了。

韦局长走进办公室坐在自己的座椅上，没吱声，点了一支烟，大口大口的吞吸起来。眨眼工夫一支烟被吸完又接上一支，还随手丢了一支给黎波里，并说"你也抽一支吧。"

两个人，各顾各抽烟。韦局长的办公室里弥漫着一股浓烈的烟草味。

时间一分一秒地过去了，韦局长坐在办公室里静静地恭候着，他今天是真想看看自己刚才讲过的一番话，究竟有哪位想不通。同时他也想掂量掂量自己还能不能驾驭得了这个班子。

五分钟过去了，十分钟过去了，没有一个人进来，几个党组成员都悄无声息地溜走了。

此刻已是凌晨一点了，整个办公大楼死一样寂静。

"黎主任，你觉不觉得这件事我处理得有点武断？"韦局长突然问黎波里。

黎波里没想到韦局长这时会突然问他这个问题，他来不及多想，也弄不清楚韦局长问话的意图，便不假思索直截了当地说："对阳奉阴违的人就应该这样。"

黎波里说过后停顿了一会儿，他想到了那个整天"老黎老黎"叫着的"二哥"施怀德，他好像恨不得一下要把自己喊老不可。其实黎波里年龄比施怀德小四五岁，若是其他局领导这么叫还可以理解。

是的，韦局长和其他几位副局长年龄都比黎波里年龄小，他们称黎波里不是喊黎波里主任，就是叫黎主任。韦局长大小场面一律喊他黎主任。唯有"二哥"施怀德一直喊黎波里是老黎。

想到了"二哥"施怀德，黎波里心里真是来气，他接着又说："我有的话不好说，个别领导心思根本就不在工作上，表面上在抓经营抓发展，其实骨子里整天在搞小圈圈，目的是想搞臭别人自己往上爬，阳奉阴违的，稍不留神真要被这种人捏死哦。"

韦局长打断了黎波里的话说："咳，这种不利团结的话今后少说，我不是瞎子，眼睛亮着呢。看今晚去我宿舍的那些人，很能说明问题。看来班子里有人把会上说的说出去了。不过，我心里清楚，也正想找个借口，现在看来机会到了，机关部门负责人和工作人员必须要进行大幅度的调整，只是还有几个部门负责人的人选暂时还没物色好，我还需要一点时间，这样看来就要给你加点担子，替我多辛苦一点儿，待我物色好再给你减担子。从现在开始，你要学会'弹钢琴'，做好吃苦的思想准备哟。你看怎样？"接着韦局长掏烟，又递一支给黎波里，并给黎波里点上。

"韦局长，我担心'二哥'找我茬子。"黎波里说。

"二哥是谁？为什么找你茬儿？"韦局长问。

"'二哥'是我给施怀德副局长起的绰号。"黎波里说，"他这种人恨不得往死里整我，再说明年年底我五十周岁也到了，局里这几年都是五十周岁一到就退二线。如果我不是那样，那前面几拨退二线的人肯定会闹事的，何况上面还有规定。"黎波里解释着。

"哦，有规定是不错，不过那只是原则上这么规定的。何况各部委办局执行的并不一致。"韦局长叹了口气，接着又说"我搞不懂，人家到五十岁还想法子找理由留下继续干，你黎波里五十周岁还没到就找借口不想干，什么问题？我坦白地告诉你，只要是我韦真理看准想做的事，就由不得别人去改变的。除非把我局长这帽子摘掉。至于你的担心，我看就不必了，相信局里会操作好的。"韦局长说话的语气十分强硬。

黎波里本来还想要再说点儿什么，没料到韦局长抢先站起身，一边用手拍拍黎波里的肩膀，一边说："你就放心好了！快凌晨两点了，抓紧回去睡觉，明天我还要看他们几个怎么平息和处理今晚这件事的。"

随后，黎波里随韦局长下楼打的，他先送韦局长回宿舍后自己才回家。

第二天上午，几个副局长的办公室里或大或小地传出一些不同的声音，"二哥"施怀德办公室却没那么大的声响。唯韦局长的办公室没得一点儿声响。韦局长坐在办公室的椅子上，聚精会神地签阅着文件。

下午四点钟后，几位副局长办公室归于平静，也没再看到昨晚去韦局长宿舍上访的那拨儿人的身影儿，年终绩效分配导致的上访事件就这么波澜不惊地了结了。

四

一个星期之后，机关部门负责人大调整名单随一份红头文件下发全局。那白纸黑字清清楚楚，聘任黎波里为办公室主任、兼工会办公室主任、监察室主任、保卫科科长。黎波里一个人戴了四顶帽子，真是从没听说过的事。

这份文件下发后，简直就像一枚炸弹，全局上上下下没一个人不在议论的。

没过几天，局里就有人公开叫黎波里为监主、卫保长，黎波里听着听着，总觉得是明着在骂他是奸主、是伪保长，这让黎波里觉得比骂他是只领导的跟屁虫还要难受，他在这种叫唤声中感到心头有一种难言之痛，同时心里涌动着一股说不出来的酸楚。

黎波里晓得这些人之所以这么称呼他，无非是想搞臭自己。他告诫自己一定要忍住，不要去理会，反正自己有名有姓，至于他们要那么叫也由不得自己，随他们去吧，他们想怎么叫就怎么叫吧！至于"二哥"叫他"理不理"，也随他去，若真不去理会又能把自己怎么样呢？黎波里现在手头上事情太多，缠得他没精力也没心思去顾及那些嚼舌根的话，尤其是房产、土地两证确权的事，时间要求太紧，他得赶紧着手启动，不得不提前抓紧时间上门拜访这些相关对口部门，套套近乎。

连日来，他每天跑房产局、土地局，每天把房产、土地部门的两帮人请着，今天勘测这处房产和土地，明天又去那处勘测房产和土地，天天陪吃陪喝求着他们，还得要小心谨慎地赔着笑脸，连续跑了一两个月才好不容易办好了房产证。

房产证办好后才能开始去国土局办理土地证。接着黎波里又天天把酒喝得魂都不在身上，好不容易挨到取证那天，土地局分管地籍的领导突然对黎波里真不真假不假地说："这么多天来就专门给你们办证，好大的一堆，有几十本，总不能你一个办公室主任就这么随随便便地办好一把拿走了吧？我们国土局好歹也是个正处级单位，不说一把手亲自来，那至少也得你们分管局长亲自来一下吧！"

黎波里听着，心里觉得不是滋味，他一边点头一边说："我晚上一定把分管局长请来好好陪陪领导您。"

待黎波里说完，那分管地籍的领导接着又说："好的！这样你们就别等了，你们先回去安排，下班前打个电话告诉我们在哪个酒店就行了，届时我们把土地证一同带上，一并交给你们领导。"

黎波里没再多说什么，只在走之前对那领导点着头连声说："那太好了。谢谢！谢谢！"

是夜，黎波里主任是被人搀扶着边走边吐着走出酒店的，他被灌多了。好在两证都办好了，没耽误时间，也没让自己丢脸。

前面刚办完两证，后面网点联网工程改造又来了。这下黎波里觉得有点儿头痛。头痛的是要腾出一间百八十平方的办公区间做监控室。机关办公楼本身就不够用，要再腾出个百八十平方做监控室，别人不知道，但办公室主任怎能不晓得呢，可以说机关办公大楼的使用情况没人比他黎波里更清楚熟悉的了。要想腾出百八十平方做监控室，那办公大楼就得改造，这样就得要牵扯局机关所有的部门科室。他担心的就是"二哥"施怀德作梗。

令黎波里没想到的是，前期的沟通和协调进行得非常顺利，局里只召开了几次协调会，便很快达成了共识。接着黎波里就开始实施工程招标。一周之后，对照招投标相关程序，敲定了施工中标单位。

"二哥"施怀德从黎波里手里接过施工改造签报表，扫了一眼，突然抬起头望着黎波里，脸上一点儿表情也没有地问道："怎么能叫这家单位施工呢？"

黎波里说："是严格按照招标程序产生的。再说这家施工预算没突破十五万，符合文件要求，有什么不妥吗？"

"这次网点联网工程费用是专款拨付的，施工质量和要求都很高，必须要经得起上面的验收。会上不是强调了原则上要在政府审核入围的招标单位中进行招标吗？你这么做敢打包票能通过验收吗？""二哥"说。

"那入围的施工单位就百分百包票通过验收吗？"黎波里辩解说。

"二哥"叹了一口气说："即使不能百分百包票通过验收，至少追究起来我们没有责任。我劝你还是老实一点儿，抓紧时间重新在政府审核入围单位名单中进行招标吧！"

黎波里还想说说自己的想法和观点，可又想到自己是下属，即使自己敢于担当，可"二哥"已经说得这么明白了，也就没再多吭声。

其实，黎波里心里是想不通的。他认为这种改造工程是没多少含金量的，只是普通的改造工程，即便是普通的资质也就足够了。为什么非得要政府审核入围的施工单位来改造呢？谁都知道，资质高的其管理费肯定比资质低的要多得多，这种吃包子不问价的做法岂不是明摆着要多送钱给人家吗？难道这公家的钱就不是钱吗！真不晓得是怎么想的？

但是，想归想，做归做。黎波里从"二哥"施怀德办公室出来后，便直接去向分管局长汇报，分管局长细心地听了黎波里的汇报之后便说："那就在政府审核入围的施工单位中重新招标吧！"

没想到分管局长突然又自言自语地说："不过这样也好！省得担责任。"

稍微停顿之后，接着话锋一转，又说："弄吧。就照着弄没错！"

黎波里不得不对网点联网工程进行第二轮招标。参与这轮投标的四家均是政府施工入围的单位，按照程序步骤，中标单位很快就产生了。同样的工程、同样的工作量、同样的工期、同样的要求，第二轮中标单位的总费用额比第一轮中标单位多了四万多元。

随后一段时间，黎波里天天忙于网络升级工程的施工，接着是迎接上面的检查验收，前后忙了将近三个月。黎波里没白吃苦，网点联网工程改造平安无事地获得如期通过。只是那多花的四万多块钱，一直让黎波里耿耿于怀。

五

韦局长给黎波里打电话，叫黎波里去他的办公室。韦局长见黎波里走进来，一边叫他坐一边递着烟说："这段时间'钢琴'弹得不错嘛，辛苦是要辛苦一点儿，不过我很满意。只是你那性子我看还得需要磨磨，别动不动就喜欢抬杠子。其实，和有些人是不能抬杠的，也不是人人都晓得或者说能够理解你性格的。你杠子抬过后忘记了，可人家却不是和你一样的。我早就对你说过，干好部门的事容易，说好部门负责人的话不容易，你怎么就悟不出来呢？你那性格害死人哦！"

"局长，我这好长时间来从没和人家抬过杠子，又有哪个跑到你这里来瞎扯？"黎波里解释。

"真的没有？"韦局长又问。

"无非是……"没等黎波里说完，韦局长就打断他的话说："肯定有这回事吧？你好好想想。"

"我有时只是讲讲我的想法，不是抬杠子。"黎波里显得很无奈地说。

"我都知道了，你还能说什么呢？我看你要想法子去弥补弥补哦！好了，就这样吧！回你办公室去。"韦局长好像是恨铁不成钢地说。

"谢谢局长！"黎波里声音很小，说完便转身走出韦局长的办公室。

其实，黎波里的悟性并不低，他早就猜到肯定是"二哥"施怀德告的状，他想他是不会向施怀德赔礼道歉的！

没过几天，黎波里就弄清了在局长面前告自己状的就是"二哥"施怀德。他压根儿就想不通自己怎么会碰上这种人，他晓得胳膊拧不过大腿，与其被"二哥"整下来，倒不如自己主动不干还光彩些。

六

审计部门一年一度的审计工作开始了。韦局长要求机关各科室一定要高度重视，切实把这次审计检查工作做好。黎波里觉得这种常规审计只是走走形式而已，接待安排好就万事大吉了。可是哪曾料到，这次审计不仅要对网点联网工程专款专用进行审计，而且对局里先前所有业务往来都要审计。这帮人七查八审的，不费吹灰之力就把一件闲置房产对外出租的事情查了出来。

　　起初，黎波里还满不在乎的，认为这事是局里会议定的，不是哪个人擅作主张的，何况还有签报程序，自己只是个经办而已。可事态的发展却让黎波里始料未及。

　　审计底稿上说闲置房产对外出租每月少收两千块钱，一年少收两万四千块钱，八年共计少收十九万两千块钱。涉嫌贪污。

　　这下黎波里头大了，他怀疑这暗中肯定有人玩鬼子，可怀疑归怀疑，他还必须向审计部门说清楚。这是八年前的事，韦局长对这件事肯定是不清楚的，当时的局领导早已调往其他单位和省城去了，现在唯有"二哥"还算是个当事人。那时"二哥"是财务科的科长，对这件事的前前后后很清楚，可他怎么可能愿意站出来替黎波里说话呢。

　　八年前做的事，谁还能记得那么一清二楚。局务会、局党组会的记录簿都翻烂了，也没找到原始记录。黎波里自己也记不清楚，他只记得那房屋对外招租好长时间没人问，记得当时贴出去好多广告，好像还在报纸上做过广告，可这些并不能说明问题。急得黎波里只好打电话找当年的那位老局长，可那位老局长说退下来已四五年了，哪还记得那些事情。

　　"二哥"施怀德的沉默不语让黎波里一点办法也没有。他心里是多么希望"二哥"施怀德能替自己说说话作证明，可黎波里还是抹不下面子。

　　黎波里有口难言，若自己真贪污了十九万二也就认了，可总不能无辜地去背这名声吧？这下真是太惨了。想想已到了内退的年龄，吃点儿苦受点儿气都没什么，可千万别好处没捞到，反而将科级待遇也弄丢了。

　　想着想着，他不由得悔恨起来，恨自己不该和"二哥"施怀德较劲，恨自己不知天高地厚不自量力。此刻，黎波里似乎才认识到对于一个单位或团队，团结协作是多么重要。

　　可惜黎波里认识到这个问题的时候已经太迟了。

　　审计的那帮人开始接二连三地找黎波里谈话，好像商量好了似的，都劝黎波里老实交代问题，不要等到司法部门介入才来交代就没救了。

　　黎波里被弄得没办法，他除了说真没贪污，就没二话可说。审计的那帮人似乎也没什么好办法，叫黎波里好好想想，抓紧时间说清楚。

日子一分一秒地过去了。距向审计部门出具解释说明的最后期限愈来愈近了。黎波里这时除了幻想着有哪位前任老局长站出来替他提供相关证据、澄清事实，就没别的招儿了。可以说，现在黎波里的头脑只是一片空白，他不曾想过那些前任老局长们，会没有一个愿为自己提供相关证据、澄清事实的。他几乎是在突然间意识到原来自以为是的这十多年办公室主任竟然做得是这样的失败……

黎波里心灰意冷了，他没有任何法子，每天坐在办公室发呆熬日子，好像是在等待审计部门移交司法部门。

七

这天，同事们陆陆续续下班了，黎波里仍然坐在办公室里发呆。此刻，"二哥"施怀德副局长不声不响地推开他办公室的门走了进来。

"老黎，这次你得要好好感谢我了吧？若不是我在审计那边替你拿出证据，替你说明解释清楚，你肯定是要背黑锅吃苦头的。""二哥"施怀德不紧不慢地说着，脸上浮现出既得意又让人难以察觉到的坏笑。

其实，"二哥"施怀德此刻确实想听听黎波里这回要说些怎样的话来答谢自己，不承想黎波里半天没吭声，一句感谢的话也没有。

"你这家伙还真不愧叫'理不理'，一句感谢的话也没有。看来还是你不相信我哦。这样吧，我再告诉你一个好消息，我们的韦书记韦局长就在刚才，也就是十分钟之前，已被检察院传唤进去了。我看这下要想出来再像你我那么自由就难啰……"

黎波里听到这里，不由心头一惊，全身被电击了一下似的。他无法再忍受"二哥"施怀德那毫不掩饰自己喜悦的话语了，破口大声问"是真的吗？"

"我什么时候说过假话？"

此刻，黎波里已完全被激怒了，他毫无顾忌地接口就说："我看你也好不了多少。"

"我再不好也不至于贪污受贿违法。""二哥"施怀德这时脸色很坦然，心情似乎也平静了许多，说话也没一点儿生气的样子。

"你背地里使坏的事情还做得少吗？"黎波里责问"二哥"施怀德。

"二哥"施怀德并不生气。"问得好！我就是喜欢背地里使坏，你能拿我怎样？我来替你普及普及法律常识好不好？内耗是不违法的哦！再告诉你，我这次在审计面前替你拿证据、替你说明解释，不是为了你，而是为了满足我自己。我喜欢让你看看，铿锵有力和背地里使坏究竟哪个要好？"他一边说着，一边脸上浮现出那种阴坏的奸笑。

随后"二哥"施怀德转身走出黎波里办公室，好像还从牙缝隙里发出了一阵冷笑声。

"二哥"施怀德那阵冷笑声已消失了，可黎波里的心情仍无法平静下来。心里不断地嘀咕着那两句话："韦局长是真的被抓起来了吗？""内耗真的是不违法吗？"

（原载《阳光》杂志 2018 年第 8 期）

作者简介

　　梁陆涛，河北平山人，中国散文学会、中国金融作家协会、河北省作家协会会员。业余从事新闻、文学写作、编辑工作 40 余年，出版《雪魂》《生命标点》《男儿有泪》《中国古代私情命案演义》及《梁陆涛文学作品集》等文学作品，曾获中国新闻奖、文化部"群星奖"银奖、中国金融报告文学最佳创意奖、第三届中国金融文学奖、孙犁散文奖等。现供职于中国建设银行河北省分行。

刘幸福的幸福指数

梁陆涛

一

　　刘幸福接到儿子国强的电话时，正被几个业主缠得晕头转向。

　　刘幸福是昌盛小区物业公司保安部经理。昌盛小区是市里最早那一批住宅小区，那时候还没有物业管理，小区的管理设施存在很多缺陷。尽管后来逐步完善了不少，可是一些先天不足已无法弥补，再加上许多设施年久失修，物业管理就很头疼。刘幸福所在的保安部，名义上要负责小区内人财物的安全。可保安部总共才五个人，能把小区的两个大门管好不出事儿就已经是烧高香了。可业主却不那么认为，我掏钱买了房子住在你们小区，我的人身安全财产安全都得找你小区的保安说事儿。四个保安一天一倒班，负责看好两个大门儿，小区内那些鸡鸣狗盗丢东拉西的杂事儿，就全由刘幸福来应付了。

　　今儿早起一上班儿，刘幸福就让几个业主给围上了。一个是丢了自行车，一个是丢了电动车，一个说是不知谁家办喜事儿放"二踢脚"崩坏了他们家的窗户，还有一个一楼的住户，说是家里进了贼，要求保安赔偿损失。对物业来讲，业主就是上帝。刘幸福又是个好脾气，不管业主怎么跟他急，他都是一副弥勒佛模样，笑眯眯地对人家说没问题没问题这事儿我负责解决。事儿办了办不了，回话儿好听，再着急上火的事儿，人家也没法儿跟他急。

刘幸福正跟几个业主叨叨着，突然有个女声喊起来，来电话了赶快接电话！来电话了赶快接电话！刘幸福在部队当炮兵时，炮声把耳朵震得有点聋，手机铃声就调到了最大。这两声喊，刘幸福还没注意到，倒把围着他的几个业主吓了一跳。

刘幸福愣了愣神，连连道着不好意思不好意思，紧接着从西服里兜摸索出手机，眯细着眼看了看说，对不起我接个电话啊，是我儿子。刘幸福刚打开接听键，就听儿子国强带着哭腔大声嚷嚷：爸爸，我妈晕倒了，在市二院 ICU，你赶快来吧！

刘幸福一下子没听明白。什么哎……呦，你妈怎么了国强你慢点说。

旁边一个业主接口说，ICU 就是重症监护室，老刘你媳妇正在医院抢救，你赶紧去吧。

刘幸福一听脸色立马就变了，急忙拱拱手说对不起对不起，你们的事儿回头再说，我得先去医院。

刘幸福跟公司请了假，着急忙慌地骑上他的电动车就走。出了小区大门儿，想想不对，又折回身跑上楼找公司经理批了个条子，从财务借了3000 元钱揣兜里，一路飞奔来到市第二医院。儿子国强一见他的面儿，哇地哭了说，爸，我妈正擦地呢，往起一站，突然就倒地上了。刘幸福拍拍儿子的肩说，别急别急，这不有爸来嘛。

国强又说，爸，我妈有医保吗？医院让交一万块钱押金呢。

刘幸福说，儿子没事儿你妈有医保，爸也带了点钱爸这就去交，你先在这儿守着你妈。

刘幸福的老婆杨彩霞原来在市制鞋厂上班，后来制鞋厂改制转产，她们一拨儿年龄大的工人就都下岗吃了低保。好在当初下岗时，由政府出面，要求制鞋厂继续为她们上了缴费数额最低的"两险"——养老保险和医疗保险。这样，杨彩霞到退休年龄正式退休后，基本生活和住院看病还是有些保障的。

刘幸福又骑车回家取出杨彩霞的医保证医保卡医保本，送到医院收费室，好说歹说，交了从财务室借的那 3000 元，给杨彩霞办了住院手续。回到 ICU 门口，儿子还在那儿掉泪儿。刘幸福就说，儿子别哭，有病治病有事办事，哭能解决问题？！

儿子抹抹眼泪，低着头两眼盯着地上，不哭了，也没说话。

二

刘幸福知道，儿子国强对他这个当爹的一直有点意见。

国强今年大学毕业，学的是电脑设计专业。去了几场大学生就业招聘会，也报名参加了一些企事业单位的招考，到现在都还没有着落。而且刘幸福心里很清楚，单位招考，考的不光是成绩，要看综合实力。比如关系啊家庭背景啊还有个人的整体素质啊等等。没有这些综合实力，即使考上了也难以轻松入职。人们说上大学是考老子，大学毕业找工作那就更要看老子的能耐。可刘幸福凭什么，就凭一张弥勒佛般的笑脸？儿子国强找工作不顺利，有气就只能朝刘幸福撒。

刘幸福家上几辈子都是农民。1975 年，刘幸福高中毕业到部队当兵，凭他的老实能干提了干部，就在驻地城市找了个媳妇。虽然杨彩霞也只是个普通工人，可人家毕竟从小生长在城市，一家子都是城里人，刘幸福这才有机会跳出了农村。刘幸福他们部队驻在市郊，离市区 30 多公里，说远不远，说近也不近。刘幸福是那种典型的"周末干部"。平时住在部队，节假日只要不值班就可以回市里跟老婆孩子团聚。刚结婚的时候，刘幸福他们一直住在杨彩霞的父母那儿。后来儿子国强大点了，杨彩霞的弟弟妹妹也都陆续结婚成家，刘幸福他们部队出面做工作，跟制鞋厂要了两间"筒子楼"宿舍，刘幸福才正式在城里有了自己的家。1995 年，当了 6 年正营职干部的刘幸福转业回市里。那时候，地方已经开始住房分配货币化改革，原有住房按楼层、面积、朝向，以及职工夫妻双方的职务、工龄等许多条件一起作价，出卖给个人，还给办房产证，私有化了。刘幸福就琢磨着找个有住房的单位，趁着房改分到一套自己的住房。当时的市人事局局长是刘幸福以前的团政委。刘幸福找到老政委，老政委说去银行吧，银行正盖新楼呢。到时候即使分不上新的，分一套旧房子肯定没问题。说是旧房，其实也才住了两年，跟新的一样。刘幸福当了20多年兵，从没进过银行门，对银行基本没什么概念。刘幸福嘻嘻哈哈地说，到银行啊？到银行咱这当兵的能干啥？老政委说，当兵的出身，啥不能干？市里这几家银行的行长副行长，差不多有一半儿是转业干部。下面的办事处主任，也几乎全是转业干部，有的还是志愿兵呢，你怕啥？刘幸福就这样稀里糊涂进了银行。

刘幸福转业进银行的时候，还真像老政委说的那样，行领导和各办事处领导里转业干部很多。可这种情况只维持了不到两年，就发生了变化。中国加入WTO，国有商业银行走向世界参与国际竞争，从组织架构、管理体制、用人方式到业务运行机制等等，都在悄无声息地进行着重大转变。办事处改成了支行，亏损机构网点被毫不留情地裁减撤并，那些从部队转业的办事处主任们，因为年龄、文化、业务素质等原因，转岗的转岗，提前退休的提前退休，一夜之间稀里哗啦全下来了。刘幸福先在办事处担任保卫科科长。一改革，办事处没了，保卫科撤销，他被安排到一个支行当门卫。刘幸福乐乐呵呵不在乎，天天衣帽齐整地出门儿，嘴里还哼着小曲儿："手握一杆钢枪，身披万道霞光。我守卫在边防线上，为我们伟大祖国站岗……"杨彩霞刘国强受不了，成天不给他好脸子。刘幸福就给老婆孩子做工作，当兵出身，就是看门儿的嘛，咱又不懂业务。再说了，行里待咱不薄，来了就给了咱一套两室两厅，虽说不是新的吧，可比比张国利、马成、赵启正他们，咱该知足了。刘幸福说的张国利马成赵启正都是他在部队时的战友，一块儿转业进了市里，张国利进了一个事业单位，马成进了工厂，赵启正在糖酒公司仓库。仨人都没赶上单位分房，赵启正所在的糖酒公司仓库倒闭还没了岗位。那年春节前，市里一批分到企业开不出工资或者被下岗的军转干部集体上访，惊动了中南海。省市财政出钱，才安排赵启正他们"二次就业"，到街道社区办事处什么的重新上了岗。刘幸福一有了不顺心的事儿，就跟赵启正几个比，比来比去就觉着自己很幸福。对刘幸福的这种比法，杨彩霞不以为然；儿子刘国强更不买账，说他是阿Q心理，自我陶醉。

刘幸福就说，不是阿Q。人这一辈子，其实就是一只碗一张床，有事干有饭吃有一间屋子遮风挡雨还有啥不满足的？人得知足，知足才会幸福。

可是还没容刘幸福"幸福"多久，银行改革又有了大动作。国家传出风声说是四大国有银行都要大大地甩包袱，创造条件准备股份制改革上市。不良贷款有国家专门成立的资产公司接着，机构和人员包袱，就靠银行自己想辙了。机构好办，不盈利的网点撤了就是。富余人员怎么办？高家庄的地道，各有各的高招儿。上级不问过程，只看结果，人裁下去就成。支行门卫刘幸福挨个儿把支行的人员拨拉了个遍，年龄是个宝，文凭不可少，关系很重要，自个儿啥也不占先。而且上级也已经说了，下一步支行网点的保卫工作将交由专业保安公司，也就是说，刘幸福"手握一杆钢枪，身披万道霞光"的幸福日子也过到头了。刘幸福知难而退，按照行里出台的政策，从行里领了一笔钱，下了岗，叫作有偿协议解除劳动合同，简称"协解"。

刘幸福"协解"了回到家里，从包包里拿出一摞钱放在茶几上。十好几万，堆起来像座小山。杨彩霞这个制鞋厂下岗工人，哪见过这么多钱！心里说，还是银行好啊，当初她从鞋厂下岗，两万多一点就给打发了。如今这刘幸福下岗，银行一下子给了十多万，一辈子也花不完了。杨彩霞高兴，刘幸福自然也就有了成就感，两口子幸福得七荤八素。杨彩霞还专门把弟弟妹妹两家子喊来，摆了一桌庆祝了一番。

谁知酒喝进肚里没多久，杨彩霞就觉得不对味了。刘幸福"协解"一下子拿回来十多万，说起来也算个大数目了。可刘幸福在农村的父母得孝敬吧，弟弟妹妹也少不了要意思意思吧，那时候还有个快90岁的奶奶呢。两口子回了一趟老家，就出去了两万多。儿子国强上了大学，连学费带吃住花销一年就一万好几，四年下来少说也要六、七万。刘幸福上班的时候，养老保险医疗保险住房公积金什么的由行里代扣代交，"协解"了就得自己去交。刘幸福有了住房，住房公积金可以不交，可养老保险医疗保险关乎着后半辈子的日子，无论如何不能不交，这两项一年下来也得万把块。更要命的是，刘幸福被"协解"之后两三年时间，银行员工的收入翻番了，公务员工资翻番了，所有在职人员差不多工资都有了大幅度提升，而吃穿住行日用品价格也像吃了壮阳药硬挺挺地一个劲往上涨。一斤猪肉十来块，一斤西红柿一块八九，过去有个头疼脑热挂两天吊针花个几块十几块，这会儿即使在社区卫生院没有三百五百你是出不去的。当初刘幸福是想用这十多万元找个合适的项目投资做个小生意的。可一眨眼三五年过去了，刘幸福的设想还没付诸行动，手里那十多万就像扔到河里的雪堆上，眼看着呼呼啦啦坍塌了流走了，几乎没留下多少痕迹。刘幸福东碰西撞了一年多，好不容易找了个保安的营生，一个月800元。加上杨彩霞那点退休金，总共月入1500多元，一家子吃穿零用都算不上宽裕。杨彩霞和刘国强就少不了拿刘幸福说事儿，埋怨他当初不该脑子发热把自己"协解"了，现在哭都找不到坟头。刘幸福跟娘儿俩打哈哈，说老天爷饿不死瞎家雀。我们公母俩身强力壮的，国强也眼看着要大学毕业，咱的好日子才刚刚开始呢。

可如今国强工作还没着落，杨彩霞又闹了这么一出，刘幸福就是再没心没肺，也没法跟儿子打哈哈了。

三

爷儿俩正在ICU门口"闷"着，杨彩霞的妹妹杨彩玲妹夫朱亮急火火赶来了。

杨彩玲先前在市政协当打字员，朱亮那时候是政协主席的司机。政协主席离休的时候，给朱亮转了干，如今朱亮已经是副处长了，杨彩玲也被安排在政协下属单位当了出纳。

国强见了杨彩玲，叫了声二姨，眼里又有了泪水。杨彩玲俩手抱住国强，抹了抹眼，看着刘幸福说姐夫俺姐情况咋样？

刘幸福说彩玲别着急别着急，刚做了CT，医生说是脑血栓，已经用上药了。

杨彩玲急赤白脸地说你就是个没星儿秤，都脑血栓了还不着急！

刘幸福急忙说你看你我是怕你着急嘛。咱也不是医生，咱着急有啥用！

朱亮忙打岔说，都别急都别急，这医院的行政副院长我认识，我去找副院长打声招呼，让他给关照关照。

朱亮楼上楼下转了两圈，还真把副院长给拉来了。刘幸福跟着副院长进了重症病房，隔着玻璃墙看见杨彩霞鼻子里插着氧气管子胳膊上扎着吊针，躺在病床上一动不动，心里"咯噔"一下，眼窝子就有些热乎乎的。他抽抽鼻子，咽了口唾沫，使劲把眼泪憋了回去。

从监护病房出来，杨彩玲见刘幸福一脸萎靡，便有些不忍心。拉开手包拉链取出一沓钱，跟刘幸福说这是一万块钱，姐夫你先拿着，给俺姐用好药，别怕花钱，不够了咱再凑。

刘幸福连忙推拒说，彩玲你放心，姐夫手头还有点积蓄，看你姐的病没问题。再说你姐也有医保，等用钱了我再找你要。

杨彩玲把钱往刘幸福手里一拍说，你就别给我打肿脸充胖子了，你那点家底我还不清楚啊。

正说着，杨彩霞的弟弟杨建义也匆匆赶来了。杨建义40出头，当了3年兵，复员安排在自来水公司。也许是因为都当过兵的缘故，建义平时跟大姐夫比较投缘。

建义在楼梯口一露面，就冲着刘幸福粗腔大嗓地喊开了，姐夫姐夫我姐情况咋样啊这儿要不行咱就赶紧往省医院转！

正在一旁与副院长说话的朱亮，赶忙截住小舅子的话头儿说，建义你别瞎嚷嚷，这是在医院呢。

杨建义不买二姐夫的账。

谁不知道这是医院啊不是医院来这儿干啥，我是怕他们把俺姐的病给耽误了。

刘幸福迎上去说，建义别着急。你姐就是脑血栓了，也不是什么疑难症，市医院能给咱看，这不是院长都来了？

杨建义看了一眼跟二姐夫站在一旁的副院长，不吭声了。

副院长笑了笑说，你们都别着急，脑血栓一般不会有生命危险，你们送来得也及时。我问了问，没什么大事儿。也别都在这儿守着了，回去该干啥干啥，都在这儿也是瞎跟着着急，使不上劲儿。

副院长说完走了。杨建义扒在 ICU 门口往里望了望，悻悻地走到刘幸福跟前问，姐夫你跟你们银行说了吧？

跟银行说啥，我现在又不是人家的职工。刘幸福有些讪讪地说。

杨建义就说，我说姐夫你就是不开窍。人家"协解"了的都在找，就你沉得住气，要那清高干啥。

刘幸福说，我不是什么清高。当初是咱自己画了押签了字的，现在找人家算后账，明摆着是要无赖嘛。

刘幸福他们这一拨人从银行"协解"后，眼看着银行的工资嗖嗖地涨，而他们手里那点钱却扑通扑通直溅水泡，心里就不平衡了。就有人带头搞串联，组织起来去找银行。先是找市行，接着找省行。后来通过互联网联系上全国的"协解"人员，一拨一拨打着标语跑到北京总行的办公楼前静坐示威，要求撤销原来的协议回去上班，一时间动静闹得还挺大。可全国仅他们一家银行"协解"了的就有10来万人，各家银行加起来是多少？那些过去的老国企"协解"了的又有多少？要让这些人再回去上班那根本就是异想天开。银行不可能开这个口子，政府也没办法解决。况且又都是本人签了字画了押的，再不平衡再闹腾能有什么结果？刘幸福一开始碍着面子随着大流儿去了两次市行，后来看着没啥意思也就不再参加。

杨建义说，姐夫我听说人家去找的多少都能有点补偿，你不去找你还等着肥猪拱门儿啊。

刘幸福"噗嗤"一下乐了说建义你还别说，没准儿真有肥猪拱你姐夫的门儿呢。

正说着，ICU的门开了，一个戴着口罩的医生问，谁是杨彩霞家属？

刘幸福急忙答应着围上去。

医生说病人醒过来了。这是单子，你们家属推上病人去做个脑CT。

刘幸福一边答应着一边问杨彩霞情况咋样啊？

医生说先做个CT看看，没事的话观察一两天就转到普通病房去。

杨彩霞被从ICU推出来，眼大睁着，苍白的脸上一脸茫然。嘴张合了几下，想说话却没说出来。刘幸福几个七手八脚接过病床和输液瓶子，推着杨彩霞去做检查。

脑CT检查结果显示，杨彩霞脑袋里有3个血栓点，但幸好都不在脑干部位。医生说抓紧用药有望恢复，生命肯定已没什么问题。听医生这一说，大家都松了一口气。刘幸福就说彩玲建义你们都回吧，都在这儿也使不上什么劲。彩玲说姐夫安排一下，我姐出了监护室晚上离不了人，我和建义轮着来医院守着吧。刘幸福推着他们说你们甭挂记了。你们都还上着班儿，正好国强等着安排工作在家歇着，有我们父儿俩就行了。忙不过来再找你们。

送走彩玲两口子和建义，刘幸福才发现太阳已隐到西边楼房后面了，十几棵高高大大的法国梧桐，把医院的大院儿遮蔽得有了些许阴森。想想爷儿俩午饭都还没顾上吃，刘幸福便跑到医院门口，买了几块烙饼两袋牛奶，爷儿俩胡乱填饱了肚子。隔着 ICU 的玻璃往里面看了看，见杨彩霞的床边上挂着好几瓶子药液，杨彩霞不知什么时候睡着了，双眼半睁半闭着，嘴微微张开，哈——呼，哈——呼地打着呼噜。

四

第三天，杨彩霞出了 ICU，住进了普通病房。本来医院还让再观察两天，可头天刘幸福看了看药费单子，重症监护室一天的费用就是 800 块。刘幸福琢磨着，医生还是那些医生，药也都是一样用，住在重症监护病房太浪费了。就找医生说了说，把杨彩霞转到了普通病房。

普通病房房间不大，并排放了 3 张病床。杨彩霞住进来的时候，里边的两张床上都住了病人，她就被安顿在靠近门口的床上。尽里边住的，是郊县的一位 50 多岁的农村妇女。也是脑梗，左边肢体偏瘫，还下不了地。陪床的像是她的老伴，身上穿着西服，头上却包着一条白羊肚手巾。中间床上住了个很富态的老太太，70 多岁，身板硬硬朗朗的，说话嗓门很大，一点都不像有病的样子。旁边凳子上坐着个女孩子，戴了副近视眼镜，旁若无人地盯着手机，大拇指不停地摁着按键，看样子是正跟谁发信息。老太太说是她的外孙女，在市里上大学，这几天没课，专门来陪她的。刘幸福问老人家哪不舒服。老太太说，头两天胳膊有点麻，我说来看看拿点药就中了，儿子非要让我住院检查检查。这医院可不敢沾，这不，都住六七天了检查还没做完。

老太太粗腔大嗓地发着怨言，听着倒像是在炫耀。末了，老太太盯住刘幸福看了看。哎，看你年纪不大，还上着班吧。刘幸福就有些讪讪地说，上着哩。

在哪儿上班？

啊……在，银行。

唉，啧啧！银行好啊。银行工资高啊。听说银行打扫卫生的一个月也好几千哩。

刘幸福不想提这个话题，忙搪塞说，没有的事儿没有的事儿，那都是瞎传。

那你一个月拿多少工资？老太太还有些不依不饶。

我不拿钱了，我"协解"了。刘幸福想赶快结束这番交谈。

啥……解？

我爸爸下岗了！国强在旁边没好气地说。

下岗？银行还下岗啊？老太太瞪大双眼看了看刘幸福，返身坐回床上，小声嘟囔了一句，别是犯了啥错误吧。

国强还想说什么，刘幸福拉住他，塞给他一张"四老人头"说，国强咱今天不出去吃了，你去食堂打点饭，顺便再买两个饭盆儿回来。

国强嘟噜个脸正要出门儿，门外涌进来二男一女，手里大包小包地提着，径直走到中间病床。打头的那个看着坐在床沿上的老太太说，是王处长家大妈吧？我们都是王处长的朋友，听说您老人家住院了我们来看看。

老太太赶忙迎上来说，没事儿没事儿，谢谢你们挂记着啊！

正在用手机发信息的姑娘也绕过来，一件件接过来人手里拿的东西，往床底下塞。刘幸福这才注意到，老太太的床头柜上放了两个花篮，上面插着鲜花。床底下，五颜六色的水果箱子笨鸡蛋盒子脑白金脑黄金各种各样的营养品堆得满满当当，几乎顶住了床板。

送走了来人，老太太跟外孙女说，琳琳，给你二舅打个电话，这儿东西又放不下了，让他后晌再来辆大点的车拉回去。

那个叫琳琳的姑娘说，姥姥，人家来看你的，你就吃呗。拿回去给谁吃这些东西？

老太太说，叫你打你就打。这一堆东西哪个是我吃的？拉回去能吃就吃，吃不了的放你二妗子的店里，别瞎了东西。

住熟了，刘幸福知道老太太的二儿子在国土局当处长，官不算大，也就是个科级。可土地局现在是热门单位，随便是个人都是朋友遍天下。怪不得有人说，要想富，动干部；要想挣，害小病。如今那些当官的掌权的，家人有病住院都是个致富的机会哩。

后来，刘幸福见过一次老太太的二儿子。四十岁不到，敦敦实实的小个子，说话办事干脆利落，很能干的样子。可是几天过后，出了个意外，情况就全变了。那天下午，听老太太说二儿子要来接她出院。可直到晚上快熄灯了，也没见着人影儿。临睡下时，老太太还在嘤个不停。刘幸福去水房洗漱回来时，无意间在手术室门口看见老太太的外孙女琳琳和几个人一起抹眼泪。刘幸福上前问了问，吃了一惊。琳琳说二舅今天去县里办事，回来时出了车祸。司机当场死亡，二舅和另一个人摔伤了头，正在抢救。刘幸福惆惆怅怅地回到病房，看了一眼对这近在咫尺的噩耗一无所知的老太太，心里突然就有了一丝人生无常的悲凉涌上来。

第二天，老太太的大儿子来接老太太出了院，病房里一下子空了许多。刘幸福出去打听了一下，得知老太太的二儿子还在急救室，情况好像不是太乐观。

回到病房，正碰上医生查房。刘幸福就跟医生说，我爱人情况稳住了，每天就是正常用药，是不是可以出院回去养着了？

医生用听诊器听了听杨彩霞的胸，又看了看病历。说，也行，我给你开点药，继续用一段儿。以后注意加强锻炼，保证营养，不要操心生气，方便的话找个中医扎扎针灸做做按摩，慢慢恢复身体的各项功能。病来如山倒，病去如抽丝。要想完全恢复，那恐怕不可能了。

刘幸福连声道谢着，收拾了东西。又给朱亮打电话让朱亮开车过来，接他们出院回家。

五

十多天没在家住了，刘幸福回了家觉着家里哪儿都是亲切的。杨彩霞大难不死，进了家门儿更是看哪哪儿亲，嘴上说不出来，眼里噗噜噜地直流泪，国强拿毛巾擦都擦不及。

刘幸福把杨彩霞安顿好，简单收拾了一下，提了个篮子出去买菜。刚下了楼，正好碰上市分行工会副主任罗树堂。罗树堂和刘幸福同年转业，因为会写点东西留在了市分行办公室。前几年竞聘上岗，担任了工会副主任。

罗树堂一见刘幸福就说，老刘我正要找你呢。听说嫂子栓了一下子，怎么样啊？

刘幸福忙说，谢谢领导惦记。稳住了，今儿刚出院。

罗树堂说，嫂子生病这事儿我也是刚听说。昨天我给马行长汇报了，打算给你申请点儿补助。不一定有多少，给你支支腰吧。

刘幸福听了有点喜出望外，一把握住罗树堂的手说，那可太谢谢领导了！

罗树堂说，你不用谢我。总行动员全体在职员工捐款设立了员工困难互助基金，特别困难的"协解"人员也在救助范围。嫂子本来早就下了岗，这又闹了这么一场。单位补助历来是救急不救穷，你这是急事儿，行里也正好有这政策。

刘幸福说，那我也得谢谢你，谢谢你想着我老刘。回头我请你，还有咱一块儿转业的几个哥儿们，聚一聚。

罗树堂摆摆手说，哪能让你请，要请也是我请。

刘幸福说老罗你别争，这个面子你得给我。咱一个院儿住着，以后我这下岗职工求领导的地方多着呢。

刘幸福听到了好消息，脸上立时又有了光彩，走路也轻快了许多。买了菜回到家，一进门儿嘴里还哼着小曲儿。儿子国强正在电脑前面趴着，躺在床上的杨彩霞俩眼直楞登地看着刘幸福，一脸惊愕。刘幸福憋不住，跑到杨彩霞床前把这消息告诉了她。说你看你看，还真让建义给说着了，咱不去找人家人家肥猪真来拱门儿了。杨彩霞也很高兴，嘴里呜哩哇啦地说着，脸上渐渐有了点颜色。

国强从电脑上转过脸来，看着刘幸福撇撇嘴说，爸你能不能有点深度。至于吗，仨瓜俩枣的补助，就把你乐成这样儿？

刘幸福更乐了。说，国强，这就是你们"80 后"和我们这一代人的差别。你总觉着这世界的一切都该是自己的，你就永远不会满足，也就永远乐不起来。你说咱和行里都"协解"好几年了，人家还能想着咱，有了事儿还帮助咱，这是多大的情分！还是那话，人要知足，要知道感恩，只有在心里充满阳光，你的眼前才会永远灿烂。

杨彩霞躺在床上也伸出大拇指冲着儿子呜呜哇哇，那是在替刘幸福鼓劲。国强摆摆手说，得得得，我别打扰了你们的兴致。不过这肚子可是饿了，老爸是不是赶紧做饭啊，吃了饭你们再接着乐。

刘幸福赶忙说，好好，做饭做饭。咱吃打卤面吧，西红柿鸡蛋卤，切点黄瓜丝当菜码。

末了，刘幸福又专门冲着国强说，你瞧瞧咱这多好的日子，想吃啥吃啥，你还想怎么着啊。

国强气得把电脑键盘敲得"啪啪"响。说你就阿Q吧。要都像你这种心态，这世界还能进步啊！

刘幸福一边搅拌碗里的鸡蛋一边说，世界的进步那是大人物思考的事儿。芸芸众生，考虑最多的是个人，是自己的小家庭是不是有进步。比如咱们这个家。你爷爷老爷爷都是农民，你爸我进了城当了干部成了城里人，这是不是进步？我是个高中生你妈才是个初中生，你是正儿八经的大学生，这是不是进步？将来你给咱说个大学生媳妇儿培养个硕士博士孙子，那不还是进步？每个家庭都能像咱家这样一代比一代有进步，那这个世界不是也就进步了！

国强听了爸爸这一通胡侃，也憋不住"噗嗤"乐出了声。我说爸你干脆改名字叫"秋高"算了。

刘幸福愣怔了一下：啥意思？

国强嘻嘻哈哈着说，你都把人"气爽"了！

刘幸福杨彩霞被儿子逗得更加乐不可支。笼罩在一家人头上十多天的阴霾，就在这欢笑中，消散了。

六

幸福的日子过得快，转眼就到"五一"了。

经过一段时间的康复治疗，杨彩霞被"栓"住的右胳膊右腿进步不小。虽然还不自如，走起路来舞蹈似的，但总算下了地。语言功能也有了好转。慢一点儿，一个字一个字往外蹦，也能听清个大概意思。

杨彩霞需要照顾，国强一边找着工作一边还得回学校忙他的毕业，家里一时离不了人。从医院回来后，刘幸福就把物业保安的活儿辞了，回家来给老婆当专职保姆。物业保安收入不算高，可刘幸福辞职回家，连这点收入来源也断了，一家子只靠杨彩霞的千把块钱退休金，日子就显出紧巴了。可刘幸福是个"死不愁"，依旧乐乐和和的，出来进去总是一张弥勒佛般的笑脸。他给杨彩霞买了一只拐，天天扶着杨彩霞去社区卫生院扎针灸做按摩，一边走还一边开玩笑。刘幸福说我给你破个谜啊，说小时四条腿大了两条腿老了三条腿这是啥。再不就随着杨彩霞拐了腿走路说我怎么觉得这地不平啊你瞧这坑坑洼洼的，或者嘻嘻哈哈地学赵本山，拐啦拐啦拐卖啦卖拐啦。杨彩霞就咧开大嘴呵呵地傻笑。住在院里的那些退休职工啦家属啦，看见了这两口子也都跟着乐。

刚过完"五一"，国强从学校回来了，说是有两家公司要他来试工。一家是影视制作公司，一家是广告公司。国强先去那家广告公司试了三天工，给人家设计了一款户外广告；又在影视公司试了一星期，参与设计一部动漫广告片。结果这两家公司都很看好国强。国强权衡了一下，就跟影视公司签了约。

国强临回学校的前一天晚上，刘幸福高兴，特意做了一桌菜，从橱子里拿出两瓶"老白干"，把国强的姥姥和二姨杨彩玲、舅舅杨建义两家人召集过来小小庆祝了一番。

酒酣耳热之际，刘幸福起身倒了一杯酒，双手捧起恭恭敬敬递给老岳母说，妈您这么大年纪了，我们不能孝敬您倒让您为我们操心。这杯酒喝多喝少您随意，我把我的干了，算我给您老人家赔个不是。

老岳母说幸福你这说的啥话，是彩霞拖累了你和国强。我这好胳膊好腿的，不用你们挂记我。说着说着老岳母抹了一把眼泪。

刘幸福赶忙说妈，妈，您别着急面包会有的什么都会有的。您看彩霞这不是一天比一天好了吗？如今国强的工作有了着落，咱们家就剩下过好日子了是不是啊。您老可千万别为我们担心。说着端起酒杯跟老岳母碰了一下，一仰脖喝干了。

老岳母端起酒杯碰了碰嘴唇，放下了。昏花的老眼看看大闺女又看看大女婿，发愁地说，你们还年轻哩，彩霞这样儿了，幸福还得找点事儿干吧，两口子都这么歇着也不是事儿。要不这样，把彩霞送我那儿，我好胳膊好腿的，成天歇着也没事干，伺候伺候病人还行。

刘幸福忙摆摆手说，妈，怎么能让您伺候呢，您老都应该有人伺候了。

老人斜了一眼只管猫头吃喝的建义两口子。我不用我不用，我谁也不用，我自家能管自家，不能动了我就从楼顶上跳下去拉倒。

刘幸福知道老岳母跟建义的媳妇李梅有点过节。建义刚结婚那会儿跟父母住一块儿。李梅也是个工人，挣钱不多，上班还累，在家里白吃白住不说，还不做家务。老太太就有点不高兴，有时就给人家脸子。现在的年轻人谁受得了这个！一来二去就较上劲儿了。李梅先是带着孩子回娘家住了一阵儿，后来建义他们单位盖了新房，建义好歹分了两间，算是有了自己的窝。打那以后，李梅除了年节，平时几乎很少登老人的门儿。老岳父想儿子想小孙子，心里免不了窝火，就时不常地跟老伴吵。老爷子本来血压高，还有糖尿病。那年冬天突发脑溢血没抢救过来，扔下老太太自个儿走了。

老太太的牢骚话，首先引起了彩玲的不满。彩玲横了建义和李梅一眼，说妈你说什么呢，谁要是敢逼你跳楼，我就先把她从楼上扔下去你信不信。

刘幸福一看情况不好，忙伸手推了彩玲一把。嘻嘻哈哈地打圆场说，彩玲你也真是，你听不出妈在说笑话啊。不能动了还能上楼顶？妈您老可千万别逗我们了。您说您老了老了，自个儿身体结结实实的，每个月一千大几的退休金拿着，儿女们也都不用您操心，您说您多好的日子是吧！

一边说着，刘幸福把杯子里倒满酒，招呼大家说，来，来，彩玲朱亮建义李梅咱们都端酒，一块敬老人家一杯，祝老人家健康长寿幸福快乐。

几个人也就附和着端起酒来，真真假假地跟老太太寒暄着把酒喝了。

喝了酒，刘幸福夸张地嘻哈着夹了一块猪头肉送进嘴里，一边嚼一边看着老太太说，妈您看啊，彩霞这病目前也就这样了，医生说用点药，注意加强锻炼，慢慢恢复吧。昨儿我们商量了一下，打算过两天国强走了，我和彩霞就回我的老家去住。我二叔是个老中医，能给彩霞扎扎针灸，做做康复治疗。我父母身体也都还壮实。有空了我们就拾掇上几分地，种点儿瓜果蔬菜，再养上几只鸡。天天吃新鲜水果蔬菜笨鸡蛋，肯定对彩霞的康复会有好处。

杨彩玲忙说，姐夫我姐可是没在农村待过，农村的日子她能过习惯？

刘幸福说彩玲你别拿老眼光看农村，现在的农村可跟二十几年前不一样了。电视冰箱洗衣机，什么也不缺，种、收庄稼也全用上了机器，我们村还从山上的小水库接了水管用上了自来水，生活条件比城里差不了多少。可有些东西城里永远比不了。空气新鲜，水质好，粮食蔬菜水果没有污染，肉蛋全是纯天然食品，保证没有添加剂。特别是到了夏天秋天，白天满山翠绿鸟语花香，晚上明月当空满天星星。你要是在那天底下静静地坐上一会儿，你会觉得心一下子就安宁了清亮了。

建义笑了说，姐夫姐夫你快别酸了我的后槽牙都痒了。

朱亮也嘻哈着说姐夫我支持你。今年秋天我开车带上彩玲和妈一块去看你们，尝尝你们自己种的瓜果蔬菜。

老太太的眉头也舒展了，笑着说，幸福你就能哄着大伙儿高兴。

刘幸福忙说妈这可不是哄，本来就是高兴事儿。

朱亮端起酒杯说，来，大家都倒满酒，为姐姐姐夫即将开始的幸福生活干杯！

彩玲建义李梅和孩子老人都热情地响应着，纷纷起立，一边嚷嚷着，一边就把杯中的白酒啤酒饮料什么的全都干了。

那天晚上，刘幸福喝得有点高。送走彩玲建义两家和老岳母，回家来倒头便睡。睡梦中他仿佛看见彩霞在他们老家背后的山梁上健步如飞，他跟在后面怎么撵也撵不上。他就放开喉咙高喊，彩霞——彩霞——杨彩霞——彩霞不但没理他，反倒身体一松，两手张开，双脚离地，真在山岗子上飞了起来。刘幸福乐得哈哈大笑着说，杨彩霞呀杨彩霞，你说你也没长个翅膀，怎么这说飞就飞起来了呢。

（原载《金融作家》2011 年第 6 期）

‖ 作者简介

　　苏万新，中国金融作家协会、辽宁省金融作家协会，辽宁省散文学会会员，《现代作家文学》特约作家。作品散见于《中国金融文学》《金融文坛》《金融时报》、新华网、人民网等报刊媒体，并多次获奖。现供职于中国农业银行辽宁省辽阳市文圣支行。

一笔无法偿还的贷款

苏万新

　　当顺子来到河东支行的柜台时，已是日近中午了。他抹了一把额头上沁出的汗珠，从随身携带的挎包里掏出一大叠钞币和身份证，递给柜员："哎，我要还贷款！"说完，掏出打火机，"啪"的一声，点燃了一支红双喜，斜靠在坐椅上静静地等着柜员打印还款单据。

　　顺子，大名叫乔廷顺，是滨海市有名的养殖专业户，几年前从区里承包了一个养鸡场，又从银行贷了 5 万元款，新建了两排鸡舍，夫妻俩经过几年的苦心经营，养鸡场做得风生水起，两年时间就收回了成本，这不，赚到钱想到的第一件事就是偿还这笔贷款。

　　"咦，这里没有您的借款信息呀！您是从我们这儿贷的吗？"银行柜员查询了一番后，很是奇怪地问。

　　听到银行柜员如此问，顺子也是很疑惑，心想，莫不是我记错了？或者是刘彬用他自己的名贷的？又或许是表哥后悔又给从哪儿贷了？这不可能。不行，我得找刘彬问问。

　　想到此处，顺子接过柜员递回的 5 万元现金和证件，满腹疑惑地开着新买不久的福特牌轿车径直向刘彬的单位驰去。

一想起当初找表哥贷款的情形，顺子总是气不打一处来。两年多以前，由于本地爆发禽流感，他饲养的 2000 多只鸡雏一夜之间几乎全部死光了，当年的投资也差不多都赔进去了。不甘心的顺子想筹集些资金，东山再起，便找到了在市人民银行工作的表哥李兴诚，想让他帮忙贷 5 万元款。

表哥当时在办公室正忙着处理金融数据信息统计业务，见表弟来有事相求，便放下手里的活计，笑呵呵地说："把你的身份证给我，先看看你有没有不良记录。"

顺子从衣兜里摸了半天，才找到身份证，递给表哥："三哥，你好好给我看看，一定得帮我这个忙。禽流感害苦了我。我要在哪儿跌倒就在哪儿爬起来。贷不了款，我就真的爬不起来了。"

表哥边听边随手递给顺子一张征信查询申请表，让顺子签上字后，开始在电脑上查了起来。表哥在查询了一番后，对顺子开口说道："廷顺呀，你这笔款不能贷了。"

"为啥？"

"我刚查了一下你的征信记录，有不良呢。"表哥一本正经地说。

什么不良记录，分明就是你不想帮我这个忙。顺子有些不高兴地在心里嘀咕着。

"三哥，那你给我看看，我到底有什么不良记录？"虽然心里这么想着，顺子还是想让表哥给查查这不良记录到底是怎么回事，以致影响到了自己的贷款申请。

"你看，上面这两笔消费透支款，已经欠了两个多月了，还没有还。"表哥指着电脑屏幕上的个人信用报告说，"还有，这笔消费也是拖了三个多月才还上，数额也不算少，确实是影响了你的信用状况。"

听着表哥的解释，顺子一下子想起了一年前自己办过的一张信用卡，被一个高中同学临时借去用了，没想到消费透支超期了很久才还。

这可怎么办，没有贷款，养殖场怎么办？向亲戚朋友借，又张不开这个口，顺子一时犯了难。

"三哥，你是人民银行征信管理科的科长，就这么点小事你还解决不了？你给我想个法子呗，找哪个行说说，还不是你一句话的事儿。"顺子笑嘻嘻地说，"或者把电脑里的不良记录给抹去不就行了？嘿嘿！"头脑活络的顺子眼珠一转，想到了这个点子。

"系统里的数据我怎么能抹得去的呀？"表哥听了他的话，真是又好气又好笑。

看到表哥有些推三阻四，顺子不耐烦地站起来急吼吼地问道："哥，你到底能不能帮我这个忙吧？"

"款，我真不能帮你贷，这是上面的规定，我也不能给你开这个口子，咱们再想想别的办法吧。还有，平时我是怎么和你说的，个人的征信记录要……"

"行了行了，不用说了，李大科长！"顺子打断他的话，拿起包气呼呼地一甩袖子摔开门走了，从此再也没有与表哥联系。他知道表哥办事一向认真，原则性强，人人都叫他"李包公"，但没有想到这次竟然这么不讲情面。去年冬天表哥在家半夜得了急病，还不是自己东呼西喊地帮忙联系的车，又连夜护送到了市立医院？自己还垫付了医药费，想不到现在这么忘恩负义。

后来，还是多亏了在市农业银行三农事业部的同学刘彬，在一次聚会时听说自己有困难，跑前跑后，帮助在河东支行弄到了贷款，解了自己的燃眉之急。想当初，人家刘彬办事效率就是高，只去过两次自己的养殖场，什么手续也没用自己跑，就把款办下来了。而且，看我着急，签字都替我签好了。关键时刻，还是老同学够意思呀！

顺子一路想着，车子不知不觉到了滨海市农业银行。

"呦，乔大老板，今天怎么这么有空闲呀！来来来，快请坐。"见到顺子风风火火地来访，刘彬热情地边招呼边沏了一杯茶递了过去。

"先不忙，小彬，你先给我说说，那笔贷款，河东支行怎么不收呢？你到底是在哪家银行贷的呀？"顺子顾不上擦去头上的汗水，迫不及待地问道。

看到他这懵懵懂懂的样子，刘彬禁不住扑哧一声笑了："是这个事呀，我当是什么事呢。"说着，拉过身旁的一把椅子坐下，推了一下架在鼻梁上的宽边眼镜，不紧不慢地说，"你这个倔脾气呀，就是不肯听人把话说完。这笔贷款不用还啦！而且，利息也没有！"

"什么？不用还了？利息还……？"顺子一时丈二和尚摸不着头脑，坐在沙发上耐着性子听着刘彬继续说下去。

刘彬呷了一口茶，继续说道："跟你说实话吧，那次你从你表哥那里走了以后，他就找到了我，把自己的5万元钱交到我的手里，叫我和你联系一下，让我交给你，就说是从银行贷的款。怕你赌气不用，要我暂时替他保密。"

"还有啊，你表哥的钱拿去给你用了，他自己原本看好的一处房子没有买成，现在一家三口还挤在50平方米的小屋呢。"

顺子听罢，心里不由得涌起一股融融暖意。他心怀愧疚又深有感慨地端起杯子轻轻抿了一口茶，顿觉一股清凉沁入心脾，淡淡的信阳毛尖的清香溢满唇齿，在他的心底里渐渐弥漫开来。

"你表哥说的对，个人的信用记录还是要好好保护的呀！"

"对对对。"顺子懊悔地连连点头。

这时，顺子的手机铃声响了，是好听的"向幸福出发"。"哎，三哥！"

（原载《金融文坛》2016年第7期）

▎**作者简介**

　　姚永瑛，中国金融作家协会会员，现供职于中国农业银行青海省海北藏族自治州分行。

闪电

姚永瑛

　　闪电是重孙无意中捡来的一只狼狗。

　　之所以叫做"闪电"，是因为重孙在那年夏天发现蜷缩在白马滩草丛中的它时，一阵猛雨即将来临，地上狂风大作，天上电闪雷鸣，他抱着它在往帐篷里疾跑的途中，"闪电"一词如同空中炸响的霹雳一般在他头脑中蹦出。后来他发现这只狗的反应出奇快，动作异常敏捷，于是他认为叫它"闪电"是再也贴切不过了。

　　开始他以为自己捡到的这只狗崽子很可能是普通野狗的种，可后来随着它长大，重孙发现了一些奇怪的现象：闪电的毛色变成了棕灰色，嘴巴尖长，耳朵直直竖立，小尾巴上好像吊着铅似的下垂挺直，没有家犬那般灵巧，四条腿看似强壮，但又比家犬细长。重孙搞不懂它为啥会长成这么个模样，开初以为是先天发育不良，有些懊恼。可后来有一位老牧人仔细观察后说，这是一只狼狗，长大后胜过普通家犬几十倍！重孙听了非常惊讶，于是对"闪电"的关照愈发加重。

　　由于当时重孙没有成家，长年累月一个人在草原上放牧，所以闪电也就成了他唯一的好朋友。

一

"闪电"刚满两岁时，就做出了一件让人匪夷所思的事。

那天，重孙寻找一只走散的母羊，翻越了数座小山包，来到一处平缓的草地上。由于走得累，加上肚子也有些饿了，他就停下来吃了点东西。当他再次站起身来准备继续赶路时，却发现乖巧的"闪电"不见了！

重孙很着急，不知道"闪电"到底去了哪里，甚至担心它会不会跑远了，会不会被草原上的马狼当做点心吃掉？

他举目四望，偌大的草原上，除了起伏的野草和远处高高低低的山坡外，看不到什么。

时间一分一秒地过去了，眼看太阳像个铅砣似的往下掉，再过一两个小时就要掉到地平线下，如果不抓紧时间，别说找到迷路的母羊，恐怕连自己也会迷路的。

他想横下心离开，但心里又不忍，"闪电"毕竟尚小，它从来没有走过这些地方，也没有走过这么长的路。如果真的走失了，就是不被马狼吃掉，也会饿死的。离开这样，放弃"闪电"这岂是好朋友的所作所为？

于是重孙在原地徘徊，焦急地朝四周张望。

突然，一道白影出现在西面的山坡上，接着又出现了另一个灰色的影子，两道影子径直朝重孙所在的位置卷过来。

到了跟前，重孙看清楚灰色的是"闪电"，而那个白色的影子居然就是自己苦苦寻觅的母羊！

母羊累得"咩咩"直叫，"闪电"的舌头伸得老长……

别说重孙，就是村里人听说了这件事后也觉得不可思议：一只才两岁的小狗，就能嗅着母羊的气味找到它并将它驱赶到主人跟前，这可是从来没有听说过的。

这只狗，果真不寻常！

它长到三岁时，就无师自通，成了一只优秀的牧羊犬。

每天只要将羊群赶到目的地，剩下的事就不用重孙再操心了，他要做的只是躺在草地上睡大觉。"闪电"在羊群周围看守，让羊群在它划定的一片范围内吃草溜达，如果偶有一两只调皮不听话的羊超出界限，"闪电"会立刻扑过去，龇牙咧嘴，做出一副马上就要撕咬的样子，吓得"越轨者"赶紧跑回去。到了下午该回去的时间，只要重孙打一个长长的口哨，"闪电"就会兴奋地跳起来，"汪汪"回应几声，原地转个圈，腾跃到头羊跟前，短吠几声，早就明白了这个语言含义的头羊会立刻带着羊群朝主人所在的方向奔去。

一晃几年过去了，"闪电"六岁了，到了"成人"期。

自从有了"闪电"，重孙晚上睡觉就稳当多了。

这"闪电"天生与众不同，一到晚上它就格外警惕，就像是一个忠于职守的哨兵。有时它混在羊群中，有时躲在草丛间，有时趴在离羊群不远的那个小山坡上，有时干脆上到重孙家的房顶上……一旦发现异常情况，就以迅雷不及掩耳之势给予致命一击！

一天半夜，从山外溜来了三个偷羊的贼娃，他们事先踩过点，以为向孤身一人的重孙家羊群下手是最佳的选择：一是他家在村子的边上，很僻静；二是这个光棍汉瞌睡重；三是一旦被他发现，仗着人多可以制服他，便于脱身。于是他们一等天黑就迫不及待地开始行动。

来到羊圈跟前，一人放哨，一人猫在外面接应，一人反穿皮袄，翻墙进去。进去的这人顺手逮住一只羯羊，掀翻，用细绳子扎住嘴巴和四肢，拖到羊圈门前，正想招呼同伴，这时觉得肩膀上似乎被人拍了一下，他疑惑地转过头去，顿时大惊失色：一只毛茸茸的爪子，一张龇牙咧嘴的脸，一股灼热的气息！还未等他叫出声来，"咔嚓"一声响，右耳朵生生被锋利的牙齿咬断撕下……

圈里发生的一切非常突然，外面接应的同伴浑然不知，他还在低声呼唤：你快点，就挑三四岁的羯羊……这时一个黑影飞过墙来，在低沉的"呜……汪！"声中他脸上受到砰然一击，好似沸油浸肤，钢针刺骨，万般疼痛直钻心底，污血"汩汩"，夺面而出。

黑影一刻也没有停留，朝一旁望风的那人席卷而去。神经高度紧张的这位感觉不知为什么右腿肚子瞬间僵硬了，紧接着冰凉冰凉，恍惚当中用手一摸，空洞洞的，湿腻腻的，他轻易地摸到了里面坚硬的骨头……

"哇……"

"哎哟……"

"妈妈呀……"

就像统一约定好了时间似的，寂静的夜里同时爆发出凄惨的叫声，但这些声音旋即被高八度的"呜……嗷……"声所掩盖。

其实前几天他们鬼鬼祟祟地在周围转悠时就已经引起了"闪电"的警觉，几天来它有些焦躁不安。这晚他们一进村子，"闪电"就敏锐地嗅到了他们的气味，便埋伏在羊群里做好了一切准备。可怜这伙人算计来算计去，却没有想到最后被这只狗给算计了。

秋风的嘶鸣过后，东北风夹带着阵阵鹅毛大雪进驻，山村便进入了寂寞的冬季。

重孙所在的这个村子地理位置很奇特：它东西两面是一年四季白雪皑皑的高大山峰，朝北是一块面积很大的被河水冲刷而成的河床，河床呈扇形状，尽头与一条黄河支流相连，支流上有一条小木筏，勉强将这个村子与外面的世界连通起来；朝南的河道两畔，延绵起伏着牧草丰美的草甸子，草甸子在很远的地方又被山峰围绕。这里春夏牧草萋萋，风光迤逦，只是因为地处偏僻，交通闭塞，除了附近几个村子的人，一般很少有人光临。

独特的地理位置和气候条件使居住在这里的人们形成了独特的生活方式：他们成为这方圆几百平方公里范围内唯一的一个过着定居生活的牧民集体；春夏时分村里人赶着羊群到草原上放牧，到了天寒草枯的时节，一般都是圈养。

到了冬天，重孙就不用再赶着羊群出去了。他每天要做的就是将门前空旷地上的积雪扫开，在这里用饲料喂羊，隔上两三天将羊群赶到小河边饮饮水。剩下的时间里，有时他和几位牌友掀"牛九"，喝酒，有时在家里倒头大睡，反正是一个人，"一人吃饱全家不饿"，想怎么打发日子都行。

"闪电"好像没有消停过，依旧在羊圈、山坡、房顶上转来转去，耳朵竖得老高。

一天早上，重孙正在迷迷糊糊地做梦，"闪电"披着一身雪气从外面跑回来，它看上去很兴奋，抖落身上的雪在院子里转了几圈，用两只前爪使劲抠门，嘴里不停地发出"呜……嗷……"声。

重孙被吵醒了。

他披衣出门，"闪电"扑上来用嘴巴蹭蹭，转过头朝大门的方向叫了几声，在院里疾跑一圈冲了出去。

重孙心里一凛：有情况！

他赶紧顺着雪地上"闪电"留下的足迹气喘吁吁地颠到村子以北的一个废弃窑洞前。

"闪电"伏下身子，趴在窑洞口朝他兴奋地大叫。

走到跟前，重孙发现里面蜷缩着一个衣衫褴褛、头发蓬乱、脸上肮脏、冻得瑟瑟发抖的叫花子。

这样冷的天气里，躲在这里不冻死才怪，这人是从哪里来的？重孙既觉得可怜，又有些疑惑。

他想了一下，转身就走，本意是想回家给这个分不清是男是女的叫花子拿点吃的、穿的过来。

可"闪电"跳过来堵住他的路，嘴里"呜呜"直叫，死活不让他离开……

重孙成家了。

媳妇就是"闪电"发现的那个叫花子——那家伙居然是个女的——村里的李家阿爷给她起了个名叫花花。

花花是个哑巴，估摸年纪也就三十多岁，无从知晓她的身世和来历。但她很能干，将家里收拾得干干净净，做的饭菜很可口。

村里人议论纷纷，惊讶于"闪电"不可思议的举动：你说它只是一头畜生，可为啥比有些人还机灵？它懂的理、操的心、办的事，不知比人厉害到哪里去了！真是一只通人性的好狗啊！

重孙的心里简直乐开了花，没想到光棍汉的日子过了这么久还能白捡一个称心的好媳妇！俗话说"女人无夫身无主，男子汉无妻家不成"，这个家总算是囫囵了。

他们两口子对"闪电"疼爱有加，将它当成了家里的一个主要成员。

重孙在外面和人说话，动不动张口就来："我们家三个人……"

山里人的日子，是跟着天上那一轮太阳的脸色过的。

太阳出来了，他们就忙碌起来，务老庄稼的，操心牛羊的，担水砍柴的，拾粪垫圈的，洗衣服，做泥活，平场地，晒磨物……一番热闹景象。太阳跌下西山了，他们便带着劳动时愉快的心情纷纷停下手中的活"打马回家"，村子里很快就归于平静，犹如疾风过后村口那条蜿蜒舒缓的小河。而一旦遇上刮风下雨，天寒雪厚，他们就给自个儿放假休息，除了个别会过"过光阴"的人家不愿撒手外，大多数男人要么躺在热炕上睡大觉，要么聚在一块喝酒、打牌；女人们倒是闲不住，想方设法给一家人做点好吃的改善一下生活，捏扁食，擀长面，搓鱼儿，拣荨麻……家家户户的烟筒里炊烟逐高，巷道里香气扑鼻……

冬末春初的一个雨雪天。

此刻，重孙就躺在炕上半眯着眼睛饶有兴趣地看他的花花——哑巴媳妇擀长面。

这媳妇虽然生得天聋地哑，但老天爷还是极力弥补了对她的不公，那就是她的心眼特别灵。且不说她来自哪里，她的家里人教没教过一些针线茶饭，对这里的风俗习惯她究竟知道多少，但就凭她一点就通，一学就灵这个天赋，加之低眉顺眼没声没气的样子，重孙认为他的媳妇跟村里那几个攒劲媳妇丝毫不分上下，而且在幸福度上略胜一筹。

花花将黄毛菜籽用"踏窝"碾成细末，用温水调成糊状，掺到青稞面里，先粗略地揉几遍，再拿温水调面，在案板上来来回回反反复复地揉，揉得十分卖力。感觉到差不多了，她将揉好的面团一切为二，一半放到盆子里用抹布苫住，另一半团成一个圆球，先用擀杖压成一个圆饼，然后在上面撒上薄薄的一层面粉，用擀杖卷起来，擀几下，摊开，这面饼成了一个椭圆形，擀杖换了个方向后又擀，面饼变圆了，又换方向，椭圆形，圆形……直到面饼变得非常薄十分大——跟案板一般大时，她才停下来，再撒上薄薄的一层面粉，用切刀从中间划开，两部分摞起，叠成扇状，沿刀口位置切出均匀细长的面条……

重孙在心里赞叹，她居然能把青稞面擀得薄而不烂，切得细而不断，就凭我的花花这一手，能把庄子里的婆娘们惊掉下巴哩！

花花抬起头，看到男人专注的样子，羞怯地笑了一下，脸上出现了两个酒窝。重孙发现她泛红的脸上布满了细细的汗珠，模样格外招人心疼。

他从炕上爬起来，摸摸自己的黑胡茬，咧开大嘴笑了起来。

二

日月如梭，转眼之间，"闪电"九岁了，花花来这个家也已经三年了。

夏末，一个晴朗的早晨，重孙带着"闪电"到南面的草甸子上去放羊。

临出门，花花将那只黄色的背包挂在了重孙的肩头上。那只背包里装着重孙当天的口粮——两个花卷、一保温杯熬茶、两个熟鸡蛋，以及"闪电"的口粮——糌粑。

花花的心很细，她知道重孙和"闪电"每天到外面放羊十分辛苦，日晒雨淋风吹的，自己不能帮上什么忙，每天一大早就细心地为他们准备好吃的，从来不让他们饿肚子。

重孙爱怜地望着媳妇，媳妇不敢对视他那火辣辣的目光，低着头抚摸着朝她撒娇的"闪电"的脑袋，脸蛋红扑扑的。

重孙吆喝着羊群走了半截路，又跑了回去。

他记起昨晚将几只剥好的"哈拉"皮凉在房后的那个大石头上，要是花花忘记收起来，说不定野狗什么的就会叼走，那损失可就大了。

进门后他正要朝站在院子里的花花比划，谁知花花笑着用手指指房后，又比划了一个圈，拍拍胸口，朝他挥挥手——重孙见她早就想到了，便咧嘴一笑，摆摆手放心地走了。

这一天就跟往常一样，重孙将羊群赶到离水源不远的草滩上离开，羊群慢慢散开，悠闲地啃食起肥美的牧草。

重孙将背包放下，让"闪电"留在附近看守，自己则朝西面的一个山梁走去。

山梁的腰上有十几个"哈拉"洞。

"哈拉"在这里的草原上很普遍。地势高一点的地方就有它们的洞穴，旁边堆积着打洞掏出的一堆堆沙石——"哈拉"丘。传说"哈拉"是徐茂公转世，会掐会算，能卜自个的生死。老天爷见它太过于精明，就削去它两只前爪上的大拇指，于是它的本领就仅限于两条前肢离开地面竖起身子时，一旦前肢落地，就会遗忘得一干二净。

它们耳壳短小，颈部和四肢短粗。经过一冬的蛰伏，待气候变得温暖时它们就会苏醒过来。在没有啃食第一口露水草之前，据习惯食其肉的山外人说这时候它的肉质味道香，鲜嫩，故有"油条"之称。而它一旦开始食草，就会马上"瘦身"，到了夏末秋初，它们一个个又变得体形肥大起来。草原上经常能看见它们在洞口竖起身子瞭望"算卦"，不时摇着短而扁平的尾巴"别别别……"地唱歌的调皮样子，憨态可掬，棕黄色的身体给广袤的草地增添了另一番生机。

重孙不吃"哈拉"肉。但这些年"哈拉"皮很值钱，毛色油亮没有破损的一张皮子可以卖到几十元。

既然人活着就是为了生计，就甭管它三七二十一，挣钱为上！重孙自成家后传统观念发生了微妙的变化。

这里草原上的人们有一个约定俗成的传统。虽说马狼，"哈拉"，兔子，草原鼠等对草原牲畜、植被构成一定的危害，有时还会威胁到人们的生存，但在他们的意识中，这些草原精灵的存在是老天爷的旨意，是老天爷刻意让它们和人们一道共同管理这块地方的，它们也是这里的主人，它们的生命与人一样应该受到尊重。因此，除非它们泛滥成灾公然向人宣战，否则就应该与它们和谐相处，共享这份安静与和平。

但重孙的思维在传统观念与物质诱惑的矛盾对决中向后者倾斜了。

经过一段时间的左思右想，他决定不放过抓"哈拉"赚钱这个其实对自己来说很容易的额外副业，虽然自己的这个举止对于安于现状，满足于老天爷赐予的自足生活的村里人来说是那么不可思议，那么有悖传统。

说干就干，他立马托人从外面买来了几副"夹脑"。

"夹脑"使用方法很简单，只需将那两个三角弹簧踩到底，打开铁夹，放上布绷，再小心挂上机关就行。"夹脑"上连着一根钢丝绳，钢丝绳另一头用铁橛子牢牢固定在地上。

捕捉"哈拉"时，"夹脑"放置的位置在洞口附近。

"哈拉"比狼老实，所以"夹脑"不需要用羊油或"哈拉"油刻意熏抹加工，除去人的气味。

初战告捷。他先去捕捉东坡的独窝"哈拉"，结果连续几天都有斩获，有几只落入了他的囊中。

前一阵子经过西山时，他发现这里新迁来了几窝"哈拉"，于是昨天他在几个洞口边布下了几只"夹脑"。临走时他感觉很快就会有收获的。

果然，快到一个洞口时他就敏锐地看见"夹脑"机关被触发了，钢丝绳绷得很紧，五十多公分长的铁橛子快要从地上拔出来了——看来逮着了一个大家伙，运气真是不错！

他赶紧操起事先藏在草丛里的一根"皂角"棒，放在脚下，两只手拽起钢丝绳使劲将钻进洞里的"哈拉"往外拉。这只"哈拉"果然是个"老油条"，拼着老命绷紧身子，就像是钉在了洞里。重孙费尽了九牛二虎的气力，还是拉不出来。

他只好先放开钢丝绳，准备缓一缓，想想别的办法。

谁知他还没有缓过一口气，突然"哗啦啦"铁器一响，那只"哈拉"带着"夹脑"冲出洞口，只朝重孙而来。

重孙大惊失色，一蹦子跳了起来。

"哈拉"扑空，冲出几米远，被夹在后腿上的"夹脑"钢丝绳拽了个后仰。

重孙乘机操起木棒，朝它的脑袋拼命乱打。

"哈拉"的两只前爪举起来，像是求饶，又像是护着脑袋，嘴里"别别"直叫，活像是一个失去自我保护能力的孩子！

可重孙根本没有理会。转眼之间，这只倒霉的"哈拉"七窍流血，一命呜呼了。

重孙一屁股瘫在地上。

要说这场人兽较量中重孙最终取得了胜利，这话还为时尚早。

因为重孙掏出匕首正准备对猎物开膛破肚时，无意中扫见一个黑影从洞旁掠过。

他停下手里的动作，站起来疑惑地朝黑影逝去的方向望去：

一只马狼在不远处的山坡上蹲着，目光阴冷，毫无惧色，金黄色的皮毛在火辣辣的太阳下格外醒目，就像是一根根竖起的金针！

重孙的脊背上顿时凉飕飕的！

他知道今天遇到大麻烦了：他居然闯进了马狼狩猎"哈拉"的区域，惹恼了这些恐怖的草原杀手！

他已经没有时间思谋马狼是什么时候圈定这块猎场的，现在他考虑的是如何安全脱身这个关乎自己性命的问题。

看来只有孤注一掷了。他于是将大拇指和食指放到嘴里，打了一个带着颤音的响亮的口哨。

对面的马狼警觉地抬起头，朝四周望了一圈，目光停留在重孙身后的那个方向。

它好像有点紧张，旋即表现得很愤怒，发出一通低沉的叫声，突然冲下山坡。

顺着马狼的身影，重孙看到"闪电"正迎面朝马狼扑了过去！

重孙抱着奄奄一息的"闪电"，在倾盆大雨中蹒跚回家。

不可思议的是，"闪电"最终战胜了个头比它还大的那只马狼。重孙目睹了狗狼疯狂撕咬的惊心动魄的那一幕，几乎肝胆俱裂！

好在虽然"闪电"身负重伤，但那只马狼也是伤痕累累，最后带着浑身的血污落荒而逃，重孙这才侥幸捡回了一条命。

一进家门，重孙急忙打发花花请来村医，赶紧给"闪电"把诊治疗。他一边向闻讯赶来的庄员们讲述着那场惊险遭遇，一边不停地抚摸着"闪电"无力耷拉着的脑袋，眼睛红红的。

庄员们听了唏嘘不已。

一位老放牧员听说马狼没死，无不担忧："看来，今年的草原上不会风平浪静了……这些个马狼，是不能轻易招惹的！"

重孙咬牙切齿："我们今天也不是故意招惹它们的，那只马狼把'闪电'伤成了这个样子！要不是'闪电'，它还可能要了我的命。越想越气愤！你们看着，我要活剥了它们的皮！"

老放牧员劝阻到："你还是不能太冲动，马狼也是为了活命才和人争食的。你今天遇到它们，只能怪你的运气不好……"

可重孙听不进去，他执意要为"闪电"报仇雪恨。

在"闪电"养伤的那段日子里，重孙依旧赶着羊群去那片草原上去放养。但他悄悄地观察着那群马狼的动向。

马狼也很聪明，十几天来没有任何动静。别说有一丝一毫的报复意思，连它们的身影也极难看见。不过凭着多年放牧的经验，重孙还是发现附近草原上"哈拉"的叫声越来越少，往常嬉戏打闹的景象一去不复返。

这种不正常的现象只能说明一个问题：马狼围猎"哈拉"的行动一直没有停止过。

接下来它们会怎么做？转场还是……

重孙不得而知！

但想到"闪电"为保护自己被马狼咬成了那个样子，他又气不打一处来！

这马狼下口毒性太大，这些天"闪电"身上的伤口开始化脓，医生敷的创伤药效果不明显。"闪电"疼痛难忍，居然将几块膏药用爪子撕掉，不停地用舌头舔舐伤口，一不小心触到痛处，身子像电击般地抽搐。它虽然不能说出来，但老天爷知道它心中的痛苦有多大！

马狼，这群该死的东西！

重孙在心中又一次念叨：只要有机会，我绝不会放过你们！

机会终于来了。

这天，有一只母羊离了群，跑到了南面的山梁下。

这个山梁与别处的有所不同，由西向东的那条溪流刚好从这里绕过，山梁下便形成了一段地势相对较低的小河床。有了河水更多的滋润，河床周围的植被格外茂盛，席茇草足足有一米多高，密密麻麻地形成了面积很大的一处"小树林"。

一般情况下羊群是不会光顾的，它们饮水时也会绕过这里。

可这只母羊今天为啥一反常态？

重孙正在猜测，那只羊突然受惊，"咩咩"直叫，疯狂乱跑。

情知有异，重孙赶紧俯下身子。

草丛中跌跌撞撞地跑出一只小羊羔，紧接着一个黑影摇摇晃晃地追了出来。

啊，是马狼，是只——瘸狼！

重孙"腾"地跃起，抽出一直带在身上的砍刀，大吼一声，飞快地冲过去。

瘸狼已经扑到了羊羔身上。听到小羊羔绝望的叫声，受惊的母羊折转身子，不顾一切地朝羊羔跑去，呼唤声凄惨。

马狼一见有人赶来，顾不上享受美餐，慌忙逃进席芨草丛。

重孙冲到奄奄一息的羊羔跟前，看到羊羔的喉管已经被咬断，伤口鲜血汩汩。他愤怒到了极点，他跺脚，咒骂，挥刀扑进席芨草丛里。

那只瘸狼在拼命奔跑，已经爬上了半山梁。

按理说人是跑不过狼的，尤其是上坡。

可这只狼受了伤，根本无法在紧急状况下保持住身体的平衡，腿子一瘸一拐，身子左右摇晃，结果速度就明显慢了下来。

重孙一口气追到它的跟前。

瘸狼绝望地停止逃跑，张开流着"涎水"的大嘴，舌头伸的老长，哀号一声，耷拉下脑袋，伏下身子，不再挣扎，一副任人宰割的样子。

重孙一眼认出这只瘸狼就是那天咬伤"闪电"后负伤逃走的马狼！

"原来是你，你这个畜生！我让你再凶！再凶！……"重孙一边怒骂，一边挥刀猛砍。

在锋利的刀刃下，马狼的整个脑袋很快变得血肉模糊。

它的喉咙中发出"咕咚"一响，吐出最后的一口气后身子便软软地瘫下，缩成一团，滚下山坡，就像一个装满奶的牛"肚子"在山坡上翻滚。

重孙喘着气，满脸血污，提着滴血的砍刀立在原地，茫然地望着马狼翻滚的尸体。

村里人听说重孙杀了那只马狼，有的惊叹，有的摇头。

那位老放牧员也过来了，他望着搭在廊绳上的狼皮，向重孙打听这只狼藏身处的情况，但他好像对重孙杀狼的过程不感兴趣，根本就没有提及。

重孙不甘心："你不是说狼群会来报复吗？现在它们还敢来吗？"

老放牧员叹口气说："这只狼受伤后就躲在你的羊群附近，若不是因为太饿跑出来，你是根本不会发现它的。受伤的尚且如此聪明，它的同伴你怎么敢小看？今天你对它所干的一切，其他马狼一定看在了眼里，这可是凶兆啊！"

"可我眼睁睁看着它吃了我的羊羔？再说它还伤害了我的'闪电'哩……"听了老放牧员的话，重孙也觉得麻烦大了，但他不承认，极力为自己辩解。

老放牧员摇摇头，走了。

重孙看到"闪电"拖着尚未痊愈的身子溜到一旁，面对血水未干的狼皮，它仰头朝天叫了几声，不知是高兴还是伤心，有意还是无意。

阴历十五的这天晚上，厚厚的云层将天空遮得严严实实，漆黑的夜空里飘来一阵阵潮湿冰冷的空气。

村里人普遍使用的太阳能蓄电池释放出的电能显得有气无力，惨白地徒劳地与这厚重的黑夜抗争。远远望去，那些瓦数不大的灯泡就像是忽隐忽现的几只萤火虫，怎么也刺不透沉沉夜色。

重孙躺在炕上睡不着，心里忐忑不安。

他好几次爬起来打着手电去查看羊圈里的情况。所有的羊都安静地卧着，没有什么异常。

半夜时分，重孙刚刚觉得睡意来袭，忽然听见"闪电"的狂吠声。

他推了一把熟睡中的花花，慌忙套上鞋跑出门外，连手电、砍刀都忘了拿。

这时候羊圈里已是一片大乱。大羊小羊的惊叫声，"闪电"的撕咬声中夹杂着马狼低沉的怒吼声……这些声音在黑夜里让人听得胆战心惊，魂飞魄散。

重孙看到有无数发着绿光的眼睛在羊群里、羊圈外忽闪……

当真正的危险降临时，他却完全乱了方寸，不知该怎么做。

他扯开嗓子撕心裂肺地哭喊起来："狼来了！快来啊……"

惊恐的声音在夜空里传出很远，有几个庄员家的灯亮了。

花花这时也跑了出来，她根本不知道黑夜里潜藏的巨大危险，茫然地跑向那一双双绿光，眼看她就要被疯狂的马狼们撕成碎片，葬身狼腹。

可这时重孙只顾喊叫，根本没有注意到花花的处境。

巨大的灾难就要降临到花花身上时，在羊圈外与一只壮年马狼搏斗的"闪电"发现了这一切。这时它刚刚咬住了马狼的后颈处，准备在马狼抬头时乘机咬断它的喉管，但已经来不及了，女主人的生命危在旦夕。于是它拼尽全身力气牙齿一合脑袋一扬，这只马狼的后颈连肉带毛被生生撕下一块。趁马狼在地上打滚哀嚎的空闲，"闪电"纵身一跃，扑到了花花和正准备对她下口的一只母狼中间。

"咔嚓！""咔嚓！"狗和狼几乎同时咬住了对方，随即滚成一团。

花花隐约看到了眼前这一幕，吓坏了，转身想跑，却摔倒在地上，抱着头惊叫。

重孙这时也听到了花花的叫声，循着声音赶过来，抓住花花的手，拉起她就往家里跑……

三

这一年的秋天气候反常，格外冰凉。

金黄色的草原经不住阵阵秋雨的反复肆虐，颜色一天天变淡了；牧草的茎杆在秋风的吹打下瑟瑟发抖，变得越来越脆弱，开始慢慢地倒伏在地面上；大大小小的羊群好像没有了啃食的心思，踩过来踏过去地不肯消停，这也加剧了草原衰败的程度；厚厚的积云就像是吸足了水分的海绵，一连十多天罩在天空中，用一种单调无聊的"淅淅沥沥"声敲打着人们的耳膜，破坏人们的心情……一股股寒意在草原上不停地积累，不停地滋长。

重孙呆呆地站在秋雨里，望着羊圈里的几只羊可怜巴巴地躲在墙根里躲雨的样子出神……

要是往年，这圈里又该是怎样的一番景象：公羊威严，母羊温驯；羯羊打架，小羊撒欢……还有忠心耿耿的"闪电"，时时刻刻竖着警惕的耳朵，在羊圈里外为羊群的安危操着心……可这一切，都已经成为过眼烟云，一去不复返了啊！

想起"闪电"，重孙既懊悔，又挂心，它的去向成了重孙心中一个永远也无法卸去的疙瘩！

刻骨铭心的那个十五晚夕。群狼对重孙的羊群发动了一场疯狂的报复行动，大大小小五十多只羊死的死，伤的伤，所剩无几。要不是村里人打着火把，放着鞭炮，敲着铁桶制造出巨大的响动吓走它们，不知道那一夜还会发生些什么更加可怕的事！

这些狼群复仇后，一夜之间消失得无影无踪，从此在这片草原上再也没有了它们的踪影。

最让重孙心痛不已的，不是羊群死伤造成的损失，而是朋友加兄弟一般的"闪电"在那个晚上也神秘失踪了！

羊死了还可以繁衍起来，但"闪电"丢了那确实就是没了，拿什么东西也不能换回啊。

那晚它和狼群血战之后究竟去了哪里？为啥到处也找不到？为啥连个影子也没有留下？

重孙一遍又一遍地在回忆，在懊恼，在自责，在流泪。

花花打着伞，腆着个大肚子慢慢走来，"啊啊啊……"地朝重孙叫唤时，他才回过神来。

只见花花举着一样东西。仔细一瞧，原来是一件塑料雨衣。

他擦去眼泪，感激地接过雨衣，挤出几丝笑容。

花花知道他在想什么，也理解他的心情。可让冰凉的秋雨每天淋透自己，用这种方式惩罚自个也不是个好办法啊！

她握住男人冰凉的手，想把日渐消瘦的男人拉回屋里。

重孙却不愿挪开步子。两人就这样僵持着。

老放牧员远远走来了。

他见重孙这阵子一直神情恍惚，痛苦万分的样子，心中的怨气开始消散了。此刻看见他们两口子在雨中瑟瑟发抖的模样，心里说，好了，他也应该醒了，谁让他胡乱来的？教训惨重啊！

他来到重孙跟前，努努嘴："去吧，到白马滩看看……"就离开了。

重孙一愣，白马滩？

他突然想起来了，对啊，我就是在那儿捡到小"闪电"的，难道？

他扔掉雨衣，踩着草地上的积水狂奔而去，溅起的水花一路追逐、一路舔舐着"啪啪"作响的裤腿脚。

白马滩上云雾缭绕，水汽蒸腾。

枯黄衰落的牧草只剩下干茬子，被雨水浸泡后快成了草泥，没有什么比这个时令更让人不堪回首的。

重孙在凹地、"哈拉"丘中跑来跑去，带着哭腔喊道："你在哪里？你到底躲在哪里？你出来啊！"

蓦地，他的视野中出现了一个看上去新垒的石头堆。

这是什么时候垒起来的？

是谁垒的？

这里面是什么？

他想起老放牧员那怪怪的表情和那句意味深长的话，浑身一颤。

管它里面是什么，绝对不会是"闪电"！

不是它……绝对不是！

可手脚不听使唤，胡乱地拨拉着这堆石头……

"不要这样，就让它安静地睡在这里吧，娃娃！"身后传来老放牧员的声音。

他回过头，看到浑身湿透的花花也蹒跚而来。

老放牧员神色凝重地说："娃娃，你难道不知道这狼狗临死前自己会寻找一个安静的地方死去吗？你的狗那晚为救你们受了致命伤，它知道自己不行了，就挣扎着来到这里……"

他的声音有些凄凉："我是十几天前才找到它的。它就死在这个废弃的哈拉洞里。我用这种方式葬了它，也算是完成了它的一个心愿，你就不要惊扰它了！它，真的是一条好狗……"

重孙如同雷击，懵了。

好半天才嚎啕大哭起来。

花花来到跟前，望着他俩的表情，明白了一切，顿时泪流满面。

突然，重孙朝着石堆跪下来，向里面的兄弟和朋友、几番的救命恩人——

"闪电"，行了他这辈子最庄重的一个大礼……

（原载《金银滩文学》2011 年第 4 期）

作者简介

　　李云华，1963 年出生，辽宁省作家协会会员，中国金融作家协会会员，辽宁省金融作家协会理事。作品散见于《北方文学》《小说月刊》《小小说月刊》《微型小说月报》《辽河》《小小说大世界》《辽宁日报》等报刊。现供职于中国农业银行辽宁省葫芦岛市连山支行。

大珠小珠落玉盘

李云华

　　梁圃芝是个很情绪化的人，高兴不高兴，在他的脸上一看便知。李行长说他没有城府，老婆说他是狗肚子装不下二两香油。这几天他的情绪就颇为不佳，看见桌面上的玻璃板都觉得不顺眼，不时冒出想一拳砸下去的冲动，最好是把玻璃砸个粉碎，有个天塌下来的轰鸣响动更好。毕竟是扔了五十贴边六十的人了，知道就是把这间办公室砸扁了也无济于事，于是，他还是忍住了。

　　三天前，小唐把工会发的一份文件送给梁圃芝说："工会月末要搞全行的业务技术比赛，需要咱们部门协作。"

　　在基层银行，业务技术比赛通常每年都要搞一次，一来在员工中营造学习技术的氛围，二来也是发现冒尖人才，去参加上级行举办的技术比赛。赛事由工会牵头，各部门配合。

　　梁圃芝接过文件，戴上老花镜，忽略掉举办比赛的意义和目的等官话内容，直接翻到第二页的项目设置，这一看，他就发现了问题。他把老花镜推到了头顶，问小唐："老古是怎么搞的，下个文件还丢三落四的？是老眼昏花了，还是脑袋不够用了？不能胜任，趁早让位给年轻人算了！"小唐眨了几下眼皮，看着梁圃芝手里的文件："漏下哪项了？"梁圃芝拿文件的那只手抖了抖，不满地说："把珠算翻打百张传票漏下了。这是不应该犯的低级错误！"

小唐忙解释说："这事我问过古主任了，他说项目设置是按上级行的文件顺下来的，今年把珠算项目取消了。"

梁圃芝的脸一下子就沉了下来，他把手中的文件"啪"的一声拍在桌子上："岂有此理，我找他去！"

工会在五楼。梁圃芝喘着粗气爬到五楼，站在楼梯口，他的眼睛在那一溜办公室的牌子上扫了一遍。他有一刻的迷离，似乎拿不准古主任在哪间办公室里。突然，他一拍光秃秃的脑门，想起古主任是办公室主任，兼任工会副主席，办公室在二楼。梁圃芝又拍了一下脑门，心想真是气糊涂了，转身又往楼下走。

刚到二楼，正巧古主任从卫生间里出来，梁圃芝不由分说，上前一把拽住他。古主任说："别别别，咋还记仇了呢？发计算机津贴的事没有通过。"

古主任的一句话，勾起梁圃芝昨天下午的事来。

会议室里，谁坐在哪个位置几乎是固定的，部门的重要性、资历的深浅决定其位置。梁圃芝找到自己的位置坐下，他的身边是古主任。古主任是个老烟民，烟龄比工龄长，因为孩子多，家庭条件不好，尽抽自己卷的烟，当地人叫它蛤蟆癞。古主任刚落座，就摸出烟，卷了一根，他狠狠地吸了一口，脸上呈现出心旷神怡的享受样子。辛辣的烟味直往梁圃芝的嗓子眼里钻。梁圃芝提出了抗议。李行长让古主任把烟掐了，还提出了会议室禁烟的倡议。梁圃芝带头鼓掌，古主任又狠狠地吸了一口，极不情愿地把烟掐灭了。

李行长见参加会议的人到齐了，宣布开会，研究的第一个议题是关于计算机津贴的问题。今年年初，省行领导在一次会议上讲，要提高计算机使用人员的工作积极性，在条件允许的情况下，可以酌情发放一定的津贴。基层营业所的同志也有反映，要求按省行领导的讲话执行。

李行长说完，梁圃芝第一个发言，他说："我说一下个人的看法，依据某个领导的一句讲话，发津贴是不妥的，发放的范围、执行的标准、列支的渠道没有明确，我看这事暂时还不行，得等一等上级行的正式文件。"

"职工的切身利益要考虑，不是说酌情吗？既然上面有这个意思，咱们再参照别的县区行，照办就是了。"古主任接住了梁圃芝的话茬，他兼任着工会副主席，理所当然要为职工争取福利。他这一站出来反驳梁圃芝的意见，下面就有几个年轻的部长随声附和。

梁圃芝斜了一眼古主任。

"说得轻巧，利润指标考核咱不说，单是每年一次的税收财务大检查就够你喝一壶的了，到时候这雷你小古能顶吗？"

"当然有个子高的人顶，老梁你个子高，只是你背驼了，怕是顶不了了。"

梁圃芝被古主任呛住了，眼周围的肌肉乍然绷起，眉毛高挑，光光的脑门上皱起几道深刻的横纹。大家知道古主任这句话捅到了梁圃芝的软肋，一时间会议室里鸦雀无声。这时，梁圃芝腰间的 BB 机不合时宜地响了。李行长说："梁部长，你继续说。"梁圃芝眼周绷着的肌肉略有松弛，他拿出 BB 机看了一眼，阴沉着脸说了一句："我老了，我退出议题，你们继续。"说完头也不回地走出了会议室，丢下满会议室惊愕的目光。

梁圃芝的背景不复杂，但他很牛。他是组建这家银行的元老级别的人物，这些年来为这家银行的建设立下过汗马功劳。当年这家银行从人民银行分劈出来时，领导找他谈话说，新单位会计力量薄弱，老梁你业务能力强，又是个老同志，给年轻人做个榜样。其实我们也是非常需要你的，你走了就像割去我的一块肉一样。梁圃芝想，狗屁！谁会把好孩子往庙里舍？割肉？是割去盲肠吧！看我不顺眼我就走，反正到哪我都是每月挣六十四块钱。就这样，梁圃芝成了这家银行的第一任会计股股长，后来会计股改名叫会计科，梁圃芝是科长，再后来，会计科改名叫会计部，梁圃芝是部长。不管名称咋变，梁圃芝总是领导着那五六个人。梁圃芝当初离开时有过怨言，但他说归说做归做，照样把工作做得丁是丁卯是卯。单是进会计部的都是经过梁圃芝精挑细选的好苗子，有人戏说他比选姑爷子还认真。梁圃芝说："会计可不是驴群马蛋谁都能干得了的，每天经手百八十万的，要的是眼里不揉沙子的人。"而那些从梁圃芝手下出去的，在其他部门或营业所锻炼三年两年，有的当领导了，或者调到市行了。都说会计部快成黄埔军校了，出来的都是党国栋梁，李行长当年就是梁圃芝手下的兵。而梁圃芝，一直坐在那个职位上，不曾改变过。凭着他这些年的资历和业绩，他也该往上动动了，却硬是没挪动屁股。但行里从李行长到一般员工都对他毕恭毕敬，有尊有让。梁圃芝呢，也干得硬气，一副谁也不惧的架势。这次古主任在行里的精英们面前，硬是没给他留面子，他的自尊心受到了重创。离开会议室后，他像重伤的老虎，脚步踉跄着回到自己的办公室。这闷气一生就是三天。

按年龄说古主任比梁圃芝小一岁，但他们有论头，梁圃芝叫古主任姐夫，姐夫小舅子是狗皮帽子没反正，经常开一些不伤和气的玩笑。但这次古主任的玩笑开大了。

梁圃芝说："我说的是今年的业务技术比赛为啥把珠算取消了？"

"这可不是我说了算的，再说了，现在基本不用算盘了，再设置这个项目，已经没有什么意义了。"

"啥叫没有意义？那当兵的开始都学正步走、整理内务，难不成说，以后就可以弃之不用了？"

"那是两码事，你这是歪理邪说，胡搅蛮缠，不讲道理！"

"老古你说清楚谁不讲道理啦？"

"你这不是不讲道理，是什么？"

"算盘，是我国古代发明创造的重要成就之一，至今已有三千多年的历史了，说扔了就扔了？算盘是中国的国粹，美国有吗？英国有吗？它和四大发明一样的被人尊重，这是文化，你懂吗？再说了，'三铁'中的铁算盘也不要啦？"

走廊的门都开着，他俩的争吵声，引来无数探头探脑的好事者。

"有理不在声高，"古主任往办公室里推着梁圃芝，"进屋里边喝茶边说。"探出的脑袋都缩了回去。

"你说我老了没用了，我忍了，可这算盘……"

古主任办公室的门关上了，他俩的声音也关在里面，但隐隐地还传出梁圃芝愤怒的声音。

小唐跑了过来，她看见梁圃芝气呼呼的样子，再加上昨天那件事，她怕两个人发生冲突。梁圃芝看见小唐推门走了进来，瞪了古主任一眼，转身走了。古主任摊开双手，表情很无奈的样子，小唐无声地笑了一下，跟古主任摆摆手，离开了。

被人当众说老了不中用了，这算盘又在比赛中被无情地划掉，梁圃芝很恼火，也很闹心，是那种没处宣泄的火气，在心里汪着，燎烤着他，折磨着他。一想到用了几十年的算盘就要走出历史的舞台，他有说不出的疼惜与纠结。

工会举办的赛事，按部就班地进行着。会计部由小唐全权负责。小唐的电脑操作能力是部里几个人中最好的，在整个行里也屈指可数。那十个手指头在键盘上来来去去，戳戳点点，屏幕上要什么有什么。梁圃芝也觉得电脑这东西挺神奇，也曾假装不经意地看过小唐用电脑工作，但是让他同意用电脑取代算盘，他是难以接受的。

这几天各部门的人都在忙碌着，小唐更是忙得不亦乐乎，似乎把他这个顶头上司给忘了。小唐走东屋窜西屋，给那些参加比赛的人做电脑知识辅导，有时候几个人聚在一起，叽叽喳喳的议论声传到梁圃芝的耳朵里，他有些烦，又有些期待，很想参与进去，看看大家准备得怎么样了，比赛能否拿得到名次。有一次他听见那些声音，差点就走过去了，可屁股刚离开座位，才意识到不妥。今年的算盘比赛被取消，主打是计算机，他这个部长不再是主角了。每年的赛事，哪能缺了他这个部长，每个环节都要向他请示汇报。今年可好，这些人把他晾干了。梁圃芝还发现自打那天在会议室里，古主任挤兑他之后，人们都像躲瘟疫似的躲着他。梁圃芝越想越郁闷，越想越生气。自己出入这里二十多年了，像个将军似的威武，怎么一下子成了一个没用的人？连心爱的算盘，也要走向末路了。实在难捱了，他就拿出自己的算盘，噼里啪啦地打上一阵子，像解恨似的，把那些算盘珠扒拉得滴溜溜乱转。

梁圃芝的算盘打得既快又准，这是他的自豪与骄傲。别人送他外号神算子，和一个梁山好汉同一个称呼。梁圃芝的手法据说是从他的三叔那里传承过来的。中华人民共和国成立前三叔做过山海关银行的襄理，风光得很。三叔说，掌握了这门手艺，一辈子吃喝不愁，还能娶上好媳妇。后来的事实证明三叔说得极其正确，梁圃芝因这门手艺，不仅成了银行业的精英人士，还当上了县珠算协会副会长兼秘书长。

梁圃芝觉得自己病了，而且病得不轻，一天不吃饭都不知道饿了，胃里难受，嘴里泛着苦味。老婆见他一回到家里就唉声叹气的，倒是想得开："随着社会经济的发展，有些东西必然要遭到淘汰，你的算盘也如此，你又何必耿耿于怀？"

这么多年，他跟老婆凡事总是难以达成共识，这件事依然说不到一起去。他懒得和老婆说及他的烦恼和纠结，他知道说了也是白费唾沫，还不如闭嘴。他强行咽下几口饭，就推门走了出来。

天还没黑，夕阳在西边还在勉强地撑着局面，昏黄的光线涂在一个个建筑物上。梁圃芝看着一点点下沉的夕阳，心想，再过一会儿，无论你怎么努力，都要落下去了。他突然就有了伤感，一股股潮气从心里涌上来，先是鼻子酸了，后来眼睛就有些模糊了。他擦了一把眼睛，嘲笑自己怎么变得像个小妇人，这么多愁善感了。

他没有目标地信步而去，夕阳把他的影子拉得长长的细细的一条儿，有时是斜的，有时是直的。他先是绕着护城河走了一圈。护城河的河水呈墨绿色，岸边堆积着一堆又一堆的垃圾，散发着难闻的臭味，袭击着他空空的肠胃。他离开护城河，下了北边的一条路，路越走越窄，一片片楼房被他甩在了身后。走到一片破烂不堪的平房前，他停下了脚步。其实前面也没有路可走了，除非从那些砖头瓦块上迈过去。这些平房，大部分已经倒塌，站着的几座没有了门和窗户，歪歪扭扭，摇摇欲坠的。在这些破破烂烂的拆迁区的东面，正在崛起一幢幢高楼，虽然还是一座座灰黑的框架，但有着这边不可比拟的时尚与高大健壮。

梁圃芝久久地站在那儿，思想游离得很远，却不知道自己究竟想了一些啥，直到 BB 机滴滴地响起，才把他游离的思绪扯回到现实中来。他掏出 BB 机一看，是县财政局老刘的电话号码。老刘是财金股股长，银行营业所在各乡镇代理财政金库，和财政局联系比较密切。除了业务上有往来，老刘还兼任着县珠算协会会长，与梁圃芝是搭档。老刘单位事多，实难脱出身来，珠算协会的日常工作，都是梁圃芝主持着，比如搞培训、比赛、发证等等事宜，都离不开梁圃芝这个副会长。很多人都以为梁圃芝是珠算协会一把手呢。梁圃芝操心费力，从来没有怨言，他喜欢珠算，为此操劳，乐此不疲。

梁圃芝回到家里，拨通了老刘的电话，寒暄了几句就唠到了正题，老刘说："民政局来好几回电话了，要求社团组织重新登记，珠算协会的事还得大哥你来跑跑，我这几天要出差，实在腾不出工夫，就是填几张表格，拜托了。"

说到珠算协会，梁圃芝更是闹心，计算机计算器啦发展得太快了，大有取代算盘的趋势。今年在县报上做过两次招生广告，只有三个学员报名，几乎是免费学习，就收个租教室的钱，教师免费授课，茶水钱都得自己掏。看来老祖宗留下来的好东西到这一辈真的要失传了。

老刘接着说："还有个事需要大哥网开一面，我小姨子的孩子，你认识的，在纺纱厂上班的那个，你教过她珠算，考试成绩不太理想，考了个二级。她工作调动有眉目了，档案已经提过去了，去芦湖县银行。孩子心大，把珠算等级证弄丢了，你给她补一张，填几级你就看着办吧。明天我打发孩子过去找你啊。"

梁圃芝答应了老刘说的两件事。

第二天，他刚进办公室，还没坐稳，一个三十多岁的少妇敲开了他办公室的门。人还没到跟前，一股浓烈的香水味先扑了过来，呛得梁圃芝险些把一个大喷嚏打出来，他借助开窗户的空当，硬是把那个喷嚏憋了回去。少妇自报家门。梁圃芝知道来者就是老刘的外甥女。少妇热情地和梁圃芝打招呼，亲切地梁叔梁叔地叫着，并从挎包里拿出一条烟来，往梁圃芝的抽屉里塞，边塞边说："我姨夫给你捎过来的。"

梁圃芝说："我不吸烟，他是知道的，赶紧给他拿回去。"

少妇坚持了一会儿，见梁圃芝是真心不收，只好把烟放回挎包里。她站在梁圃芝办公桌的对面，上身前倾，双肘支在桌子上，嘴巴凑近梁圃芝的耳朵，小声说："梁叔，我姨夫说了，您和他不是一年两年的关系了，那您就是我亲叔了。您看，在等级证上能不能给我填上六级或七级，再把我的出生日期改到七六年，政治面貌是党员，学历是本科，职称是政工师。我姨夫已经把档案办妥了。"

梁圃芝感到一股股热气直往耳朵眼儿里钻，他退一步，那少妇就进一步。他索性站了起来，说："都是假的，那你啥是真的？"

"我的名字是真的。"少妇说完顽皮地一笑，"希望梁叔成全。"

梁圃芝嘴里嘟囔着："真说得出口啊。"嘟囔完，从柜子里拿出珠算技术等级考试登记簿，找到了少妇的名字，把等级证书的内容添全。正在一边满脸堆着笑的少妇接过证书，顿时杏眼圆睁，咬着牙说："谢谢啦！""咔嚓嚓"两下子就将证书撕成碎片，摔在梁圃芝的桌子上，转身就走，差点和正要推门进来的小唐撞个满怀。

小唐已经有一个星期没来梁圃芝办公室了，这几天她忙着比赛的事，有些小事自己处理了，可有两件大事必须请示梁圃芝。她清楚老部长这几天气不顺，不到不得已，她不会前来撞枪口。

小唐见梁圃芝鼻子不是鼻子脸不是脸的，心里直敲小鼓。她怯怯地喊了一声部长，等着梁圃芝向她开枪。梁圃芝端起茶杯，喝了一口，他忘了是刚续的热水，烫得他呲了一口，一口热水全吐在了桌子上。小唐忙拿起一条毛巾去擦。梁圃芝"咚"的一声放下茶杯，和小唐讲了刚才发生的事。

小唐说："这样的人真有意思，看档案是德才兼备，真的要是给她一摊活儿，她能拿得起来吗？到时候还不是自己抓瞎。"接着小唐安慰道，"您犯不着和这种人生气。岁数大了，气大伤身啊……"

梁圃芝一个怨恨的眼神递过来，小唐马上意识到自己失言了。她恨不得掐自己一把，怎么哪壶不开提哪壶呀？

论工作能力，小唐是公认的女强人，在支行是首屈一指的，在市行也是排得上号的，可在梁圃芝面前，小唐得端正姿态，不可有半点的轻狂。当年小唐从银行学校毕业，就冲着珠算等级七级证书，梁圃芝一眼就相中了她。按规定刚参加工作的毕业生要到基层营业所锻炼两年，可小唐直接留在支行机关了。五年前，小唐又通过竞聘做了梁圃芝的副手，这期间她有到其他部门当一把手的机会，可小唐放弃了，就等着接梁圃芝的班了。都说人到五十七八，花啦花搭，是说人五十七八岁了，在单位可以三天打鱼两天晒网，可梁圃芝一点儿也没有这个意思，工作依然如故。

小唐不敢再怠慢，忙说："有两件事要和部长汇报，一个是咱们现在用的海峡 286 电脑已经超过使用年限，需要走报废手续，市行进了一批联想 586……"

不等小唐说完，梁圃芝用手指敲着桌子："败家子！这才用几年啊？进来了，不安装，安装了，不会操作，会操作了，又报废了，这可是一百多万啊，说卖废铁就卖废铁啦？"

　　"啥事都要有个过程嘛，谁天生就会使用电脑啦？"小唐的口头禅是"真有意思"，遇到不同意见时，她会用"真有意思"作开头或作结尾，这次她把这句话憋回去了，怕惹梁圃芝生气。可是她的话一样叫梁圃芝不痛快。

　　"哼，联想 586，牌子倒是挺响亮的。电脑储蓄，电脑储蓄，还不是两套报表？手工表还得做，算盘离不了？"

　　小唐明白梁圃芝的心结，算盘是梁圃芝的命根子。

　　梁圃芝接着说："胳膊拧不过大腿，286 就按报废处理吧。接着说。"

　　"卧牛场营业所的老何退休了，今天晚上他们想搞个欢送仪式，老何是咱会计口的，人家邀请咱了，你能去吗？"

　　"连老何都到站了？真是年龄不饶人啊！"梁圃芝慢慢地向后抹了一把那仅存的一绺头发，不禁又有些伤感。

　　"去，必须去，老何为单位的'三铁'达标做的贡献，是别人没法比的。

　　"就这两件事，那我去忙了。"小唐恨不得马上就在梁圃芝面前消失，她真怕惹这个老爷子生气。

　　小唐刚走，梁圃芝就接到了李行长的电话，让他现在就过去一趟。

　　李行长曾经是梁圃芝手下的兵，当年李行长还是小李子的时候，梁圃芝有把自己的三丫头许配给他的念头。一打听，小李子有对象了，是他的大学同学，分配到她老家的县城，异地恋，成黄在两可之间。那年县里组建地方性银行，筹建的负责人在"文革"期间和梁圃芝曾被关在一个牛棚里，属于患难之交。梁圃芝极力推荐小李子的对象，算是成人之美，结束了小李子牛郎织女的生活，所以交情很深。在公共场合他们互相叫官称，私下里李行长称呼梁圃芝梁叔，梁圃芝则叫他文达。

　　李行长给梁圃芝倒了一杯水，坐到他身边。

　　李行长说："梁叔已经满五十八周岁了吧？"

　　"这个你都记着？"梁圃芝问。

　　"您和我三舅同岁，四四年，都是属猴的。"停了一会儿，李行长接着说，

"梁叔，咱爷俩不是外人，跟您透露个消息，您要有个思想准备，今天上午我接到上级行文件，规定年满五十八周岁的领导干部要退出领导岗位。我推算了一下，咱行里有十一位，您为银行操劳大半辈子啦，也该享享清福了，您看，您能不能带头表个态？"

李行长说完，看着梁圃芝的脸。梁圃芝只觉得头轰轰作响，自己好像从天空中狠狠地摔在了地面上，摔得他鼻青脸肿，四肢分裂，他感到了被撕裂般的疼痛。他强迫自己镇静下来，眼睛看着李行长的办公桌，轻轻地点了一下头，算是答应了李行长。他一句话没说，起身向外走去。

多半天的时间，梁圃芝就呆坐在自己的办公室里，他不知道自己还应该干点什么，还能干点什么。这些天他一直为他的算盘困惑着，现在他被一种无奈的失落感纠缠着，再也无法把自己的思想集中起来。

"部长，我们该走了。"已经是下班的时间了，小唐进来叫他，见他茫然的样子又说，"去卧牛场营业所啊。李行长也去，我们坐他的车。"

车出了县城，直奔国道 102 线。路边的庄稼已经成熟了，不时看见有农民在收割。梁圃芝自言自语地感慨道："真快啊，又是一年了。"

老何的欢送会就在卧牛场营业所开的，老何戴着大红花坐在中间，两旁是李行长和梁圃芝，营业所主任主持欢送会。会议致辞回顾了老何的经历，肯定了老何的成绩，最后祝愿老何的晚年生活幸福快乐。

老何站起来，他有些激动，但开篇很幽默："刚才整得像永别似的，就差给我三鞠躬了。我是荣退，光荣地退休。我也不愿意离开大家，但退了是自然规律，谁也不可能干到死。今天我对工作进行了交接，把钥匙交给单位和领导最信任的同志，我放心了。离开银行，我有一个私心，我想带走我的算盘，这个老伙计陪我半辈子，有感情了……"李行长马上接过话茬："准了！"老何抹了一把眼角，接着说："谢谢领导！大家不要担心我退休以后的日子，告诉你们，我的生活充实着呢，我想把我的前半生写成一本书。大家别笑。现在已经写完三万字了，有一章我投到市报上，刊登出来了！"说着，老何拿出一张报纸展示给大家看，下面响起一片掌声。老何摆摆手，接着说："我半年前加入了县作协，瞧，这是作家证！"老何又掏出个小本本向大家摇了摇。又是一片掌声。梁圃芝的眼里涌进去一层水雾。转身，一个华丽的转身，这个深藏不露的老何，真有他的！

轮到领导讲话了，李行长说："还是让梁部长讲吧。"推托了一阵，梁圃芝还是站了起来："我就说两句话，一是我们用上电脑了，不能忘记曾经的算盘。二是银行永远是我们共同的家！"下面报以热烈的掌声。

一个月后，就在梁圃芝退出领导岗位的前一天，全行业务技术比赛如期举行。经行务会研究决定，珠算翻打百张传票作为观赏性项目参加了比赛。会议室里，五十名选手整齐划一，静候着总裁判的口令，这是大战前的安静，静得能听见人们怦怦的心跳的声音。一阵疾雨打芭蕉的声音终于暴发了！突然，热烈，势不可当。梁圃芝倚墙眯眼，享受着这美妙的音乐。他想起了《琵琶行》，"大弦嘈嘈如急雨，小弦切切如私语。嘈嘈切切错杂弹，大珠小珠落玉盘……"

（获庆祝改革开放四十周年"金融人的故事"短篇小说奖三等奖）

作者简介

　　玄河，原名曾林，中国金融作家协会会员，江西省作家协会会员。现供职于北京银行江西省南昌市分行。

蓝芜渡

玄河

爱他人，就是上帝存在的证明——电影《悲惨世界》

一

　　新年刚过，小说家何怀甄老师便约我去他家小聚。何老师快五十岁了，孑然一身，连绯闻都没有。他每年的版税多达数十万，却一直租住在灵应桥旁临湖的一套两居室的小房子里，算是奇人一个。我们因文而相识，加上是老乡，很快就成了忘年交。

　　当晚到的，还有律师老叶、游戏体验师老吴、小官员大黄和银行职员老李。从他们的职业就可以看出，何老师交友是多么的广泛。我们都不到三十岁，却爱在称呼中用上"老"字。用大黄的话来说，这年头小的扮老成、老的来装嫩、男的玩反串、女的逞阳刚，总之是阴阳颠倒、伦理乱套。

　　饭后闲谈，老李说，最近新版的《笑傲江湖》，令狐冲竟然和原著里半男不女的东方不败谈起了恋爱。

　　老吴立马习惯性地抢话，说最近微博上这个话题很热哦，其实还是原著比较有味道。他拿出手机，找出了作家马伯庸的一条转发量过万的微博。马伯庸说金庸的武侠小说里，"大情大悲的桥段很多，若论最微妙、最隐晦同时也是最让人感叹的，莫过于《倚天屠龙记》第二十七章。灭绝师太告诉张无忌，她的师父、郭祖师的徒儿叫做风陵师太。初读不以为意，再思之，如有牛毛细针刺入心中，隐隐小痛，却移不走，抚不平。"

何老师不解，问这是什么意思。

老叶就淡定地给他解释，《神雕侠侣》中，少女郭襄初见杨过在风陵渡，如何一见钟情却不能成眷，从《倚天屠龙记》第二十七章看，郭襄是风陵师太的师父，为杨过终身未嫁，云云。

好不容易解释完了，老叶还添油加醋地念了一首评叹此事的诗："风陵渡口初相逢，一见杨郎误终生。只叹我生君已老，断肠崖前忆故人。"

不料何老师听罢，竟悲从中来，放声大哭，几近昏厥。我们目瞪口呆，不知何故。过了许久，何老师才平息下来。我们给他灌了一小杯威士忌，又为他点了一支时下炒作得火热的牡丹烟。

老叶好奇心起，小心翼翼地追问了一句，何老师您干吗这么激动？

何老师深深吸了一口烟，又缓慢地吐了出来。他摁灭烟头，开始跟我们讲述一段往事。

二

那是 1987 年秋天，我和老婆大吵了一架。我们结婚两年，老婆一直没有怀上孩子。我妈成天唠叨个不停，老婆也总是在亲热前跪在床上祈祷几遍。时间一长，我对和老婆上床都失去了兴趣。我们开始了无休止的争吵。那时我才 22 岁，常年的劳作和不幸福的婚姻，让我的人生早早地进入了得过且过、死气沉沉的阶段。

秋天的这次大吵之后，我一气之下，跑到 100 里外的林场做了伐木工人。因为林场管事的是我们村的女婿，村里很多小伙子在这里做事。他们都还没有结婚，谁会舍得把新过门的媳妇放在家里自己去出远门呢？就算自己不贪欢，也要警惕那些不怀好意的男人啊！所以我到林场的时候，他们都拿我开玩笑，说过不了多久，我就要戴绿帽子了。

林场的生活非常单调，每天清晨上山砍树，然后把树抬到江边的蓝芜渡前晾晒，如此往复。晒干的树会被钉成一排一排，每排又用铁绳连着，由林场工人押着沿江往下漂，一直漂到100多里外的虔州府卖掉。

蓝芜渡旁有座新办的小学。村里只有零星分布的几十户人家，上小学的孩子不到10个，学校的条件自然没法好到哪里去，就是一座小小的破庙改建的。学校只有一个姓蓝的女老师。蓝老师17岁，是村里唯一的中专生，刚毕业就回来做了老师。蓝老师留着齐耳的短发，戴着一副西瓜眼镜，见谁都甜甜地笑，美得让人心惊肉跳。

她第一次看到我就惊呼，你长得真像书里的北岛，还是"强壮版"的。那个时候我根本不知道北岛是一个人，一直以为她说的是一座岛。管它什么岛呢，在这样荒凉的山野间，有个漂亮的姑娘跟你说话，就是生活最大的乐趣了。

蓝老师经常让我帮她劈柴、挑水，让我有点受宠若惊。工友们逗我说，真是东边不亮西边亮，不知你和你老婆谁先和别人搞上。每次我都勃然大怒，急得要跟工友干架。我只勉强念完初中，而且已经有了老婆，蓝老师怎么会看上我呢，这不是败坏人家的名声吗？

我开始躲着蓝老师，每次去江边都刻意绕过那座小学。

三

故事刚开了个头，何老师忽然没有了倾诉欲。他说，柴静的节目里，有个老人说，没有在深夜里痛哭过的人，不足以谈人生。你们都太年轻了，不会理解的。

我们四个面面相觑，有点不甘心。但何老师话已至此，我们只好起身告辞。

下楼后，我们穿过灵应桥，在本应分道扬镳的当口，忽然一致决定再聊一聊。我们走进南湖边一个叫喜马拉雅的小酒吧，要了几杯虎牌啤酒。

关于何老师所讲故事的真实性，出现了截然不同的观点。老吴和大黄坚决认为是假的，我和老李却认为一定是真的。

老吴说，如果何老师初中毕业就务农结婚，现在怎么成了全国有名的小说家？这种变化也太不可思议了吧！

我反驳说，刚刚获得诺贝尔文学奖的莫言，当初连小学都没有毕业，英雄不问出处嘛！要是假的，他刚才怎么会哭得那么厉害？

老叶说，也许何老师是写小说走火入魔了，记得他写《律师的第三只手》时，每天晚上给我打电话问法律问题，一到周末就拉我去省图书馆、青苑书店、拾得书屋找相关的书。有次他神经分兮地对我说，请叫我何律师，吓得我撒腿就跑。

老李赌性难改，张口就说，既然谁也说服不了谁，我们不如先打个赌，我和老曾押真，你们俩押假，输了的今年中元节到滨江宾馆外的赣江冬泳基地裸泳。

老叶说，我就不参赌了，不过我可以做见证。

七月半，鬼节下水，想到就令人毛骨悚然。这种事也只有老李想得出来。但就像赌博入迷一样，我们都认为自己底牌够大、胜券在握，所以全都同意了这个赌约。

这个时候，老李忽然哈哈大笑，继而神秘地说，你们可知道，前年春天，何老师曾让我替他邮过一个包裹，收件人地址就是蓝芜渡小学。

老叶和老吴顿时面如土色，我也感到愕然。

离开酒吧的时候，老李欠扁地说，顺便说一句，那个邮包最终被退了回来，因为查无此地。

不知为什么，我们没有教训老李，而是沉默了良久。

四

有一天，我在山里淋了雨，回来就发高烧。第二天，工友们都进山了，我在床上昏睡，隐约感到有人给我灌了又热又苦的中药。正午我醒了过来，蓝老师正坐在床边出神地看着我。

听说你病了，就给你熬了点药。她笑着说。

我心里一热，说了句多谢。

她问我为什么躲着她，我脑子一昏，就什么都跟她说了。

她笑着说，看来别人比你有心哦。

我一愣，半晌才说，我有老婆了。

她依旧笑着说，我又没想嫁给你。

她问我为什么抛下老婆跑到这个地方来，我就把我和妻子如何被双方家长强凑成一对，如何因为没有生育而吵架和盘托出。

她听得直乐，说，都什么时代了，你们还搞包办婚姻。

晚上到学校来！临走时，她凑到我耳边轻轻地说。

我的心猛地一跳，感觉自己的病瞬间就好了。

天刚黑，我就找了个借口出了林场宿舍，直奔小学。蓝老师还没有发育完全，双手握过去，她小巧玲珑的胸脯像两只小鸽子受惊般悸动。

从那天起，我的整个世界都变得光明起来。

蓝老师虽然小我 5 岁，懂的东西却比我多百倍千倍。乡下人把没事瞎晃荡叫做"打摆子"，是骂人的话。蓝老师却把这叫"散步"，学生放学后我也差不多刚好下工，她就让我陪她到江边散步。吹着江风，闻着她身上淡淡的香味，我既快乐又惭愧——她是那样纯净美丽，我却满手老茧、身上沾满木屑；她满嘴文气，我却只懂农村生存的技巧。

为了讨她欢心，我开始穷尽所能。只用了半个月，我就为她准备了足够用两年的木柴。又用了一个月，我在学校门口打了一口井，她再也不用去外面挑水了。而最让她开心的却是我的手工活，除了修缮了学校的桌椅，固定了那张摇摇欲坠的旧床，我还用一手自小学就的篾活，为她做了几十样用具，大到竹床、摇椅、吊篮、桌罩、簸箕，小到碗垫、首饰盒，无一不有。每次我把直挺挺的竹子剖成材料，再编制成各种用具，她就痴痴地在一边看。

你简直是在变戏法啊！她常这样惊叹。

我听着就像吃了蜜。

蓝老师的学名叫蓝甄，自从我们好上以后，她就不许我叫她蓝老师了。起先她让我叫她蓝蓝、甄甄，后来就放肆起来，连老婆都敢叫了。

事情到了这个地步，工友们反而没有什么兴趣了。绯闻往往比事实还具有魔力，绯闻曝光的那一天，也就是绯闻失去价值的时候。除了感慨自己没有这种好运气外，他们对我俩的事完全是睁一只眼闭一只眼。

那个时候，有件事一直困扰着我。这事说起来真是蹊跷——沿江都是茂盛的竹子，却从来没有村民去砍。实在要用竹子的时候，他们宁愿到深山里去砍。

五

3月初，大黄在好味坊摆生日午宴，一群朋友给他贺寿。老吴说，我要送给大黄一个惊喜。他给大黄、老李和我发了一组手稿的照片，我们一下就认出了这是何老师的笔迹。说起来可笑，何老师几乎每年都要出版一部长篇小说，这些作品居然全是用手写出来的。他一手钢笔字苍劲有力，真给人一种用生命在写作的印象。

老吴说，照片是我在何老师的书房里偷拍下来的，看起来何老师真的是在搞创作。老曾、老李你们输定了，我和大黄坐等你们鬼节夜游赣江。

读到蓝老师的真名叫"蓝甄"的时候，我的心忽然一沉。何老师的笔名叫何怀甄，这么一联想，似有深意啊。

我把这个想法一说，大家都吃了一惊。按这个逻辑，要么确有其事，要么就是何老师真的已经入魔了。

老李一本正经地说，说起来，何老师倒是说过一个有点骇人的故事，当时觉得他在瞎编，现在想想，似乎没有这么简单。那是前年冬天的一个晚上，我们在青山湖畔的化文书舍喝茶，不知怎么聊起了鬼故事。何老师拗不过大家，也应景讲了一个据说是他年轻时亲历的恐怖故事，当时在座的听了都直冒冷汗。

我们连忙让老李说来听听。老李装模作样地咳了几声，开始复述这个故事。

20世纪80年代末，何老师在百十里外的异乡做工，有一天工友给他传来消息，说他家里出了大事，要他赶回家里去。何老师领了工钱，揣上包袱，腰里插上一把斧头，马不停蹄地往家里赶。他白天赶路，夜里就找户人家投宿。客家人古道热肠，对过路人十分照顾，不但让人留宿，走时往往还会送些干粮。

到了第五天晚上，何老师摸黑走了一个多小时，都没有碰到一户人家。正当他筋疲力尽、懊恼丧气之际，忽然远远看到一个山坡上有淡淡的火光。何老师顿时兴起，加速奔过去。走上前一看，是一座新盖的土墙瓦房。窗户和门缝里透出烛光，但唤人却没有人答应。何老师推了推门，发现已经从里面反拴住。

何老师自报家门，说自己是下游桃花岾的村民，赶路回家，请老乡给个方便。如此说了几番，里面毫无动静。何老师见无人应答，暗想这家人也太小气，便愤而甩包，席地而卧。毕竟赶了一天路，困意缠身，他很快就睡着了。

睡梦中，何老师被一阵声响吵醒。他翻身起来，贴着门听见屋里叽叽喳喳、乒乒乓乓激烈地乱响，似乎在发生激烈的争斗。何老师连忙敲门，说老乡有事好商量，一家人不要伤了和气。屋内顿时噤声，却没人给他开门。何老师顿时觉得又可气又可笑，心想为了拒人于门外，架都可以留着明天吵，也是奇闻。他于是依旧躺下睡觉。没过多久，他又被同样的声响吵醒，他也再次去劝架，屋内再一次变安静，也依旧没有人给他开门。

如此又折腾了几次，何老师有些愤怒了，他狠捶了一阵大门，骂了一阵。屋内再一次安静下来，还是没有人给他开门。何老师右手抓着斧头，左手用一根树枝从门缝里撩开了大门。

何老师推开门，眼前的情景有些瘆人：客厅正中摆着一桌丰盛的酒菜，看起来还没有动过，神台上燃着一对足有斧头柄粗的白大烛，看起来已经点了好些日子了。

何老师用力拨下一根蜡烛，四个房间转了转，想和屋主打个招呼，但四个屋子除了简单的家具，竟然空空如也。何老师倒吸了一口冷气，双腿不禁有些打颤，几乎想扔了蜡烛立马狂奔出去。但他毕竟刚二十出头，血气方刚，加之外面漆黑一片，确实没法赶路了。

他定了定神，朝神台拜了三拜，寻了个偏房抱着斧头躺下了。睡下不到半个小时，怪异的响声再一次把他吵醒了。他起床发现大厅的蜡烛已经被吹灭了，这才后悔没有关大门，让山风径直灌了进来。他摸出火柴，蹑手蹑脚地摸到神台前。

何老师正要划火柴，忽然感觉到有个软软的东西从他脚上爬过去，他吓得大叫一声，手中斧头一阵乱剁，火柴盒也甩出几米远。打斗声戛然而止，一种让人窒息的黑暗和寂静吞没了何老师。

他呆了好一阵，才想起去找火柴，足足摸了有半个小时，才在大厅的角落找到火柴盒。

他如获至宝，点亮蜡烛，壮着胆子朝之前发出声响的房间走去。里面依旧没有看到任何活物，他甚至不死心地查看了床底和衣柜，一无所获。

他头皮发麻，却又颇不甘心。在屋里看了半天，他总算有了新发现。这个房间的顶上封了隔板，一个正方的口子藏在角落里。

他找来楼梯，架在口子上，右手抓着斧头和蜡烛，开始往上爬。他的头刚冒出隔板面，就差点掉了下来。他看到了一生都无法忘记的画面：

一群硕大的老鼠，正在啃食一个婴儿的尸体，婴儿半个脑袋已经被啃完，肚子也几乎被掏空了。

老吴嘴里正嚼着一块肥肉，听到这里狂吐了一阵。

老李得意地笑了笑，继续往下说。

何老师逃出屋子，在屋檐下点起一堆火，哆嗦着挨到了天明。天亮以后，走了半个小时终于看到一户人家，何老师就打听夜宿那家人的去向。

原来，一对青年携了厚资从庐陵私奔至此，盖屋修田，还生了一个男孩，原本和和美美。不料有天为带孩子的琐事斗嘴，一赌气都离家，想着对方一定会先回家照看小孩。等到天黑，已经没了孩子的影子，估计是被狼叼走了。这对夫妇伤心欲绝，双双弃家而走，女的回了娘家，男的远走广东。男人走前倒是跟附近的村民打过招呼，房子是反拴的，他从后门出再锁后门，为的是让陌生人以为房里有人，不敢盗窃。

何老师想，既然没有人知道小孩是被老鼠吃掉的，自己还是不说破的好。想起那些比寻常见到的更大、目光更凶的老鼠，他依旧感到心惊胆战。

六

我最担心的事终于发生了：蓝甄开始要我读诗。

当她给我朗诵"我要做物质的短暂情人和远方忠诚的儿子时"，我那缺乏基本文学审美训练的脑子，像挨了一记重拳。二十多年以后我应邀去莫斯科参加一个国际笔会，好客的俄罗斯人给我灌了一口据说酒精度超过80%的伏特加，我立马就像回到了蓝甄给我讲诗的时候，那种猝不及防的致命打击，是那么相似。

那个时候，北岛、顾城、海子、舒婷这些名字对我而言简直是地狱，他们的诗句像子弹一样莫名其妙地向我扫射过来。我痛苦不堪的时候，总是对蓝甄的沉醉感到担忧。其实现在回头想想，当时的文学，已经在走下坡路，不像20世纪80年代前期那样火热了。但在中国无数个角落，依旧有那么多文艺青年深陷其中无法自拔。

有一天，蓝甄说要请我喝"下午茶"。我们在学校门口的空地上用移动的炉子烧水，泡开一壶山茶，一边品茶一边尝她新烙的小芝麻饼。

许多年后，有个交情很深的诗人质问我，你为什么一直不写诗，难道你的生活里没有过诗意吗？我瞬间就想到在那样闲适的下午，我和蓝甄晒着太阳喝着茶的情景。如果让我减寿30年，可以换回那样一个有诗意的下午，我一定会毫不犹豫地交换。

但那天的结局是，在消灭了一小竹碟芝麻饼后，我郑重地对蓝甄说，我连她的名字怎么写都老是记不住，实在是读不了诗了。

蓝甄似乎有些失望，但并不生气。她决定曲线救国，让我读小说。这一招果然起到了奇效。

虽然我只念到初中，但父亲在世的时候，常常带我去镇上听瞎子说书，三国、水浒、隋唐的故事，我都烂熟于心。在蓝甄的书堆里，我率先向这些熟悉的作品下手，原本文言文还有点难度，由于太熟悉故事情节，反而帮助我增强了语感。

不久之后，蓝甄开始给我介绍先锋作家和寻根作家的作品，我记得第一次看到韩少功的作品时，那种亲切感让我恨不得立马跑到他面前和他拥抱，读到马原、余华、格非的作品时，又惊异一个好好的故事怎么能这么变着花样来讲。

仅仅几个月后，蓝甄就要我读外国小说了，开始是《钢铁是怎样炼成的》《牛虻》，慢慢就升级到了《童年·在人间·我的大学》《安娜·卡列尼娜》。起先我很不适应那些冗长的名字，也理解不了西方人的生活方式，蓝甄就逐一给我讲解。用一句流行的话来说，生活在别处，我很快就对外国文学着迷起来。我对西方人的表达方式感到极度好奇，他们的生活更是让我神往。有时候我让蓝甄倒杯水，嘴里却怪里怪气地冒出一句，嘿，亲爱的，赏我一杯朗姆酒如何？我保证这是今天最后一杯了。蓝甄笑得前俯后仰。

蓝甄的钢笔字写得非常好，抽屉里藏着好几本读书时的获奖证书。有一次，蓝甄正在用钢笔誊写自己写的诗。她忽然惆怅地说，我一直不会写毛笔字，上师专的时候老师教过一个学期，我连楷书都没有学会，更别谈隶书、行书、草书了。

我听了非常惭愧，在乡下人眼里，蓝甄已经算是知识分子了，她尚且如此好学，我一个农民，有什么理由不上进呢？从此我更加卖命地读书，那个时候，我读书的速度是非常惊人的，常常从傍晚读到凌晨，就干掉了一本经典的长篇小说。蓝甄说，这么下去，你很快就要超过我了。

蓝甄经常写诗，每个月都往全国各地的杂志投稿，但总是石沉大海。有时候她怂恿我写写东西，但我实在是写不出来，她就逼我讲故事。身边的故事讲完了，我就不得不开始胡编乱造，久而久之，我发现自己开始会虚构故事了。有一次，我虚构了一个农民向奸商复仇的故事，蓝甄听得如痴如醉，最后就按我的口吻把它写了下来，投到了省城一本叫《晴天》的文学杂志上。

蓝甄的同学秦瑜在这个杂志社做实习编辑，经常给蓝甄寄书和杂志，传递文坛的最新消息。秦瑜的字也写得很漂亮，特别是签名写得非常花哨，让我们好好羡慕了一番。

用现在的话来说，蓝甄和秦瑜都有点小资。有一次她们谈到省城的南湖上有一座水观音亭，是古代一个王爷为爱妃修的梳妆台。关于这个亭子的出处和意义，她们竟然互通了十封信来讨论。蓝甄还说，等到明年暑假，我们就到省城去，亲自看看这座水观音亭。

蓝甄的那个故事，出乎意料地刊发在了那本杂志上。甚至还配了一个知名文学批评家的评论，充满了溢美之词。许多年以后我才知道，为了帮蓝甄发表这篇作品，秦瑜差点失身于杂志的主编。

蓝甄喜极而泣，认为我的天赋其实远远超过了她。她决定让我写作，开始是我口述她记录，慢慢地就由我自己折腾了。那真是一段黑暗的日子，我轻易就可以"捏造"一个有趣的故事，却不知道该如何下笔。蓝甄却由不得我，拿出每页正好800字的小方格纸，每天不写满两页纸不让睡觉。

一个多月后，在她的帮助下，我勉强写出了一篇5000字的小说。

还没有等到这篇稿子的结果，命运又把我拉回了炼狱。

七

那天晚上十二点，我刚洗完澡躺下睡着，就被老吴的电话吵醒了。他说，紧急情况，速来环湖路水立方网络会所。

老吴是个嘴非常贱的人，成天絮絮叨叨个不停，不管别人怎么攻击他，他都能把精神胜利法发挥到极致，动则"哈哈哈"地笑出一副"你又输了"的样子。虽然他说的话我们基本当做耳边风，但一旦他使用了"紧急情况"这个词，我们就多少有点当回事了。有一次他正在玩魔兽，网管通知交警要拖车，他在微信群里吼了几句"紧急情况"向我们求援，我们都没理他。游戏已经到了节骨眼上，他只好让那辆起亚被拖走了。事后他鬼哭狼嚎地说，不怕猪一样的队友，就怕没义气的朋友啊！听得我们一阵惭愧。后来我们逼着他请吃了一顿饭，这事就算完了。让他请吃饭已经超出了正常人的逻辑范围，但老吴居然在微博上说他把我们几个治得服服帖帖，让我们大跌眼镜。

我不得不郁闷地穿好衣服，赶到了那个网吧。我住得最近，却到得最晚，老李、大黄、老吴一起鄙视地看了我一眼。我忙说，别看我啊，老叶不是也没来吗？

大黄说，人家老婆快生了，你又不是不知道。不过即使这样，老叶还是极度关注这个事情的进展，要我们随时把新消息告诉他。

老吴说，言归正传，今天我破天荒地连输了三把魔兽，我想了很久都没搞清楚为什么。后来我想起来了，最近让我略微挂念的，只有何老师的这件事。我跟你们有赌约在身，总想有个结果。

为了验证事情的真伪，老吴在几个知名论坛上发了"寻找蓝芜渡"的帖子，没想到引来一大群网友"围观"。有人问他是不是感情受挫，有人推销越南新娘，有人问这是不是炒作，有人说完全看不懂发帖人在说什么……

在老吴绝望地又玩输了几把魔兽之后，他准备关机回家。这个时候，他惊讶地发现，论坛上"蓝芜渡"已经成了一个热门词。他仔细一看，原来有个网名叫"可爱的江边"的网友发帖称到过蓝芜渡，而且对那个地方印象深刻。

帖子上说，几年前，"可爱的江边"利用十天的年休假时间，和一群驴友进行了一次名为"寻找赣江源"的活动。章江、贡江在虔州合二为一，成为赣江。根据地图上的标识，赣江源头应当在贡江源头。驴友们从各地齐聚虔州，先租木船沿贡江而上，预备到无法行船的地方再骑自行车。因为习惯了"一江春水向东流"，而贡江却是从东向西流，所以早晨出发的时候，他们一度产生了"太阳从西边出来了"的错觉。木船靠一台老旧的柴油机驱动，加上逆水而上，所以速度很慢。当天傍晚，船停靠在一个叫宝矿渡的码头，大家上岸宿营。

码头边上有座类似破庙的建筑，一块标着"宝矿渡小学"的铁牌已经锈迹斑斑，看起来这个学校已经废弃了。小学里住着一位四十出头的蓝老师，蓝老师热情地接待了这群驴友。原本他们只想在门前的空地上搭帐篷，蓝老师却安排他们到原来的教室里用旧桌子拼出一个通铺，并去村里借来了草席和枕头。

蓝老师虽然四十多岁了，但优雅大方，知书达理，她屋里摆满了中西方名著，还有一些精致的竹制工艺品，种种迹象，都让人觉得她完全不像乡下人。

当晚蓝老师为大家烧了一桌丰盛的饭菜，甜美的南瓜汤、入味的酒糟鱼和清淡的韭菜炒蛋博得了大家的交口称赞。饭后，蓝老师沏了一壶茶，大家围坐在一起聊天。蓝老师说，这里原本是畲族人的自然村，人口很少，全村都姓蓝，江边的渡口原来叫蓝芜渡，村子也叫蓝芜渡村。20 世纪 90 年代中期，村里勘探出稀土矿，外来人口开始大量涌入。后来矿上为了打响名声，就把蓝芜渡改成了宝矿渡。

有个驴友非常喜欢研究地名，就问蓝老师，为什么这里原来叫蓝芜渡。

蓝老师便为大家讲了一个传说。

很久很久以前，一对畲族青年男女相爱却不被家里允许，他们就从上游乘木筏私奔到了这里。这里原本荒无人烟，只有少数猎人和伐木人会偶尔出现，他们在此烧荒开田，生下四个儿女，过了十年艰苦却快乐的生活。一年清明前后，一群伐木人来这里砍木头，见女子容貌美丽，便起了歹心。他们将丈夫捆在一根木头上，抛进了江里，随后就要对女人施暴。女子誓死不从，拔刀自残，顿时鲜血四溅，四个幼儿哭成一片，伐木人动了恻隐之心，便没有继续加害。后来村里陆续来了新的居民，但女子始终未改嫁，而是含辛茹苦地把子女养大。女子始终觉得丈夫还会回来，每年清明都会到渡口眺望等待，大哭一场，同时种下一棵竹子，几十年从未间断，沿江而下也因此长出连片茂竹。村里人感念这个叫蓝芜的女子的忠贞，就把渡口和村子都叫做蓝芜渡。女人死后，村民们认为江边的竹子怨念太深，用了不吉利，便没有人再去砍伐，竹子因此变得更加茂密。

这个传说让驴友们唏嘘不已。

蓝老师的儿子刚刚考入省城的师范大学，说起儿子，她满脸的自豪。

八

有一天，工友给我捎来消息，说家里出了大事，要我务必立马赶回去。

我这才意识到，我已经离家一年半了。除了托工友捎钱回去，我几乎和那个家中断了一切联系，连春节都是在林场度过的。我甚至没有问过母亲的身体状况啊！还有妻子，虽然很难说我和她有没有感情，虽然她的无理取闹带给我巨大的痛苦，可她毕竟是我明媒正娶的老婆。母亲和老婆盼着我回家，我却在外面有了别的女人，在文学和情欲的世界里无法自拔。想到这里，一种巨大的羞愧和虚无像一只麻袋一样把我套了进去。

在江边散步的时候，我挣扎了很久，还是跟蓝甄说，我要回去一趟。

蓝甄脚步停了一下，但似乎没有太惊讶。

她叹了口气说，你知道我为什么不在乎你已经结婚了吗？因为我知道你迟早都要离开我的。

我慌忙抓住她的手说，我不会的，我一定会回来找你的。

她苦笑了一下，扑在我怀里哭了半天。

蓝甄说，几百年来，多少货郎、船工、伐木工人、乞丐从外地来到蓝芜渡，娶了这里的女人又撇下妻儿离去，留下女人抚养儿女长大。

这时我才从她口中得知，蓝甄的父亲是三年困难时期，从北方南下的逃荒难民，20世纪60年代末流落到蓝芜渡，娶了蓝甄的母亲。蓝甄三岁的时候，父亲不辞而别，她已经完全不记得父亲的样子了。蓝甄读师专时，母亲不慎落水身亡，年仅三十六岁。

蓝甄为我准备了一袋干粮，一本她用钢笔誊抄的诗集和包得很仔细的一捆书。临走，她把钢笔插到我的口袋里，叹口气说，想我的时候，就写写字吧。她似乎料定我不会再回来了。

她倚在门口，望着我走远，没有跟过来，只是奇怪地用手摁着肚子，轻轻地抚着。

由于山路难行，我足足花了八天才到家。路上我遇到了一件触目惊心的事——一对夫妻因为吵架赌气丢下孩子，结果孩子被老鼠吃了，我亲眼目睹了老鼠啃食婴儿的场景。

家里的确出了大事，我老婆怀孕5个月了。

不管母亲怎么威逼，老婆始终不肯说出孩子的父亲是谁。

我到家后，母亲私下跟我说，你们俩一直都怀不上，要不我们先让她把孩子生下来，如果是男的，我们就留下，如果是女的，就把她们母子赶走。

我听了不寒而栗。在蓝芜渡的时候，蓝甄跟我说起鲁迅和朱安的故事，鲁迅虽然和包办婚姻的原配朱安没有感情，也通过自由恋爱找到了他的真爱许广平，可他永远不能和朱安离婚，因为他知道，那样一定会让朱安走上绝路。

其实妻子没有对不起我，我并不爱她，甚至比她先在实质上背叛婚姻。

但是我知道，如果我和她离婚，她恐怕就很难有活路了。还有她肚子里的孩子，我有什么权利去毁掉一个孩子呢？那样的话，我也和那群老鼠没有什么分别了。

我只能先待在家里了。

端午的时候，林场出了大事。原来管事的张大头忽然摔死在山崖，谁也不知道是不慎跌落，还是有人谋害。但在当时的农村，死个人实在太微不足道了，隔三差五，就能听到有人病死、摔死、淹死、电死，谁也不会去追查原因。

张大头是我们村在林场的靠山，他一死，早就对我们村的工人有意见的村民们就开始爆发他们的敌意了，村里出去的伐木工人便集体回来了。

这是 1989 年，我彻底失去了林场的消息。

妻子生了个女儿，这是一个非常可爱的孩子。母亲见我不仅没有赶走妻子，还对女儿疼爱有加，一气成疾，很快就病故了，她至死都不肯原谅我。在她眼里，我是多么窝囊啊。

我再也没有回去过蓝芫渡。最初的一两年，我几乎回到了去林场做工前的浑噩状态，每天干农活，和妻子貌合神离。我们甚至不睡在一起。

但是女儿清澈的眼神，唤起了我对生活的希望。

我又开始读书了，蓝甄给我的书里有《红楼梦》和《战争与和平》等好几本名著，当我一遍遍翻阅它们，从懵懵懂懂到逐渐清晰，我觉得我进入了另一个世界。我也开始练字，甚至用钢笔抄完了整本《安娜·卡列尼娜》。

每天晚上，当我阅读或者抄写的时候，女儿就安静地坐在我的膝盖上，眼神澄澈如水。我永远都不明白，为什么她那么小就可以这样安静地看我半天。

1992 年，我开始发表小说，不久就破格进入县文化局工作。同年，妻子和我离婚，与女儿的亲生父亲结婚，女儿归我抚养。

1993 年，女儿因急性肺炎去世。我悲痛欲绝，但并不惊讶，有一种预感被证实的感觉。我一直觉得女儿是上天派来拯救我的，她让我知道尘世间真正的美好，让我放下怨念，让我走出混沌，我知道她一定会离开我的。就像蓝甄知道我一定会离开她一样。

1994年，我接受省城编辑的邀请，赴省城从事专业写作。在长途汽车上，我想起了当年蓝甄倚在门上眷恋不舍的眼神。她应该早就嫁人了吧，希望她幸福。我这样想着，泪流满面。

九

我们和"可爱的江边"取得了联系，他姓胡，我们便照例叫他老胡。老胡也在省城工作，是一家银行的产品经理。老胡听说了何老师的故事，也非常震惊。我们一致决定瞒着何老师，亲赴蓝芫渡。

事情出乎意料的顺利，周末我们从省城驱车5个小时到了虔州，一打听宝矿村，居然已经声名远扬。原来宝矿村因为滥采稀土，造成了严重的环境污染和水土流失，还因征地纠纷出了人命，成了政府重点治理的对象，各类媒体天天报导。这些年赣南的城镇化飞速发展，我们从虔州开车沿着江边的水泥路向上游奔驰，只花了一个多小时就到了宝矿村。

宝矿村已经被破坏得千疮百孔，四处裸露的山，远远望着像一道道伤疤。为了建仓库，小学已经被拆除。我们没有找到蓝老师，但见到了她的儿子何潭。

何潭长得高大魁梧，一表人才。大学毕业后，何潭在省城一所知名高中任教。这次寒假回老家，是来给母亲上坟的。蓝老师一年前因胃癌去世，何潭说，这多半和开发稀土带来的水污染有关。

我们没有说破来意，只说几年前来此地旅游曾经得到蓝老师的照顾，此次特意来看看她。

何潭随我们的车一起回了省城，我们成了好朋友。我们经常一起打球、玩桌游。

四月初，花开成锦的季节里，我们约何老师到水观音亭小聚，并向他介绍了我们的"新朋友"何潭。何老师和何潭一见如故，为了水观音亭的由来，他们各执一词，争得面红耳赤，却惺惺相惜。

我们几个在一边含泪看着，享受着从来没有过的幸福。

（原载《星火》2014年第2期）

┃作者简介

　　邢贞乐，中国金融作家协会会员，海南省作家协会会员，中国人民银行海南作家协会副主席。著有散文集《清凌凌的三亚河》《风情万种的风景》《秋思》，小说集《让爱传出去》等。在《金融时报》《海南日报》《三亚日报》《百花园》《小小说选刊》《椰城》等报刊发表小说、散文、诗歌，多部获得各类奖项，入选《中华网精品散文》《小小说文库》《当代中华诗词集成·海南卷》等。现供职于中国人民银行海南省三亚市中心支行。

让爱传出去

邢贞乐

　　清晨，天气晴朗，阳光和煦。坐落在三亚市河东路的一家银行营业网点按部就班地开门迎客。

　　门刚打开，走进来一位"特殊"的客人。此人中等身材，四十出头，身穿白色长裤配着海南椰子衫"岛服"，理着平头，满脸容光焕发。他几乎"全副武装"，腋下夹着一个黑色皮包，手中拿着一个新款4G手机，一条粗大的金项链在脖子上熠熠发光，手指上还戴有一枚镶着钻石的大戒指，脚上一双红白相间的"波士顿"锃光发亮。这身行头如同在额头上刻了字，让人一看就知道这是一位"大款"。

　　柜台前一位身材纤细、稚气未脱，看得出是刚从学校毕业的营业员热情地起立招呼："先生，请问我能帮您吗？"

　　客人大摇大摆旁若无人地将皮包往柜台上一甩："我要取钱！"

　　营业员细声细气地问："先生，请问您取多少？"

　　"三十万！"客人看都不看营业员，脸上露出傲气凌人的气势。

　　"对不起，先生，您的取款金额超过了银行规定的二十万元限额，超

215

过这个限额必须提前预约。"营业员微笑着向客人做了解释。

"什么？我的钱存放在银行想取多少就取多少，存款自愿、取款自由，为储户保密这是国家定的，还用得着预约吗？你这是哪家银行，今天你说说，非得跟我讲清楚。"客人拍了一下柜台，立时满面通红，脖子上青筋暴突，仿佛不是为取钱而来而是为取闹而来。

大堂经理是一位三十开外的年轻女子，身材匀称，品貌端庄，笑容可掬，举止优雅。她见到有人争吵便如轻风飘拂般地凑了过来，细声问道："小王，这是怎么啦？"

"周经理，这位先生要……"小王把刚才发生的事情如实地向周经理做了汇报。

周经理首先向客人微鞠一躬表示歉意，然后把银行的规定以及网点的服务一五一十地向客人做了耐心的解释，微笑一直挂在脸上。客人似有所领悟，坐上高脚椅，怒容渐渐收敛。他对着小王说："那好，看在经理的面上，就取二十万。"

小王礼貌地对客人说："先生，请出示您的身份证。"

客人的神经仿佛又被触动了一下，一脸不悦的神色："取钱也要身份证？"

"是的，超过五万都要出示身份证登记。"小王又进一步做了解释。

客人掏出身份证，一副自命不凡的样子对着小王说："我叫刘大发，地球人都知道。"

一阵清风，缓缓吹进了营业大厅，随风而至的是一位白发苍苍满脸皱纹拄着拐杖的老太太。

大堂经理小周满脸笑容上前迎接，她搀着老人来到柜台前给老人让座，帮老人放好拐杖，询问老人要办什么业务。

老人从肩上解下一个布兜，从兜里掏出一包零零散散的钞票递给小周，声音颤巍巍地说："姑娘，大妈麻烦你把这些钱点一点。"

小周谦和地对老人说："大妈，不麻烦，我们是银行职员，这是我们应该做的。"

只见小周一边整理钞票，一边跟老人聊起了家常："大妈，您今年高寿？"

老人显得有点难以启齿："才六十二呢。"接着压低声音自言自语地叹道，"哎，她爹死得早，留下我一把鼻涕一把泪地把她拉扯大，难呐！"

小周抬头看了看老人，心里在想才六十二岁的人就这样苍老，生活真是折磨人。于是她同情地问老人："大妈，您腿脚不好吗？"

老人抹了抹眼角，说道："姑娘，甭提了。我四十几岁才生下这么一个女儿，她爹走后我就落下了风湿性心脏病，跟个废人一样重活干不了只能捡捡破烂。"

小周将整理好的钞票分类叠好，然后问老人："那您女儿现在哪里？"

老人皱巴巴的脸上挤出一丝笑意，她将椅子挪了挪，对小周说："女儿在成都读大学，嗳，我这就要给她寄钱呢。"一边说一边从口袋里掏出一张写着汇款地址的纸条交给小周，"姑娘，就按这个地址寄。"

"停电了……"柜台窗口里有人喊了起来，大厅里空调电器全停了，排队等候的顾客发出一阵躁动。小周赶紧走到大厅中间安慰道："大家都别急，我们有备用电源，几分钟就好。"

此时，刘大发从高脚椅上下来，骂了一句："这电老虎，也他妈的太黑了，说停电就停电。"他双手背着来到大堂经理的柜台前。小周热情地搬动自己的椅子给他让座，然后站在老人身边对她说："大妈，我们先把钱点一点。"

老人"哎"了一声。

刘大发看着桌面上那堆又破又脏的零钞残钞，捂着鼻子说："这钱也太脏太旧了。"小周解释说："这是大妈捡破烂换来的钱，每一张都浸透了大妈的血汗，丝丝缕缕都是艰辛味啊。"刘大发听后良心发现，觉得自己刚才的举止过于轻佻，于是起身向小周和老人点了点头，做出一个愧疚的表情。

为了让老人放心，小周从抽屉里取出一副银行预备的老花眼镜给老人戴上，让老人坐在旁边看着她点钱。老人耳背，小周的动作谨慎细微，她一边一张张细心地清点着老人带来的票子，一边大声数着金额：一百、二百、三百、四百……四百三十、四百四十、四百五十，声音戛然而止。

老人着急地从座位上站立起来，声音沙哑地问："姑娘，就这些啦？"

小周诚恳地对老人说："大妈，怎么了，我点错了？"

老人向她摆摆手，站了起来，拖着蹒跚的步子，一边咳嗽一边断断续续地说："少了五十块，这可咋办啊？……我一个老太婆这时上哪去凑啊？"说着说着，眼眶立时湿润起来。

细心的小周意识到老人心里定有苦衷，她扶老人坐下并给老人递了一瓶矿泉水，安慰道："大妈，您先别着急，喝口水慢慢说，到底是怎么回事？"

老人满脸疲惫，拉着小周，声音颤抖地说："闺女啊，大妈真是没用！我女儿在学校参加了志愿者，去年到绵阳去"结对子"认了两个小妹妹，都是在汶川地震中失去亲人的孩子啊！她告诉我，只要有五百块钱，那两个孩子就可以不辍学了。可我们家也不富裕啊。我闺女在学校里省吃俭用，每逢节假日还要到校外当家教挣钱才能维持生活，寒假回来人都瘦了一大圈，当母亲的谁看着不心疼啊！"说到这里老人声音抽泣眼泪夺眶而出。

听着听着，刘大发眼珠子不停地滚动着，他"感同身受"如同发生在自己身上的故事一样，眼角处缓缓溢出了泪花。他转过身背着老人的视线，揩了揩眼泪喃喃自语："唉，小时候要是有钱，我也不会辍学，现在也该是个文化人了。"看来，刘大发也是个穷人家的孩子。

小周也受到感染，不时用手揉揉眼角。她同情老人更同情远在四川绵阳那些没钱念书的孩子，她趁着老人不注意，从自己的手袋里掏出一张五十元钞票放进老人的布兜里，然后当着老人的面假装寻找的样子，把布兜翻转过来抖一抖，抖出了五十元钱，满面惊喜地对老人说："大妈，有了，这里不是还有五十块吗？是您刚才没掏完，您的钱正好是五百块呢。"

老人戴起老花镜认真看了一下，认出这是张五十元大钞，她激动地对小周说："闺女，这钱不是大妈的，大妈不糊涂。大妈的钱是每天起早贪黑走街串巷去捡纸箱易拉罐，一分一毛积攒起来的，都是些钱分钱角没有大张的，好不容易攒到五百块，怎就弄丢了五十块呢，大妈真是没用啊！"老人哽咽着责备自己，继而又起身抖着拐杖："这五百块，两个孩子的读书钱呐！"她握着小周的手，"闺女，大妈知道你是个好心的姑娘，可你的钱大妈不能要，使不得。"说着她把五十元钱塞回小周的手里。

此时的刘大发仿佛变了个人似的，没了那种牛气哄哄的架势，只见他移步来到老人身边，像扶着自己的母亲那样扶着老人，安慰她说："大妈，您别急，您就当我是您的儿子，我来给您想办法。"老人抬起头感激地望着刘大发。

"来电了，来电了！"柜台窗口里传来了欢呼声。顿时，大厅里豁然明亮起来，空调里吹来了丝丝凉风，驱走了盘缠在人们身上的热气，整个大厅变得亮堂了，温馨如初。

"刘大发先生，您的业务已经办好了。"营业员小王在柜台里招呼。

刘大发来到窗口前拿起他的二十万元现金塞进黑皮包里，然后从中取出二十张百元大钞，回到老人面前。他拉起老人的手，将两千元交给她，并含着眼泪动情地对老人说："大妈，像那些孩子一样我也是个苦孩子，因家里穷没念几年书就辍学了。现在日子好了，再苦也不能苦了孩子啊，这些钱就算是我给您闺女和绵阳那两个孩子念书的费用，您老人家一定要收下。"

老人用感激的眼神望着刘大发，颤巍巍地说："都是好人呐！"

大厅里素不相识的人们听着大妈的故事，看着刘大发的举动都深受感动，小周从手袋里掏出了两百元，保安员从口袋里掏出了五十元，还有那些等待办业务的顾客们，你三十我二十地把钱交到了老人手里。

此时，小周仿佛完成了一项光荣使命，她兴奋地对着窗口说："小王，赶快给大妈办业务，汇款！"

"等一等——"一个沙哑的声音像一阵风冲进了大门，众人回头一看，只见一个捡垃圾的老头，身上背着一个编织袋，手里拿着一沓钱，一瘸一拐地走了进来。大妈一看，这是平时捡垃圾碰到的老康头，她亲切地叫了起来："老康头，你怎么也来了？"

老康头走到大妈面前把那沓钱交给了她，说："大妹子，我就知道这钱是你丢的，你在路上把手插进了布兜，手一出钱也跟着出来了，你只顾急匆匆地往前走，我腿瘸怎么跟也跟不上你啊。"

大妈拿着失而复得的五十元钱，握着老康头的手激动地说："老康头，太谢谢你了！我说嘛，这五十块钱咋就不见了呢？原来是你给捡到了，你拾金不昧，多好的瘸腿老头啊！"

老康头喘着粗气，指着胸口说："我腿瘸可心不邪呀，这五十块钱你要走多少条街，串多少条巷，流多少汗水才能攒得够，我要是昧了这些钱，这良心迟早要被狗叼走啊！"

大妈听到老康头这几句真心的话语，从中窥见到了这位孤老头的人格品质，她感动地用手捶着他的胸脯赞许道："说得好呀，咱身残志坚腿瘸心不邪！"

小周带头给两位老人鼓掌，大厅里顿时爆发出一阵热烈的掌声。大妈此时如梦初醒，她转而环视着众人，拿出大家刚才捐出的钱晃了晃，大声说："我的五十块钱找到了，请各位好心人都来把你们的钱拿回去吧。"

众人看着两位满面沧桑的老人，都被他们的精神所感动，刘大发来到大妈面前扶着她说："大妈，这些钱您就甭退了，一方有难八方支援，我们都捐给灾区的孩子。"周经理也来到大妈旁边亲切地对她说："大妈，我们也是志愿者，我们的钱就甭退了。"继而，她转向众人大声说，"大家说，行不行啊？"

众人不约而同地围拢到两位老人身旁，齐声说："对，我们都是志愿者，我们的钱都捐了！"

营业员小王在柜台后喊："周经理，还有我的一百呢。"

大妈拉着这些好心人的手，泪眼模糊地望着北方在内心呼喊道："孩子啊，你们终于有书念了！"

周经理对着众人满怀激情地说："让我们大家一起，把爱传递出去！"

一缕金灿灿的阳光射进了营业大厅，把每一个人的脸庞都照得鲜亮无比……

（原载《椰城》2016 年第 7 期）

作者简介

刘玉兰，女，中国金融作家协会会员，甘肃省作家协会会员，嘉峪关市作家协会秘书长。发表报告文学、诗歌、散文、小说等文学作品多篇，多次获各种文学奖项。现供职于中国工商银行甘肃省嘉峪关市分行。

老抠

刘玉兰

我们第一次见面是什么时候来着？那是 1988 年秋天，我参加银行工作被分配到储蓄所，报到时所主任向我介绍每个所员，轮到你时，其他人小声说你叫"老抠"。

老抠？一定是绰号。我小声问及缘由，人笑道："话说不清，时间长了，你就知晓了。"

第二天接班的时候，一进门，就听见你和别人在嚷，不，是别人在冲你嚷。

"不就是一毛钱吗？甭算了，我给你！"

你笑眯眯地，悄声细语地说："算算好，算算好，亏了谁都……"

和你嚷的小许早不耐烦了，不待你把话说完，便将一张一毛钱的纸币扔在你脚下，抽身便走。你弯腰拾起钱，仔细吹去土，冲我咧咧嘴："过日子哪能大手大脚，你说对不？"

我没吱声，瞧着你很小心地把那一毛钱放进衣兜，说不清是叹还是怜。

记得有一次加班，肚子饿得咕咕叫，我去附近的餐馆买了三个肉夹馍，你、小许、我各一个，谁知道，你死活不吃，说是不饿。你默不作声，认真地核算账务，左手翻阅着业务凭证，右手熟练地打着算盘，五个手指各有分工，上下翻飞，我也是第一次发现在男人的操作下算珠发出的噼噼啪啪的声音清脆有力，也是第一次，我看见你的手背皱皱巴巴，根本不像40多岁男人的手背，只看手背，说60岁都有人信。

回家的路上，小许告诉我，你就是这种死牛筋，说你的原则是：不沾别人的，别人也休想沾你的。

那时，储蓄所还是手工做报表，做好之后要"打四平"。一天，小许做报表，余额怎么核对也不平，且书写数字总是出错，他抄了一遍又一遍，最终，报表做好了，盖有公章的空白报表却没有了。我给小许出了个"锦囊妙计"——将废报表上的公章剪下来，拼接到新做的报表上。

小许和我，一个找剪刀，一个找胶水，很快，一张看似完整的报表做完了，欣赏着我们的杰作，小许冲我竖起了大拇指："不愧是大学生，高啊，实在是高！"

第二天早晨，我还未进储蓄所的门，就听见你在冲小许吼："好小子，敢拿工作打哈哈，敢跟责任开玩笑！是谁教你的？平时一肚子的规章制度背得滚瓜烂熟，怎么都让狗吃了？"

"师傅，主意是我出的，要训你就训我吧。"我冲锋在前，拿出美女救英雄的气魄，感觉自己是女中豪杰一般。

"没你的事，一边待着去。"老抠一点也不怜香惜玉。

"好汉做事好汉当，我愿意承担一切后果。"小许一副大义凛然的英雄气概。

"以后好好给我练习画码子，提高业务素质。"你回头又冲我，"你也一样，好好学习规章制度，有本事，在业务技术比赛中比高低。"哼，我会的，我一定，走着瞧，老抠。

那次，我理解了什么叫责任。

小许看来受了震动，一路没听到他唱歌。次月发奖金时才知道，他被扣了20元。唉，你这个老抠，把我俩训了也就训了，年轻人嘛，谁不犯点小错误？可是谁让你把这事告诉主任哩？

你是真抠。每次上全天班，我们总爱变换饭菜的品种，而我看过你吃的饭，不是咸菜就馒头，就是大饼夹咸菜，老抠啊老抠，你说你咋就这么抠呢？虽说工资挣得不多，但吃能吃多少啊？况且你是我们所里工龄最长的职工呀，每月工资要开一百二三呀。

半年后，行里举行业务技术比赛，我和小许果然没给你丢脸，小许获得了珠算第二名，我获得了点钞三级手称号。你很是自豪，在颁奖大会上，别人好羡慕你呀，都说你带出了两个争气的好徒弟，你笑得眼睛眯成了一条缝，眼角的皱纹更明显了："是娃娃们聪明，一教就会。"是啊，不用教也会呢，小许的奖金还不是因你告状被扣的！

散会了，你破天荒第一次请我和小许吃饭，说是犒劳犒劳我们俩，算是给我俩庆功。我和小许欣然答应，我俩商量着怎样好好宰你这老抠一顿。到了餐馆，小许礼貌地问服务员："你们这里有什么特色菜？给介绍一下。""油焖大虾、怪味鱿鱼、麻辣鸡翅……"我不怀好意地看着你，你一脸的尴尬："别点太多，浪费了怪可惜的，够吃就行，够吃就行。"我拿过菜单说了句："师傅，你来点吧。"你推开菜单小声道："就吃你们平时上全天班吃的那个鱼香肉丝吧，行不？"

老抠啊，看你吃得那么津津有味，临了还把菜汤都喝了，我突然觉得有点难过，一丝酸楚掠过心头。

后来，我被调到市行机关主管工会工作，和你的联系也就少了。有一次，你拿着妻子的信来找我，吞吞吐吐、支支吾吾了半天，说要借钱（我管互助会）。我看了信，信上说家乡遭了水灾，要重新盖房，让你速寄五百元。你似乎一下子又苍老了许多。

我真后悔冒冒失失说了一句："你那么省，还能没钱？"

你一时语塞，写了张二百元的借条，慢腾腾地走了。我让你多借些，你只是摇头。

这事过去不久，一天早上，我突然接到小许的电话，声音断断续续地哽咽着："老抠……老抠……去世了。"我接电话的手颤抖着，心也颤抖着，喉咙像被什么东西堵住了，想哭却哭不出声。

那天，你破例未去上班。主任派了两个人到你家，冲着窗户吆喝了半天，没动静。小许一急眼从窗子翻了进去。很快，他脸色苍白地打开门。另一人冲进去，看见你直挺挺地躺在床上，已气绝身亡。

整理你的遗物时，意外地找出了一张医院证明。于是，大家才知道，你有风湿性心脏病呀，还有胃炎呀，怪不得人那样苍老，吃饭总吃那么少呢。你可是从未休过一天病假呀。

这是什么？一叠厚厚的汇款收据！小许嚷：怪不得你那样抠，原来是把钱都寄回了家。且慢，我很快发现了问题：同一月同一日的汇款收据竟有两张——一张五十元，另一张也是五十元。

这真是个谜，莫非你也有那号风流韵事？看来，这将成为你永远的秘密了，谁也解不开。

这天，一封山东来的书信寄到了你生前所在的储蓄所，是你的，可你的家乡是河北呀。大家心中的疑团更重了，纷纷要求把信拆开。主任犹豫了一阵，还是代表大伙儿拆了信。

"……

寄来的五十元已收到。听说你家乡受了灾，一定急需用钱，以后就别给我寄了吧。这么多年，你待我胜过亲儿子，真叫我……"

所里的人堕入云中雾里。最终决定将信转给行里。行长派人调查了解事情的真相。在年底的总结会上，行长讲到动情处，放下了话稿，眼中满是泪水，他用平和的语气给在场的人讲了一个令人难以置信的故事。

原来，你一直在给过去储蓄所的一个同事家里汇钱，抚养着他守寡的老母亲及几个尚年幼的弟弟妹妹。你与他情同手足，你们一起下过乡，又一起分配到银行，他死于一次车祸。于是你默默地承担起了一切，你连妻子都没告诉啊。在场的人都垂下头，没人出一口大气。我默不作声，但已泪雨滂沱，不知谁忽地大声呜咽起来，我含泪望去，见是小许。

（获《金融时报》"我与金融那些事（1987—2017）"征文优秀奖）

‖ **作者简介**

　　孙英涛，中国金融作家协会会员、黑龙江金融作家协会会员、中国工商银行黑龙江省分行作家协会副主席、齐齐哈尔市金融作家协会副主席。现供职于中国工商银行黑龙江省齐齐哈尔市分行。

始作俑者

孙英涛

　　丁零零，隔壁办公桌上的电话响个不停。

　　正在主持支行行务会议的行长可竞示意身旁的办公室主任去接一下。

　　片刻，主任回来，在可竞行长耳边小声说："市行监察室季主任请你接电话。"可行长将手中的文件交给坐在左侧的常务副行长，轻声说："我去接一下市行的电话。"

　　可竞快步走出会议室，来到行长室的办公桌前，拿起电话说："季大主任好，您找我不会是什么好事吧？"

　　只听话筒里传来了大嗓门，说："你小子工作干得不错，不过我也得给你及时地敲敲警钟，这样你才能有更大的进步，不是吗？"接着说，"你下午2点到市行方书记办公室，书记找你谈话，你快开会吧！不耽误你了，再见！"

　　话音刚落，可竞还没回过神来，就听见电话机传来了"嘟嘟"的响声。

　　午间草草地在食堂吃了一口饭，可竞就驱车赶往市行。县行距市里有100多公里，好在路况好，一个多小时就能赶到。

路上，可竞不断地揣摩着，纪委书记找他谈话能是什么事呢？

可竞像倒似的把自己36年的人生经历做了回放……

十八年前可竞从知青点参军入伍，在部队入党提干，十年后，转业进入银行工作，从政工干部做起，后来担任支行的部门经理、副行长，三年前被市行党委安排到全辖最落后的江县支行任行长。在不到两年的时间里，由原来的经营绩效倒数第一，跃升为目前的前三名，支行发生了翻天覆地的变化。半年前，他作为市行的后备干部又被派往另一个相对较大又很落后的安市（县级市）支行主持工作。市行党委的意图很明确，就是有意识地锻炼锻炼这个年轻干部，作为市行的第三梯队。可竞到任后，工作开展得有条不紊，各项工作正在起步，领导和群众都很满意。

想着想着，不知不觉车已到了市里的高速公路收费站。穿过城区，可竞来到位于市中心的银行大厦。

下午2:00整，可竞准时叩响了位于9层的901号房间，只听房间里传来了一个中年妇女清脆的声音："请进！"

可竞推开门，向坐在办公桌前的老大姐举手敬礼。"老领导，可竞报到！"只见那位老大姐站起身来，把可竞迎到沙发上，接着说："不愧是军人出身，就是雷厉风行，准时守点。"

这位"老大姐"就是市行纪委的方书记，是多年的老人事科长，对可竞有知遇之恩。在没有外人时，可竞习惯于管方书记叫老大姐，这样显得亲切。

这时，又听到了敲门声，方书记忙说："请进！"只见一个中等身材的人进屋，他看见可竞，说："可行长先到了，看来我是迟到了？"可竞忙起立点头示意，说："季主任，我也是刚进屋。"

方书记见两人都落座后，也坐到了中间的大沙发上，很严肃地说："可竞同志，今天我和季主任是受党委牛书记委托，找你谈话，昨天纪委接到了省行纪委转来的举报信，反映了你的一些问题，省行纪委要求我们尽快答复。牛书记指示，我们既要对党的事业负责，有错必究，违纪必查；也要对你个人负责，因为你还很年轻，人难免犯错误，但知错就改，改了就是好同志。"

方书记的一番话，让可竞打了个冷战，他不知如何开口，看看方书记没有了往日大姐般的慈爱，再看看监察室季主任，也是一本正经的没了刚才的笑容。

这时，季主任打开笔记本，从中拿出一个信封，展开了上面是电脑打的字。

季主任说："这是来自你原来的江县支行署名为知情者的举报信，信中反映了你五个方面的问题：1. 挪用救灾款建家属宿舍；2. 将抵贷物资分赠他人；3. 请客送礼搞不正之风；4. 拉关系给领导干部"家属"安排工作；5. 工作时间喝酒、打麻将。

方书记说："我和季主任认真地看了举报信的内容，也向党委牛书记作了汇报。从举报的问题看，前两条是很严重的，属于严重违纪，后三条属于违反中央八条规定，以往对于不署名的举报信，纪委是不受理的，可是现在随着党中央反腐的力度加大，是有举必查，有查必有果。"

方书记接着说："我们是重事实，讲证据的，明天市行组成由季主任牵头，监察室、内控、信贷、计财等有关人员参加的调查组进驻江县支行，希望你回江县配合调查，暂时就不要工作了，等调查结束后，再通知你结果。组织上希望你不要有什么思想负担，真的假不了，假的真不了。"

此时的可竞真不知该如何表态，只是眼圈微红，一脸茫然地向方书记、季主任点点头。

可竞也不知自己是怎么走出方书记办公室的，就连季主任送他到电梯口也忘了回谢。

到了院里，看见了他的"坐骑"，上了车，这时他才醒过神来。组织上是让自己停职反省，就不能开车回家了，否则是罪加一等，"公车私用"。

可竞发动了车，将车停到了院里西北角一个不碍事的地方。锁好，出门打上一辆出租车，告诉司机，去火车站！

久违的绿皮车让他感觉特别亲切，也让可竞打开了记忆的闸门。

三年前，可竞从自己的出生地盂县被组织上选派到江县主持工作，报到的第一天，可竞到营业室熟悉工作环境，发现营业厅冷冷清清的，几乎没有客户。他问随行的营业室主任，她说："县里修排水沟，在门前挖开了一条 3 米多宽的大沟，地沟上只有一块木板横在上面，客户过往很危险，客户就越来越少。"可竞说："怎么不和城建协调啊？"常务行长说："找了，答应填沟，可到现在一个多月了也没填上。"面对这尴尬的上任，可竞只有一丝苦笑。

下午，可竞在主管财贸的副县长陪同下拜会了县委书记，征求县领导对银行工作的意见，书记说："小行长，我就有3户工业企业，希望你们给予扶持，这既是我县的支柱，也是几千工人的饭碗。"接着，县委书记半开玩笑地说："小行长，银行不放贷就不叫银行，那是储蓄所。"在辞别前，可竞把门前地沟的事向县委书记做了汇报，书记吩咐秘书说："给城建打电话，马上落实！"

第二天早上，可竞走到银行门前，发现积土不见了，门前的沟填上了，而且推土机把地面压得平平整整。走进院里，门卫兴奋地说："昨晚城建干了一宿，天亮时才干利索，新行长真有力度啊！"可竞心想，还是"县太爷"的威力大，要是不为地方做点贡献恐怕这个行长还真的不好当。

上班后，可竞马上召开行务会，听取各部门的工作汇报，详细听了信贷部对县域3户工业企业的情况汇报。原来这3户企业均属于总行限制的小啤酒、小造纸、小水泥"三小"企业，不予信贷支持。可这3户企业却是县里的"掌上明珠"，如果银行一点都不支持，还真说不过去，可信贷政策又通不过去，真是让人左右为难！

可竞和主管信贷工作的副行长带领信贷人员分别深入这3户企业进行调研。县啤酒厂设备陈旧，灌装简陋，档次低，生产的"太湖"牌啤酒主要是内销，大部分是销往乡镇。针对该企业现状，他们积极鼓励企业"接船出海"。通过省行信贷处的牵线搭桥，促成了县啤酒厂与滨城啤酒厂联营，为滨啤提供原料，从滨啤引进先进的工艺和技术，实行品牌战略。他们积极争取上级行，为企业投入设备贷款50万元，更新发酵罐，购买灌装流水线。半年后，在滨啤的工艺技术基础上，研制了新啤酒，取名"小鸭"（狗撵鸭子呱呱叫）啤酒。很快打开了市场销路，啤酒销往吉林、内蒙古自治区，"小鸭"在本地供不应求，啤酒厂成了县里的利税大户。年底，县里举行团拜会，县委书记特意把可竞请上台，给他披红戴花，向大家介绍：说这是"企业的功臣"。

傍晚时分，可竞走进了银行住宅小区，看见刚落成不久的住宅楼，可竞颇有成就感。这是可竞来行后为员工办的第一件大好事，深得大家的称赞。如果没有可竞到处求爷爷告奶奶，四处磕头作揖，也不会让全行百十号员工都能住上自己单位盖的家属楼。为了筹集资金，为了少花征地钱，可竞两次喝得胃出血，好在年轻，身体倒没什么大碍。

走进2单元，敲响了501的家门，只听里面传来了银铃般的声音："谁呀？"听到这稚嫩的声音，可竞顿时心花怒放，大声回应说："我是老哪吒！"房门马上打开了，只见一个欢蹦乱跳的小姑娘上前拉住可竞的手，说："爸爸，我还没想你，你咋就回来了？"可竞说："爸爸去市行开会就顺路回来看看'小哪吒'在家乖不乖。"

可竞的女儿今年6岁，刚上学前班，从小就喜欢看书，最崇拜的就是哪吒，她的乳名叫雪儿，可她总让人叫她哪吒，管爸爸叫老哪吒。

这时，妻子从厨房走出来，看到可竞很惊讶："刚走了两天，也不年不节的，又不是礼拜天，怎么这么早就回来了？查岗，这个点也不是时候啊？"

可竞说："去市行开会了。"说完，就走进了卧室。

娘俩互相瞅瞅，可竞的爱人对小哪吒说："爸爸累了，别去打扰他，让他休息会儿，一会我们再吃饭。"说完，就又走进了厨房。

可竞一觉醒来，突然感觉肚子空落落的，才想起中午也没怎么吃好饭。忙爬起来，走到客厅一看，小哪吒已在沙发上睡着了。

正在看电视的妻子看见可竞起来了，说："饿了吧？要不你不会起来的！"

可竞刚要扒拉小哪吒，妻子马上阻拦说："别叫醒她，她刚睡，让她吃饭，她非要等你醒来一起吃，等着等着就睡着了。没事的，小孩子少吃一顿饿不坏！"

可竞是真的饿坏了，狼吞虎咽地吃了两碗饭。妻子一面给他夹菜，一面说："慢点吃，怎么改不了你的军人作风？"

饭后，可竞打开手机看了看，有很多未接电话和短信。他这才想起，得给行里打个电话说一声。

他拨通了安市支行常务行长的电话，说："我家里有点急事，在市行办完事就直接回家了，这周就不去了，行里就交给你了，你辛苦了！还有让司机小高去市行把车开回去，我没有开车回来，搭县行的车回来的，好了，挂了。"

正在收拾厨房的妻子只言片语地听了可竞的电话，忙出来问："你怎么了，好像你有什么事在瞒着我？"

可竞说："没啥大事，都是工作上的一些事，我也累了，这周就不去了，正好借由子在家陪陪你们娘俩。"

妻子说："你是个工作狂，你能在家待得住，鬼才信呢！"

可竞心烦也不愿再解释什么，就说："睡觉吧？"他走到沙发前，抱起哪吒，在女儿的脸上亲了一口，不知不觉地流出了眼泪，是喜欢还是愧疚……

第二天早上，可竞早早地就起来做好了早饭。

经过一夜的休整和思考，可竞似乎轻松了许多。既来之则安之，只要自己问心无愧，不怕组织调查。他还是很自信的，自己没有干违法的事，大不了也就是不当这个行长，向组织上申请还是回到江县当一个普通员工，也挺轻松自在的。可竞有个信条："我能领导好员工，也能当好员工。"

吃过早饭后，可竞对女儿说："今天爸爸送你去上学前班。"女儿说："太好了！"

下楼后，小哪吒到处找车牌号61888的H轿车，没有啊？爸爸你的车呢？可竞说："爸爸回家是私事，就不能开车回来！"

可竞把女儿放在自行车上，爷俩有说有笑地向学校驶去。

送完女儿上学，回到家中，妻子还没有走。

见可竞回来，妻子就说："我哥又来电话了，让你抓紧办辞职，本溪那面答应给你年薪50万，还有股份，年末还有分红，多诱人的条件啊！哥还说了，能把我的工作调过去，他的一个战友在新区当管委会主任，他们下属单位正缺一个会计呢，这样，我的工作也解决了。"

接着妻子又说："你没看我现在干的是啥活？整天整理卷宗，装订卷宗，爬上爬下，累死了，你又不着家，我还得管孩子。你不能太自私了，光考虑你的前途，不考虑我的感受。人往高处走，水往低处流，知道不？银行现在是夕阳产业，趁着你还年轻，有能力时，你还不抓紧，过了这村可就没那个店了，你这几天在家好好考虑考虑。"

妻子连珠炮似的一阵突突，让可竞猝不及防。

妻子重重地关上了房门，可竞瞬间感到屋子里空落落的。

妻子原来在盂县计生委任业务股股长，三年前随丈夫调入江县计生委任人秘股股长，在可竞没去安市工作之前，委里推荐她提任县计生委副主任。可赶上机构改革，卫生局与计生委合并，她不但没被提拔，反被分流到卫计委下属的妇幼保健院管医疗档案。妻子几次磨叨，让可竞出面找找县领导，可竞就是不出头，也是人走茶凉。

春节时，在本溪工作的大舅哥，得知家里唯一的妹妹现在的工作情况，再加上对可竞工作能力的认可，不忍让妹妹妹夫屈就在这小县城里，回去后就通过自己的人脉，给妹夫联系到一家刚成立的城市投资公司，让可竞去担任副总。可竞权衡了利弊，条件、待遇、环境都比现在要好得多，几次想找领导说说，可见了面就是张不开这嘴。

中午，可竞做好了饭菜，等妻子回来吃饭。

不一会，妻子回来了，进屋后忙对可竞说："我刚才路过门卫室，看门的李师傅悄悄地跟我说市行调查组来了，说是有人举报可行长，来了五六个人，找人谈话，核实呢！"

可竞只是淡淡地一笑，对妻子说："让他们查呗！"

做好的中午饭，妻子一口也没吃，看来她也跟着上火了。

第二天，妻子是满嘴起大泡。而可竞倒是越来越安心了，每天接送女儿上下学，做三顿饭，白天在家还看起了正在重播的电视连续剧《雍正王朝》。有时还跟着哼哼几句："数英雄论成败，古今谁能说明白，千秋功罪任评说，海雨天风独往来……"

晚上，江县支行的田副行长打来电话说："调查组昼夜工作了两天，周四打道回府了。"还说，"市行季主任找他核实关于他爱人的工作安排问题，他如实反映了问题的来龙去脉。本来县里是打算照顾可行长爱人的，安排她去县财政局工作，可行长却把这个指标让给了和他一同调来的田副行长的爱人，让田副行长一家感动得不得了。"最后，田副行长说，"老弟，没事，你别上火了，大家对你的工作是满意的，你的工作业绩是有目共睹的，我们都念你的好！晚上出来咱俩喝两盅？"可竞谢绝了他的好意。

周五晚上八点多，安市支行的办公室主任给可竞打电话说："市行纪委方书记来了，刚开完中层干部会，可行长被免职了，支行由常务行长接替主持工作。"

可竞问："小高把车开回去了吗？"主任有些哽咽，说："可行长你是被冤枉的，是哪个小人在诬告你？！"

可竞对他说："谢谢你一年多对我的照顾，没关系，我们不能做同事，可我们还是好朋友嘛！"

妻子在旁边听到了他们的对话，泪流不止，捶胸顿足……喃喃地说："怎么会搞成这样啊？"

周日上午11点，市行办公室的丁秘书给可竞打来电话说：下午2点，市行党委书记、行长牛历要找可竞谈话，让他准时到。

放下电话，可竞想这回升格了，一把手要亲自"宣判"。

当妻子听可竞说又要去市行谈话，又啼哭个不停……

当日下午2点，可竞又准时叩响了金融大厦111行长室的门，进屋一看，这架势让可竞吓了一大跳。只见牛行长端坐在小会议桌的中间，左手边座位上的是省行的组织部长，依次是市行人事科长、党委办公室主任；右手边坐的是纪委方书记，依次是监察室季主任、办公室丁秘书。

牛行长示意可竞坐在他对面，他说："怎么样小伙子，这几天在家待得不好受吧？今天把你找来有两项内容，首先，请方书记对你的调查做个结论。"

方书记拿出公文："经市行调查组在江县支行的两天工作，通过座谈、背靠背的单独谈话，走访员工群众和账务核实，反映原江县支行行长可竞的问题纯属子虚乌有，可竞同志没有任何经济问题、违规违纪问题、作风问题。在调查中还挖掘出可竞同志的一些先进事迹，许多干部员工都主动上访，为他们的好行长鸣不平，为此，调查组的结论是：可竞同志是一名作风过硬的好干部，是员工可敬的好行长。"

说到这，牛行长带头鼓起了掌，在座的也都起立鼓掌，感动得可竞热泪盈眶。

牛书记接着说："你小子先别激动，还有好事呐！下面请省行党委组织部马部长宣布对你的任命。"

马部长打开公文宣布："经省行党委研究决定，任命可竞同志为鹤市分行纪委书记。"

可竞听到宣读后一下子懵圈了。

看到可竞百感交集的样子，牛行长说："方书记到站了，极力举荐你接班，党委也曾经议论过，正在这当口，有人举报你，我们就成立了一个联合调查组，既是对你的甄别，又是对你的考核，结果是，你是经得起组织上考验的，省行党委也非常支持我们，马上召开会议讨论通过了我们的推荐。省行辛行长指示说：'不能让好干部蒙受不白之冤，对年轻有为的好干部就要大胆启用，快速启用，这样才能营造好风清气正的用人环境。'"

听了牛行长的一席话，可竞是百感交集，没有任何思想准备，连连说："感谢组织上的信任，感谢组织上的信任。"

在返回江县的绿皮车上，可竞的电话响个不停。可竞没有心思去接这些势利小人的电话。不一会，好几天都没露面的江县支行行长发来短信：可书记，恭喜你！我们班子成员晚上在宴宾楼515房间恭候你，给您接风，不见不散。

此时的可竞脑子里一直在琢磨，到底是谁在无中生有。

可竞是个追求完美的人，这几天他一直在反思自己工作上的得失，在年终干部考评中员工对他的评价是全市最高的，满意率是100%。

谁会捏造这些不靠谱的"罪状"？谁是诬告者，谁是原告？想到原告，突然间，可竞脑海里蹦出了她的画面——捶胸顿足……满嘴起泡……啼哭个不停……

难道是她？

（原载《金融文坛》2017 年第 7 期）

作者简介

　　郝飞，中国金融作家协会会员，先后发表文学作品多部，曾获第三届中国金融文学奖短篇小说提名奖。现供职于中国工商银行新疆维吾尔自治区巴音郭楞蒙古自治州分行。

234

两天两夜

郝飞

一

　　我是在 1978 年进入军营的，三年后复员转业到银行工作，两年前从银行退休，有人问我，在银行工作了三十多年，有什么经历是最难忘的？我毫不犹豫地说，1982 年秋给县行押解黄金那两天两夜是最难忘的，虽然许多年过去了，那次经历却长久地铭刻在了我的脑海里，时常在梦里浮现出来，只是梦里浮现的更浪漫，更惊险。

　　1982 年年初，我从部队复员后被分配到农业银行工作，春节一过，我参加了自治区农行在银行干校举办的上岗培训班，两个月的培训，使我习惯于舞刀挥枪的手，逐步适应了拨弄算盘珠子，虽然拨弄起来比较生硬，常常惹得同桌的许秀英咯咯咯地笑，她一笑，我就乱了方寸，珠算口诀颠三倒四，头上不知不觉地也湿漉漉的。念在来自同一县上的情义，许秀英在课余常常帮我补习珠算，刚开始补习时她说得多，我练得多，随着我水平的提高，后来，是我说得多，她只是默默听我讲在部队里的趣闻逸事，渐渐地，我发现她看我的眼光温柔了，在课堂上她有时长时间扭头看我，当我一发现，她脸上浮现一抹红晕转过脸去，随着双方秋波往来增多，培训班快结束时，我对她的称呼由"许秀英"变成了"秀英"。上岗培训结束，我们回到了县上，秀英顶替母亲工作，分配到县农行工作，哪来哪去的我被分配回尤鲁都斯区农行营业所工作。尤鲁都斯区地处天山山脉中部，离县城有300多公里，人口有7千人左右，这里是1771年从伏尔加河流域举义东归的蒙古族群众的主要聚集地。尤鲁都斯是古突厥语，是星星又多又亮的意思。营业所工作忙闲不均，每当一年一度的那达幕节的时候，各族群众云集，参加节日盛典，同时参加物资交流活动。那时是营业所工作最忙碌的时候，人们存钱取钱，川流不息，我们放弃中午休息时间办理业务。其他时间就比较清闲，半天没有一个人进营业所存取款，无聊的时间，我常常给秀英写信，诸如"抬头望星星，低头思秀英"之类的，我坐柜时，在给客户办理业务的空余时间，可以给秀英写完一封含情脉脉的长信。

9月下旬的一天上午，营业所刘主任叫我到他的办公室，对我满脸笑容地说："小陈，和对象有几个月没有见面了吧，想不想她啊？"我微笑着说："当然想啊，天天想着能调回县城呢。"刘主任摆摆手："调回县城是县行的事，我没有这个权力。让你和对象见一面倒是可以的。你知道我们每年都要把这里的黄金押解到县行，统一缴送至人民银行。最近，接到县行通知，要求我们这里的2公斤黄金必须在月底前送到县行，还有3天时间，我把这项工作交给你，让你顺便见见对象。考虑到这项工作的特殊性，我们营业所的那辆吉普车给你用，你再带一支手枪和五发子弹，明天一早就出发，务必在月底前押解到县行。"我兴奋地双脚并齐一个立正，敬了一个军礼："保证完成任务！"第二天一早，天蒙蒙亮，我就起床，抬头看看天空，天上还有星星对我眨着眼睛，在刘主任办公室里，我将交接过来的黄金放在特制的腰带里贴身扎紧，除了毛衣、夹克外套，还穿了一件军大衣，遮挡一下鼓鼓囊囊的五四手枪，双肩公文包里除了洗漱用品、军用饭盒、衣物等日用品外，还放了两本书锁好，然后出门上了吉普车，向刘主任挥了挥手，张建疆一踩油门，将吉普车开出了营业所大门。

尤鲁都斯是典型的高山草原，整齐划一的草地，犹如人工整治过一样，草地中，每隔一段距离就有一条小溪流蜿蜒流过，那是远处天山雪山融化的雪水汇聚而成的，这些小溪最终汇聚成了开都河，玉带似的开都河曲曲折折的，形成了以后新疆知名的旅游胜地"九曲十八湾"。坐在吉普车里的我对公路旁边这些若干年后收高价门票的旅游胜地视若无睹。脱离了囚笼似的银行柜台后，我身心放松，心里在想着完成这次押解黄金的任务后，在县城多待几天，好好陪陪秀英。还有，刘主任给我安排了这趟美差，要在县城给他买2条好烟、2瓶好酒，让他以后有这样的美差还能想到我。正想着，车子一颠，我脑袋碰到了车顶上，我"哎哟"一声，张建疆扭头看了看："没事吧？抓好把手。这简易公路哪是路，也就是车走多了压出来的路，一下雨，到处都是坑。还有这车到处都响，到处都有毛病，开着这破车，走着这破路，真是倒霉透了，哪有你们坐柜台的好，风吹不着，雨淋不上，我以后想办法也坐柜台……哎哟，操。"话还没说完，车子一颠，张建疆脑袋又碰着了，我一边嗯嗯地应着，一边心里在想，你这些话都是从离嘴一毫米的地方说出来的，根本就没有经过心，你是刘主任的亲戚，大字不识几个，让你去坐柜台打算盘，点钱记账，打死你你也不会干，就是你愿意干，刘主任也不敢让你干。一路上，车子每颠一下，张建疆嘴里都要嘟哝一句"操"。吉普车也许让他骂恼火了，在张建疆嘟哝出一百多个"操"时，吉普车熄火了，张建疆用各种方法试着打火，吉普车一直沉默无声，他打开车门，对着前轮胎踢了一脚："操，这破车，坏了。"此时，夕阳即将落到远山的后面，她将最后一束金色晚霞洒向草原，顿时，草原、吉普车、人都披上了金装，很是壮观。一会儿工夫，夕阳落到了山的后面，草原、吉普车、人都模模糊糊起来。二十世纪八十年代初，一个县城仅有数得着的几辆车，这辆吉普车也是刚从县行淘汰下来后给我们营业所的，所以在公路的前后都是黑漆漆的，没有一辆来往的汽车。张建疆说："怎么办？还有一半的路程。"我问："这车怎么办？"张建疆说："能有什么办法，找个大车把这破车拉回县城修理呗，可能要好几天才能搞定。我守在这里等着弄车，你呐？"是啊，我怎么办呢？我心一沉：按时押解黄金到县行，这个任务一定要完成，可是怎么完成呢？我说："我们先吃点东西吧。"一边吃着带来的干粮，我一边想：我身上带有黄金这件事只有刘主任知道，旁边的张建疆都不知道。

现在离县城也就是一百来公里，能不能到附近牧民那里借一匹马往县城赶呢？主意一定，吃完干粮，我对张建疆说："跑了一天车，你辛苦了，你在车里休息吧，我在周围转转，看看有没有蒙古包可以挤一挤。"我们营业所有时要下牧区，牧区没有旅馆，只有借宿蒙古包，我们称"挤蒙古包"。说着，我依然穿着军大衣，背着公文包向一处高地走去，张建疆答应一声，打开车门，进入车里，我走出没有多远，就听到了来自吉普车方向如雷的鼾声。

二

我走上高地，向四周一望，远远的有几处微弱的亮光，我朝最近的一处走去。看山走断腿，是说山看起来很近，走起来却很远，我走了近一个小时，才走到那处蒙古包。刚接近蒙古包，就有一只牧羊犬一边吠叫一边朝我跑了过来，我站在离蒙古包十几米的地方，大声用蒙古话喊：赛努（你好）！赛努（你好）！过了一会儿，一位蒙古姑娘出了蒙古包，喝住了吠叫的牧羊犬，用汉语说：进来吧。我低头钻进蒙古包，蒙古包里没有其他人，只是感觉里面有点杂乱，靠一边支着一个小铁炉子，靠门边摆着水桶和简单的小碗柜，碗柜上有支蜡烛散发着微弱的亮光，里面是个大通铺，铺上面铺有地毯，在通铺最里面有一只木箱，铺上被子已经摊开，看来主人已经睡下，又被我这个不速之客吵醒了，我不好意思地对蒙古姑娘说："对不起，打扰你睡觉了，我是农行营业所的，汽车坏了，到你这里休息一下。"她一听我说话，急忙转过身，拿起蜡烛，举到我跟前一看，高兴地大叫："是你啊，农行的小陈。"然后把蜡烛举到她自己跟前，"我，其其格，不认识了吗？天眼佛珠，你找到的。"我一下子想起来了，那是两个月前的那达幕节期间，我正在柜台办理存取款业务，一个蒙古姑娘取了笔现金后匆匆离去，可是，几分钟后她又匆匆回来，声称自己的一个天眼佛珠遗忘在这儿了，可是环顾四周，并没有天眼佛珠的影子，其他银行柜员一边安慰焦急的蒙古姑娘，一边帮忙四处寻找，但都未找到。蒙古姑娘说这是她母亲留给她的遗物，比生命都宝贵，说着说着哭出了声音，我回想起刚刚办理完的几笔业务，觉得有个抱小孩的大嫂最有可能拿了这个天眼佛珠，我把业务交接给其他柜员后，带着蒙古姑娘去找那位抱小孩的大嫂，最后在买衣服的人群中找到了那位大嫂。那个天眼佛珠拿在小孩的手中，像玩具一样半截被含在嘴里，我随手从口袋里掏出一颗糖，从小孩的手中换下了天眼佛珠，递给了蒙古姑娘。那位抱小孩的大嫂还在专心挑选着衣服，一点都没有发觉。那位蒙古姑娘就是眼前蒙古包的主人——其其格，我高兴地说："太巧了，你，其其格这是你的家？"其其格点点头，兴奋地说："我太感谢你啦，我这几天正在想什么时候去农行营业所感谢你，没有想到，你会到我家里来，是长生天把你送过来的吧？"蒙古族牧民信奉佛教，长生天是佛主的意思，我说："我要到县城去，车子坏在路上了，到这里来喝点奶茶，睡个觉。"说话间，其其格利索地把铁炉子火捅大，炉子上放上一个小锅，一股浓浓的奶香味一会儿工夫就从那里散发出来了，其其格将一个小桌放在铺有地毯的通铺上，变魔术一样，小桌上摆上了几个盘子，盘子里有煮熟的风干肉、奶酪、干果、饼子和两碗飘浮着油花的奶茶，我坐在小桌旁边，不客气地喝着奶茶，一边听其其格在说："前两天，我爸爸和哥哥姐姐转到冬牧场去了，我过几天也要过去，我刚刚找了找，家里没有白酒，你是不是喝点马奶子酒？"我说："可以呀。"其其格又倒了两碗马奶子酒，放到小桌子上，端起一碗，唱了起来，大意我能听得懂："金杯银杯端起来，祝愿亲人们健康长寿……"辽阔无垠的空旷草原和游牧生活练就了草原民族生性豪放，敢爱敢恨的性格，这里的蒙古族牧民从欧洲伏尔加河流域历尽艰辛归来，更加热爱生活，崇尚自由，崇尚浪漫，他们有逢喝酒必唱歌的习惯，每唱一段，我和其其格碰一下酒碗，一仰头全喝了，三碗过后，其其格如同十五的月亮一样的圆脸庞上，高原红更加的红润，显得更加妩媚，她在用蒙语唱道："两只小山羊，爬山的呢，两个姑娘招手的呢，我想过去吧，心跳的呢，我不过去吧，心痒的呢。两只小山羊吃草的呢，两个姑娘等我的呢，我白天过去吧，人看的呢，我晚上过去吧，狗咬的呢。"来自原产地原生态的歌声婉转动听，就如同我在其其格家喝的奶茶，牛奶是那些在蓝天白云下，刚刚吃了草地上新鲜酥油草，喝了矿泉水，悠闲散步归来的奶牛产的奶，连那些生火用的牛粪饼，也是绿色能源，当奶茶入口时，你可以品味到浓浓的奶香，回味时还有青草的味道。以后回到城市里，喝的奶茶就感觉寡淡无味了，这是在若干年以后，当我听到有歌星们演唱《两只小山羊》后的感觉。当时，我被其其格的歌声深深地陶醉了，我也唱起了《敖包相会》，在歌声中，我和她越坐越近，唱到《遇到你是我的缘》时，我感觉到其其格的一只手已经搭在了我的肩上，富有弹性的丰满胸脯紧紧贴在了我的后背，我简直要飘飘成仙了，因为喝了大量奶酒和奶茶，不争气的肚子实在坚持不住了，我说："我要出去方便一下。"出了蒙古包，一阵凛冽的寒风吹了过来，寒风中还夹着雪花，我不由身体一哆嗦，清醒过来了，一边尿尿，一边在想，你还是不是人，你的秀英在等着你，黄金需要你尽快押解，你怎么在这里飘然成仙了？真不应该啊。我站了一会儿工夫，最后下定决心，攥紧拳头默默念叨："黄金、秀英。"然后进了蒙古包，对其其格严肃地说："我今天累了，要赶快睡觉。"其其格误会了我的意思，将两床被子铺到了一起，我脱了鞋子，上到通铺上，将一床被子搬到左边，一床被子搬到右边，说："男左女右，这是规矩啊。"然后就裹着军大衣，头枕着公文包，躺在了通铺上。其其格出去方便回来后，躺在通铺上幽幽地说了一句："我是不是让你讨厌啊？"我回应说："你的名字其其格是花朵的意思，我的蒙古名字是呼和阿日嘎拉，是牛粪的意思，汉族人有一句话：花朵不能插在牛粪上。"其其格反驳道："那是你们汉人不了解草原的实际情况，在草原上，花朵只有插在牛粪上，才能开得更鲜艳，更美丽。"实在太困了，我不想讨论草原文化和农耕文化的分歧，便装睡，打起了鼾，其其格好像意犹未尽，过来拉我的胳膊，我的鼾声更大，她知道一个装睡的人是叫不醒的，便狠狠地在我胳膊上掐了一下，痛得我差一点叫出声来，一会儿，等她也发出了轻轻的鼾声，我也睡了过去。第二天一早，我醒来以后，看到蒙古包里没有人，其其格可能早起挤牛奶去了，我脱了衣服检查了一下黄金，又检查了一下枪和子弹，一切完好。可怎么在两天内到达县城呢？我坐在铺上发愣，其其格端着装满牛奶的盆子进来，看我起来了，问道："睡得好吗？"我一伸懒腰："太好了，和家里一样。"其其格一撇嘴，嘟哝了一句蒙语，我听得懂那意思，那是骂口是心非，言行不一的人的专用语。我假装不懂，问："我两天内必须到县城，怎么走啊？"她说："那还不简单，到道班上去搭车啊。""道班在哪里？""道班在扎尕斯台达坂（意山口）的半山腰，沿公路走有50公里左右，如果沿马道走可以节省一半路程，我的马今天借给你骑，中午你就可以在道班上吃午饭了。""那马怎么给你还回来？""你把马的缰绳在马鞍子上绑好，然后在马屁股上拍一下，马自己就会回来的。""还有，我们一辆吉普车坏在路上，有一个司机在那里，怎么办？""我给牧业队领导汇报一下，领导会安排好的，你放心吧。来，赶快吃早饭，反正我也留不住你，吃完饭赶快赶路吧，我还要给马喂点好吃的，你自己吃吧。"其其格出了蒙古包去喂马，我一个人吃完早饭，背起公文包，出了蒙古包，走向那匹枣红马。其其格突然想起了什么，匆匆从蒙古包里拿了一包东西递给我："都是吃的，路上吃吧。"我低头接过装有风干肉、奶酪，饼子的袋子，低声说了句："谢谢你。"其其格检查完马具，让我骑上马，拉好马缰绳，用手里的马鞭子轻轻抽了我后背一下，然后将鞭子扔到我怀里，带着哭腔说："你走吧。"一只手捂着脸朝蒙古包走去。我木然骑着马沿着马道向山上走去，我清楚其其格用马鞭子轻轻抽我后背的意思，紧邻尤鲁都斯草原的是那拉提草原，那拉提草原上世代生活着哈萨克族牧民，"姑娘追"游戏是哈萨克族男女青年相互表白爱情的一种别致方式，每年都在夏秋季节举办。活动开始时，一对对哈萨克族未婚青年男女向指定地点并辔慢行。去时，小伙子可向姑娘任意笑谑或求爱，姑娘只能默默倾听，不能生气；返程时，小伙子要策马急奔，姑娘则在后面挥鞭追打。如果姑娘对小伙子无情，则会用鞭子下狠手，抽打得小伙子连声惨叫。如果姑娘对小伙子有情有义，则会鞭下留情，只将鞭子轻轻抽打到小伙子的背上或者是坐骑的马屁股上，这一风俗也影响到了蒙古族姑娘。走了好长时间，我扭头看那顶蒙古包，蒙古包前站立着一个人，沐浴着朝霞，面朝着我的方向，雕塑般伫立着，我辜负了姑娘的深情厚谊啊，我深深地叹了一口气。

三

雪越下越大，整个公路和公路两边的山峰都被白雪覆盖，我看到公路旁边有几间砖房，隐隐约约有一块牌子写着"扎尕斯台道班"，我跳下马，雪已经有腿肚子深了，我把马的缰绳在马鞍子上绑好，指指来时的路，拍拍枣红马的屁股，枣红马不停地打着响鼻，好像不耐烦地说："知道，知道。"然后轻快地向来时的方向跑去。我揉了揉两条大腿内侧，长时间骑马磨得那里生痛，我瘸着腿，走进了道班的房子，房子里黑黢黢的，我一进门，眼睛还不太适应，一个说话瓮声瓮气的声音响起来："做什么的？"我循声望去，是一位黑脸膛的汉子坐在那里，旁边还有一个小个子的汉子，两人都是胡子拉碴的，一副"盲流"形象。我说："搭车的，你们是道班上的人吗？"黑脸汉子说："我们也是搭车的，达坂上雪太大，道班上的人都去清雪了。"我有些急躁："有车可以搭吗？"黑脸汉子说："正常情况下有车可搭，今天达坂上雪这么大，有没有来往的车就不好说了。"我一问他们去的方向，是要回尤鲁都斯方向的，我在银行接柜时见过各类各样的人，我知道这个季节到山上来的"盲流"大多是收购畜牧产品的，由于都是个人私下收购，被政府称之为"投机倒把"，是被打击的对象，慈眉善目的人是做不了这些投机倒把生意的。道班的房子又黑又冷，我想看看隔壁那几间砖房的情况，便起身出门，到隔壁那几间砖房跟前一看，门都上了锁，我返回到房子后，那两个"盲流"正在收拾东西准备走，我一看，我放在凳子上的公文包瘪了许多，我便想过去查看，眼睛余光突然看见两个"盲流"每人手里多了一把匕首。于是，我装着不经意地走向墙角，嘴里在说："雪太大了，我今天不走了。"黑脸汉子笑着答道："你就待在这里吧，我们可要……"他话说不出来了，匕首也掉到了地上，小个子"盲流"满含奇怪的目光顺着黑脸汉子的目光看向我，手里的匕首也掉到了地上，他们都看见我手里拿着一把手枪对着他们。当时人们的概念，有枪的人一般都是公安，两个人的腿不由得哆嗦起来，我恶狠狠地喊道："放下东西，赶快给我滚，跑得慢的，我要打断他的腿。"黑脸汉子转身朝门外跑去，小个子紧紧跟随，我站在门口，看着朝山下跑的两个身影越来越小，直到消失在大雪中。我回身将两个"盲流"的东西提到门外打开，里边果然有从我包里偷的东西，我拿出来放回我的公文包，"盲流"的包简直是百宝箱，里面什么都有，我想这两个"盲流"可能是惯偷，逮住什么就偷什么，让我高兴的是还有一套滑雪用具，我兴奋地清点着：滑雪板、滑雪鞋、滑雪杖、护膝、滑雪镜、我将这套滑雪用具和一把匕首收归我用，将另一把匕首扔到房顶，我打定主意要用这套滑雪板沿公路往前滑，如果能遇到道班的人就看看能不能搭车回县城，如果没有车，我就滑雪回县城。我知道这里离县城最多一百公里，这只是曲里拐弯的公路里程，其实也就是爬到扎尕斯台达坂的最高处，然后一直向下滑，穿过阿拉沟就到县城了，一出阿拉沟口就是东方红公社，那里有我们农行的营业网点，离县城只有30多公里，到那里就有办法了。

自幼生长在尤鲁都斯区的我，一年的大半年时间都生活在冰天雪地中，恶劣的自然环境，造就了不畏冰雪的野孩子，父母作为黑五类，下放到这苦寒之地，也使我变得更坚强。我视冰雪是我免费的大玩具，自小我的日常娱乐就是滑冰和滑雪，最初是滑爬犁子，爬犁子就是自己因陋就简，用钉子将几块木板钉在一起后，再在下面钉上当时建筑用的钢筋，人跪在爬犁子上面，用两根短钢筋做撑杆，爬犁子便飞快地滑行起来了，后来是滑冰刀。再大一些，看了京剧电影《林海雪原》，电影中，解放军战士身披白披风，在林海雪原中飞快滑雪的场景吸引了我们，我们几个同学就经常披着白床单，用因陋就简的滑雪工具滑雪、打雪仗玩。后来，参军入伍后，我在野战部队用滑雪板进行过正规训练。现在距离月底还有一天半，时间应该还来得及，我吃了一些风干肉、饼子、奶酪和"盲流"包里的饼干，然后穿上滑雪鞋，戴上滑雪手套和滑雪镜，背上公文包，挥动滑雪杖，用滑雪板沿公路滑了起来。这里的雪是"面条雪"，路是平缓的公路，十分适宜于滑雪。在曲折弯多的公路上我缓慢滑行，有一种饱览祖国壮丽北国风光的惬意，在平坦的公路上我飞快滑行，有一种风驰电掣的快感。我想起在部队时，那些城市兵常感觉高人一等，但在滑雪、滑冰这些项目上总是过不了关，经常来向我这从小玩冰玩雪长大的野小子讨教，现在看来艺多不压身。看着这白雪皑皑的世界，我不由得哼着看过十几遍的《智取威虎山》的片段来："穿林海，跨雪原，气冲霄汉……"可惜的是这天山公路，只是连绵不断的雪山，没有树木，没有林海，我是一边滑，一边在想一边在无法滑的地方走路，一边有一段没一段地唱，"……似尖刀，插进威虎山，誓把座山雕，埋葬在山涧……"这歌声里蕴藏的勇敢豪迈精神真给人提气，催人奋进啊。

滑了一个多小时的时间，我看到几位道班养路工人在清雪，我停下来，问他们，有没有车可以搭我去县城，他们回答："按照雪这么下的速度，没有五六天的清雪、养护，道路不会是畅通的。"我搭车的心死了，休息一会，又滑了起来，茫茫大雪天，看不到阳光，只是感觉天色在暗下来，空气稀薄，我有点喘不过气来，知道到了达坂的顶峰。我注意到，每隔20公里左右，公路路边就有一个无人居住的小土房，我知道那是政府建的，是当牧民们赶牛羊下山时，用于避风挡雨休息的地方，在一个小土房旁边，我停了下来，我先用雪洗了一会脸，取下公文包，拿出我随身携带的军用饭盒，盛了满满一饭盒雪，进了小土房，不出所料，靠墙有一堆干牛粪，旁边有几块石头做的灶，我把灶里拨拉干净，掏出公文包里的书，撕下几页作为引火，用火柴点着，放上干牛粪，架上军用饭盒，一会儿工夫，水开了，我将风干肉、饼子、奶酪一起放进去煮了一会，然后把军用饭盒移到旁边吃了起来，一边吃，一边想，真是比陕西的羊肉泡馍还好吃，吃完后，我又盛了一饭盒雪放到灶上烧，将那本书扔到干牛粪堆上。我知道，按照这里的习惯，我用掉了多少干牛粪就要补充多少干牛粪，现在，雪下得都到了膝盖深，我只有用书来替代干牛粪了。吃完饭后，我上下眼皮沉重得似乎睁不开了，我嘟哝着："黄金、秀英。"用手掐了一下手上的虎口穴位，使自己清醒，把门关好，用原来的石头顶住，将两根滑雪杖放到我身边，掏出手枪，半清醒半昏睡地靠着公文包闭上了眼睛。半夜时分，我被一阵轻微的响声惊醒，小土房外面有狗一样的喘息声，还有动物顶门的声响，透过门缝，我看见外面黑漆漆的，银白色雪光映照着几个动物在来回走动，我悄悄打开手枪保险，子弹上膛，盯着门，但没有了动静，周围寂静无声，我似乎住在一个坟墓里，只听得到我手表滴答滴答的声音，为了保持清醒，我尽力回想着哪些能让我兴奋的往事，我记得在部队里，每次有拉练演习等活动进行列队动员时，张指导员总是强调：一个人只要有决心和毅力，就能克服任何艰难险阻，就能达到自己的目的。我刚开始心里觉得这是卖狗皮膏药，现在感觉这些话已经潜移默化地融入了我的血液里，一到关键时刻，我都能清楚地想起他说的这些话，并且按照他的动员命令在行动，部队这个大熔炉真是锻炼人啊。我又想起在银行干校培训班结业会餐后，秀英约我到干校后边的小树林里散步，到了树林的最深处，她面对着我静静地站着，一双黑眼睛亮晶晶地凝视着我，我不由得将一只手搭在她的肩上，她立即用双手抱住我的肩，将自己的脸凑近我的脸。我是第一次与女性拥抱，立即感觉到口干舌燥，喘不过气来，也许是在会餐时多吃了些青萝卜烧牛肉，无意中放了一个响屁，顿时感觉面红耳赤，我都有点不知要如何进行下去了，但秀英似乎一切都没有听到，只是闭着眼睛，专心用她的嘴亲吻着我的嘴，用她的舌尖撬开了我的双唇，我马上用我的舌头迎接她的舌头，我沉浸在甜蜜和温柔之中，似乎天地之间只有我和她了。一边回忆，我一边半清醒地保持着战斗姿势，直到天亮。天亮以后，我打开门，天地依然是晶莹的童话般的世界，只是雪停了，我警惕地一手拿着枪，一手拿着滑雪杖，出去绕小土房转了一圈，没有发现什么，只是有狼的足印，我仔细地观察了狼的足印，有几排都是朝公路阿拉沟方向去的，我爬上路边的高坡，看到与阿拉沟同方向的还有一条沟，后来我知道这条沟叫岔子沟，我重新点着了干牛粪，吃完早餐后，也下了决定：尽量避免与狼相遇，条条道路通县城，沿着岔子沟走。没有想到这正好中了狼的诡计，我走向了通往狼窝的方向。

四

天山的高山有着自己独特的风貌，一座高山可以让你经历四季，当我从扎尕斯台达坂最高处——海拔近 3500 米处，在岔子沟里滑了近 3 个小时，到了海拔 2000 多米左右时，冬季已经转换为秋季了，这里的积雪已经化尽，只有山背处还有斑驳的薄雪，天空放晴了，阳光湿润洁净通透。与茫茫大雪的山上相比，天和地似乎都是新的，沟里只有一条河在静静流淌着，河两岸灌木林的树叶一片金黄，上午的阳光照耀着灌木林的红叶，红叶又把光芒折射到山崖，把整个山沟染得如金子般美丽。我脱掉滑雪鞋，穿上解放鞋，回头尽情欣赏着走过来的雪山，心里在赞美这雪山晶莹剔透，宛如童话时，突然发觉，有两只狼仿佛从童话里跑了出来，我揉揉眼睛，确实是两只狼朝我跑了过来，我估计这就是昨天晚上窥视小土房的狼，这两只狼可能还是公母一对，等到我来到离狼窝不远的地方时，准备下手猎杀我，然后带给狼宝宝享受劳动果实了。我看到不远处有一个断崖，我赶快跑过去，背对崖壁，面对恶狼，两只狼跑到离我 20 米左右的地方停了下来，喘着粗气与我对峙，我看这两只狼狼毛黯淡，瘦骨嶙峋，肉少毛长，就知道这是久未进食的饿狼。草原狼一般是不攻击人类的，这两只狼要猎杀我，一是为了自己的生存，二是为了养育后代，三是因为我孤身一人。我知道狼会一招致命，先攻击人的咽喉，然后是四肢，我一手用滑雪板挡住喉咙，一手拿一根滑雪杖，对峙不到十分钟，一只狼转身跑开了，另一只狼面朝我似乎在打盹，我想我应该跑，但又想我两条腿肯定是跑不过狼四条腿的，可能狼就是设计让我跑，以便它们在运动战中猎杀我。我也装着打起了盹，右手用滑雪板作掩护，悄悄地掏出手枪，在咳嗽的掩护中打开保险，子弹上膛，对着对面的狼就开了一枪，子弹击中了狼的一条前腿，狼嗷叫了一声，猛地起身向我扑来，距离只有十来米，我又打了两发子弹，都击中了狼的头部，狼倒在离我三米远的地方不动了。我拔腿就跑，刚跑了两步，感觉头顶有一朵乌云压了下来，我向右就地一滚，对着乌云就是一枪，乌云落地，我扭头一看是刚才离开的那只狼，那只狼已经受伤，它围绕着已经死掉的那只狼转了一圈，然后嗷呜嗥叫起来，我知道这是狼在召集狼群。也许这两只狼本来没有打算召集狼群的，它们只是想自己一家能够饱餐一顿，省得狼多肉少。没有想到理想很丰满，现实很骨感，转瞬之间，两只狼一死一伤。狼是报复心极重的动物，现在，这只狼招呼同伙来不只是要饱餐一顿，而是为了报仇雪恨。听到这恐怖的嗥叫，我把手枪插进枪套，我想，这最后一颗子弹要在最后一刻到来时留给我自己，我一手拿着匕首，一手拿着滑雪板飞快奔跑，我一边跑，一边看到远处山脊上出现了狼的身影，我喘着粗气，在快要跑不动的时候，身体被一个重物猛地撞倒了，我转过身子，一看是那只被我打伤的饿狼，它不管不顾地扑上来就要咬我的咽喉，我挥舞滑雪板护住咽喉和脸部，饿狼看咬不到我的咽喉，便朝我的胸部咬去，准备给我来个开膛破肚。它一口狠狠地咬下去，咯噔一下，狼牙被硌掉了，狼疼痛地扬起头，它咬到了我缠到胸部的那两公斤黄金。我趁着这个难得机会，用匕首插进它的咽喉，狼低下头，使出最后的力气，对着我的胳膊咬了下去，然后压倒在我的身上不动了。我扭头，看到狼群开始围拢上来，我最后的时刻已经到了，我不能眼睁睁地看着狼群把我活生生地撕碎，我掏出手枪，对着自己的脑袋，正考虑在死前是否要喊几句话，喊什么话时，听到响起了一片"缴枪不杀。""放下武器，举起手来。"的声音，我很诧异，难道这里的狼群已经成精了，怎么会说人话了呢？我扭过头，朝来的方向看去，影影绰绰十几只狼正朝我张望着，没有一只狼扑过来，我朝另外一个方向扭过头去，看见十几名戴着红五星军帽，穿着绿军装的解放军战士正用枪指着我，声音原来是他们发出来的，我扔掉手枪，举着双手，大声喊："我是农行的，执行公务。"一个战士朝狼群方向打了一梭子子弹，瞬间，狼群就四处跑开，无影无踪了。草原狼很聪明，很有领地意识，它们知道这里是穿着绿军装人类的领地，这里的白天是人类的天下。走过来几名解放军战士，将压在我身上的死狼拖到了一边，一位给我包扎胳膊上的伤口，一位将一个头罩套在我头上说："这里是军事禁地，你不要说话。"给我戴上手铐后，两名战士架着我朝路边的军车走去，过了半小时时间，我被押到一间房子里，头罩去掉，让我坐在一个凳子上，我看见我旁边一边站着一位全副武装的解放军战士，对面坐着一位穿四个兜军装的军官。因为二十世纪八十年代初，没有实行军衔制，只有看穿几个兜的军装来区分军官和战士。对面的军官问："姓名？""陈志飞。""什么单位的？""尤鲁都斯区农业银行的。""为什么来到军事禁区？""我是执行公务，误入军事禁区的。""好吧，我们核实一下。"军官拿着我的工作证和手枪出去核实了，十几分钟过后，军官进来，让旁边的战士打开我的手铐说："对不起，现在正是对越自卫反击战期间，怀疑你是苏联特务渗入。刚才与县城农业银行电话联系后，核对了你的手枪编号和工作证，确认你是农业银行的陈志飞同志，农业银行答应马上派车到公路口来接你，吃完饭后，我们用车把你送到公路口。枪，你可以带走，这两个东西我们要留着做纪念了。"他指着桌子上的匕首和一发子弹，我笑着说："谢谢你们，那两个东西就留给你们吧。"过了一会儿，一位战士端来一大碗面条和两个馍馍，我狼吞虎咽地吃着，发现面条里有两个荷包蛋，我知道这是部队里的病号饭，心里一热，更觉得部队亲切。吃完饭后，一位军官带着两位士兵，和我坐一辆车朝公路路口驰去，我头上仍然戴着头罩，走了不到四十分钟，来到了公路口，县行的车还没有到，军官摘下了我的头罩后，递给我一支烟，有点疑惑地问："在我的印象中，银行的人都是拨拉算盘珠子的书生，你怎么会与狼搏斗，还打死了两只狼？"我说："我是复员军人，以前也是穿军装的。"军官问："哪支部队？""陆军二师六团的。"军官肃然起敬："那可是一支英雄的部队，当年把印度兵打得满地找牙。"说话间，县行接我的车到啦，没有想到县行张行长亲自来接我，张行长与解放军官兵们握手后，正要道别，军官对我说："班长，稍等一等。"然后对两个士兵喊道："列队。"三人排成一行，军官对我说："班长，你是我们解放军的骄傲，敬礼。"三人一起对我行了军礼，我眼睛有些湿润，也向他们回了军礼，和他们逐一握手告别。在回县城的路上，张行长看到我疲惫不堪的样子，浑身被狼血和自己的血浸染的军大衣，要我先到医院做检查，我说："我先把黄金押解入库吧。"等我在金库办完黄金入库手续，把手枪交还给县行保卫干事，一坐到县行的车上就昏睡过去了，连被送进医院和秀英到来都不知道。等我睁开眼睛时，发现自己已经躺在医院病床上了，秀英坐在床边，惊呼道："你真能睡，已经睡了一天一夜了。""我什么病？"秀英说："你胳膊上被狼咬的伤口要处理，你耳朵和脸上的冻伤要处理，你没有感觉吗？"我摸摸胳膊上被狼咬的位置，正是其其格那天晚上用手掐的位置，不禁在心里诧异："这报应来得也太快了吧？"过了十几天，一位报社记者来到我的病床前，递给我几张稿纸，我一看是一篇通讯稿，稿子题目是《记玉荣龙梅式的好青年——陈志飞》，内容是：陈志飞在十年不遇的大雪面前，深一脚，浅一脚地穿过冰达坂，按时完成了组织交代的工作任务，为了保护国家财物与狼搏斗，打死两只狼，是当代武松，最后结语，陈志飞不愧是玉荣龙梅式的好青年。我将稿纸还给记者，谦虚地说："我哪里有你写的这么好。"记者摊开笔记本认真地说："我们采访过张建疆，他说，你们的车是在反修桥附近坏的，第三天，你是在岔子沟被解放军救下来的，这中间的两天两夜，你遭遇了些什么？你能给我详细地说一说吗？"我眼前浮现出在其其格蒙古包的一幕，浮现出两个"盲流"两腿哆嗦的一幕，浮现出我在山间公路飞速滑雪的一幕……我不想把这些都原原本本地说出来，因为这两天两夜带给我更多的是刺激，是冒险，是享受，是快乐，与这些相比，遭遇的辛苦就不值一提了，于是，我两手抱住脑袋说："这被狼咬过以后，打的狂犬疫苗是不是有什么副作用啊？我的头怎么这么痛，大脑一片空白，什么都不记得了，哎哟。"记者无奈地合上笔记本说："那好，你好好休息，什么时候恢复记忆，我再采访你吧。"我的记忆一直没有恢复，但好事一个接着一个到来，先是被评为劳模，然后被调回县行，与秀英结婚，生了一个儿子，经过三十多年朝九晚五的平淡生活后，我按时退休了。

四十年的时间，如同脱缰的野马，飞驰而过。看着城市日新月异，高楼林立，新鲜事物层出不穷，我常常对秀英感叹说："真是跟不上这飞速发展的社会了。"秀英拿熟练使用电子产品的孙子与我作对比，挖苦我说："你现在玩手机、看电视要让孙子教，跟不上社会发展，当年，你学习打算盘，手比脚都笨，也跟不上社会发展，你什么时间都没有跟上过社会发展。"虽然跟不上社会发展，但我的记忆恢复得很好，时常想起许多年前的陈年往事，怀念起几十年都没有联系的人。我带完孙子，经常是一边拖地，一边用公鸭嗓子在唱歌："在那遥远的地方，有位好姑娘，人们走过她的毡房，都要回头留恋的张望……，她那粉红的小脸，好像红太阳，她那美丽动人的眼睛，好像晚上明媚的月亮，我愿流浪在草原，跟她去放羊，每天看着那粉红的小脸，和那美丽金边的衣裳，……我愿做一只小羊，跟在她身旁，我愿她拿着细细的皮鞭，不断轻轻打在我身上。"我不知不觉，反复在唱，"我愿她拿着细细的皮鞭，不断轻轻打在我身上。"听得秀英都不耐烦了，有次冲我嚷嚷道："天天唱在那遥远的地方，你贱不贱啊，你买根皮鞭，我天天打你一鞭子，让你过过瘾。"我笑道："好啊，明天我就去给你买皮鞭。"秀英扭动着水桶一样的腰身："我还要跳广场舞呢，哪有时间每天去打你？"

也许在每个男人的心灵深处，或多或少都有一些隐私，它不可告人，有些甚至连自己的老婆也不能告诉，但这些隐私让人记忆犹新，沉淀后会持续发酵，会令人回味无穷的。

（原载《金融文坛》2018 年第 6 期）

作者简介

葛维屏，中国金融作家协会会员、江苏作家协会会员。《中国银幕》《科幻世界》专栏作家，在《人民日报》《中国青年报》《解放日报》《羊城晚报》《艺术评论》《大众电影》《电影评介》等发表文艺评论多篇。长篇小说《好女孩，谁赐我》在《扬子晚报》上连载，并获盐城市政府文艺奖三等奖。现供职于中国银行江苏省盐城市阜宁县支行。

你的同桌不是我

葛维屏

一

刚进入中行，我就得到了一次参加岗位培训的机会。

培训中心在城南，离市中心很远。我们首先找到离这个培训中心最近的居住点，一个叫大庆新村的小区，然后再向南才找到这个培训中心。

一圈孤零零的围墙裹住了培训中心的全部内容。一幢宿舍，一幢教学楼，后面就是一些附属的平房。我们进去的时候，没有其他的培训人员，因此，空旷的培训中心平添了"鸟鸣山更幽"的味道。

上课的教室只开了一个，学生不少，整个教室都坐满了。坐在里边的是全辖区新进的行员。我选择了最后一排位置，这个位置的好处，是可以减弱老师声音的干扰。当时我正狼吞虎咽地读古龙小说。

我这么偷香窃玉般地看书一直很安静，隐蔽得也很好。我的座位只有我一个人，与讲台保持着足够距离，前面的学员为我设置了一道万无一失的安全防线。

二

我太专注了，甚至一点都没有察觉到身边不知何时坐了一个人。

我当时感到万分惊奇，因为多年偷偷阅读的经验，使我养成了用眼睛余光察看讲台动静的能力，周围发生的任何风吹草动，都会引起我的警惕。然而，身边突然冒出来的这个同桌，竟然没有发出任何一点声响，好像她就是突然间出现在我身边的，然后就那么静静地坐在那里。

坐在身边的是一个女孩。

我可以看见她乌黑的头发，看见她略显苍白的皮肤，看见她专注地朝讲台注视的眼睛。幸好她的脸没有对着我，不然我将与一个女孩的目光做一次难堪的交锋。我知道，那样的目光碰撞，可能吓着的是我。幸好她的目光不给我注视的任何余地，因此，我可以较为自然地收起我惊诧的目光。

"吓死我了。"可能是掩饰如此近距离地打量一个女孩的尴尬，我轻声地嘀咕了一句。

"我很可怕吗？"她掉转头，朝我嫣然一笑，也轻声地说。她那说话才叫轻，我听到的几乎只是气息相摩擦的声音，但每一个音节的声音却异常清晰，非常顺当地钻入我的耳朵。

"不，我是说我自己。我被自己吓死了。"

"不会吧，你可是对我说的呀。"她的轻轻的声音，仍然非常清晰。

"就算是吧，你怎么突然进来了？我一点感觉也没有。"

"是你看书太认真了。"

"不会吧，我还是会关注周边动静的。"

"你呀，老师走到你面前，你也不知道。"

"不会吧？！我从没有失过手。"

"别太相信自己噢。"她露出一丝调皮的笑容。

"我相信自己有能力防范老师的。"我对她无力地辩解着。

正在这时，从讲台上传来老师的严厉呵斥："最后一排的那个学员，你站起来，你一个人在自言自语什么？"

我顺从地站起来，但心里还在咕哝着：什么叫自言自语啊，明明是两个人窃窃私语，怎么成了我一个人在说了？

三

我努力回忆着她给我留下的印象。

可以肯定的是，她穿着一件红色的衬衫，像是一种丝绸类的制品，稍微有些皱巴巴的。我对衣服一直没有什么感觉，但我感到她穿的那件衣服并不新，十分陈旧，袖子卷起来，露出白净的皮肤。那种白色给人一种好像很不真实的感觉。

她的肤色应该是非常白的，仍然是那种白得不真实的感觉，但那件红色的衬衫映衬着她的面容，使她的脸罩上了一种淡淡的粉红，这无疑弥补了她脸上惨淡的基色。

很快下课了，我终于可以大声地与这个新来的同桌交谈了。

"我还是搞不懂，你是怎么进来的？"我有些恼羞成怒地问她。

"管那么多干吗？"她的声音略微放大了一点，但那种气流的摩擦音仍然很明显。我觉得她说话的声音应该用"咬牙切齿"来形容，当然我不是说她讲话时那种仇恨的感觉，而是纯粹指她讲话的方式。

"你怎么不从前面进来喊报告？"我追问。

"我不想。"她平和地说。

"你像影子一样突然就进来了。你怎么才来？"

"我接到通知晚嘛。已经迟到了，就应该悄无声息。"

"你挺会说理由啊。唉，算了，你是哪个行的？"

"分理处就在大庆新村那儿。"

"那你用不着住宿了。"说完这句话，我感到好像再没有什么可与她谈的了。这时候，我才发现前面的同学眼都不眨地全盯着我，四周没有一点儿声音。他们的目光中露出嘲弄我的笑意，就像是看街头傻瓜的那种目光。

"你们怎么了？"我朝他们大喊。

"你今天是不是犯什么毛病了？"本行的一名同事对我说道。

我把求援的目光投向她，天呐，那个座位上竟然没有一个人，空空荡荡的。

目光向四周搜索她，她正走向教室门口，依然穿着那件红色醒目的衬衣。

四

之后的日子里，我更加放任自流，沉浸在古龙的小说世界中。

我的同桌总是时不时用钢笔敲敲桌子，对我废寝忘食的开小差提出警告。

对我的女同桌，我也多留了一个心眼儿。我发现她坐得很正，听得很认真，始终保持沉静的样子，令我对她敬佩有加。实际上，我是很粗心的，我完全把她看成是一个同事，第一天她突然出现的神秘样子并没有使我对她产生什么猜疑。

每当听到桌子左边传来的有节奏的点击声，我便会扔掉古龙，抬眼注视黑板。

她的面前总是摆着一本前几年用的中行培训教材。我看书看得累的时候，总有事没事地把她的书拿来瞧一瞧。我看到在书的扉页上写着三个字：严冰晶。

她上课很准时，总是在上课前的几分钟，准时从后门进来。下了课，她就坐在桌子边，一声不响地看着手里的那本旧教材。课程结束，她也是一声不吭地走出门去。

五

那天，好像学的是外汇课程，内容很多，理解起来也很困难，不管老师在黑板上如何图解托收的全过程，我们还是莫名其妙。这次，是她唯一没有来上课的日子。

晚饭我吃得食不甘味。放下碗筷，我就向校门外走去。我记得她说过，她是大庆新村分理处的。我摸黑去看一下她所在的分理处，算是聊解忧虑吧。

路灯朦胧地映照出大庆新村中心区的几间核心门市。

看到了一家银行，可惜是建行。再往里找，就碰到住宅区的高楼了。我回过头再找，在另一边，还是没有找到。小区的出口处有卖小吃的摊子，我走过去，看到一位年纪比较大一点的妇女，便上前问她中行的储蓄所在哪里。

中年妇女呆呆地望了我足有半分钟，眼睛中露出一丝惊恐："你找中行的分理处干什么？"

"我的同事在那里上班。"

"你的同事？什么时候在那里上班？"

"就是现在啊。"

"不可能，中行的储蓄所早就封了。"

"为什么封了？"

"自从那里死了人以后，就封了。"

我一下子蒙了："可我明明听我的同事说她就在那上班啊。"

"上班？封了一年多了，还死了一个姑娘呢。"

"是一个穿红色衬衣……"我生生地咽下了后半句话，心激烈地跳动着。我遇到的严冰晶已经死了？

不！她那略带调皮的眼神，她那气流摩擦般清晰的声音，她的刺向我心灵深处的笑容……我一点也没有产生畏惧之感。

六

我跑到位于四楼的男生宿舍的时候，大家都去吃早饭了，房间里很清静。我从枕头下翻出了那些书。有存汇知识、信贷知识、外汇知识，还有职业道德之类的书，我找出一本中行杰出青年的通讯集。这些书才发下来的时候，我曾经翻看过它们，所以对这些书中的内容还有大致的印象。

我打开那本通讯集，查了目录，翻到一篇标题为"碧血丹心献中行"的文章，下面的小标题是："记勇斗歹徒壮烈牺牲的 XS 中行大庆分理处青年员工严冰晶。"

我几乎一目十行地阅读着那篇通讯。她，出生在一九七五年，毕业于南京金融专科学校，她上班约有一年的时间。发生事故的那一天，已接近下班，接款车已走，库存金额有一万元，两名歹徒持枪令他们开门，未应，便砸倒栅栏，冲到里面抢款。严冰晶拦住，歹徒对着她腹部刺了几刀，她追到门外，血流满地，拖住歹徒。送入医院后，不治身亡。

我承认她在扑向歹徒的时候，她的行为是何等的崇高，但是她付出的代价却是她的生命。

因为与她几日来的相知与相熟，一个自私的想法便开始在我的心头蔓延：如果严冰晶不与歹徒搏斗，损失的只是一万多元，那么她的生命还会继续。

我宁愿失去一个印在教材中的女英雄，却愿生活中多一个平凡快乐的普通女孩。

当我身心疲惫地来到教室，我无力的目光扫向我的同桌的座位的时候，我愣住了。

她坐在座位上。

她的气色很好，眼睛也向门外注视着。因此，我一进来就与她的目光打了一个照面。

我几乎是气急败坏地走到她的面前，对她大声地嚷道："你给我出来！"

我的声音可能是完全失控了，教室里的同学们都把目光投向我，哄堂大笑起来。

"别气坏了身子，你先走吧。"她笑着说。

我走到楼梯口等她。

我注视着她的身影，注视着她的面庞，注视着她的一举一动，好像从头到尾地扫描着她。

"干什么呀？看得人好恐怖噢。"她笑嘻嘻地对我说。

我刚才积压的恼怒消失得一干二净。

我有气无力地说："我全知道了。你不会怪我吧？"

"知道什么？为什么要怪你？"她好奇地望着我。

我拿出那本通讯集，翻开折起来的那一页，那上面有一张模糊不清的黑白照片，但我还是从那种粗颗粒的影像中，看出了她熟悉的眉眼。她基本上没有什么大的变化。我对她说："这是你，是吗？"

她脸上的笑容就像是被狂风刮走了似的，面容比白绢还要洁白。她穿着的红色衣服，也没有为她的脸色增添几分鲜润。她一动不动，目光开始迷离，好像进入了一种被催眠的状态。

看她像是要晕倒的样子，我几乎本能地上前一步，扶住她。她的手脚发凉，但还没有到冰凉的程度。也许她过去就没有体温，只是我不知道而已。

七

"我想对天下所有的人说，我不应该冒着付出生命的代价，与坏人搏斗，去保卫银行的钱款。"

我的头脑"轰"地响了一下，如果这话出自别人的口中，肯定是一句离经叛道的话。而且，我的头脑中也曾冒出过这样的想法，也曾经想用这样的话来责问她，但当时在产生这种想法的时候，我的心中一直有一种犯罪的感觉。

"不，"我抢过她的话头，"你这样的行为是崇高的行为，你不应该为你的行为而后悔！"

"我不后悔我的动机，但我后悔自己的行为。我一直在思考，生命重要还是钱款重要？如果现在让我选择另外一种方式的话，我会让歹徒走掉，然后，我会把家里的钱拿出来垫上，这样国家财产不会有任何损失，我也会协助公安部门抓到歹徒。"

"我同意你这样做。"我终于大喘一口气，这正是我想表达的一种想法。

我说道："你说得不错。最近，报纸上登载了一篇报道，说一家银行的储蓄员让歹徒抢走了钱款，然后储蓄员用家里的钱垫上了银行款……"

"后来呢？"她问道。

"储蓄员被辞退了。"

"所以我期待我的这个问题有一个被社会接受的答案。就是我们要提倡一种热爱国家财产的精神，但是，在关键时候，我是说仅仅是歹徒抢劫的那一个时刻，我们应该提倡一个观点，就是生命是最重要的，可以让钱财损失，但要保住生命。"

"是这样。所以，我早上还在心里责怪你呢！"

"现在我时间很多，可以比较从容地想很多事情了。我觉得我离开了人世，自己觉得没有什么，但给我的父母还有妹妹带来的是多大的伤害啊！如果用钱能买回我的生命，我的父母宁愿倾家荡产。这是我最大的遗憾，也是最大的后悔！"

"可是事情毕竟已经过去了，时间不会倒流的。"

"所以我一直想在培训班上听到人们形成一种对生命重要性的共识，哪怕在那篇通讯的结尾处加上这样一句话：我们提倡保卫国家财产的精神，但我们也要注重对生命的保护。"

这是她最后的一个希望。我应该帮助她为她的行为讨得一个更合乎人道、更合乎生命价值的说法。

八

讲授职业道德课程的是一位行长。在辩论"是把国家财产放在第一位，还是在维护生命的前提下，去维护好国家的财产"的时候，当我斗胆地提出我的观点的时候，代理班长更是对我横加指责。

严冰晶一直默默地坐着，没有言语。当我准备向代理班长诉说一个牺牲的英雄也在用自己的方式重新思考自己行为的时候，她紧紧地拉住了我的衣角。我几乎站立不住，只见她向我频频示意，让我停止辩驳。

我不得不尊重她的想法，坐了下来。我发现她的眼睛里含着泪水，那是一种无奈的委屈。

辩论最后以行长的总结发言而结束。一切都归结到教条式的毋庸置疑的结论中。

九

当我与她离开教室的时候，她对我说："谢谢你！"

她的话，使我感到非常突然，泪水涌上了眼角。

我说："以后不说谢谢了好吗？这样的词太令人感到陌生了。也许将来有一天大家会认同你的观点的。"

她说："我会等待这一天的到来。"

我一言不发地走着，她停了下来："怎么，你好像不高兴？算了，我本来就没有抱希望能说服别人，开心一些吧，别愁眉苦脸的，毕竟你帮我说出来了，我觉得能说出这样的想法，就是很快乐的事了。"

"我也不知道为什么。有时我自己都不知道自己站在哪一边。"

"别去想这些问题了，好吗？这个问题太沉重了。我们想想有什么开心的事情。"

我朝她望去，我的确看到她的脸上涌动着朝气和活力，这是我以前从没有看到过的。

"不知我可不可以问你一件事情？"

"好啊，随你问什么。碰巧本姑娘现在心情好，提问不受限制。"她笑道。那是自信的、狡黠的微笑。

"那你还记得那天出事时的感觉吗？"

"记得，我记得杀我的那个人，他非常年轻，嘴上有一层细细的绒毛，好像是一个小弟弟，不知道他为什么出手那么残忍。我也不知道为什么，当时我没有一点害怕。"她似乎在说着儿时的游戏，那种口气和语调使我觉得极不协调。

"那个畜生，他怎么能对你下得了手？我要是逮住了他，非掐死他不可！"

"哈哈，你迟了，那个小弟弟第二天就被抓到了，听说被枪毙了。真是可惜，他太年轻了。"

"什么，你居然怜悯他？他应该千刀万剐。我恨不得去宰他一刀。"我的声音中充满愤怒。

"不，也怪我，当时我要是不拦着他就好了。"

"我讨厌你这样的说法。"我几乎对她吼起来。

她掉转头，愣愣地看着我："你发火的样子好凶噢。"

她的平静使我不好意思起来，我撇了撇嘴："对不起，我不该对你发火。"

"没什么，你发再大的火，我也不怕。"她轻轻地叹了一口气，"再说了，你这样发火，我听了很舒服。我知道你是在为我辩护。我有时感到悔恨，悔恨对那个小弟弟，对我的爸爸、妈妈，对我的妹妹做了这样的事，我觉得心里憋得难受，可是又没有人肯听我的。"

"我愿意听，这是我的真话。"我在急切地表白。

"好了，天不早了，我也该……回家了。"她突然想起了什么。

"回家？"我诧异地问她。对她现在的生活我仍有一种强烈的探询的欲望。

"回到我的地方啊。我不能再和你在一起了。"

"为什么？"

"久了，你就能感受到我的心灵，我的喜怒哀乐，我的爱憎。"

"怎么会，怎么会这样？"

"应该说，那是你的一种感受。是你把你自己的思想投射到你自己的心灵上，你感受到的我，更可能是你想象出来的我。"她平静地说。

"你怎么这样说，你是说，我只是在与自己沟通吗？我交流的对象一直是我自己吗？难道真的如老师说的那样，我一直在自言自语吗？"

她朝我看了一眼。

我看到她的眼睛中流淌着深深的惆怅。

十

培训班临近结束，上级组织看了一场电影。

那天放的电影是《泰坦尼克号》，其实，我已看过碟片，但主要是想让她去看。

她自然拗不过我。

到了电影院。我故意挑了一个远离同学们的位置。毕竟已看过碟片，我缺少了第一次观看时的激动。记得当时在家里看碟片看到一点多钟，看的时候没有觉得什么，看完了，那种沉重的感觉压迫了我一夜。生离死别，似乎永远是人生最痛苦的命题。

我和严冰晶走在夜的城市的街头。她的眼睛一直是湿润的。我知道这样煽情的影片对一个女孩来说，是有很大的感情杀伤力的。

在很久的沉默后，她说："真想大哭一场。"

"那你哭啊。"

"我在心里哭，但没有眼泪。"

"你能做到欲哭无泪？"

"不，我不会有眼泪了……"

"为什么我会觉得你的眼睛秋水盈盈啊。"

"肉麻。你看我的眼睛。"

我凑近她的面庞，她睁大着眼睛。我在她的瞳仁中看到了街灯在跳跃，看到了城市的高楼的倒影。我觉得她与一个正常的女孩没有什么两样。

"我可以拉拉你的手吗？"我问。

她的手伸过来，我挽起她的手，冰冷的。我觉得挽住她的手，就像抓住了她的滚烫的内心，挽住了她的青春之火依然旺盛的生命。

她微微地贴靠在我的肩头，好像沉醉在一种真假难辨的梦境中。

"我还是第一次与一个男生走在大街上呢。"她喃喃地说。

我害怕破坏她的梦境，小心翼翼地走着。街上夜行汽车的灯光像流动的河，杂乱的灯光交叉着，重叠着，时而把我们扔进黑暗里，时而又让我们暴露在明亮中。

不知什么时候，她猛地甩开我，我感到她的反应出乎意料的强烈，她叫道："培训班结束了，我该走了。"

我不由悚然："那以后怎么再见到你？"

"我应该淡出这个世界。"

"不可能。"我猛地拉住她的手，仿佛她现在就要消失。我感到她的身体像是没有重量，我就像推搡着一个稻草人似的，我赶紧松劲，"对不起，我的手太重了吧？"

"没关系，"她的脸上露出一丝苦笑，"我走了，你要爱惜自己。"

十一

离开了培训班，我进入有趣、热烈的工作与生活中。

一次职工大会上，领导传达了总行的一份文件。那是春节前的一次例行安全教育会，把总行的一份文件一并传达了。

那份文件的内容，像尖厉的呼叫声，传到我的耳膜。

那份文件提到：员工在遇到歹徒抢劫的时候，要把保护生命放在第一位，在此基础上，尽力维护国家的财产安全。

这是我第一次听到正规的文件有这样的说法。

我的心猛烈地跳动起来，这是我一直渴求的答案，也是严冰晶用生命换来的答案。在培训班，当我们谈到这个简单的问题的时候，还像是大逆不道的反动言论，而今天，它终于白纸黑字地印在了中国银行的文件上！

我不由自主地站了起来，感到心跳已经抵住我的喉咙。我现在最想做的就是，告诉她，告诉她……

不等会议结束，我就向行长请假说头痛、发热，需要上医院，先行走出了会议室。

我叫了一辆出租车，驶往大庆新村。

十二

在与她分手的那个小区花园边，我对着黑暗，告诉她，终于等来了一个说法，一个对生命尊重的说法。

几年来积压在我心头的石头终于在这一刻化解。我坐在花园边沿的石板凳上，等她。

"其实，我一直想告诉你，我叫严冰莹，是严冰晶的双胞胎妹妹。"不知什么时候，她已经站在了我的面前。

"妹妹？……"遇到严冰晶后，我一直相信世界上有另一种物质的存在。

"姐姐走了，可她把所有的心愿都托梦给我了。对不起，让你误会了。"

"不可能，我们俩一直是同桌，你就是严冰晶！"我对站在眼前依然穿着那件红色醒目衬衣的姑娘，几乎喊了出来。

"你的同桌就是我。但我不是真的故意一直隐瞒要吓唬你的。"严冰莹轻轻地低下了头，"那天上课，看到你没有专心听讲，我就和你开了一个玩笑。"

"玩笑，那后来发生的事情仍然是玩笑吗？"

"是的，仍然是。"严冰莹抬起了头，"和你接触几次后，我发现你才是真正理解我姐姐的人。我希望和你一起看到姐姐的愿望能够实现。"

她把手伸向我，我紧紧地抱住她。

她轻声的气息在我耳边流动，温暖着我。天空的流星一闪而过，我想到，那可能是严冰晶的一颗眼泪。

（选自短篇小说集《黑暗中的皮肤》一书）

作者简介

高旺国，湖北武汉人，中国金融作家协会会员，湖北省作家协会会员。作品散见于《长江丛刊》《中国金融文学》《金融文坛》等报刊及多个文学网。著有长篇小说《江流滚滚》、散文随笔集《星光雨》、中短篇小说集《高家湖畔》。现供职于中国建设银行湖北省武汉审计分部。

角色

高旺国

一

要不是严晖打电话来，我还不知道周冬生已经"失联"了。

周冬生会"失联"？他为什么要"失联"？严晖的报信，我脑子里第一个反应就是疑问。严霞曾经告诉我，周冬生到外地收债去了，说好一个星期后回来，这段时间公司的业务交给她全权处理。现在刚过了一周，怎么就能断定周冬生"失联"了呢？

我问严晖，你是怎么判断周冬生"失联"的？严晖的一番话既不得要领又不太连贯，听得我头皮发麻，但事关重大，我只好耐着性子听下去。从严晖杂乱又啰唆的话语中，我终于听明白了他的意思。

一个小时前，严晖去了兴旺农业发展有限公司。他到总务部时，正遇到李小珍与向阳村的王喜贵在争吵，细问之下，才知道王喜贵是来结算树苗款的。李小珍说周冬生没有给她授权，又没有他的签字，她不敢擅自做主给王喜贵划款，请他过一段时间再来。王喜贵不同意，非要拿到树苗款不可。严晖出现了，李小珍问他怎么办，严晖对李小珍说，你给周总打个电话请示一下，看能不能把王喜贵的树苗款结了。李小珍说她两天都没有联系上周冬生。王喜贵听了，就缠着严晖要树苗款。严晖给周冬生打电话，但他的手机一直不通。严晖只好向王喜贵解释，说他虽是股东，但没有参加公司的经营，也没有分管具体事务，周总亲自掌管财务，你的树苗款只能等周总来公司后才能结算。好话说了一箩筐，好不容易摆脱了王喜贵的纠缠，他赶紧给我打电话报信。

我在半信半疑之间，拿起手机给周冬生拨了一个电话，得到的回复是"您拨打的电话已关机"。真奇怪，周冬生怎么不开机呢？是手机一时没电了？不对，李小珍两天没有联系上他，他不可能两天都不充电。是周冬生不想与外界联系，想逃避人世间的喧闹？还是收款不顺利？这年头，欠别人钱的反而成了大爷，可以找出各种理由拖欠钱款，而追债的人反而成了孙子，低三下四地央求人家还款。还有最恐怖的是被欠款人怎么了……狗急了还会跳墙，人要是被逼急了，什么事都干得出来。想到这里，我急火攻心。

如果周冬生真的"失联"了，我该怎么办？我稍稍平复了心态，开始认真地考虑这个问题，想一想由此将产生什么样的后果。

兴旺农业发展有限公司还有 600 万元的贷款余额，下周就要到期了，我要做的，就是如期收回这笔贷款。如果身为总经理的周冬生不在场，兴旺公司怎么去筹集资金归还贷款？如果贷款收不回来，我手上又将多出一笔不良贷款。目前山清市分行新来的行长王国伟正在大力清收不良贷款，并在查处相关责任人，这笔不良贷款冒出来以后，我肯定脱不了干系，毕竟我是这笔贷款的经营主责任人。如果王行长深究下去，会不会"拔出萝卜带出泥"，把我间接参股兴旺公司的事带出来呢？我与周冬生已经谈好，先找人借一笔款，把我经手的贷款还清，十天半月后我再给他的公司贷一笔款，把人家的借款还了，这不就行了。这个周冬生啊，是不是算准了我是隐形股东，又是这笔贷款的责任人，就把这个"烫手的山芋"扔给了我？什么意思嘛？

严晖只是名义上的股东，他只是一个摆设，隔三差五地才去一趟兴旺公司，不了解这个公司的经营状况。要全面掌握兴旺公司的经营情况，特别是兴旺公司目前的财务情况，还得严霞出马。严霞已经有一个星期没有去兴旺公司了，她在医院陪伴病恹恹的儿子，今晚我得去医院，让严霞回家睡一个安稳觉，明天才有精力去兴旺公司办我交代的事情。

二

我，杨涛，华行山清市五一支行行长，一个内部级别为业务副经理（相当于副科级）的三级支行行长。三年前，如果市分行不把公司小额贷款的审批权限下放到三级支行，我的人生轨迹也许不会改变，我还会像往常一样，领导一个十几个人的小支行，每天重复做一些诸如收付款、办理转账、卖理财产品、卖实物黄金等银行业务。虽然工作平淡得如同一杯没有味道的白开水，有时还要加班加点，但是没有经营风险，起码能少操一份心，能吃一碗安稳饭，能睡一个踏实觉。

我目前遇到的困惑，以致后来身陷绝境，都与我这个不入流的芝麻官有了小额贷款的审批权有关。

按理说，有权了应该是好事，特别是贷款的审批权。在银行内部，有多少人盯着这个权力。社会上盯着这个权力的就更多了，特别是一些经商的、办企业的，他们能不能做成交易，能不能经营下去，以及能做成多大的生意，能赚取多大的利润，就看他手上有多少资金能够调动，资金只有在流动中才能增值。而我，就成了一些人眼中的"财神爷"。

但权力又是一把"双刃剑"，它既可以为你带来尊严，带来财富，带来虚荣心，又可以带来屈辱，带来贫穷，甚至带来牢狱之灾！

市分行给了我审批小额贷款的权力，同时又给了我创造利润的责任，权力与责任对等，既公平又合理。我在充分行使权力的同时，还要千方百计地赚取利润。市分行对五一支行的考核指标中，利润指标的分量最重，并且与员工的绩效工资直接挂钩。我不能眼睁睁地看着兄弟支行的同行们吃肉喝汤，而与我一起打拼的兄弟姐妹只能啃骨头喝西北风，我要为这十几个人着想，我要让他们的荷包尽快鼓起来，让他们在老婆老公面前昂首挺胸，像一只只骄傲的小公鸡小母鸡。我要竭尽全力，把小额信贷业务做好做大。

寻找需要小额贷款的企业不难，发放贷款也简单，难的是我这十几个人的队伍，除我有两三年的信贷从业经历外，其他人都没有与信贷业务沾过边。没办法，我只得让他们边学边干，分期分批地安排员工参加市分行举办的短期信贷业务培训班，然后照本宣科地经办小额贷款。每周二、周四晚上以及周六，我组织大家学习信贷业务知识，当然我也在其中之列，我感觉过去的那点信贷业务知识不够用了，我也要"充电"，把最新的专业知识学到手。

我还虚心地向市分行的信贷专家请教，这样办理业务的时候就能事半功倍。小企业涉及各个领域，经营范围广泛，虽说我与十几个兄弟姐妹都有大学文凭，最差的也是三本或电大，但就靠我们的这点银行专业知识，想把各行各业的经营状况及未来的发展前景搞清楚，那是根本做不到的事。我向信贷专家学了一招，就是注重贷款的抵押品或者是质押物，抓住了这两个东西，就等于抓住了信贷业务的"牛鼻子"，只要有足够的抵押品或质押物，就不怕企业还不了贷款。就这样，前两年，五一支行的小额信贷业务发展迅速，银行利润大幅增长，各项考核指标在各个支行中名列前茅。兄弟姐妹们的荷包鼓起来了，我也被市分行评为"先进个人"，进入了后备干部行列。

兴旺公司的贷款，就是在我的信贷业务如日中天的时候发放的。也就在那个时候，我在周冬生描述的美好前景下，被他拉入了合伙阵营中。

我是在魏晓峰的引荐下认识周冬生的。魏晓峰是支行的信贷客户经理，日常做一些贷前调查、客户推荐、催收本息之类的具体工作。有一天，他向我汇报兴旺农业发展有限公司的贷前初步调查报告，这个公司在向阳村承租了200亩的山坡地，承租期20年，准备建一个集园林、垂钓、餐饮、旅游于一体的现代农业生态庄园，总投资1500万元，除投资人出资600万元外，申请小额贷款900万元。我认为这个项目不错，同意抽时间做实地调查。

周冬生接我和魏晓峰去向阳村，他在山坡下建了一个工程部，做一些施工前的准备工作。在工程部，在农业山庄模型前，周冬生详细地介绍了山庄里的葡萄园、火龙果园、草莓园、垂钓园、农家乐餐饮的区域和规模，以及建成后的经济效益预测。后来，在贷款办理过程中，周冬生与我见过几次面，还正式邀请我入股他的公司。说实话，虽然我认为周冬生描述的美好前景有些夸大其词，但是这个现代农业生态庄园确实很有发展前途，毕竟这是山清市第一家现代农业生态园林。山清市是一个有 30 万人口的中等城市，最近十年来经济发展迅速，一些富裕起来的居民有养生、健身、休闲、娱乐的需求，而周冬生的现代农业生态园林正好可以为他们提供这种服务。

　　我的家庭也需要我为妻儿找一个长久的、可靠的经济靠山。自从小刚五年前出生以后，严霞就没有正式上过班，后来干脆从公交公司辞职，专心照顾患了软骨病的儿子，期间为几家私人公司做一些如文案、会计之类的工作，这不是长久之计，我一直在想办法解决我们家的经济问题。这几年我与黄姐做了几笔资金生意，赚了几个钱，我正在考虑做什么投资。买商铺，我们家没人经营；入股市，行情低迷且风险太大；买理财产品，收益过低致富慢。借给黄姐吧？收益是高，可是风险也大，何况市分行正在查处参与民间融资的银行员工，我既然已经"金盆洗手"了，就不想再涉足这浑水了。比较来，比较去，我还是觉得参股周冬生的兴旺农业发展有限公司是最优的投资选择。

　　但我对周冬生不了解，我也不敢听了他的几句话就盲目投资，我要对他进行彻底了解以后，才决定是否接受他的邀请。这毕竟不是买个手机之类的电子产品，或者冰箱之类的家电产品，考虑一下就可以做决定，这是关系我家的全部积蓄安全、关系我们三口之家生死攸关的大事，我在做出决策时必须慎之又慎，不能有半点失误。多年来的人生经历告诉我，与人合伙做生意，对方的人品最重要，哪怕是他的能力差一点，也只是多赚与少赚的问题。如果把钱交给一个骗子，一个赌徒，一个吸毒者，或者是一个有寻花问柳嗜好的淫棍，那么你的钱多半会打水漂。

　　我通过多种途径，包括我的同学同事，周冬生的同乡邻居，暗中对周冬生进行了一番调查，从多个渠道反馈来的信息，我得出的结论是周冬生可以信赖。他三十出头，比我小两岁，省城农业职业学院毕业，经过商，办过小企业，在山清市有住宅有商铺，家底比较丰厚，起码高出我一个数量级别。更重要的是，他比较有诚信，没有什么不良嗜好，是一个做事业的人。为了建成这个现代农业生态园林，周冬生在申请贷款时，已经把他的两处住宅和三个商铺做了抵押，看来他是破釜沉舟、孤注一掷了。这样一个理想的合伙人已经押上了他的全部家底，我还有什么顾虑呢？于是，我就顺水推舟地入了伙。为了避嫌，我让严晖出面入了股，占了30%的股份，再让严霞出任兴旺公司的副总经理。

如今，兴旺公司的现代农业生态园林已经初具规模，庄园里的道路建好了，几个果园建起来了，钓鱼塘和农家乐餐饮已经开业了，只是目前是淡季，生意有点冷清。但我预想到，明年春暖花开之际，这家现代农业生态园林必定人声鼎沸，生意红火。

想到这些，我是不相信周冬生会"失联"，会"跑路"的，就这600万元的贷款要归还，就迫使他出去躲债了？打死我也不会相信，何况还有我呢，我已经帮他想好了对策，只要他出面配合一下就完事了，他有必要逃避吗？可是，他目前确实是"失联"了，这怎么也解释不通，他怕是遇到了什么难言之事吧？

<h2 style="text-align:center">三</h2>

严霞给我打来电话，她没有多说什么，只说回家再说吧。听她的口气，我就感觉到没有好消息，我也没有多问。可能严霞担心隔墙有耳，不方便在电话中说吧。

严霞先回家，我回来后，严霞把她了解的情况告诉了我。

严霞说，她到公司后，先查了财务账，发现周冬生走的前一天，他让会计张素芬转了150万元给元利矿业公司，不知道他为什么要转这笔款，我们公司与元利矿业公司没有业务往来，这事有些蹊跷。张素芬请了1个月的假，我看了她的请假条，有周冬生的签字，她写的理由是回老家照顾在医院治病的母亲。张素芬的手机也打不通，我也没办法弄清楚这笔汇款的真实用途。现在公司账上还有9万元现款，目前是淡季，周冬生安排一部分人在轮休，公司的运转还可以维持一段时间。

我的感觉，就像是走进了冬天一个大雾的早晨，浓雾茫茫，辨不清方向。按照常理，兴旺公司有600万元的银行贷款即将到期，周冬生应该抓紧时间筹款还银行贷款，他却反向运动，把资金划给一个平时没有业务往来的公司，真是令人费解。他现在一走了之，把公司一堆难办的事交给严霞，让我这个局外人替他操心，真他妈的不仗义！

我决定去周冬生家，向林红打听他的消息。周冬生可以对兴旺公司不管不问，但不可能不要他的家了吧？周冬生住在城南的"澜悦逸墅"，那是山清市的一个富人居住区，他拿房产做抵押的时候，我到他家里去过。这两天，我让老妈去医院照顾小刚，严霞就不需要天天跑医院了。想到两个女人说话方便些，我让严霞陪我一起去。

吃了晚饭，我开车去周冬生家。出发之前，严霞给周冬生家里打了一个电话，林红正好在家。我们进了周冬生家，林红对我们挺客气，给我们泡茶，拿一些小吃请我们品尝。

严霞说明了来意。严霞说，周总出差前，把公司的事务交给了她，现在公司有几个重大的事情要请示周总，但她联系不上周总，所以只好登门拜访，看怎么能联系上周总。

林红告诉我们，说周冬生前天晚上给她打过电话，主要内容是他催收的300万元借款不大顺利，他跟着那个建筑公司的老板东奔西跑催收工程款，他要把这个老板盯紧一点，这个老板欠了不少债务，包括农民工的工资，如果一放松，这个老板收回的钱马上就付给别人了，他的借款不知要等到猴年马月才能追回来。周冬生还说，他估计还需要个把月的时间才能追回借款，这段时间他到处奔波，居无定所，家里没有大事就不要与他联系，他收到款后马上回来。

林红没有给我们提供有价值的信息，就是周冬生的联系方式也没有，我不能白跑一趟。我对林红说，兴旺公司在我那里还有600万元的贷款，下周就要到期了，如果到时不还，就成了逾期贷款。这不仅会影响兴旺公司的信誉，还将对兴旺公司今后的银行贷款产生不利的影响，如果兴旺公司上了恶意逃债的黑名单，以后就没有哪家银行敢与兴旺公司打交道。还有，这笔贷款你们是拿房产和商铺做抵押的，如果成了不良贷款，上级行就要插手了，到时候肯定要通过司法程序变卖你们的房产和商铺。如果到了这个地步，我想帮你们都没有机会了！

林红急了，说我和冬生根本就没有想过逃债的事，我们把房子和商铺都押给了银行，能逃得了吗？现在冬生收债不顺利，我又联系不上他，这怎么办才好呢？杨行长、严霞姐，你们都不是外人，这个公司也有你们的一份，你们就替冬生想个办法，帮他把这个难关渡过去吧。

见时机成熟，我把上周与周冬生商量的还款方式述说了一遍。我带着为难的口气说，找民间融资，以及后面的银行再次贷款，都需要周总出面和签字，现在他人不在，又没有给严霞书面授权，这两件事就不好办了。

林红说，你们就做个主，该怎么办就怎么办吧，都是为了公司好，冬生不会有意见的。再说，这是你杨行长与冬生事先商量好了的，我了解冬生，他不是出尔反尔的人。

话已经说到这个份上，再说下去也是多余的。

躺在床上，我辗转反侧，难以入眠。兴旺公司的贷款马上就到期了，无论如何这笔贷款都要偿还，否则我过不了这道坎。可是，周冬生不在，怎么操作呢？严霞出面不合适，特别是找人借款，遇到人家提一些刁难的条件怎么办？自从得知小刚的病情以后，严霞就像是赎罪似的小心谨慎过日子，为小刚的治疗没有少操心，我不能再让她分心了。如果我出面，那不是给自己找麻烦吗？怎么办呢……

严霞翻过身来，紧紧地贴着我，随后在我身上抚摸。女人很含蓄，她想要的不好明说，就通过肢体语言来表达。严霞这些天在医院陪伴儿子，我们已经有一周没有行房事了，看来她是想要了。我想着心事，身体上没有反应。严霞似乎恼怒了，翻过身，背对着我睡去了。

一夜难眠。

四

市分行召开三级支行行长会议，副行长兼纪委书记张元斌在会上通报了上级审计部门对市分行的审计结果，安排我们抓紧整改，一个月后，市分行将检查我们的整改效果，并处理相关的责任人。在这次会上，张书记还宣布，鉴于少数支行印章管理不力，用印审批及登记手续不齐全，兄弟机构还发生了内部人员私盖公章为企业担保的重大风险事件，为了做到未雨绸缪，市分行决定，三级支行的行政公章一律交给市分行统一保管，今后各个支行需要用印时，事先报市分行审批。

市分行逐步收紧我们的权限，先是清查不良贷款，现在是上收公章，下一步可能是收回我们小额贷款的审批权。我已经没有时间犹豫不决了，我一定要赶在市分行收回信贷审批权前，把兴旺公司的贷款处理好，否则以后再给他们贷款就不是那么容易办的了。

我对严霞说，周冬生不在，只有我出面帮兴旺公司借款还银行贷款了。严霞有些担心，她怕我被卷入民间融资的旋涡中，问我能不能再等等看，说不定能联系上周冬生呢？我说已经没有时间再等待了。我还说，兴旺公司又不是负债累累经营不下去，何况周冬生的房产和商铺都在我手里，即便今后出现了意外，我也可以变现还本付息，再说林红也表态了，同意按照我与周冬生商量的意见办。严霞见我态度坚决，不再说反对的话了。

我需要一个"搭桥贷款"，我想到了黄姐。

黄姐名玉珍，一个从事民间融资的生意人，也就是人们俗称的高利贷发放者。黄姐四十来岁，身材单薄，显得比较瘦长。她的脸是长条形的，一双眼睛既深邃又咄咄逼人，似乎把别人的骨子里也要看个清清楚楚，明明白白。我想不明白，是不是她的这双眼睛特别管用，听说她借出去的资金还没有收不回来的。外面还有传言，说她黑白通吃，神通广大，在民间融资上，她混得是如鱼得水。

我与黄姐打过多次交道，除了我几次借钱给她周转以外，我手里的三个信贷客户，一时之间资金周转不过来，马上面临还银行贷款了，我就介绍他们找黄姐借钱先还贷款，过段时间再给他们发放贷款归还黄姐的借款。按我们的行话说，我是与黄姐联手从事"搭桥贷款"。有我在，黄姐操作起来轻松自如，也不担心日后的催款，她非常乐意与我合作。

我来到黄姐的公司，把来意告诉了她。

黄姐上上下下把我打量了一遍，一对刀子般的目光在我身上扫来扫去，看得我浑身不自在。

你帮兴旺公司借款？周冬生怎么不来？黄姐收回了目光，盯着我问道。

周总出差了，他一时半会回不来，事情紧急，他委托我来办这件事。我尽量以平静的口气说。

　　借款可以，但你们银行必须为兴旺公司担保。沉默了一会，黄姐开口了。

　　一听说要银行担保，我几乎蒙了。还要担保？手续太麻烦了，我在借款协议上签字不行吗？

　　杨行长，你以前照顾我的生意，按理说我现在不应该难为你。不是我不相信你，只是现在情况变了，现在是借钱容易收款难，我手头还有两个"跑路"的，正在四处找人呢。所以啊，我现在只能是"儿子打他爹——公事公办"了！

　　我发觉她说话的时候，眼睛里闪烁着一股凶狠劲，就像是一只处于饥饿状态随时会扑向猎物的母狼。

　　我打了一个寒战。看黄姐的神态，听她说话的语气，我感觉一旦借了她的钱，她就成了凶狠毒辣的黄世仁，我就成了被黄世仁任意宰割的杨白劳。

　　我拿着黄姐递给我的空白借款协议，假意说回支行办理担保函，赶紧逃离了这个凶险的地方。

　　借款不利。在回支行的路上，我满脑子想的是担保的事。如果在两天前，这件事办起来不难，我以五一支行的名义出一个担保函就行了。可是现在不行了，支行的行政公章被市分行收走了，要在担保函上盖章，就必须报市分行审批。本来是一件隐秘的事，现在暴露在光天化日之下，我不是不打自招了吗？

　　我把借款协议交给了严霞，让她在借款协议上加盖兴旺公司的公章。出具五一支行担保函的事，就只能由我来想办法了。

　　晚上在家里沉闷，我到大街上溜达。脑子里想着事，一不留神，我与一个中年妇人碰撞了，妇人骂骂咧咧，我赶紧说声"对不起"。妇人纠缠不休，一个大叔仗义执言，指责妇人，说这个小伙子与你只是轻轻地擦了一下，人家给你赔礼道歉了，你还骂个没完，太过分了，你还想讹诈不成？妇人自知理亏，口里仍然啰唆一通，随后悻悻地走开了。

　　我向大叔道谢，说也许这个妇人遇到了什么不顺心的事，心里窝着火，遇到我撞了她一下，就趁机找我出口恶气吧。

大叔说我有好心肠。随后他严肃地告诫我，以后走路要小心点，要是碰撞了一个想讹诈你的老太婆，你就真摊上大事了！我感谢大叔的善意提醒，再也不敢只顾低头走路不看方向了。

我抬头挺胸走在大街上，走到一个行人稀少的拐弯处，路灯下的电线杆上，一个雕刻印章的小广告引起了我的注意。随后，一个刻一枚公章以暂缓危局的念头浮上我的脑海。我感觉心脏跳动的速度加快了，额头也冒出了一层冷汗。理智告诉我，这是一步险棋，如果我走出了这一步棋，我就没有退路了，很可能会陷入一个深深的泥坑之中。

我在电线杆附近徘徊了许久。

五

我感到了压抑，并且有一种前所未有的压迫感。

三年前，吕文杰出任山清市分行行长的时候，正赶上春暖花开、春风化雨的播种季节。那时候，我们的信贷重点是大力支持小企业的发展，随后山清市分行就把小额贷款的审批权限交给了三级支行，我们这些基层的行长和员工，就成了播种的农人，辛勤地下种、浇水、施肥，然后等待秋后丰收的季节。那个时候，产销两旺，小企业业主们正在分享收获季节里的盛宴，我们也品尝到了丰硕的成果。如今，王国伟接任吕文杰的位置以后，风调雨顺的好日子已经成为往事，深秋的寒意一阵阵地袭来，现在开始迈入严酷的寒冬了。一些缺乏科技含量、没有自己的品牌、没有规模优势的小企业，订单减少，产品销不动，货款难收回，融资还不了，生产经营难以为继，随之而来的是山清市分行的不良贷款攀升，我们难受的日子也来临了。

魏晓峰一脸哭相，走进了我的办公室。

魏晓峰向我报告，说他刚去过鑫达工贸发展有限公司和昌隆贸易有限公司，这两家公司外面的债款收不回，现金流即将枯竭，已经没有能力还本付息了，很快将被列入不良贷款的名单。

我有一种窒息的感觉。五一支行有18户小额贷款，已经有4户成为不良贷款，现在又要冒出2户来，马上就是三分之一的贷款成为不良贷款，我怎么向市分行交代？这些贷款与我脱不了干系，我的级别刚够资格担任贷款的经营主责任人，我就成了这18户贷款的第一责任人。

我的第一反应是不能让这2户贷款成为不良贷款。我对魏晓峰说，你去找两个公司的老总再协商一次，做个"搭桥贷款"，尽量地延缓不良贷款的发生，说不准今后的经营形势有好转的可能。

魏晓峰点了点头，面无表情地离开了。

我又想到了兴旺公司的贷款。现在的信贷业务状况真是雪上加霜，我对兴旺公司的"搭桥贷款"还没有搞定，马上就要冒出2户新的不良贷款来，这不是要我的小命吗？我想，我除了是这2户贷款企业的经营主责任人外，再没有其他的瓜葛，实在不行的话，只能通过处置抵押品收回贷款本息了。但是，兴旺公司就不行了，公司本身的经营没有问题，目前遇到的问题并非不能解决，况且严晖是公司的股东，严霞是公司的副总经理，我与公司的利益纠葛更深，我不能坐视不管。

严霞来电话了，她说兴旺公司的借款手续办好了，问我什么时候可以办。我说就这两天。严霞还告诉我，她在盖公章的时候费了一番周折，因为没有周冬生的签字，保管印章的李小珍不肯在借款协议上盖章，她找林红和严晖分别签了字，又亲自写了一个"同意借款"的批示，李小珍才勉强盖了章。

一次，就盖一次章。没有担保函，就借不到款，兴旺公司的贷款还不了，我就要被追究责任，先过了这道坎再说。想到私刻公章的事，我这样劝告自己。但理智又让我否决了这个想法。如果私盖公章被人发现了怎么办？我将受到市分行严厉的处罚，说不定还要吃官司，我将身败名裂。不会吧？就一次，而且时间不长，到时候我再给兴旺公司贷一笔款，还了黄姐的借款后，马上把担保函收回来，神不知鬼不觉。难道盖一次章就会被发现？这次我的运气不会那么差吧？

我在一次次的劝告和否决中徘徊，最后侥幸心理占了上风。我按照小广告上的电话号码，拨出了一组数字。

借款手续是在兴旺公司办的。我又去了黄姐的公司，把草拟的担保函请她过目，得到她的首肯后，我假意说我现在去市分行盖公章，我们一个小时后在兴旺公司见面。想不到，老奸巨猾的黄姐没有怀疑有诈，居然没有跟随我一起去市分行。出来的时候，我感觉背后凉飕飕的，长长地吁了一口气。

连同贷款本息，黄姐把620万元划到了巨力贸易有限公司账上。这是魏晓峰的堂弟注册成立的一家公司，平时没有经营活动，魏晓峰借了过来，作为我们收款和划款的过渡账户，公司的账户和印章由我来控制。黄姐开出的借款期限是一个月，利息月息3分。看在我的面子上，她没有从借款中提前扣收利息。

六

周冬生还是没有消息，就像是从这个地球上消失了一样。奇怪的是，作为一个局外人，我还时常关注周冬生的动向，期盼他早点回到山清，了结黄姐的借款。可是他的老婆林红却格外淡定，丝毫不关心他的生死安危。严霞几次给林红打电话，询问周冬生有没有来过电话，她都很镇静地说没有来过电话，她都懒得管他的事了，搞得严霞都不好意思再给她打电话了。这对夫妻，真他妈的奇葩！

不管周冬生是否出现，我既然走上了这条路，就没有退路可走了。按照我的计划，我催促魏晓峰，抓紧时间出具兴旺公司的贷款调查报告，争取早点通过新的信贷审批。

这几天，魏晓峰明显有点心不在焉，办事拖沓。我一再交代他尽快拿出调查报告，他总是说正在办，有点应付的味道。在我严厉的责问下，他总算提交了调查报告。

我正在安排兴旺公司贷款需求审议的时候，突然接到市分行的通知，各个三级支行立即停止小额贷款的审批，贷款的审批权限上收到市分行。

我早就有这个预感，尽管我一直在争取能抢在市分行上收信贷审批权限前完成我的计划，但我还是败下阵来了。一阵暂时的慌乱后，我又镇静了下来。兴旺公司的产业结构、经营状况、还款能力都符合贷款条件，就是改由市分行对兴旺公司的授信审批，我相信也能通过。

我这个含有几分期盼的自信只维持了三天就破灭了。三天后，从市分行传来消息，说省行张行长听取部门的汇报时，鉴于山清市分行公司小额不良贷款大幅度攀升，且没有遏制的势头，决定暂停山清市分行小额贷款的审批权，今后小额不良贷款压缩到正常水平时，再恢复信贷审批权。听到这个不利的消息，我懵了，眼睛一黑，差点跌倒在地。

真是"屋漏偏逢连夜雨"，我为兴旺公司设计的"搭桥贷款"没有操作成功，我倒在了黎明前的黑暗中。

七

我发现，魏晓峰最近有点神神秘秘，经常背着我在打电话。有时候他在与人通话，看见我来了，要么转身远离我，要么赶紧结束通话。这家伙搞什么鬼名堂？我问了他两次，他解释是个人的私事，或找人打听怎么能联系上没有露面的信贷客户。

黄姐的嗅觉真是灵敏，半个月刚过，她就给我打电话，问我给兴旺公司的贷款办成了没有，我说正在办理。她冷笑一声，说省行已经停止了你们的贷款批准权限，你还怎么为人家贷款？我只好东扯西拉地应付。想到她冷酷的模样，我感觉背上出了一阵冷汗。

魏晓峰哭丧着脸，向我汇报工作。

魏晓峰说，这些天，他一直在为鑫达公司和昌隆公司的还款奔波，建议两个公司的老总做"搭桥贷款"，他们口头说可以，但一直没有行动。今天他又去了两个公司，发现人去楼空，找不到一个人。给两个老总打电话，他们的手机都关机了。我一听，火冒三丈，这不是"失联"了，准备逃债吗？都他妈的赖账了！

我的心情不好，脾气也上来了。员工出现的小问题或小差错，我会毫不留情地把他们训斥一顿，搞得大家都疏远了我，支行再也没有了昔日融洽的气氛。

严霞说，张素芬回来了，她脸变黑了，精力似乎更旺盛了，身上的妖媚气色也更浓厚了，这哪里像是回老家照顾病重母亲的样子？严霞问她为什么要向元利矿业公司转款 150 万元，张素芬说她是按照周总的指令做的，具体是什么原因，周总没有说，她也没有问。严霞说，这两个人平时就眉来眼去，关系暧昧，张素芬就是知道真相，她也不会告诉我。

告诉了又能怎么样？你能收回这笔转款吗？还是少操点心，就少一分烦恼。我只好劝慰严霞。

周冬生仍然没有回来，我都对他失去了希望。黄姐找不到周冬生，就把我列为了她催款的主要对象。

借款期限一到，黄姐就上门逼债了。这个黄玉珍，逼债的功夫真是超过了黄世仁。她软硬兼施，威胁我说，如果三天内我没有还款，她就带着担保函去市分行要钱。我心中叫苦不迭，央求她给我宽限几天，我一定想办法把她的借款还上。

三天期限快到了，黄玉珍的催款更频繁了，我顶不住她的催逼，关闭了手机，不接她的电话了。

我又在大街上溜达，不知不觉间走到了张贴小广告的电线杆附近，这里不见行人。我正在行走之间，突然双臂被人架了起来，我两脚离地，就像腾云驾雾似的快速前行。我还没有搞清楚是怎么回事，就被人重重地扔在一个墙角处，两个壮汉凶神恶煞地站立在我的面前，不由分说地给了我一顿拳头，我哭爹叫娘，哀求他们手下留情。两个壮汉停止了毒打，警告我，说借钱不还，还不接人家的电话，你小子讨打啊？下次再这样，就别怪我们不客气了。

两个壮汉扬长而去，我艰难地从地上爬起来，泪水流在了脸面上。这个黄玉珍，真他妈的心狠手辣，看见我没有利用价值了，就这样对待我，她真下得了黑手！

回到家里，严霞见我十分疼痛的模样，问我怎么了？我只得谎称，天黑走路时不小心跌倒了，伤了一点皮。严霞拿出药液，帮我涂抹在伤口处。

魏晓峰被张书记找去了，我预感到这是一个不祥之兆。我现在的处境，如同一条湿淋淋夹着尾巴的落水狗，再也没有人把我当领导了。

我还没有见到魏晓峰，就被张书记请到了市分行。

张书记说，你一个支行的行长，怎么会被黄玉珍这样一个高利贷者催促还款？你是不是参与了民间融资？我支支吾吾，额头上直冒汗。张书记又说，黄玉珍已来过市分行，说你交给她一个担保函，你还不想说实话吗？

我知道再也瞒不下去了，只得和盘托出事情的前前后后。既然迈不过黄玉珍这道坎，我也没有必要再硬撑下去了。与其被她派人打死，倒不如接受法律的惩处。

当天下午，我就被山清市公安局带走了。

第二天，我就被山清市分行扫地出门了。听人说，我被公安局带走后，王国伟连夜召集几个头头开会，做出了把我开除的决定。他们动作真快，效率也真高啊！

周冬生离开山清市的第四十五天，也就是我进看守所的第三天，他无声无息地回来了。

黄玉珍找周冬生逼债，周冬生收回了转给元利矿业公司的款项，又到东行贷了一笔款，还清了黄玉珍的借款本息。

八

周冬生到看守所看望我，除了向我表示歉意外，还把与朋友一起收债的遭遇告诉了我。

听他说，他与朋友一起催收工程款时，遭到了对方的辱骂、威胁和跟踪。一天下午，他们被对方诱骗到地下室，两人在黑暗中被关了3天。直到第4天，他们趁看管的人松懈之机，撬开房门逃脱了。他们去报案，公安人员说证据不足，对他们敷衍了事。他们不敢露头，不想与家人联系，以免他们担惊受怕。两人躲在一个小宾馆里，把他们的惊险经历整理出来，然后找了一个机会，直接闯进了市长的办公室，把材料交给了市长。说如果下午五点钟他不现身，他们的朋友将把材料在国内几个大网站上同时曝光，到时候，你们这座城市就"美"名远扬了。在市长的干预下，他的朋友收到了工程款，他也把300万元的借款带回来了。

我听了暗暗冷笑。周冬生真是一个出色的编剧，他完全可以把他讲的故事编成一部狗血剧。在这个狗血剧里，有多少是真实的成分，只有他心知肚明。我嘛，不可不信，但也不可全信。

　　我的案子没有上法庭。公安局在审理时，考虑到我的认罪态度较好，我私盖公章没有造成实际损失，周冬生主动承担了责任，我在市分行的一位大学同学也做了一些工作，我被拘役了三个月。

　　大半年过去了，我从最初的愤怒、恐惧，到慢慢地归于平静。我之所以能保持一颗平常心，是因为几个三级支行行长的遭遇与我差不多。因为不良贷款多，押品又出了问题，给市分行造成了资金损失，他们有的被开除公职，有的被责令辞职，有的被撤职。五一支行18户小额贷款，有13户成为不良贷款，即便我不因私盖公章落入法网，我的命运与他们相比，也好不到哪里去。至于我沦为阶下囚，我那是"木匠戴枷——自作自受"，怨不得别人。

　　我感叹世道的不公平。那些曾经是我的领导，你们要业绩，想尽快把业务做大，把小额贷款的审批权限下放给我们，也不考虑我们有没有这个能力和经验，能不能控制住风险，能不能把业务做好。我听说兄弟单位成立了机构，抽调一批信贷专家集中审批企业的小额贷款，人家那里的小额贷款发展稳健，没有出现大面积的不良贷款。同一个蓝天下，差距咋就那么大呢？扪心自问，你们当初的决策是否过于草率？是否有头脑发热的嫌疑？你们是否也应该承担责任？如今，你们带着昔日的荣誉，升迁的升迁，调离的调离，仍然是受人尊敬的高管，你们毫发无损。而我们这些在基层做具体工作的芝麻官，却承担了全部的责任，受到了严厉的处罚，这公平吗？我找谁说理去？！

　　我也有问题，有很大的问题。我受业绩驱使，被虚荣心迷失了方向，被晋升冲昏了头脑，在小额贷款业务的发展上，步子走得是快了一些，风险控制是弱了一些，对企业经营形势的变化也没有一个清醒的认识和判断，陷入了深深的困境之中。这一次，我从银行的放款人和收贷人，演变成兴旺公司的借款人和还款人，同时扮演了两种不同的角色。现实生活中，一个人"一次"最多只能扮演一个或者一个方面的角色，我却反其道而行之。正是我的角色错位，让我迷失了方向，此后极为被动和狼狈，我难以及时脱身。

　　我后悔，我要是没有私心，要是没有抱侥幸心理，要是还有一点纪律观念，何至于此？可是，世上是没有后悔药卖的啊！

兴旺公司的现代农业生态园林全面建成了，严霞说今年的生意特别好，来的客人非常多，公司每天都有大把的票子进来，周冬生是睡着了又笑醒了。

有一天，严霞对我说，周冬生准备扩充兴旺公司的股份，问我怎么办。我两手一摊，说就我们这点家底，就是把我们全卖了，也保不住我们现有的股份。人家已经财大气粗，今非昔比了，怎么愿意陪伴我们小家小户去玩？知趣点吧，趁此机会退出来，不要让别人下逐客令了，给自己留一点自尊吧！

严霞心有不甘，久久地沉默不语。

沉默是金，是千足金。我戏谑道。

严霞没有回应。

以后，我们就开个夫妻店吧。我认真地说。

这一次，严霞笑了。

（原载《长江丛刊》2016 年第 16 期）

‖ 作者简介

　　丁芳，女，湖北咸宁人。中国金融协会会员，湖北省作家协会会员，咸宁市女作家协会副主席。在《羊城晚报》《湖北日报》《长江日报》《咸宁日报》《香城都市报》《建设银行报》《星星诗刊》《小说月刊》《金融博览》等报刊上发表散文、诗歌、随笔、小说等三百多篇（首）。作品获新月杯全国爱情短诗大赛优秀奖；《金融博览》征文一等奖；全国金融系统征文竞赛一等奖。出版长篇小说《缘来有你》，获首届香城泉都优秀奖提名。现供职于中国建设银行湖北省咸宁市分行。

纸盒里的缘分

丁芳

　　七点刚过，天香路上便开始热闹起来。

　　这是一条宽宽的马路，能行四车道，可现在全塞满了车。两名年轻的交警挥舞着双手，阻挡着见缝插针的小车。不时有司机降下车窗，伸出脑袋大叫着，猛力按响喇叭。

　　一位二十多岁的年轻人手里端着一碗热干面，一边闪避行人，一边"哧溜哧溜"大口吃着，不到五分钟便消灭完了一大碗。

　　年轻人顺手把纸碗塞进了路边的垃圾箱，几步跨上了台阶，对着橱窗上的玻璃整了整仪容。

　　洁白的衬衣扎在黑色的长裤里，一条蓝白相间的斜纹领带端端正正地系在胸前。年轻人略显黝黑的脸上，高鼻大眼，方嘴厚唇，目光沉静，看上去显得很温和。

　　年轻人调皮地对着玻璃笑了笑，自言自语地说："马小帅，新的一天又开始了，加油！"

　　暗地里给自己鼓完劲后，马小帅打开了建行天香支行的门。趁着离上班还有一盏茶的工夫，马小帅将里里外外清扫了一遍，末了，照例捧出一个小纸盒郑重地放在了自己的工作台上。

"小帅！"网点经理邹大姐穿着整齐的工作服走进来。

"小帅，你还是把这个纸盒放下去吧，不要显得特立独行，好不好？"

马小帅挠了挠头，憨憨一笑。"邹姐，没事的，时间长了，大家就习惯了。"接着又献宝似的从纸盒里掏出一张纸条，这是一张印有字迹的旧纸条，背面写着两个字"谢谢"。纸条上的字歪歪扭扭的，但一笔一画却显得很认真。

"邹姐，这是我收获的第一份感谢，就冲着这两个字，就值得我继续做下去！"马小帅眼睛里充满了光芒。

邹姐眼神复杂地看了看马小帅，没有再说话。

上午很快就过去了。马小帅收拾好东西正准备下班，看到一个中年妇女提着一个大袋子慢慢走了进来。

"阿姨您好，请问办什么业务？"马小帅习惯性地问了一声，却发现阿姨是脚背贴地一瘸一拐地走着。

看着阿姨艰难行走的样子，马小帅赶紧上前搀扶住她。

"小伙子，谢谢你。"阿姨微笑地看着马小帅，"我想把这袋子钱开个户存起来，可是走了两家银行，那柜台里的小姑娘都不愿意收下。"

马小帅接过袋子一看："呀！"里面全是壹角、贰角的纸币。也不知这些纸币都是在哪个泥地里打了个滚，黑乎乎的不说，还散发出一股怪味。

马小帅环顾四周，同事们都低着头忙东忙西，他心里暗叹了一声。"阿姨，您先喝杯水，我这就给您清点一下。"

马小帅将袋子里的钱倒进塑料篮里，一张一张、一角一角的清点起来。

中年妇女捧着一杯热茶，心里暖暖的。

"总算清点完了！"一向自认为还算强壮的马小帅狠狠地做了个扩胸动作，就听见后颈脖子关节发出一阵咯吱声，过于僵直的身体让他打了个趔趄，差点摔倒。

"小伙子！"阿姨着急地叫了一声，"你没事吧？"

马小帅微笑着送上一个安心的眼神。"阿姨，您这些钱里有壹角面额纸币 215 张、贰角面额纸币 311 张、伍角面额纸币 174 张，一共 700 张，总额 170.7 元。按照银行的规定，要收 10 元钱服务费。"

"什么？哪有存钱还要收费的道理？！你们领导在不在？我找他投诉！"没想到马小帅话音刚落，阿姨就急了，拍着柜台高声质问。

马小帅顿时羞红了脸，这是他头一遭被客户质问，一时间急得直搓手，不知该如何是好。

"大姐，您消消气，听我给您解释。"邹姐走到中年妇女身边，春风细雨般将银行的相关规定娓娓道来。中年妇女的怒火慢慢平息了。

邹姐示意了马小帅一眼，马小帅眼疾手快地将清点好的零钞一捆捆扎好，迅速办好了存款手续。

"对不起，阿姨，今天是我工作没做到位，没有事先给您解释清楚。"马小帅憨憨地笑着说。

中年妇女接过存折准备离开，马小帅看着她艰难的步履，犹豫了一下便追了出去。"阿姨，我正好下班了，我送你一程吧！"

马小帅将中年妇女扶下台阶，又扶着她走过马路。

马路上的行人和车辆又到了高峰期。马小帅侧着身子扶着中年妇女，口里不停地说着"请让一下"。汗水湿透了马小帅洁白的衬衣。

马小帅顶着人流一直将中年妇女送到天香实验小学门口。

"我到了。"中年妇女轻声说道。

"啊！阿姨再见！"马小帅长吁了一口气，这才觉得腹中空空，肚子发出一阵"咕咕"乱叫。

中年妇女看着马小帅远去的背影，口里念叨着他工装上的名字："马小帅！"

第二天，马小帅正在柜台前忙碌，一个熟悉的身影走过来。

"小马，请帮我存一下。"中年妇女给马小帅一个厚厚的信封。

马小帅接过一看，信封上印着相邻一家银行的行名。

"阿姨，您这次想办什么业务？"马小帅拿着厚厚的信封，掂量出了它的分量。

"小马，我特意一大早从隔壁银行把定期取出来，转存到你这里，算是阿姨支持支持你的工作吧。"中年妇女说。

"阿姨，您这样会损失一些利息吧？"马小帅颇有些意外，没想到连10元小额零币服务费都不舍得掏的阿姨，却宁愿损失一笔定期利息将钱转存过来。

"这没什么，我觉得你这个小伙子人挺好的，相信你们这样的银行肯定也错不了！"中年妇女伸出大拇指夸道。大厅里其他客户纷纷围了过来，中年妇女连珠炮似的将马小帅热心帮她的事说了一遍又一遍。

马小帅站在一旁，被大家赞许的眼光看得有些不好意思，连连摇着手说："我没阿姨说的那么好。"

从这天起，中年妇女每个月都要来天香支行存上一千元。来到大厅总是第一个找到马小帅，担任大堂助理的马小帅都会迎上前去，待她办完业务，再搀扶着她，送她到实验小学门口。一来二去，马小帅便知道了中年妇女家里很多事情。

中年妇女姓牛，丈夫是实验小学的老师，不幸早逝，她含辛茹苦养大一个女儿，生活非常艰难。牛阿姨的女儿大学毕业后参加了支教活动，三年期满不久就要调回天香市实验小学，继续她父亲未完成的事业。说起女儿，牛阿姨无比骄傲。女儿不但人长得漂亮，而且对自己非常孝顺，每个月都要汇来一千元钱。牛阿姨平常靠捡废品和一点抚恤金过日子。

马小帅知道牛阿姨家的情况后，对牛阿姨更加同情了，有什么力气活都主动上门帮她。

附近居民都知道天香支行有个热心热肠的小伙子，有事没事都爱找天香支行的马小帅。

每逢马小帅不当班的时候，柜台上的小纸盒里便多了不少客户找他帮忙的纸条。还有李大妈的感谢信，何大爷的表扬信……

马小帅正在清点小纸盒里的纸条，邹姐急匆匆地走过来，面带难色，口里不停地说道："这个堡垒还真难攻克！"

马小帅看到邹姐为难的样子，脱口而出道："有事找小帅呀！"

"你？"邹姐停住了脚步，上下打量着马小帅。

马小帅不好意思地吐了吐舌头。"邹姐，对不起，我说习惯了。"

"没事，没事，我正好想开个'诸葛亮会'，发挥大家的智慧，你既然毛遂自荐了，我就先与你说说。"邹姐把烦心事说了一遍，接着把手一摊，"怎么样？有没有办法？"

马小帅脑子飞转，一个又一个人名在他脑海中闪过，就在邹姐等得不耐烦的时候，一个老人的影像停留在他眼前。

"有了！就是他！"

"谁？"

"何大爷！"

天香方向机有限公司在天香市鼎鼎有名，产品远销海外，利润稳居全市前三甲，一直是全市各大银行眼里的香饽饽。可是，这家公司自恃资金实力雄厚，嫌弃银行贷款手续烦琐，从未与任何一家银行发生过信贷关系，不知多少银行的业务经理踏破了门槛，始终没有什么进展，是银行业务经理们眼中"难以攻克的堡垒"。邹姐也想试着联系公司负责人何总，却没想到连何总的面都没见到，就被秘书小姐轻轻挡在了门外，碰了一鼻子灰。

"小马，难道何大爷是何总的……"邹姐将到嘴边的两个字又咽了回去，她不相信工作时间不长的马小帅能认识何总的父亲。

马小帅肯定地点了点头，将自己如何认识何大爷的经过说了一遍。

一个阴雨连绵的下午，马小帅照常在柜台前办理业务。一个老大爷冒着雨急匆匆跑了进来，一边打着电话手还不停地颤抖，一个劲地催促马小帅赶紧为他办理汇款。

马小帅感到了异样，迅速将几个不相干的词汇连在了一起：老人——电话——汇款！难道这位老人遭遇了电话诈骗？

马小帅手里的动作不由得慢了下来。

"哎，你能不能快点，我有急事！"老大爷着急上火没有好脸色。

马小帅迅速查了一下老大爷要汇款的账号，是省外账号。马小帅更加肯定老大爷是遇到骗子了。

"怎么办？难道任凭老大爷上当受骗？"马小帅心中转过无数个念头，最后决定提醒他。

马小帅从订在小纸盒边的一叠纸条里撕下一张，快速写下一行字："您可能遇到了骗子，不要汇款！"

老大爷犹豫了一下，却还是示意马小帅继续办理汇款手续。

"30万！"马小帅看到老大爷填写的汇款单，心里着实吃了一惊。这可能是老大爷一辈子的积蓄。

不行！宁可弄错了挨批评，也不能眼睁睁看着老大爷受损失。马小帅压住了老大爷递过来的汇款单："对不起，大爷，我得先给您家人联系一下再办理这笔业务。"

老大爷听马小帅这样说，急怒交加之下，一挥手扫飞了柜台上的告示夹。马小帅躲闪不及，额头被告示夹划破，鲜血滴落在洁白的衬衣上，绽放出一朵朵红梅花。

在联系家人未果的情况下，马小帅坚持等到警察到来，在警察的劝说和解释下，老大爷终于恍然大悟，后悔差点上当。

"从那天起，何大爷就成了我大爷。"马小帅一时口快，把自己给绕了进去，逗得邹姐哈哈大笑。

天香方向机有限公司的何总最近肝火特别旺盛，牙疼的老毛病又犯了，真是"牙疼不是病，疼起来真要命"。从侧面看，何总的腮帮子已经明显肿了起来。何总强忍不适，召开会议研究收购一家公司股权的事宜。会议半个多小时就结束了，现在的难题是急需在短时间内筹集到一大笔收购资金。

"怎么办？"何总捂着下巴独自坐在会议室里，盘算着如何从公司挤出这笔巨款来。

"笃笃笃"，几声小心翼翼的敲门声传来，秘书小李探进头来正要开口，何总不耐烦地挥了挥手，让她出去。小李却侧身打开了房门，让进来两个人。这让何总颇为恼怒，高举右手正要拍桌子，就听见一个熟悉的声音传来："怎么？连你老子也进来不得？"

"啊！爸，您怎么有时间过来？"何总连忙起身迎了上去。

何大爷拉过马小帅，笑眯眯地说："这就是帮了我大忙的小伙子，听他说有公事找你，我便带他过来，你的门槛可是有点高哟！"

"扑哧"，马小帅忍不住笑出声来，他没想到何大爷也挺逗的。

何大爷介绍完马小帅，便到贵宾室喝茶去了。

马小帅还未开口，何总便将手一抬说道："小马，你帮助我父亲的事是私事，私下里我怎么感激你都不为过。但公事莫提也罢。"

马小帅点了点头表示理解，但还是从手提袋里拿出一份材料递给了何总。"根据您公司的财务状况和资金需求情况，我们天香支行为您的公司量身制订了一套详细的金融服务方案，正好可以解决贵公司资金不足的问题。"

眼前这个小伙子镇定自若的样子令何总暗中称赞，不过他并没有马上答应下来，反而端起茶杯和小帅颇有兴致地聊起了茶道。

临走时，何总递给马小帅一张名片。

邹姐对何总的名片如获至宝，拿在手里反复看了又看，就像在欣赏一幅大师的绘画作品。

"好，好，小帅，这事干得不错，'堡垒'已经打开了一个口子，下面就要我们加大火力了，争取早点将'堡垒'攻克下来！"说完，邹姐乐悠悠地走出大厅找行长去了。

建行天香支行乐行长三十多岁，个头高大身体健朗，圆圆的脸和一双笑眯眯的眼睛，让他显得特别有亲和力。乐行长来天香市时间不长，但天香支行的业绩如芝麻开花节节高。乐行长眼光看得更远了，他要让天香支行迅速占领先机，在市场份额上尽快实现保二争一。

"行长！行长！有门了！"邹姐挥舞着名片急匆匆闯了进来。

被打断思绪的乐行长心中稍稍有点不快，但他很快就将这种情绪驱散，沉稳地说道："慢慢说，别急！"

邹姐放低了声调兴奋地说道："行长，有门了，天香方向机公司何总松口了，这是他的名片。"

乐行长直起身子接过名片不停地摩挲着。"嗯，都说何总的名片千金难得，想不到你这么快就打开了局面，好，很好，要是攻克了这个'堡垒'，你当记首功。"

"行长，首功我可不能冒领，这名片是马小帅得到的，要记首功也应记他的。"邹姐笑语嫣然。

天香支行组织了一支攻坚团队，由乐行长亲自带领，直奔天香方向机公司。

过了几天，首期一笔5000万的贷款顺利发放，支行中间业务收入、

ETC 签约大有收益。

马小帅小纸盒里的纸条，从客户最初请他帮助解决问题，变成要帮他解决个人问题。这让马小帅喜也不是，烦也不是。

"小帅，没想到有这么多人要给你介绍女朋友，看来邹姐我是没机会给你当红娘喽！你现在成了抢手货呢！"邹姐打趣道。

"邹姐！你再取笑我，我就不让你看小纸条了！"马小帅脸皮子薄，经不住邹姐的言语捉弄。

"好了，不说这些了。"邹姐强忍住笑，打开一张纸条。"咦？这是牛阿姨留下的，她让你帮她灌坛煤气。"

下班后，马小帅没吃饭就骑上电动车往牛阿姨家赶，总算赶在煤气站未关门前为牛阿姨灌好了一坛煤气。当马小帅扛着煤气坛敲开牛阿姨家的门时，一个美丽的身影让他眼前一亮。

女孩身材高挑，小麦色的皮肤给人一种充满健康活力的感觉。她穿着一套粉白色运动服，微卷的头发扎成一个轻松活泼的马尾辫，一脸自信俏皮的表情。

看到马小帅扛着煤气坛进来，女孩以为是送气工，连声招呼"师傅辛苦了"，还从钱包里抽出一张百元钞票递给马小帅。

"错了，错了！雅芳，这就是我常说的马小帅，不是送气工。"牛阿姨腿脚不方便，这会才从卧室里走出来。看见女儿付钱给马小帅，知道女儿误会了，便笑着解释道。

"啊，你就是马小帅，真是太感谢你了。不过你这样子还真不像送气工。刚才我还在想，哪里有这样帅气的送气工，简直可以气死鹿晗了，嘻嘻。"女孩活泼开朗，一点儿也不认生，才说上两句话便和马小帅成了朋友，"噼里啪啦"说个不停，边说边笑，将自己支教中遇到的一些好玩的事情全说了出来。

马小帅也不知怎么了，迷迷糊糊地坐在女孩对面，一面倾听，一面用眼角偷看女孩。

牛阿姨看到两个年轻人很投缘的样子，心中一动，脸上的笑容开成了一朵朵菊花。

马小帅见了雅芳第一眼，一颗心便扑通乱跳，每天上班后第一件事便是翻找小纸盒，看看有没有牛阿姨请他帮忙的纸条，如果能与雅芳匆匆见上一面，这傻小子心里都能乐开花。

这个小秘密很快就被邹姐识破了，邹姐直夸马小帅憨人有憨福，做好事"顺"回来一个美娇娘，真是划算啊！

两个年轻人越走越近，感情急剧升温，都快要成棉花糖黏到一块了。

新年的钟声即将敲响，马小帅的爱情也将开花结果。

支行的一纸调令却让马小帅不得不暂别雅芳，到一个偏僻的地方去开拓新的市场。

这里是一片新建设的工业区，因为征地拆迁，几乎一夜间便成就了数以百计的百万富翁。为了这一大块蛋糕，天香市各大银行都派出了精兵强将，个个摩拳擦掌。

马小帅没来得及和雅芳招呼一声，便全力投入到新的工作中。

甫一踏入工业区，马小帅就敏锐地觉察到了同行间竞争的激烈和残酷，常常是不同银行的员工围着同一个客户，大家你一言我一语，极力向客户推销自己的金融产品，弄得客户不知所措，上演着"你方唱罢我登场"的好戏。

"这样做可不行！"马小帅一开始并没有掺和到同行抢夺客户的硝烟中去，他像一个沉着的指挥员，每逢战前都要仔细观察战场情况，牢牢记住同行们提出的金融产品，仔细研究它们的优劣。同行们都没有将这个一言不发的小伙子放在眼里，毫无顾忌地将自己的底线抛了出来。

马小帅心中暗喜，悄悄拿出一个小本子记了下来。等大家散去，马小帅便立即回到工业区的办公室，掏出小本子细细琢磨。马小帅的眉头拧成了疙瘩，越拧越紧，慢慢地，眉头又舒展开来。临近天亮的时候，马小帅将所有资料都推开，美美地睡了一觉。

一觉过后天已大亮，所有的疲劳都消失了。马小帅梳洗完毕，胸有成竹地骑车赶往吴大爷家。

吴大爷是本地人，当了 40 年村支书，去年才从村支书岗位上退下来。吴大爷一心为公，在村民中享有较高的威望。

只要做通吴大爷的工作，其他村民肯定会有样学样，数以亿计的拆迁款一定会妥妥地进入建行的保险箱。

还未进门，就看到院子里停了一辆高级小车。马小帅赶紧闪到围墙后一看究竟。

很快，一个满头白发的老大爷将两人送出大门。其中一个中年人和老大爷轻轻握了握手后就钻进了小车，另外一个年轻人还想说些什么，但老大爷并没理会，年轻人只得悻悻地坐到了司机位上。

"叭——叭——"，年轻人按了两声喇叭以示告别，老大爷面色冷峻，不苟言笑，目送小车远去。

"吴大爷，您好！"马小帅提着一袋水果不失时机地来到老大爷面前。

老大爷摇了摇头，似乎是对马小帅的"骚扰"无可奈何，但还是将马小帅让进了屋。

马小帅还未开口，老大爷便抬手说道："小伙子，你别说了，这些天你们银行的员工轮番'轰炸'，我耳朵里的老茧都增了几层。就在刚才，一家银行的领导也来做我的工作，希望我配合他们，被我拒绝了。虽然你们对工作的执着和热情很让我感动，不过我的钱也不多，而且还有大用，只能让你们白跑一趟了。这些水果你还是带回去吧。"

马小帅没想到吴大爷这么干脆，直接就让自己准备的第一套方案"胎死腹中"，好在他还留了一手，正好抛出来。

"吴大爷，您是老支书了，也是老先进，现在全国都在开展'两学一做'专题教育，咱们天香市也在开展'主题党日'活动。这几天我在村子里找了不少村民，却发现了一个很不好的苗头，如果不尽早制止，可能会影响到您这个先进村的名誉。"

"哦？"吴大爷给马小帅倒了一杯茶，示意马小帅接着说。

"吴大爷，现在大伙因为征地拆迁都有钱了，少则一百多万，多则几百万，可以说是一夜暴富。但不知您发现了没有，有不少村民面对突如其来的财富，却守不住'钱袋子'，精神生活匮乏，手握财富却蒙了，患上了典型的暴富'高原反应'。更为糟糕的是，一些赌博公司看中了这里的'商机'，用各种手段引诱大伙参与赌博。他们不但有专人服务，还提供专车将大伙拉到村外的孤岛去赌博。"

"啊？有这事？"吴大爷大吃一惊，一拍大腿喝道，"听你这样一说倒提醒了我，怪不得前段时间有几户人家原本好好的夫妻却闹起了离婚，听说是因为男方借了高利贷。我当时就觉得纳闷，怎么刚领了补偿款就借钱，借的还是高利贷？原来都是赌博害的！"吴大爷显然对赌博公司深恶痛绝。

马小帅趁热打铁进一步分析道："吴大爷，一些没有参与赌博的老乡钱花得也过于铺张。有的立马买了50多万的名车；有的将钱放在毫无保障的非法集资人手里。老乡们这样下去，很快就会坐吃山空的！"

吴大爷一把抓住马小帅的手急切地问道："小马，依你看该怎么办？"

马小帅竖起两根手指说道："吴大爷，您先别着急，我已经想好了两条计策。"

马小帅扳下一根手指说道："第一，咱们村可与建行天香支行一起，共同开展金融知识普及教育，提高村民的理财观念，帮助他们树立合理的财富观、消费观。"

"嗯，这一条可行。"

"第二，建行推出了专门的拆迁理财计划，帮助村民做好资金规划，结合每位村民的实际情况进行产品配置，引入国债、理财产品、保险等投资期较长的金融品种，解决村民以后可能面临的养老、医疗、子女教育等后顾之忧。"

"好！"吴大爷又一拍大腿，兴奋地在堂屋里急走了几个来回。"不过，老乡们对你们建行的理财产品还不熟悉，要想让他们立刻接受理财观念，怕是还有很长的路要走。"吴大爷一脸忧虑。

马小帅智珠在握，端起茶杯一口气喝完，末了，他把嘴一擦微笑着说："吴大爷，您在村里德高望重，只要您带头与建行签约，老乡们还不闻风而动？"

"我？"吴大爷停住脚步，轻轻叹了口气。"唉，小马，不是大爷我不愿乡亲们过得更好，也不是我不支持你的工作，实在是我的钱还有其他用处。"

吴大爷的话让马小帅的满腔希望都落空了。他强忍着失望问道："吴大爷，我能知道您想把您的钱用在哪里吗？"

吴大爷叹了口气道："小马，相信你来的时候一定注意到了，咱们村除了小学以外都被工业区征用了，大家以后都住上了新房，可是通往小学的路仍然难行，特别是小河上的石桥年久失修，早已成了危桥，我多次到工业区请求重建石桥，但都无功而返。我这才想到干脆捐出自己的征地拆迁款，给孩子们重修石桥，了却我任村支书时一直没有完成的心愿！"

"吴大爷！"马小帅紧紧握住老人的手，这是一双结满老茧又粗糙的手。"吴大爷，您这事暂不着急，我回去跟领导汇报一下，看有没有可能帮您想想办法。建行的社会责任就是服务大众，共享成就嘛！"

马小帅告别了吴大爷，骑上自行车一路狂奔，他要用最快的速度赶到建行，请乐行长拿主意。

马小帅赶到天香支行时，乐行长正在主持迎接省分行领导来天香市检查指导工作的会议。会议直到临近下午6时才散，此时马小帅已经在会议室门外等了两个多小时。

乐行长刚走出会议室，就看到马小帅一脸急色，欲言又止的样子，便示意马小帅跟上来。

借着在食堂休息的空闲，马小帅简略汇报了在工业区工作的情况及吴大爷的难处。乐行长摩挲着下巴仔细思考了一番笑着说道："小马，你这个修桥的建议早一天或晚一天提出都有难度，因为支行也拿不出这笔修桥的钱。但今天正好有省行领导来，只要做通省行领导的工作，这件事成功的可能性还是挺大的。事不宜迟，你现在就和我一起去向省行领导汇报。"

事情果然像乐行长预测的那样。省行领导听说援建学校，没有多说什么，只是要求乐行长尽快拿出详细的报告，供省行领导回去研究。

有了省行的批复和乐行长强有力的支持，马小帅骑着自行车穿梭于工业区的各个部门之间，跑设计方案、确定建桥地址、联系施工单位。一圈下来，马小帅更瘦了，也更黑了，但一双眼睛却更亮了。

马小帅一连十几天吃住在工业区，没顾得上联系雅芳，时间一长，雅芳心里就闹起了别扭：这马小帅是什么意思呀？想分手就直接说嘛，至于玩失踪吗？

雅芳心里有气，这气一直憋在心里。

马小帅和吴大爷陪同工程人员正在河滩勘测丈量。河滩上要建新桥的消息，吸引着全村男女老幼像赶集一样纷纷涌向河滩。

人群呼啦一下围住吴大爷。"老支书，这是要建新桥哇？"

吴大爷拍了拍马小帅的肩膀："多亏了建行的马同志，是他说动了建行领导，争取了 50 万元资金，还联系了施工队，真是帮了咱们大忙了！"

马小帅看到一张张洋溢着开心和感激的笑脸，心里充满了满足。他看着大家说："乡亲们，我是建行天香支行的马小帅，大家叫我小马就行了。我受支行领导指派到咱们村工作，了解到这座通往村小学的石桥年久失修成了危桥，严重威胁着孩子们的安全。我向支行领导汇报后，支行领导高度重视，这段时间通过各种渠道争取了 50 万元资金，准备在这个河滩上架一座新桥，为乡亲们尽点微薄之力。"

马小帅的一番话获得了大家热烈的掌声。

吴大爷双手下压示意大家安静。"乡亲们，建行帮咱们把桥建好，让每家每户的孩子上学不再有危险，可以说是咱们村的恩人，咱们应不应该感谢他们？应不应该支持他们的工作？"

"老支书，您有什么话就直说吧，我们都听您的。"

"老支书，我们明天就把钱存到小马同志那里去！"

"明天让建行的同志到村里来吧，我们大伙都支持！"

夜，静悄悄的，万籁俱寂，只有远处的犬吠声隐约传来。一阵寒风吹来，卷起路边的落叶，打着旋飞起又远远地抛下。黑色的天幕上，稀稀落落的几颗星星，像害羞似的，时隐时现地窥视着人间。清冷的月光，给大地披上了银灰色的纱裙，又好似提前降下的白霜。

一个多月没有见到雅芳了，马小帅和雅芳之间不知不觉已经亮起了红灯。

半小时前，雅芳打来电话，约他晚上八点见面，不见不散。

马小帅骑车狂奔，一颗心早已飞到雅芳身边。马小帅为了早点见到雅芳，一心抄近路，没想到自行车撞到了路边的石墩上，整个人如腾云驾雾般重重地摔到了路旁的水沟里。待马小帅挣扎着从水沟里爬出来，全身的衣服已湿透，脚也扭伤了，肿得像发面的馒头。

马小帅不由得爆了一句粗口，掏出手机将情况告诉了雅芳。谁知雅芳以为马小帅又在找借口，气得在电话里大吼道："马小帅，你今天晚上不见面，那我们以后就不要再见了！"说完，不等马小帅辩解，便挂断了电话。

马小帅再拨过去，手机发出的是"对不起，您所拨打的电话已关机"的提示音。

"嘿哟！"马小帅只得一瘸一拐地推着自行车向前摸索，等他回到城已是深夜。

马小帅浑身冰冷，哆嗦着回到宿舍，勉强洗了个热水澡，就倒在床上昏睡过去了。等他再次清醒过来，才发现自己竟然躺在了医院的病床上。

马小帅艰难地抬起头，想看清楚周围的状况，但觉得头痛欲裂，只好放弃了。

"哎，别动！"雅芳一脸憔悴，眼睛红肿，好像刚哭过似的。

"小帅，是我不好……"女孩脸上显出深深的悔意。

马小帅情意绵绵地望着女孩，内心被一种巨大的幸福填满，顿时觉得这场病生得太值了。

不知不觉春节踩着欢乐的脚步来到了。

建行天香支行隆重召开年度十佳员工表彰大会。马小帅作为支行十佳代表发言，紧接着又赶往省行，参加省分行优秀员工表彰庆典。

省行章行长在表彰会现场特别提到："……天香支行马小帅同志创造性地开展了'有事找小帅'的工作方法，设置小纸盒，收集客户需求，与客户结下了深厚的情谊，成为支行乃至全省建行一个响亮的品牌，这充分说明，我们建行是一个最具人文情怀的银行，这也充分说明，我们建行的员工，是最具人文情怀的员工！……让我们携起手来，在新的一年里，把客户当作亲人，把客户的事当作自己的事，将'有事找小帅'的小纸盒变成'有事找建行'的大舞台，让我们尽情挥洒自己的才智和热情！"

"嘭！"窗外燃起了朵朵礼花，"建设银行"几个大字在礼花的映衬下更加璀璨夺目。

（获全国金融系统 2016 年"金融人写金融事"征文竞赛一等奖）

‖ 作者简介

　　吕连谓，1965 年 1 月生于淄博博山，中国金融作家协会会员，山东金融作家协会理事。出版散文集《存在·希望·光明》、历史文集《历史的悲哀》、中篇小说集《最后的堡垒》、散文集《香舆集》、短篇小说集《双鸟记》等作品。现供职于中国工商银行山东省淄博市分行。

智取印钞机

吕连谓

　　杨士辉坐在银行"明亮五月表彰月·金融微表彰"活动中获得二等奖的柜台里面，刚刚接待完一大批老年客户，身体略显疲惫，心里也感到有些烦躁：大学毕业后工作一年了，像这么干下去，什么时候是个头啊！他突然想起了昨晚与父亲的长谈，父亲大约看出他思想上烦躁不安的情绪，给他讲述了他爷爷创建北海银行的故事，爷爷叫杨子敏，博山人。

　　济南大中印刷局经理李永南是倾向抗日的人士，杨子敏是其中的骨干。他从十四岁时便在一家印刷馆当学徒，后经人介绍去了济南大中。

　　大中印制了几批北海币，因为敌特常来骚扰，他们没敢在票子上印"北海银行"行名、经理章和号码，如果被敌人发现，他们可以用为商行印制的债务券来推脱，等运到根据地后再补印上去。

　　钞票外运要经过敌人的关卡，为了对付岗哨盘查，北海银行的采购员想了许多办法，其中有把票子装在煤油桶里，装满后照原样焊好，外面捆上草绳，再涂上一层臭油，在地上一滚，外边又脏又黏，让人不敢摸。出卡子时哨兵嫌脏，也无法检查，再送点烟酒、财物，说些好话，就混过去了。

采购员和负责运输的车马队对沿途的道路、关卡很熟悉，常绕小路避开敌人的检查站，或在夜间穿过敌人的炮楼、卡子，越过封锁线。

钞票运到根据地后，还要加印行名、图章、号码才能使用，因此需要技术工人。八路军山东纵队供给部就派人和李永南商量，李永南决定派杨子敏带两个人到根据地去完成这项任务。这是杨子敏第一次到根据地去。

5月，他们先从济南坐火车到泰安，有人接他们到莱芜水北镇代下村住下。然后由部队护送，到了山东纵队供给部，见到了部长冯平和政委艾楚南。艾政委说："欢迎你们，你们冒着生命危险来给八路军帮忙，非常感谢！只是现在鬼子正在扫荡，我们要经常转移，生活挺困难，让你们受委屈了。"杨子敏赶忙说："我们都是中国人，帮助八路军打鬼子是应该的，需要我们干什么尽管吩咐。"冯平部长说："你们莫急，目前印刷的人员也在机动运动中，你们先跟着我们行动，等我们反扫荡胜利后，你们再会合起来开始工作。"于是他们跟着供给部活动了二十多天。

到7月初，鬼子扫荡被粉碎了，杨子敏他们被送到沂水南瓦庄，与印刷厂的人员会合，开始加工补印钞票。

一天杨子敏被艾楚南的通讯员叫到了供给部。艾政委见杨子敏，热情地招呼他坐下，给他倒了一碗开水，开门见山地说："鉴于目前的现状，为了粉碎鬼子的经济封锁，抵制国统区的法币对根据地的经济掠夺，我们需要大量印制北海币，在敌占区印刷后再运回根据地，已经不能适应抗战的需要。我们要在根据地建立自己的印钞厂。"他又拿着暖瓶，在杨子敏的碗里续了些水。杨子敏赶忙站起来，艾政委示意他坐下，接着说道："你看需要什么机器、材料，开个单子，算算需要多少钱，准备派你到济南采购，并动员一批印刷工人到根据地来工作。"杨子敏知道此行困难重重，还存在许多危险，但这两个多月的根据地生活，北海银行的同志们处处关心，张口闭口"杨师傅"地叫着，让他感觉自己就是一名八路军战士了，他说："请艾政委放心，我保证完成任务。"随后艾政委又详细地跟杨子敏谈了许多细节问题。

经过几天的准备，杨子敏与北海银行采购员刁景贵出发，一路周折来到济南。刁景贵在十一马路租了一间房子住下，杨子敏回到了阔别三个月的大中印刷局。

杨子敏到了经理李永南的办公室，李永南把办公室的人都打发出去，杨子敏把到根据地去的经过说了一遍，李永南一个劲地点头。杨子敏接着说道："李经理，我这次来是八路军山东纵队供给部艾政委派我来的，根据地要筹建印钞厂，让我来购买印刷设备，钱不成问题。还要动员几位技术人员一起去根据地。李经理您看怎么样？"

李永南沉思了一会儿说道："子敏，大中印刷局的设备你看怎么样？""挺好呀，莫不是想把大中的设备卖掉？"

李永南道："是啊，东家有这个想法，最近想着从德国进口一套新的印刷设备，如果八路军要买，正合了东家的意，我想应该不成问题，你等我消息，我和东家商量后给你消息。"杨子敏提醒道："可千万要小心，不能说是八路军要买设备。"李永南笑了笑："行啊，有点警惕心，你放心，我说话有分寸的。"杨子敏从李永南办公室出来，心里甭提多高兴了，马上到了十一马路把情况告诉了刁景贵。

第二天一早，杨子敏又到李永南的办公室去，他跟杨子敏说："我已跟东家谈过了，东家甚为高兴，马上就答应了。不过东家讲钱不能少于一万元。他进新机器正缺钱。"杨子敏听后挺高兴，临行时艾楚南政委曾经告诉他，有鉴于在敌后买机器风险较大，在钱的问题上不要过于计较，于是他说："就按东家定的价付款，但我们现大洋不好带，用黄金按照现价折算付款可以吗？"李永南笑着说："有谁不愿要黄金？完全可以。"杨子敏说："我马上就去联系，快则几天，慢则十几天。"李永南说："只要钱一缴上，机器马上就发运。"

杨子敏马上找到刁景贵，把与李永南谈话的事一五一十地说了一遍。刁景贵也甚为高兴地说："子敏，办得好，这个大事办妥，下面的事就好说了，这样，我们俩分一下工，我负责筹钱。我们还有一项任务呢，就是动员各个工序的技术工人到根据地去工作，这项工作还是由你去做，需要提醒一下的是，你要根据印刷的流程，每个环节不能少一个人，保证机器和人一到根据地，我们的印钞厂就能工作。"杨子敏说："好的，我觉得问题不大，有几个技术工人原来就是秘密印钞工，只要把工作做好，肯定会有人愿意去根据地的。"刁景贵说："那么我们就分头行动，越快越好。"

刁景贵通过地下组织把消息传给根据地，让根据地迅速派人把黄金带来。杨子敏在李永南的安排下，晚上到一些关键环节的技师家里去串联，很快把人组织起来了。有七八个人，制版技师赵学诗，着色技师张书梓，印刷工李维恭、田杰，打号工谢允生，晾晒、裁切一应俱全。为了安全，他们都由交通员分批送到了莱芜代下村，再转赴根据地。

又过了半个多月，黄金就由交通员带到了刁景贵那里。杨子敏带着黄金交给了李永南，李永南又把黄金交给了东家，东家甚是高兴，马上告诉李永南，让买家拆机器运走。这些金子是来自招远金矿的，是胶东抗日根据地给山东八路军纵队的。北海银行和北海币就是率先从胶东抗日根据地开始的。

杨子敏、刁景贵把所有器材拆卸分散伪装，由骡马驮着出城走山路，分批陆续地运到根据地，没有出差池。最后只剩下一部印钞机很笨重，不能用骡马驮着走山路，必须用车运载走平地。

杨子敏、刁景贵他们几个在一起商量。刁景贵说："要是雇汽车运出，不知要经过多少哨卡的盘查，很容易出岔子。我看还是想别的办法吧。"杨子敏沉思半晌说："骡马驮不行，汽车运危险大，那只有用火车了。但火车托运怎么能办到呢？"

刁景贵把烟头扔到地上踩死说："我看，咱们就办托运，明目张胆地托运，先把机器运到泰安，再从泰安运到莱芜的代下村，下面的就好办了。"杨子敏也说："我看行，咱们可找一家运输公司，用一个假公司托运，运到泰安后，再由泰安地下党去接应运走。"刁景贵接着说："我们再说一下细节，我认识济南善成运输公司的一个经理，这个公司有个优势，它在泰安有个分公司。我看子敏还是由你出面和这个经理'洽谈'这项业务，你看怎么样？等我们汇报给上级，上级同意后就开始行动。""就这么办。"

在刁景贵的介绍下，杨子敏与善成运输公司的经理张卓安见了面，杨子敏的身份是莱芜县水北镇元康印刷局经理张广德。两人见面后，杨子敏笑着说："张经理，久仰久仰，给您添麻烦了。"张卓安也笑着答道："都是生意人，又是本家，何必客气。"杨子敏就把托运机器的事跟张卓安说了，张卓安问道："敢问贵公司托运的是什么机器？"杨子敏回答："是一台印刷机。"张卓安有些犯难："这种机器是受限的，要冒风险的。"杨子敏说："我公司急需这台机器，我们可以多付贵公司一半的运输费，交个朋友嘛，以后运货的买卖还是很多的。"张卓安沉思良久说："我回去跟其他人商量一下，这样，明天晚上我们在番菜馆会面，我给你答复。"杨子敏把几百元钞票塞到张卓安的手里，恭敬地握拳打拱道："张经理多多费心，我静听佳音，慢走慢走。"

第二天的晚上，杨子敏就到了番菜馆，在门口等了一会儿，张卓安就来了。他们要了一个包厢，杨子敏要了几个菜一壶酒，二人坐下，杨子敏就问道："张经理，不知我那事你们商量得怎么样？"张卓安回答说："广德先生，我们经过商量，许多人都心存疑虑，怕出事，我跟董事长说，做生意哪有不冒点风险的，四平八稳是挣不到钱的，况且我看莱芜的这个张经理，一看就是个很讲义气的人，以后是个很好的客户。董事长经过思考，决定接下你这个单子，不过有话在先，把机器封装成普通的货物，不知你有没有异议？"杨子敏连忙说："多亏张经理周全，万分感激。"张卓安又说："我们老板还说，如果出了意外，我们概不负责。"杨子敏就问："这指的是什么？"张卓安道："现在兵荒马乱，我们也是因为生意不怎么好做，才愿意接这单生意，普通的像丢失、遭水火灾，我们可以订合同明确责任，老板的意思当然是怕日本人发现什么，我们就不能承担责任了。"杨子敏笑着说："这是自然，已经让你们承担了风险，我不会再要求什么的。"菜上来了，俩人边吃边聊了一气，商量好明天订立合同后，善成公司就准备运货。

机器按照普通货物运到了泰安县火车站。艾政委指示泰安独立团长程鹏飞派人到泰安善成去接货。

不料这时泰安日本宪兵队接到命令，说西方一批援华抗日物资正偷偷地运往国统区，让宪兵队严加搜查。宪兵队加派人手到火车站以及各哨卡，无论什么货物都开箱查验。印刷机被检查出不是普通的货物，宪兵队把泰安善成的邵经理叫去盘问，邵经理说他只负责接货，也不知里面装的是什么。日本宪兵队责令善成公司交出莱芜元康印刷局的经理张广德，否则将查处善成公司，有关人员逮捕审查。

泰安善成公司为了避免遭受关门和被逮捕的处罚，不得已派人到了济南。不料，鬼子跟踪而至，济南日本宪兵队就把大中印刷局的李永南抓了起来，并定下诱捕买货人的计谋。

此时，杨子敏和刁景贵他们对机器被扣，宪兵队正在搜捕他们一事一无所知。那天杨子敏打电话给大中，询问机器发运的情况。当时大中印刷局和善成运输公司都在日本宪兵队的控制之下。接电话的是大中印刷局外柜的韩泽普，他与杨子敏都认识，鬼子事前要求他们一有杨子敏等的消息，就要把他们诓骗过来。韩泽普一听是杨子敏，就在电话里说："杨子敏，你的女朋友在这里等你呢，你快过来吧。"不等杨子敏回话就把电话挂了。杨子敏昨晚刚与女朋友约会过，她并没说过到大中去等他，他觉得有些蹊跷，就又打电话问，接电话的还是韩泽普，还是"你女朋友在这里了，叫你赶快过来。"这句话，不等杨子敏说话又挂了。

放下电话后，杨子敏觉得有事，就与刁景贵商量，认为其中必定有诈，商量了一个先发制人的办法，先诈他一诈。杨子敏第三次打通了电话，还没等韩泽普说话杨子敏就先说："韩泽普，你不要神经兮兮的，我女朋友就在我身边，事情我们都知道了，请你不要和我再兜圈子了，有什么话你就照实说吧。"电话那边传来韩泽普的声音："子敏，不是我有意要骗你，公司已经让日本宪兵队给控制了，经理李永南被日本宪兵队抓去了，你们赶快想办法吧。"他们才知道出大事了。

杨子敏与刁景贵商量，既然事情已经败露，必须把事情的来龙去脉搞清楚，另外要想办法营救李永南。他们决定将计就计公开摊牌，设法调虎离山，搞清事情原委。于是他们给善成公司写了一封信，信中道：我们是八路军，奉命搞印刷机到根据地，请你们见信后设法帮助把机器运出来，所有费用我们一概承担。事情办好，你们为中国的抗日事业做了一件好事，将来你们会彪炳千秋的。如果胆敢和敌人同流合污，破坏抗日，人民不容，八路军也不会放过你们的。信写好后，杨子敏就给善成公司张卓安打电话："我是张广德，感谢你们的大力帮助，今晚如果没事，我请贵公司人员吃饭，晚上七点钟，二大马路纬五路百花村饭庄。"对方说："那么客气，恭敬不如从命，一定赴约。"杨子敏从电话中听到：元康终于来人了，赶快通知设伏人员到百花村。

杨子敏打完电话后，直奔百花村而去。对百花村柜台人员说：我们原定今晚七点在贵饭庄请善成运输公司的经理吃饭，因有急事来不及了，明天再行约会，我们这里有封信，请务必转交善成来人。说完给了伙计一个大洋，伙计连忙答应，把信放到柜台下的抽屉里。趁善成人员被调到了百花村的机会，杨子敏和刁景贵抓紧时间处理了紧急的事项，告知有关人员赶快转移。

第二天一早，杨子敏和刁景贵到了济南中山公园，向济南地下党组织负责人辛树声汇报了情况。辛对他们说："你们必须赶快离开济南，免得出什么意外。机器已到了泰安火车站，只能慢慢想办法。"刁景贵说："好的，我们马上走，但请组织设法把李永南解救出来。"辛树声说："这你们尽管放心，日本宪兵队只是用他们来引诱你们出来，他只要咬住公司更新设备并不认识买家，等过一阵子没了声息，我们再找人把他们保出来就行。"

杨子敏俩人走后，敌人在济南到泰安附近继续设岗按卡，在路口、饭店、娱乐场所到处秘密搜捕，时间长达一个月之久。之后，在济南地下党的努力下，李永南被保释出来了。

杨子敏二人在代下村住了几天，回到了根据地，跟艾政委做了汇报。要求去泰安取回被扣的印钞机。艾政委决定请当地党组织协助，一定要把印钞机设法取回来，一定要把北海银行的印钞厂建起来。

几个月后，转眼到了冬天。巍巍泰山染上片片白雪，青松愈显苍翠。

杨子敏和刁景贵很快与泰安地下党取得了联系，并多方打听机器的下落，通过亲戚关系认识了泰安火车站站长秘书姚新，得知鬼子宪兵队本来要诱捕杨子敏他们，但杨子敏他们却机警地逃走并返回了根据地。时间一长，鬼子也无人问起机器的事了，何况是一堆拆散了的旧机器，因此还一直放在火车站的仓库中。

他们商量如何把机器取出来，因为泰安乃京沪铁路交通要道之处，守备严密，敌人查封的东西没有手续取不出，硬攻不是好办法。如果把机器调出来，在道上劫走，应该是个不错的主意。

如何把机器调出来呢？恰好杨子敏回博山，从自己一个师兄处得到一个消息，博山黑山煤矿有一个与日本人有关系的商行要搞一台印刷机器，因是小本生意，要买旧机器，现在正派人找货源。杨子敏马上让师兄接近购机器的人，无意中提供给他这个消息，只是需要博山的鬼子宪兵队联系泰安火车站宪兵队。果然，博山黑山煤矿商行听说泰安有货，十分高兴，博山泰安近在咫尺，比到青岛济南买省事多了。当博山黑山煤矿商行把申请提交给博山鬼子宪兵队后，很快就成交了。

泰安火车站的姚秘书利用职务上的便利，得知机器在两天后会运往博山。因为铁路需由泰安到济南，再从济南到张店再到博山，路程长而不便。所以，决定由卡车经莱芜到博山。

运载印刷机器的卡车经过莱芜，一切都静悄悄的。到了中午时分，汽车就到了莱芜与博山交界的青石关。青石关一段的公路，修在山的半山腰上，下面是一眼望不到边的悬崖峭壁，公路又窄又弯。当汽车刚转过了一个大弯后，前面几块巨石挡住了去路，司机赶快刹闸把车停下，差点车坠人亡。车上三个押运的伪军和司机一块下车，去搬运石头。这时从周围树丛里走出了十几个游击队员，为首的正是泰安独立团团长程鹏飞，伪军乖乖地缴枪当了俘虏。

杨子敏和刁景贵爬上卡车拆开包装，两人大喜过望："程团长，正是咱们的印钞机。"

程鹏飞让队员们押着俘虏，钻进了树林。他和一个队员换上伪军的衣服，带着一个伪军军官，让司机又开回莱芜。一路上，杨子敏和刁景贵说个不停："老刁，你这采购员可是北海银行的头号功臣，能从鬼子手里买印钞机的你是第一人。""哪能啊，你才是功臣，印钞厂开起来你们要多印些大票子，我给你们买好纸买好墨。"

从莱芜经新泰开到了沂水。一路上逢山过水，经过哨卡没有太大的阻挠，一路开到根据地去了。他们受到了艾政委等人的热烈欢迎。还有一个让杨子敏更高兴的事，李永南从济南获救后不宜在敌占区工作了，领导任命他为北海银行印钞厂厂长。

就这样北海印钞厂正式开业。

杨士辉感到身上一阵发热，爷爷他们在那么艰苦的岁月里，为了抗日和人民的解放事业，连牺牲生命都在所不惜，而现在的我在这么优越的环境里，却还感到不满足，真是对不起已经作古的爷爷等老革命们！不行，要打起精神，努力学习，努力做好每一项业务。

（原载《金融文坛》2017 年第 7 期）

作者简介

　　邵泽平，中国金融作家协会会员，曾在《中国金融文学》等报刊上发表多篇散文、小说作品，现供职于中国农业银行山东省济宁市泗水县支行。

义务宣传员

邵泽平

　　牛家沟是个风光秀丽的小山村，有一条小河常年流着清凌凌的河水，从村东流向村西。牛家沟村的村民们，常年享受着青山绿水。

　　"老六，骑车去走亲戚啊？"一位扛着铁锨下地干活的老汉与老六搭讪。

　　"嗯，是啊，我到她表姑家串个门……"

　　牛家沟老户人家齐老六，随口应了一句，就匆匆地顺着一条乡村小道骑车奔去。一向只顾挣钱的齐老六，很少有走亲串友的闲情，"今天太阳从西面出来了？"

　　齐老六有心事啊！他今年五十多岁，古铜色的脸上刻满风霜，头发白了一大半，看上去有六十岁的年纪，初中毕业就跟着本家二大爷贩卖布匹，每天追着集贸市场跑，因他好赶集上店，很会算计，常为几分钱小利，争得面红耳赤，人称他"六猴精"。他的儿子叫齐大明，小名叫树墩，本地土音，"树"念"富"，故谐音"富囤"，寓意家中有钱有粮。树墩今年已 27 岁，至今还是童男子，对象介绍了有一个班，都是"竹篮子打水一场空"。

　　树墩人长得精神，人高马大，干庄稼活是一把好手，还是镇上铁塔建筑公司的一名高级泥瓦工，手艺好着呐，老六家的存款也有几位数了。眼瞅着和树墩同龄的胜利、迎春、团结等邻居家的男孩子相继结婚，特别是刘老五家的刘胜利，小孩子快两岁了，每天见了刘老五，喊着爷爷爷爷的，真叫人羡慕。每当看到人家孩子都结婚成家，自家静悄悄，老六气得真是"哑巴看失火——干着急说不出来"。

齐老六糊涂了，儿子这么优秀，咋就找不到对象呢？近段时间，他天天琢磨，也没想出个好点子来。

有一天，翠花对他说："你去镇上找咱表妹帮帮忙？""对啊。"他想起镇驻地村上有个表妹，是村妇女主任，也是有名的"红娘"，妹夫石友年是镇里林业站的站长，前年还当上了省劳动模范，他家有一个上中学的男孩叫大宝，一家人过得很幸福。表妹是热心人，走东家串西家的，她在镇上认识的熟人一定多。

他们所说的这个表妹，名叫孙成兰，外号叫孙红娘。大眼睛，瓜子脸，白白净净，不胖不瘦，性格诚实厚道，为人热情大方，说起话来轻声细语，叫人耐听，是全镇有名的好媳妇。孝敬公婆，热爱妇女工作，还热心做着村里的大红娘。一天到晚，忙得不亦乐乎，经她牵线搭桥已有近百对青年人成了家。

按亲戚关系树墩应叫她表姑，齐老六到了孙成兰家，一进门就喊："表妹，表妹，你表哥来了！"孙成兰闻声开门一看，高兴地说："大表哥，是哪阵风把你刮来了？""表妹，大哥无事不登三宝殿，今天来求你了。""你看，来就来，还带什么礼啊，表妹我只管饭，绝不收礼。"说得两个人都大笑起来。"说吧，有事直说，别拐弯抹角的。"表妹开门见山地对表哥说，齐老六嘿嘿一笑："她大姑，还不是为树墩找对象的事？""哎，在我这里，小菜一碟。"

"前些天在镇集市上，遇到你村妇女主任金红霞，听她说，给咱树墩介绍了好几个外村的女孩，都没戏。""是啊，这不，俺老两口急得天天吵架，你说我儿子长得又不赖，有技术，能挣线，家里有房有车，在村里是上等户，可就是介绍了好几个姑娘，咋就不成呢？"孙成兰笑嘻嘻地看着齐老六一脸的愁云，想笑没有笑出来。"表哥，你不知道你家问题出在哪儿啊？""是哪里的事啊？"齐老六这回真的有点猴急起来。"这……""表妹，树墩的事都快把我急疯了，你还卖关子，说吧，要嫌礼轻啊，我有情后补，天天请你下饭店！""那我说了，怨你！就怨你！""就怨我？"老六一听，一下子感到"丈二和尚——摸不着头脑"。

"听说你在农行给人担保贷款，逾期好几年了，上了农行的黑名单，有这事吗？"孙成兰问。"是有这事，一晃好几年了，大前年春天，青山村里她三姨办了一家养鸡场，需要购进一大批鸡苗和饲料，因钱不够，来向我借钱，那时我刚翻盖了新房，一时手头没有钱，我就到镇农行找于经理给她三姨帮忙贷了3万元小额贷款，并在贷款合同上签了个名字，算我给她帮了个小忙。头一年鸡养得还不错，谁知第二年，他三姨夫外出卖鸡时出了车祸，汽车翻入深山沟里，车毁人亡，人走了，钱也没挣着。她三姨受不了这个天塌下来的打击，将养鸡场转包给别人，把7岁的孩子扔在他姥姥家上学，自己带着悲伤之情，含着泪悄悄出国打工去了，这个贷款也就搁浅在那里……这和我孩子找对象有啥关系？"

听到这番话，老六一头的云雾。"说怨你，你还不信。如今找对象，哪个姑娘不打听一下，你家信用好不好，欠不欠款，如今国家对信用管理越来越严格，听说不守诚信的人，乘飞机，坐高铁，进高级宾馆都不行，你上了农行的黑名单，哪个傻闺女愿意嫁到你家？现在全县各行各业讲诚信，树新风，你家是失信户了。再说了，你敢替小姨子担保3万元钱，你就不敢替她还，按现在法律规定，担保人就是第一责任人，你小姨子家遭了塌天大祸，你看着不管不问。你应该帮人帮到底，这贷款你不还谁还？你看你村里，兴旺家两口子，他家超市为什么那么兴旺，还不靠的是诚信和人品好，人家都守信！你这么不守信用，想让你儿子打一辈子光棍吗？"

齐老六站起身，向表妹深深地鞠了一个躬，说道："表妹，我知道该咋办了，我这就到镇农行找于经理去！我替她三姨还上贷款，这点钱，我不用半年就能挣出来，咱不能光图挣钱，把信用丢了！可树墩找对象的大事，还得全靠你呀。""表哥，你放心，只要信用好，姑娘少不了，我手头指标多着呐，明天就让俺侄子树墩见一个才貌双全的女孩。""真的？""真的……""这真是胸口挂钥匙——开心呢！"

齐老六急匆匆地向镇农行奔去。孙成兰笑呵呵地唱了起来："月亮之上，又多了一位，诚信之人。农行信誉，人人遵守，社会诚信，越来越好！"

原来，孙成兰有一个侄女叫英子，省财经大学毕业，在县农行工作，她负责信贷工作，性格和她婶子相同，每次娘俩见面，有说不完的知心话。英子总是把银行有关信用的故事讲给她听，她从小就喜欢英子，小时候讲故事给她听，现在，喜欢英子给她讲银行的故事。英子还曾组织人员来镇上做过信用知识宣传，这一来二去，孙成兰学了不少农行信用知识，这回正好用上了。再说英子的小姑子是个幼儿教师，和树墩年龄相当，长相不错，如果牵牵红线，保险没问题。孙成兰想着，心里有了底。

如今，孙成兰不光妇女工作做得好，红线牵得好，还成了农行的义务宣传员，她喜欢讲信用知识给身边的好多人听。

（原载山东《新晨报》2018 年 9 月 17 日）

▎作者简介

江思恩,陕西省金融作家协会理事,作品散见于《散文诗》《散文选刊》《延河》《西安日报》等报刊。现供职于中国建设银行陕西省分行。

三道槛

江思恩

一

换好"行头",叶景芮边对着镜子打领带,边习惯性地朝墙上的钟表斜瞅一眼,时间是九点半,比往常晚了半个小时。四年了,工厂渐渐步入正轨,送货反而成了他的一种生活习惯。

景芮,送货去啊!他刚走出办公室,行政部经理胡老八的声音就传过来了。

胡老八曾是全镇响当当的人物,不惑之年丧妻,一心工作,却在副镇长的任上,被人举报生活作风不检点,知天命之年卸了任,退了休。在母亲的极力推荐下,叶景芮三顾茅庐把他请来了。

叶景芮发现了胡老八舌尖上的迟疑,停下了脚步,望着不远处的厂门,整装待命的货车正停在那里。

有件事告诉你,你可别……胡子拉碴的胡老八,一时间像极了刚出阁的闺女,声音轻而细。

叶景芮笑了笑说，老叔，什么事？

是这么回事，好像……好像胡智玺想办厂，意图仿制咱们……胡老八满面小心，却极力想向叶景芮陈述事情的严重性。

叶景芮仰头远眺，凝视高天流云，问道，还有吗？

胡老八摇了摇头，说，没有了。

叶景芮脸上粗重的眉头紧锁着，说，等我送货回来再商量，厂子暂时就交给你了。

叶景芮并不看他，径直走到车旁，才又回转过头来，两眼直直地盯着工厂院门下的木门槛，交代了一句。叔，门槛都坏了好几天了，赶紧找人换了吧。

胡老八跑上前，笑了笑说，昨天量了尺寸，正在赶制，估计再过两天就好了。

用人不疑，疑人不用。叶景芮知道胡老八是可靠的，他拉开车门，抬腿上车，坐在副驾驶位子上，稳稳地向背椅上一靠。银灰色的小货车，像一只掠地的大雁，绝尘而去。

小货车在秋天的田野中穿行，窗外的色彩没有让叶景芮费心地瞅上一眼。他接过司机小刘递过来的矿泉水，吮了一口，便闭上眼，半躺半倚地进入了梦乡。小刘悄然把音响音量拧小，目光前视，极力地把车开到最平稳的状态，生怕惊扰了叶景芮此时此刻的甜蜜时光。

四年前，在叶景芮人生与事业的道路上，算得上是一个值得镌刻碑碣的年份。

那一年，他辞去了令人羡慕的工作，毅然踏上了风雨飘摇的创业路，身体仍在深圳，灵魂却早已回到了江西中部的那个小山村——斋溪村。

这个村子是有特点的。

居家为一百余户，皆楚地祖籍，村子东边是贯通南北的乡村道路，车辆有时在此停留，有时又不停留，全凭司机当时的心思。路东半里为磨岭，无狼，石头遍布。村西是条小溪，清可见底，带着村子的历史和记忆，哗哗地向西南方向流去。说来似乎荒唐，村子有田千亩，地千亩，山千亩，却并不富裕。

太阳刚到头顶，人影子在脚下端，叶景芮重新踏在了那片生他养他的土地上，他猛吸了一口气，身体的每个细胞顿时被久违的泥土芳香充盈。

一月光景，叶景芮走遍县城的角角落落，到处考察。但是，日子一天天过去，选择什么创业项目，犹如一个无底洞，始终未能见到底。这时候，他的心里很不好受，灰了许多，成天闲云野鹤，什么也懒得去干。

转眼到了霜降，田里种起油菜来，这个田里，那个田里，耕田机到处忙碌着，犁开了地，播下了种子。一日，叶景芮信步出了村子，一直上了后山，睡倒在密密的草丛里。他长久地不动，用心琢磨着最近的过往。手机铃声突然响了，他被惊了一跳，是原公司总经理罗汉鸿打来的。

罗总，您好！叶景芮礼貌性地先开了口。

小叶，创业的事情进展咋样了？话筒里传来了罗汉鸿关切的声音。

创业的事还没有眉目，咱公司最近还好吧？

唉！供货商天天喊着提价，生意难做。罗汉鸿的话中有些抱怨，接着，又传来了一句，有没有想过做公司的供货商？

叶景芮怔了一怔，戏谑地说，罗总，您真幽默，这算绑架不？容我考虑下。

你先别急着答复。下周，我去你们那出趟差，咱们见个面，到时再细聊……

挂断电话，叶景芮的心怦怦跳个不停。如果能搭上这条线，一年几百万，甚至上千万的订单轻松搞定。他静静地立了一会，突然获得了一种豁然开朗的心境，忍俊不禁，完全又回到了原来的叶景芮。其实事物何尝变相？只是人的感觉欺骗了自己。

二

一周时间转瞬即逝，他们见了面，不胜亲热，叙说旧情近况，详细地把创业项目的事情谋划了一番，达成了初步合作意向。就这样，两人坐上了同一条船。

干了，大哥！叶景芮晃晃悠悠地举起酒杯，一饮而尽，醉倒在地上。酒醒后，睁开眼睛的那一刻，他突然意识到，关于建厂资金的事，却未说出个什么。

看着儿子一脸丧气的神情，刘秀莲把他叫到跟前，问，芮芮，这段时间你的气色可不好。

叶景芮抬起头，下意识地摸了一下脸道，妈，没什么，可能这两天没睡好觉的关系。

刘秀莲就关切地说，芮芮，是不是为钱的事发愁？

叶景芮使劲地点了点头，不吭声。

刘秀莲进到房间，响动着翻找东西。出来时，手里捧着一叠厚厚的存折，一本不留地交给了儿子。东挪西借，很快凑了150多万，可距建厂总投入300万，还差了一大截。

一天，叶景芮在田里给油菜打二遍药，手机突然响了，是个陌生号码。

您好！请问哪位？他礼貌性地说。

电话里传来声音说，我是陈庆民，听说你最近到处借钱建厂，有个人想和你谈谈，今天下午3点，县城瑞州酒店302房间。

听出是同村兼同学的陈庆民，叶景芮勉强应承了下来。那天，天瓦蓝瓦蓝的，看不到半片云朵，风轻轻拂过大地，带来了丝丝凉意。

立冬了！

叶景芮推开房门，正对着门的单人黑皮沙发里，一个人翘着腿，半倚半躺着。陈庆民满脸溢着笑，殷勤地迎了上去，把叶景芮引到那人左边的一张沙发上坐下。他用手指着躺在沙发里的人，说，我来介绍一下，这位是咱县城大名鼎鼎的刘远庆，刘老板。

刘远庆！叶景芮惊了一下，这人可是县里臭名昭著的赌棍。

刘远庆眼中闪过一缕狡黠的光波，抬眼看了看叶景芮，说，咱也不绕弯子了，听说你急用钱，全部包在我身上。不过，有个前提，我要你工厂50%的股份。

叶景芮咬了咬嘴唇，暗下决心，就是办不成厂，也绝不能和这种人合作，否则工厂会蒙上一层浓重的阴影，永远挥之不去。他强挤出一丝笑容，说，刘总，咱这可是小本生意，哪能入得了您的法眼？

刘远庆听出了弦外之音，阴沉着脸说，没得商量？

叶景芮站起身，斩钉截铁地说，借的话，可以考虑，否则，一切免谈。他一边说，一边大步朝门外走去。

刘远庆露出一副愤怒的神情，恨恨地吼道，敢得罪我，你等着瞧！

从这一天开始，叶景芮和刘远庆之间的梁子算是死死地结上了。

过去的一日留不住，新来的一日又令人愁。在胡老八的操持下，工厂紧锣密鼓地开建了。又是一个晴空万里的上午，叶景芮正在工地察看进度，手机响了。

罗哥，你好啊！接通电话，叶景芮笑着说。

老弟，有个事是做哥的没想周全，生产机器的款子可以分期给。

啊！叶景芮恍然大悟，说，哥，这真是雪中送炭。

……

挂断电话，叶景芮如释重负，仰头长舒了一口气。

打地基、盖厂房、购设备……如此忙过两个月，小年的时候，工厂落成了。大年初七招工那天，来的人很多，连同看热闹的，把工厂院子的空地挤得满满当当。

当刘仁虎出现在待招的人群后边时，高大的个头一下子引起了叶景芮的注意。刘仁虎外号雷子，是个孤儿，吃百家饭长大，常被人欺负。他有想法，讲义气，只是性格直愣愣的，曾多次因为举报他人偷工减料，被迫辞了职。

哎哟，雷子，你也要进厂子呀？

这种人都能进厂，那母狗也就能上树了！

……

看到刘仁虎，几个流里流气的小伙子发出一阵鼓噪。

一种同情和义愤涌上叶景芮的心头，他指着那几个小伙子说，你们几个不用等了，到外地打工去吧，我们这儿不收！没等那伙被淘汰者说出一个惊讶，他又指着刘仁虎和另外几个姑娘小伙子说，你、你、你……入选了！

招聘结束后，叶景芮把选中的人召集在一起，宣布说，大年十六，工厂正式开业，也是你们进厂的第一天，早上八点半务必准时到，谁迟到，谁就走人。他清了清嗓子，继续说，从现在起，刘仁虎暂时担任质检组长，有谁不服管的，可以来找我！

刘仁虎就这样进了工厂，当了质检组长。在厂子里，刘仁虎谁的话都不听，只听叶景芮的。这让叶景芮越发器重他。

开业那天，一箱箱花炮如同一群脱缰的野马，狂奔在天际之间，惊天撼地。人们由怀疑而惊奇，由惊奇而震撼，由震撼而平静，平静之后又是狂欢。

狂欢过后，村子归于宁静，除了人们的评头论足。

三

一日没风，闷热闷热的，村口的老柏树底下，聚着一群村里上了年纪的人。

一个说，新近咱这一带办了很多厂，都是年轻人搞的。

另一个说，大都是小作坊，没什么技术含量。

再一个说，的确是这样，如果知道用什么机器，咱几个凑一块，也能办个厂。

这当儿，胡智玺虽然仍在听着大伙的议论，可早已心不在焉了。胡智玺原是村里的能人，当过村支书，办过养猪场，可是前年的一场猪瘟，却卷走了他半辈子的积蓄。此后，他心灰意冷。

他往前凑了凑，试探性地问了一句，怎样才能知道他们用的什么机器？

看来这是个很有吸引力的话题，立刻引起了大伙七嘴八舌的议论：每台机器都有一个铭牌，只要掌握这个信息，就可以找到生产厂家了，这是常识。

常识，太好了！胡智玺从五脏六腑里透着兴奋。

在瞬间的兴奋之后，他又平静了，第一个泛上来的想法是：就你了，叶景芮。

叶景芮回乡创业伊始，他听说叶景芮仍单身，便主动提出把外甥女介绍给他。这本是一件好事，可商定两位年轻人见面的第二天，外甥女打来了电话，告诉他叶景芮根本没去，一阵抱怨。这件事，胡智玺一直耿耿于怀，逢人就说。

为了摸清叶景芮的工作规律，胡智玺在工厂不远处的一个小坡上支起了便携小桌椅，开始了"侦探"工作。慢慢地就形成了一个棋摊子，那些游手好闲的主儿一天到晚扎在那里，直到吃饭也不肯回家去。

一天，他刚坐定，斜眼朝工厂方向一瞥，只见工厂院门旁停着一辆小货车，工人们正在忙着装货。大概九点钟的时候，传来了汽车发动机的轰鸣音，他应声望去，叶景芮正拉开车门，准备上车。胡智玺的眼睛里闪过一丝得意，终于让我逮到你的七寸了。

日子还是一天一天过，还是吃饭、睡觉、到坡上蹲点为主打的三桩事，然而胡智玺的心境却大变。一个月的时间很快过去了，他基本把叶景芮的工作规律摸透了，每周三上午九点跟车送货，天擦黑才回来，雷打不动。

立秋那天，胡智玺破例喝了几盅白酒，壮壮胆，头却晕乎乎的。他斜躺在客厅的沙发上，不一会儿就进入了梦乡。梦中，他慵懒地躺在老板椅里，抬了抬眼，落在窗户下面的小沙发上，叶景芮正坐在那里，冲他没皮没脸地笑。他问，你怎么在这？叶景芮回答说，看戏啊！他大惑不解，正欲问个所以然，门却被重重地撞开了，两名警察闯了进来，不由分说地给他戴上手铐。

他浑身打了一个颤，睁开眼，见在家里，他意识到自己刚才做了一个白日梦。他坐起来，看了眼手表。都十二点了！他惊呼道，腾地一下坐起来，用手捋了一下头发，急忙向叶景芮的工厂走去。

砰、砰、砰……

脱了西装上衣，正准备午休的胡老八，被一阵沉闷的声响吸引住了，他有些怏怏不快，心想，谁这么不知趣，赶在午休点上，真是的。他披上西服，快步走到工厂院门前，刚才的不满令他停在门前不冷不热地问了句，谁啊？

是我，胡智玺！赶紧开门。胡智玺大声喊道，唯恐里边的人听不见。

听出来是胡智玺的声音，胡老八下意识地瞪大了眼睛。怕什么，来什么！他把门开了一条缝儿，刚好能挤出他的头。他闻到了扑鼻而来的酒气，没打算让胡智玺进来，问道，有什么事吗？

胡智玺冷笑着说，怎么，不请我进去参观一下？

胡老八没接话茬，只在心里翻腾：这个胡智玺，他……他来做什么？他来做什么？而且这会叶景芮不在，他不会是算准了时间的吧……

趁胡老八走神的空当，胡智玺猛一发力，推开了大门，如入无人之境，径直朝着车间走去。再想拦住他，已经来不及了，胡老八在心里骂着胡智玺。

进到车间，整洁、宽敞、明亮的厂房，整齐摆列的各式机器，一下子映入了胡智玺的眼帘。他心中暗暗一惊，不愧是在大企业待过的，就是不一样。

老胡，该看的都看了，是不是该走了？胡老八急急地跟在胡智玺后面，进了车间，他恨不得胡智玺赶紧走。在他心里，这就是颗定时炸弹，随时可能惹出大祸，他不敢想，脸上布满了不安。

好，好！马上就走。胡智玺回答得很干脆，身子却没有动。他从裤兜里掏出手机。咔、咔……对准机器铭牌一股脑地拍照。胡老八顿时火冒三丈，大声呵斥道，你，你给我住手，不能拍了！边说，边冲上去，敏捷地一横，用身体挡在胡智玺面前。

多管闲事，滚开！行伍出身的胡智玺怒目以示，拉住胡老八的衣服，狠狠一推。胡老八倒在地上，手砸在一台机器的脚上，渗出了血。

争吵声惊动了职工宿舍，工人们如长颈鹿似的，一个个把头从宿舍窗户伸出来，向车间方向看，刘仁虎领着几名男职工下了楼，进了车间，他们的目光都齐刷刷地聚集在胡智玺身上。

胡老八懊悔不已，刚才最好的选择就是不开门，怪只怪自己那一刹那的犹豫。他强撑着爬了起来，从兜里掏出一张卫生纸按在伤口上。他指着胡智玺，大声说，给脸不要脸，别怪我不客气。刘仁虎，你们几个，给我把这王八羔子架出去。

此话一出，立刻掀起了波澜。刘仁虎不假思索地跳将出来，其他几个年轻后生也不甘落后，纷纷向前迈了几步。

谁敢？！胡智玺摆出一副与虎相搏的姿势，他不相信这几个小虾小鱼真敢动手。

刘仁虎不言语，直扑上去，死死地抱住他，其他人蜂拥而上，捉腿的捉腿，捉手的捉手……很快，众人用手把他牢牢锁住，平平展展地架过头顶，朝着工厂大门的方向移去。

四

人群刚越过工厂院门槛，天突然变了，先是西边天空升起一大片厚厚的乌云，黑得如炭，如一道铁幕，席卷而来，霎时就把太阳遮蔽了，天阴沉沉的、黑压压的。

这个时候，银灰色小货车稳稳地停在工厂门口。原来，今天送货的路上，叶景芮的右眼皮老是跳。俗话说左眼跳财，右眼跳祸，他担心工厂会出事，货物交接完，就急匆匆地往回赶。下了车，见此情形，他的心"咯噔"了一下。

胡老八把受伤的手背在后面，连跑带走地来到叶景芮身边，简单地讲了一遍事情经过。听完，叶景芮下意识地攥紧提着皮包的左手，压低声音问，拍了多少照片？

不知道，手机在他身上。胡老八摇摇头，还想说什么，但张了张嘴，没再放出声来。

叶景芮意味深长地看了一眼众人，摆了摆手说，把他放下来吧！待胡智玺双脚一着地，他继续说，胡智玺，你也算得上是村里的一号人物，怎能当梁上君子，干出如此见不得光的事，把手机拿出来吧！边说，边抬起了右手，停在空中。

胡智玺的脸涨得通红，他受不了这侮辱，想早点离开这是非之地。他闷了好长一会儿，发疯似的怒吼着，为什么要给你？你算老几？以前不会给，现在也不会给，以后更不会给。吼完，他把头一扭，眼睛望向天空，摆出一副打死也不给的架势。

云层开始在村子的天空上聚集，已经厚重得像一道漆黑的铁幕。

刘仁虎趁胡智玺不注意，眼疾手快，从他的兜里抢过手机，送到叶景芮手里，顺势挡在了胡智玺和叶景芮的中间。你……胡智玺心里窝着火，却又不敢轻举妄动。

我？怎么啦！刘仁虎这么抢白，胡智玺被噎得说不出话来。

叶景芮用指肚轻轻划开手机屏幕锁，找到照片文件夹，一张一张地删除了胡玺智刚才拍的照片。删完后，他把手机丢给刘仁虎，甩下众人，迈过院门槛，朝办公室方向走去。

给我记着，你会后悔的！从刘仁虎手里抓过手机，胡智玺指着叶景芮的背影，撂下一串狠话，落荒而逃。跑出老远，也没敢回头。

众人捧腹大笑，散去。

风带着瘆人的凉气，呜呜地从北边席卷而来，把地上的枯枝败叶、尘土砂石，统统抛向天空。下一秒，风突然刹住了脚步，接着几滴豌豆大的雨点落了下来，溅起一层带有泥土味的水雾，然后是万马奔腾，暴雨如注，落得屋檐下掉线。

回到办公室，叶景芮不停地踱步，今天的事情都在他脑子里过了一遍。沉思了片刻，他拨通了胡小玲的手机，一字一句轻柔地说，亲爱的，晚上回来一趟吧，想你了！

暮霭如蛇一样悄悄地滑下了斋溪村的磨岭顶，夜的笔墨把天空的颜色涂抹得难以辨认，村子里偶尔传来几声孩子被打的哭声、狗的吠声。叶景芮像往常一样，住在厂里。他擦了桌子和茶几，简单扫了一遍地，又把办公室里间的床铺收拾了一番。这里，曾经印下了他和胡小玲的许多美好记忆。正对着门的墙上最显眼的位置，挂着一幅他和胡小玲的炭笔画像，那是三个月前，他们到哈尔滨旅游时，在中央大街请一位画家现场绘的。

表针指到七点五十五时，工厂的院子里响起了脚步声，轻盈、细碎，充满弹性，像一只猫走在琴弦上。叶景芮意识到是谁来了，他急忙从办公桌抽屉里拿出一个素雅的马克杯，倒上了温开水。与女人交往，除了投入真挚的感情，有时也需要讲究一点策略。他知道胡小玲是爱他的，他也爱胡小玲。脚步声传到门外，叶景芮轻轻地把门打开，迎上了他的爱人。

玲玲，有件事……叶景芮欲言又止。

看到叶景芮低落的神态，胡小玲在他脸上重重地亲了一下，说，老公，有什么就直说呗。

叶景芮把白天的事情经过详细复述了一遍，像犯了错的孩子，低着头说，对不起，是我太冲动了。

听毕，胡小玲一下子蒙了，她知道他是内疚的。捧着叶景芮递过来的杯子，她不假思索地说，亲爱的，没事，别往心里去！

叶景芮心里一热，一阵感动，把心中悬着的石头放了下来，柔声地叫了一声：玲玲……说完，他轻轻抱起胡小玲的娇躯，往里间走。胡小玲就像一只害羞的小猫，把头深深地埋在他的怀里，她能清晰地感受到此时他心中的那份烈火。进入里间，胡小玲第一眼就看到了墙上的炭笔画像，脸微微发烫。那一刻，水燃烧了起来，河燃烧了起来，河的燃烧就是狂热，就是奔腾……

五

又隔了两天，胡智玺后脚进门，胡小玲前脚就跨进门槛，她把包朝胡智玺面前一丢，铁青着脸面说，爸，你为什么去叶景芮的厂子闹事？

闹事……哪个缺德的人传的？太……太过分了。胡智玺怎么也没想到，坏事传千里，这么快就传到远在县城的女儿耳朵里了。

爸，你用手机去拍人家的机器，想咋？又是问。胡智玺在村里算是说一不二的人，可对这个女儿，他却不得不听她管，也只有这个女儿敢这样跟他说话。

呃！这事……我睡个回笼觉去。胡智玺翻着白眼，极不乐意地嘟哝一句，躲进了房间。胡小玲只好不再言语，起身进厨房。

胡智玺和衣躺在床上，眼睛闭着，心却睡不着，一丝恨意在肚里翻滚，恨老天不公平，恨叶景芮到处宣扬……见女儿不在客厅，塞塞窣窣又起来，习惯性地朝村外走。走在路上，忽然听见一个大大咧咧的声音：老胡，老胡。

胡智玺刚要答应，却见一个人风风火火地撞了过来。他立住脚，定睛一看，叫道，这不是六宝吗？找我有什么事？

胡六宝露出曼陀罗花般的笑容，绕着胡智玺打量了一圈，说，告诉你个秘密，听了，可别冲动。

胡智玺瞪了胡六宝一眼，催促道，有屁快放！

胡六宝说，大前天晚上，八点多吧，我看见一个女的进了叶景芮工厂。胡六宝咽了咽唾沫，接着说，从背影来看，像是你们家小玲。

胡智玺一直低头听他说话，这会儿忽然抬起头来，怒视着胡六宝，说，呸，像你女儿呢！我看你是欠收拾了。说完，他像一头暴怒的狮子，左手抓住胡六宝的肩膀，右手高高扬起拳头。

胡六宝忙用双手护住脸，软软地说，是我放屁，那人不是小玲，行了吧！

胡智玺放开了胡六宝，冲他大叫道，滚！胡六宝吓坏了，撒腿就跑，边跑边喊，狗咬吕洞宾，不识好人心。

胡智玺在路边挑了块光亮的石头坐下，点了一支烟，衔在嘴里，他猜想叶景芮肯定是在外面找了野女人，伤风败俗，得马上报告公安机关。他突然想起了老战友，镇派出所所长秦天安，便掏出手机拨通了他的电话。

约莫半个小时后，村东的乡道上忽然出现一辆黑色的轿车，漫不经心地碾过落满树叶的土路，朝村口这边开过来。驶近了，才看清是辆大众帕萨特。正在村口闲聊的乡人们目睹了一个穿着黑色风衣的高个子男人和两个年轻小伙神情严肃地从车上下来。胡智玺迎了上去，从兜里掏出烟来，抽出一支递过去，把这几天发生的事数叨给了秦天安。

听完，秦天安把没吸完的一支烟踩在脚下碾灭，愤怒地说，走，我倒要看看这人有什么能耐！

胡智玺领着众人来到工厂，厂院门开着一条缝，刚好能挤进一个人，胡智玺试着咳了一声，没有反应。于是，四个人便大着胆子，鱼贯而入。

进到院子，胡智玺大声喊道，叶景芮，你给我出来！依然没见回音，便径直穿过办公楼，领头进了车间，十几个人正聚在一台机器旁。

谁是叶景芮？秦天安问了一句。

叶景芮上下打量了一下来人，不晓得他们葫芦里卖的什么药，放下手上的扳手，和颜悦色地招呼道，你好！我就是，请问有什么事？

秦天安不紧不慢地说，你们前几天把胡智玺给打了，我是特意来主持公道的！

叶景芮定了定神，用一种高度警惕的目光盯着秦天安问，你谁啊？这是我和他之间的事，你少管闲事！这时，其他工人也围了过来。

秦天安立即听出了话音，皮笑肉不笑地拍了拍他的肩膀，接过话头说，咦？你这个年轻人，蛮有个性的嘛！这事，我管定了！

站在叶景芮旁边的刘仁虎，觉得这人整个一黑社会老大形象，他太不习惯了，便上前使劲推了一下秦天安，说，你们是不是成心找事？

秦天安猝不及防，被推得跟跄了几步，险些摔倒。一名便衣立即上前，一手扶住秦天安，一手在自己的脖子上，冲着众人划拉一下。

滚蛋！工人汪天明挤过人群，大叫一声，直冲上去，劈手就是一拳，打得秦天安晃了晃，脚下没有站稳，重重地摔倒在地上。

狗娘养的！秦天安被彻底激怒了，勃然变脸，从地上跳起来，暴喝一声，猛扑过来按住了汪天明，两名便衣急上前帮忙。

兄弟们，一起上！不知道谁挑衅地说，把工人们激了一下，众人冲上前，扭打在了一起……叶景芮站在原地，傻傻地看着他们，一时不知道如何是好。

胡智玺担心闹出人命，凑到叶景芮跟前，幸灾乐祸地提醒道，你们把派出所所长秦天安给打了。叶景芮盯着他脸上的表情，确认他并没有在跟自己开玩笑，脸色立刻变了，大叫道，快住手！他扶起秦天安，满脸赔笑，有些艰难地说道，对不起！对不起！

秦天安拉了拉衣角，掸了掸了身上的灰，拿眼角的余光扫了一眼叶景芮，冷笑一声说，哼，晚了！让你们逞匹夫之勇，都跟我到派出所走一遭。

叶景芮乞求地盯着他，说，要抓，就抓我吧，不关他们的事。

秦天安一口回绝道，不行，谁动的手，就抓谁！

胡智玺按捺不住内心的喜悦，凑到秦天安的耳旁，轻轻地说，抓他就行。

秦天安低头想了一想，鼻孔里"嗯"了一声，叶景芮就被推搡着带走了，叶景芮扭过头，喊了一句，工厂暂时交给胡经理，大家好好上班，我很快就会回来的。

众人面面相觑，谁也说不出一句话来。刘仁虎自责地蹲下身来，把脸深深地埋在膝盖间。

死寂。

胡智玺见好戏收场，不禁得意一笑，转身出了工厂，又神气活现地在村子里转悠。

六

残阳无力地坐在磨岭顶上，像一个久病不愈的老人，垂垂暮老了。衮袅炊烟开始弥漫在村子的上空，偶尔传来妇女喊叫丈夫或儿女回家吃饭的声音。

胡智玺刚抬脚跨过门槛，老伴便从他的脸上看到了激动，她把盛好饭的碗端给他，问道，什么喜事？看把你开心的，下巴都快掉地上了。

胡智玺将饭碗放在桌上，把眼睛眯成一条缝，说，今天真他妈的痛快，叶景芮那小子给警察抓走了，解恨！

胡小玲怔了怔，说，爸，你胡说什么呢？

真的，刚抓走的，当时我在场。

胡小玲见父亲刚回来，正替他盛一碗萝卜排骨汤，闻言，手僵在了半空中。不可能，这怎么可能？胡小玲把汤碗"咣"地往桌上一摔，顿时汤汁飞溅。

怎么啦？胡智玺有些吃惊，脸上的笑容退去了。

胡小玲心绪一下子纷乱起来，哽咽地说，爸，有件事，我一直瞒着你们，其实我和景芮早就好上了！

胡智玺的眼珠蓦地凝住了，眼珠几乎滚落到地板上，惊愕道，你说啥？你再说一遍！胡小玲却不再言语，进了她的房间，哽咽地扑到枕头上，枕头上立刻被淋湿一片。

胡智玺败了兴，当下没了心思，把筷子拍在桌子上，一家人落得好不尴尬。

吃过晚饭，胡智玺拨通了秦天安的电话，老战友，今天真是对不起，再求你个事。那头传来了秦天安的笑声，不打紧，什么事？

呃，那个，你看能不能把叶景芮给放了？胡智玺口里含糊，结结巴巴地说。

那边沉默不语。他忽然一阵忐忑，为自己的突然冲动深感懊悔，早知现在，何必当初呢？但是事情已经发生了，还能再怎么样呢？

沉默了一会儿，那边终于开口道，为什么又要把他放了？

胡智玺使劲咬了咬嘴唇，竭力不让自己的情绪从手机里传过去，说，是这样的，我女儿小玲正和他处对象，这真是大水冲了龙王庙。

那边又是一阵沉默，过了片刻，那边说，这件事情恐怕不好办了，你说恨他，一回来我就把他交给刑侦队了，估计已经立案了。还有，跟我出勤的一个手下，是市里领导的公子，人家说非得把他送进监狱不可。

胡智玺感觉自己的心一下子跌进了冰窖，说，老战友，那就拜托你从中斡旋一下。拜托！拜托！说罢，他匆匆挂断了电话。

接完电话，秦天安狂笑起来，胡智玺，我终于可以扳回一局了！他的记忆又回到了那个当兵的年代。三十五年前，他和胡智玺同时入伍，被分在一个班。部队三年，胡智玺处处压着他，先是胡智玺当了班长，他当了副班长；后来，他当了班长，而胡智玺却升任了副排长，依然压着他。胡智玺就是他的屈辱，只要有胡智玺在，就没有他出人头地的机会。表面上，他和胡智玺称兄道弟，心底却一直在等待反败为胜的那一天到来。

胡老八得知这一切时，已经是第二天晌午。他急忙把事发时在场的职工召集起来，却唯独找不到汪天明，手机也关机，仿佛从人间蒸发了一般。他觉得这一切太蹊跷太诡异了，并没有讲话，足足把众人看了五六分钟。众人心里疑惑，但表情却没有半点疑问，他们都站在那里，等待着胡老八的训话。

他把笔放到桌子上，声音不大，但在这种安静中还是让众人一惊。他停顿了一下，慢悠悠地说，咱们出了内鬼。众人听了，你看我，我瞧你，神经立马绷了起来。胡老八下意识地扫了一眼众人，只见李长兴始终低着头，神色有些慌张，脚尖不停地踢着地。他冲着李长兴问了一句，是你吧？李长兴！

李长兴抬了一下头，看了眼胡老八，又把头低了下去。他抖着身子，哽咽地说道，对不起，我被汪天明当枪使了……从他的叙述中，胡老八终于知道，原来汪天明是刘远庆安插在厂里的内奸，肩负着破坏工厂的使命。胡老八心头的谜团这才散尽，他大口大口地吸着烟，烟雾遮住了半个面孔，使爬满皱纹的五官，变得更加模糊了。

胡老八长长地叹了一口气，出了工厂，刘仁虎低着头，悄无声息地跟在后面。他转头看了刘仁虎一眼，说，平时景芮挺信任你的，没想到关键时候就掉了链子，活该，一辈子让人排挤！胡老八脸一沉，说话就难听起来。刘仁虎默不作声。

他们很快就到了刘秀莲家的院门口，坐在门槛上的她撂下洗了一半的菜，就用围裙擦擦手，迎了过来。什么事啊，八哥？她柔声问道。

刘仁虎，还是你来说吧！胡老八望了她一眼，又飞快地躲开了她投来的询问目光，拉了拉刘仁虎。刘秀莲被他反常的态度搞得紧张万分。

景……景芮哥，被……被警察抓了。刘仁虎颤颤巍巍，连舌头都不利索了。

什么？她不敢相信这是真的，她感觉一道晴天霹雳击中了自己脆弱的心房，一阵天旋地转，昏厥了过去。胡老八连忙伸手扶住了她，使劲掐她的人中。见刘秀莲醒来，胡老八气咻咻地骂着胡智玺。骂完，他斩钉截铁地说，就是拼上我这副老脸，也要把景芮弄回来。刘秀莲想说什么，但一句都没说出来，两眼湿湿的，她强忍住快要决堤的眼泪。她不想当着胡老八的面哭泣。

刘秀莲挣脱胡老八的手，步履沉重地缓缓朝厨房走去。

翌日，胡老八到处托人，悄悄地打探了一番，把事情全貌了解清楚了，他得出了一个大胆的设想：叶景芮是胡智玺和秦天安斗法的牺牲品。

七

"吱呀"一声，一天傍晚，胡老八气急败坏地推开了胡智玺家的院门。胡智玺，你给我出来。进院，未见人影他先自嚷着。

怎么啦？大惊小怪的！胡智玺漫不经心地继续抽着烟。

谁他妈大惊小怪！你跟人结下的梁子，还跟鸵鸟一样，把自己的头深深地埋在土里，你是死人啦？胡老八发怒地指着他说。

我和谁结梁子啦？胡智玺惊问。

胡老八随手拉了把凳子，一屁股坐了下去，用沙哑的嗓门，讲述着事情的原委，还有他的猜想。胡智玺听懂了，愕然地注视着胡老八。他气得发抖，一跺脚，用手指着挂满万千盏灯笼的苍穹，结结巴巴地骂道，妈拉个巴子，秦天安，我和你势不两立！堂屋的声音，传进房间，泪水潮涌般地充满了胡小玲的眼眸，不声不吭地在她的面颊上划出两道弧线，真是令人悲哀的巧合。

他们商量了一宿，决定还是主动去找秦天安，但不能把那层窗户纸捅破。胡智玺心里很不是滋味，但现在又无可奈何，躺在床上，肚子还气得鼓胀。他对人从来都是掏心窝子的，却没想到秦天安会这样对他，心里很不舒服……这么想着，不能入睡，就又坐在床上，一直看着窗外的月亮渐渐移出窗子的束缚。

夜，静悄悄的，他盼着天亮。

翌日上午，胡智玺又一次拨通了秦天安的电话，态度十分谨慎地问道，秦所长，事情咋样啦？

那边传来了一声叹息，回答说，老哥，对方提出一百万私了，要么就上法庭。

一百万？胡智玺惘然地重复道。陪在旁边的胡小玲看出了父亲的为难，忙小声说，答应他，钱的事肯定有办法的。

在胡老八的帮助下，胡小玲见到了叶景芮。坐在探视室里，胡小玲双眼红肿得像两只桃儿。一见叶景芮，她的眼泪抑制不住地流了下来，很快就泪流满面。她冲了过去，紧紧地抱住他，把脸贴在他的衬衣上，深深呼吸着他的气息。复又松开，左摸摸、右摸摸，从头摸到脚，摸了个遍，生怕哪个地方漏了。

她忧心忡忡地看着他，说，老公，他们没有对你用刑吧？

叶景芮用手揩去她脸上的泪痕，紧紧地盯着她，微微一笑说，傻瓜，都 21 世纪了，没有人用刑的，不用担心我，照顾好自己！

胡小玲不由得心一疼，一边哭一边小心翼翼地说，对方提出，如果私了的话，一百万。

叶景芮盯着她的嘴巴，坚决地说，就是有，也不给！大不了吃几年牢饭。

"牢饭"，那字眼儿让她感到呼吸困难，她一听急了。

叶景芮孩子气地拉拉她的嘴角，强迫她做一个笑脸，不要那么悲伤，来，笑一笑，我们还很年轻，肯定能迈过这道槛的。再说如果拿出了一百万，厂子怎么办？一百多号工人怎么办？他轻轻地摸了摸她的头，在她的脸上使劲亲了一下，掉转头走了。

望着叶景芮的背影，她默然神伤，含着泪，掩面逃离了探视室。

很快，叶景芮成了新闻人物，镇上大街小巷有了风声：叶景芮有很硬的后台，要不怎敢殴打盖世太保；为了保叶景芮，县里领导都搭话了。不久，村里也有了风声：胡智玺觊觎叶景芮的工厂，借刀杀人，工厂马上就要改弦易张了。

听到村里人的议论，胡智玺十分气愤，总想理论几句，但却常常他一去，众人便一哄而散，他深深地感到了自己的孤独，他觉得村里人的议论，是在自己灵魂深处抡鞭而策。

又过了一天，天下起雨来，虽然不大，但淅淅沥沥地却下了一整天，备受煎熬的胡智玺身子突然沉重地往下坠去，这一病实在不轻，正如来时如山倒，去时如抽丝，一个月未能好转。

在等待开庭审理的日子里，胡老八几乎每天都奔波在法院与派出所之间，只要了解一些与案情有关的信息，他就会往刘秀莲那里跑。

三个月后，经过调查，法院审理，最终判处叶景芮袭警罪，获刑六个月。很快，县人民法院的宣判传到了全县各地，镇派出所的人拿了一份宣判书布告到村里，村里人一下子全都知道了，村子沸腾了起来。

不久，村子又归于平静了！

夜已经很深了，露水下来，月色里有了晶晶的光亮，夜显得更神秘，也更阴凉了。胡老八把刘秀莲紧紧地搂在怀里，长叹一声，蓦然说道，这也许是命吧，刘远庆、胡智玺、秦天安，算是景芮命中该有的三道槛吧，只要迈过去了，相信风雨将不再了。

刘秀莲不作声。

秀莲，你理智一点，胡老八静静地说，儿孙自有儿孙福，我们不可能一生一世待在他身旁，不是吗？我们终归要离开他，他也终归要走自己的路。

刘秀莲双目潮湿，把头轻轻地搁在胡老八的肩上。

（原载《延河》2018 年第 5 期）

▌作者简介

　　李翠儒，女，中国金融作家协会会员，著有中短篇小说集《没人强迫》、诗集《交给太阳》，现供职于中国工商银行山东省临沂市分行。

娘家人

李翠儒

　　在杨玉杰当红娘的历史上，可以说没有几次败笔，每一次只要是男女双方都是事前她认识并了解的人，能不能成，她一定是十拿九稳的。结果这次是她自己也没有多大把握，女孩是一个朋友介绍过来的，只知道在本市的一个事业单位上班，初次见面见人长得还不错，对人也懂礼数，至于其他方面，因为不了解，就不能妄加评议，而男方郑勇就不一样了，因为是她一个单位的员工，她对他是知根知底，知道他为人老实厚道，工作认真勤恳，平时还不多言不多语，爱学习，至于长相嘛，谈不上多帅气，五官应该算得上端正。

　　在她的办公室，很正式地组织男女双方见了一面，之后，第二天，郑勇在楼梯上碰见她，就有了异样的表现，言语形象羞涩又局促，看样子他是中意人家啦，正在忐忑不安中等消息，真是老实还有些憨厚的青年人。见此面貌，杨玉杰在心里就更加坚固了，一定要帮他把个人问题给把好关操持好。

　　这一天，天气十分晴朗，在单位食堂吃午饭碰见郑勇，太阳正挂在正午的上空，一派明媚灿烂，杨玉杰觉得有必要找个机会和郑勇谈一谈，听听他对女孩的初步印象，平时她就非常愿意尽可能多地，深入接触一些像他这样的青年人，喜欢了解他们的所思所想和追求，喜欢帮助他们寻找到美好的爱情……

"吃过饭，到我办公室来一趟吧。"碰到他，杨玉杰很自然地就把他叫住了，郑勇停在她面前，"嗯"了一声，很自然地也答应了。

三天前，杨玉杰才刚过了四十六岁的生日，她觉得她的生日过得和别人太不一样了，爱人是通过视频给她送来祝福的，儿子也是，一个远在千里之外戍守边关，通过视频让她看千里之外的月亮，一个远在千里之外正读大学，通过视频让她看千里之外的太阳，全中国就一个太阳，一个月亮，这儿和那儿的月亮太阳能有什么不一样呢？这爷俩还真逗，思维行事都一个模子，不愧是父子，其实这正是杨玉杰没有对外人道过的骄傲，她喜在心里。

杨玉杰四十六岁的生日，家里尽管就她一个进进出出，她却过得温暖又幸福，这份温暖和幸福自然是来自她的爱人和孩子，美满的家庭都是美好的，她真希望他们单位的员工个个都家庭美满，人人都幸福，当然也包括郑勇。

四十六岁的杨玉杰，五官长得很精致，皮肤白皙，人一点也不显年纪，从年轻到现在她的身材也一直没有变样，不胖不瘦，平时有人问她："你身材咋保持得这样好？"她就笑啦，咋是刻意保持的呢，该吃吃，该喝喝，无非就是平时多活动，瑜伽啦、游泳啦、乒乓球啦、羽毛球啦……平日里凡是行里工会上组织的活动，她都带头积极参加，这也是沾了干工会的光啦，这样说着，她又笑。

杨玉杰回到办公室，因为要等郑勇，她就拿起当天的《山北工人日报》看了起来，上面登的一篇小文章一下子就把她吸引住了，文章写的是一位女孩在十岁上，遭遇了母亲去世的不幸，这还不算是特别的，关键是自那时起，她接过了母亲曾经的担子，历尽千辛万苦把自己的弟妹都抚养长大，并都有了出息，自己却已错过了谈婚论嫁的年龄，她心中的喜可想而知，她心中的苦也可想而知。在经历了一次次的苦难，一次次得到别人的救助中，她的灵魂一次次得到升华，到后来不知不觉中她把自己对亲人的爱就转变成了对社会的大爱，她主动选择了到一家养老院去做义工，无私地去照顾那些腿脚已经不灵便的老人……文章语言朴实，感情真挚，一些细腻的小情节把杨玉杰看得热泪盈眶。《山北工人日报》经常登一些这种描写普通人生活，反映普通人情感的文章，充满真善友爱，给人以无声的温暖和激励，常常能打动人心，让人记忆深刻，久久不忘，她一直都非常喜欢看这份报纸。

时间在专心致志的阅读中过得飞快，报纸都看完了，郑勇却没有到，杨玉杰有些诧异，即使临时有什么事，也应该来个电话说一声，这不符合郑勇这个为人处世有良好修养的青年的行为，是发生了什么事呢？

带着这样的疑问，杨玉杰起身一把推开办公室对外的窗户，放眼向远处望去，她看见一只小鸟快乐地叫着从她眼前飞向远方。

这是初秋的天气，在杨玉杰的眼里，天空仿佛一下子长高了，云彩也长高了，长高的云彩仿佛更干净了，干净得让她的心都觉得澄亮。

平时一个单位的同事之间，遇事互相关心帮助一下是再正常不过的事了，更何况她还是这些员工的娘家人。上班时间到了，她拨打了郑勇的手机，想主动询问一下，却没有打通。

恰在这时有人砰砰地敲响了她办公室虚掩的门，随着她一声响快的"请进"，她看见有个人走了进来，不是郑勇，却与郑勇有关，是郑勇的直接领导，她行内控部的李兆先老总。

一看见李兆先，杨玉杰的心下意识地咯噔了一下，她感觉李兆先是为郑勇而来。接下来李兆先说出的一番话还果真证实了，他就是为郑勇而来，是郑勇摊上大事了。

李兆先一进门就这样告诉她。他说话的语气十分凝重，他说：……郑勇的父亲骑三轮车带着妻子到镇上赶集，在路上被一辆大货车给撞了，夫妻俩被撞得非常严重，父亲的双腿，母亲的一条胳膊都被撞折了，夫妻俩当场就被撞得不省人事，说是母亲到现在都还没有醒过来，在重症室抢救……事故发生得突然而且就发生在今天中午，"让这样本来就不富裕的农村家庭摊上这样的事，确实是够残忍的，对郑勇的打击可想而知"，李兆先说。郑勇是从农村考学出来的，这杨玉杰都知道，约女孩见面时她还给人家都如实说了呢，他的家境她了解的。

虽然杨玉杰极不愿意相信郑勇摊上事是真的，可是信与不信，灾祸就在那里，已经发生了，杨玉杰在心里禁不住长长地哀叹，"遭受这样的打击，至于个人问题，一会半会郑勇恐怕连想都不会再想了，那个女孩又会是怎样的态度呢？"杨玉杰心里这样想着，她为郑勇感到非常难过，眼下当务之急，她要考虑的还是该为他父母做些什么。

帮什么呢，像郑勇这样的家庭，眼下最需要的可不是一句两句的安慰话，是需要钱啊，而且钱的数目还一定不会小，她想到了，李兆先也想到了，这不，紧跟着李兆先就提到了这个问题。他说："据说那肇事的司机倒没有逃避责任，他们好像是熟人，事故发生后，知道郑勇在市里上班，就立马想办法把郑勇的父母送到市人民医院来了……只是那司机也拿不出多少住院费啊，这不就想到工会了嘛，救急呀……工会上不是有工会经费吗……"针对这个问题，李兆先一下就提出了借用工会经费。在事故发生后作为郑勇的直接领导，李兆先立马就到工会，来为郑勇寻求帮助，他这么帮助下属的热心肠和责任心，杨玉杰是非常感动的，只是工会经费有工会经费的管理和使用规定，哪是随便就能动用的呢？其实李兆先自己就明白，心一急也容易犯糊涂呢，作为工会部门的负责人，员工的娘家人，杨玉杰不是怕得罪他，她知道该坚持原则时那是绝对一点儿也不能含糊的，但处理起来必须要讲究方式方法，晓之以理，动之以情。"李总啊，对于郑勇的困难，别说你，就是大姐心急的劲一点也不比你差呀，工会经费的使用和管理有它的制度规定，你在这方面更是行家里手呢……""……工会经费不能借用的，我们再想想别的办法，我们一定要帮助他，不光工会，组织，还有我们个人都应尽力地帮他……"她拉家常似的对他说。

说自己比李兆先还心急，她说的全都是实话，身为工会人，杨玉杰知道帮助员工解燃眉之急是工会义不容辞的责任，在这样的时候，自己应该先拿出实际行动，作出应有的表率才行，她禁不住在心里这样说。

她知道自己眼下手头上闲余的钱也不多，有两万是想换电视机用的，她家的电视机还是 2002 年搬家时买的，真是老得都被人笑话了。那怎么办，电视机能看就行，可以看也可以不看，用在郑勇父母身上可就是救命啊，都是赶在节骨眼上了，又想到郑勇这么个才刚刚开始人生的青年，关键时刻无论组织还是个人向他伸出多大的援手，就能带给他多大力量啊！帮助他是必须的，她在心里说服自己，就告诉李兆先，自己先拿出两万。

"你好人，借用工会经费不行，这也不是你自己拿出些钱就能解决的事呀，我也可以拿出五千。"很显然，杨玉杰这样做一下子带动了李兆先，李兆先却感觉这不是最终的办法。"聚沙成塔，积少成多。"言语之间他俩都非常着急，他俩就不约而同都想到了发动大家捐助。员工遇到特大困难由工会牵头在单位发动大家捐一捐，她知道是可行的，即使这样也需要向组织和有关领导汇报请示。接下来他俩就抓紧到有关领导的办公室一五一十说明情况，以最快的速度征得有关领导的同意，然后就紧锣密鼓地操办起来，至此杨玉杰就全身心地投入到为郑勇父母募捐救助款这件事中。

用了不到五分钟的时间，杨玉杰就拟好了一份为家庭遭遇特大困难员工郑勇捐款的倡议书，然后在工会内网上向全行发了出来，紧接着陆陆续续就有一些员工到杨玉杰办公室这儿送捐款，三个小时后，杨玉杰算算收到的捐款已经有五万多，想想郑勇的父母接下来需要的巨额治疗费，募捐到的这个数目真不算大，她在心里禁不住踌躇了一番，然后她才带上所有的捐款立马打车赶往医院。

坐在出租车上，对于郑勇父母遭遇的车祸，以及对于他们治疗费的担忧，她禁不住通过微信语音聊天向自己的爱人和儿子都进行了诉说。

在诉说中，她是那样的动情，就像诉说发生在自己亲人身上的事，字字句句都充满了伤感和忧愁。让她想不到的是，对于她的诉说，她的爱人和儿子，自始至终都没拿一句帮助或其他什么的话来安慰她，他们的反应让她非常失望，"居然连一点同情心也没有"，她很懊恼，懊恼得让她甚至很后悔向他们诉说了这件事。不知为什么，对郑勇仅见过一次面的那个女孩，不管那女孩反应如何，杨玉杰禁不住对她也这样进行了诉说。

等她下车走进医院找到郑勇，把捐款以组织的名义送到他的手里，并向他表达了组织的关心和慰问，郑勇都是一副欲哭无泪的样子。

当她亲眼目睹了他父母的惨状，杨玉杰感到自己的心一直纠结着，郑勇的父母的事一时还帮不上什么忙，不管是作为组织还是作为个人，她都只想多陪郑勇一会儿，就不断地给他说些鼓励宽慰的话。

傍晚时分，她一个人回了家，到了晚饭的时候，她根本没有心思做饭吃饭，就在家里找这找那，只想着怎样才能更好地帮帮他。

当她无意中打开自己微信的钱包，却发现小钱包突然多了三万多块钱，这意外的收获让她心头禁不住一热，再查看明细，居然是刚转过来的三笔。这让她一下子很自然地就想到了爱人！儿子！女孩！

此时仿佛有一道亮光在她心头一闪，她突然感觉她自己已经帮着郑勇先看到了一颗值得追求的"美好心灵"，缘分有时可真说不清。

（原载《中国金融文学》2018 年第 2 期）

▌作者简介

　　钟庆作，江西省作家协会会员、中国金融作家协会会员、中国微型小说学会会员、江西省赣州市作家协会副秘书长。2016 年开始创作，作品散见于《安徽文学》《微型小说月报》《杂文月刊》《中国金融文学》等报刊。现供职于中国人民银行江西省赣州市中心支行。

百家饭

钟庆作

一

　　范平安大学毕业参加工作后，就很久没有回过家了。

　　这次回家，爹硬拉着他要去三大爷家吃饭。我们现在日子好了，为什么还要去别人家蹭饭？他不解，问爹。

　　爹说，那是你三大爷，不是别人。你小时候不是最喜欢去三大爷家吃饭吗？他说，那不是咱家里揭不开锅吗？可现在我是村里职务最高的人，我是局长。

　　局长就不吃饭了？爹狠狠地瞪了他一眼。

　　他拗不过爹，只好跟着去了。

二

　　这是范平安当局长后第一次回家，他就是想让爹高兴。

　　小车一直开到家门口。进村口时，他坐在副驾驶位置上特地摇下玻璃窗，大伙都看见他风风光光地回来了。

司机小刘从后备箱拿下来一大堆东西，高档烟、酒和一些礼品盒。这些都是他当上局长后"朋友"送来的。

他潇洒地挥挥手。小刘，你走吧，明天下午来接我。

目送小刘开车走了，爹不太高兴。人家从县城大老远地送你回来，不让人家吃了饭再走？

他是我的专职司机，我让他走他就得走。

这可不是我们村里人待客的规矩。爹的脸色很难看。

三

三大爷，我来看您来了。他远远地大声喊道。

这是给您老人家的茅台酒，两千多元一瓶呢，悠着点喝。这是软中华。这是上等的人参，炖肉的时候放上一小段，补气。他眉飞色舞。

三大爷吧嗒吧嗒地抽着旱烟，瞅都没瞅一眼他手里的东西。只是招呼着爹坐。

平安回来了？你可是有好几年没来你三大爷家吃饭了。我这就给你做饭去。三大娘看见他乐坏了。

大娘，我工作很忙。

忙？难道你光上班不吃饭？是忙着上酒店吧！爹今天有点怪怪的。

你带回去吧，我抽我的旱烟才够味，喝老白干才舒坦。三大爷一点也不给他面子。

四

平安是爹的独苗。娘生他时大流血，看了他一眼就去世了。爹悲痛欲绝。

乡亲们说，不怕，有咱嘞，有我们一口，就有他一口。爹给他取名平安，就是希望他平平安安长大。

从小学一直到高中，他成绩都是班里第一，后来以全县高考第一的成绩考上了大学，是全村第一个大学生。

大学毕业分配回了县里，先给县委书记当秘书，后又去乡里锻炼了两年，上周刚刚被任命为局长，是全县最年轻的局长。

五

爹也变了，变得虚荣了。

给书记当秘书时，爹说要好好干，不要给咱们村里的人丢脸。多久没回家，爹都没怨言。村里人颇有微词，说平安当上官就忘本了，要不是村里大爷大娘叔叔婶婶，他能有今天？爹好言好语地解释说，年轻人要以事业为重嘞！

可自从平安当上局长后，一到周末，爹就闹着要他回家。

而回到家，爹就张罗着带他去村里人家吃饭，还空着手去。三大爷家、二大婶家、六叔家……让他很难为情。

他憋屈，发牢骚。爹，我每月给了您两千元，在这乡下，天天下馆子也够了。

说再多也白说，只要他回家，爹都要他去乡亲们家吃饭。

爹太要面子了！

六

那天照例在三大爷家吃完饭，爹说你先回家吧，我和你三大爷再聊会。

等他走了，爹拿出二百元钱给三大爷。三大爷不悦。说了多少次了，不能坏了我们村里人的规矩。你要这样，我下次不让你爷俩来了。

二大婶、六叔……没有一个人收。

七

他后来才知道，爹把他每月给的两千元钱，都以三大爷、二大婶、六叔等乡亲们的名义，偷偷地捐给了乡敬老院。

　　其实第二次去三大爷家吃饭的时候，他就明白了爹的良苦用心。他是一个吃百家饭长大的孩子，无论什么时候都不能忘了本。

　　三年后，范平安被提拔为副县长，是最年轻的副县长。

（原载《安徽文学》2018 年第 10 期）